WORLDS OF RIDDLES: AN ODE TO LIGHT

天空路 著

人民东方出版传媒
東方出版社

每个独自长大的人都有个秘密的愿望。
孤独如同一颗种子，
在初夏的天台上发芽，
在暮秋的蝉声里开花。
15 岁的林西夕不得不一次次离开家，
离开曾经的伙伴，
然而在寂寞如雪的命运中，
平行世界的大门悄然开启，
理想的轮廓逐渐清晰。

谨以此书，献给每个孤独又心怀希望的孩子。

——天空路

我是王的麾下最锋利的剑
侵国屠城 毫无怜悯
我是黑岩世家最寒冷的冰
手刃千命 面无表情
因为
只有假装心中无爱
才能保护你

Hey
如果有一天
我不再是人类
你还愿做我的朋友吗
笑容比焰火更灿烂的女孩

推荐序

亿万星辰与平行童话

（1）

十月，日照一天比一天缩短，星辰比夜灯更早地出现在仍带着点点绯色的晚霞之上。家后面的林子里响起了蟋蟀的鸣叫声，又翻过了一页，仿佛已经看到了光年森林的入口。跨过入口，就回到了某一刻青葱的时光。

青春，在课间被折成一个又一个细小的纸星星，埋在记忆的玻璃罐子里。

时间随记忆流淌，罐子里长出了无数朵花，变成了透明的童话。

曾经孤零零地坐在夕阳西下的教室里，奋力地书写着转学考试的卷子。邻桌的男孩总是开着玩笑，但每次放学，总是见到他晃在不远处的某个地方。邻班转来的少年，他擅长每种运动、每门考试，他的制服上总有着阳光下洗衣粉晒干好闻的味道。房间里响起粉笔划在黑板上刺耳的声音，还有空气中飘浮着被阳光映成金色的粉笔屑。还有某个雷雨交加的夜里、某个莫名悲伤的清晨、某个形只影单的傍晚、某个带着微笑带着泪光的梦境。

现实从那一刻开始分歧，故事于是展开。

（2）

一个开始，两个结局，千百个童话。

她用一贯梦幻而华丽的语言，描绘了一场盛大的冒险。

西夕、子猫、泽璃、绯狐、夜繁、墨岚、炎渊。

名字是点，点连成了华丽的线，线编织成了幻想的世界。无数个平行空间，无数种可能。爱情是恒久不变的主题，尽管穿梭在不同的时空里，却总是可以轻易地找到那份坚持。

（3）

再强大的骑士，也会为了保卫他内心最珍贵的公主而变得温和柔软。

再轻狂的少年，也曾对着邻座的傻妹子，拉下脸皮来要那一盘醋熘土豆丝。

当星辰坠落，宇宙合统，有些事物在不停改变，而有些事物却得以恒久长存。

(4)

2：00 a. m. 。

在屏幕上翻看这个故事，耳边却似乎能听到"啪啦啪啦"翻书的声音。

在寂静的夜里，总感觉时间永远不会过去，心中有一位少女伫立在那里。

童话从不是梦境，而是曾经发生过的现实。

不用闭起眼睛想象，就有无数故事在另一个时空或另几个时空不停地行进着。稍稍注意，它们就在那里。

可清晨总会来临，阳光刺破晨雾，穿过如同狰狞的高楼大厦的缝隙洒落下来。我们在闹铃尖锐的喊叫声中睁开双眼，穿上黑色的灰色的职业的铠甲，如潮水般涌进车子、地下铁、轻轨，沉默地沿着城市怪兽般的通路，走向一个又一个冰冷又恐怖的盒子里。

当你驻足，或许只有红底的鞋子踩到了路边的泥水。你漠然地抽出纸巾，擦掉黑得发亮的鞋面上小小的污渍，再将它扔到道旁的垃圾箱里。

无暇回首，时间把我们从一个站台推向下一个站台。

那个时候，就会想起，青春那漫长而孤独的时光。

当我们浸泡在泛着糖果气息的空气里，当我们淋洒在有着忧伤味道的雨水里。

(5)

爱情、亲情、友情。

得到的、错过的、再获得的。

还有更多。

(6)

和天空路相识两年。

我们在北京同校四年，却始终擦肩而过。

我们前后脚去了大洋彼岸，同一个校园却走在不同的时间里。

很荣幸这次能为她的处女作作序。她的每一段文字都像是一个童话。

《谜的国》让我做了一个美丽的梦。

期待它与读者朋友们尽早见面。

悠世

2014年10月6日于香港

目录

这里是谜之国度的岔路口。

请你做出选择，亲自决定主角们的命运和世界的未来。

世界的走向 I

世界的走向Ⅱ

第一章

不速之客与不良少年

The Wolf and the Tiger

如果在宇宙尽头重见
一百万光年也容不得擦肩
可否拥我入怀
温柔低语在耳在心间

But thy eternal summer shall not fade,
Nor lose possession of that fair thou ow'st.

William Shakespeare, "Sonnet 18"

你的永恒夏日不会褪色，
你的美丽容颜永驻人间。

莎士比亚《十四行诗 · 第十八首》

那匹狼穿过卧室的墙走进来的时候，十五岁的女生林西夕还没有睡着。

先是尖尖的黑色鼻吻从墙壁中凭空冒出来，然后是雪白的獠牙和绿莹莹的眼睛在黑暗中闪闪发光。灰狼竖起毛茸茸的耳朵，悄无声息地踏上红木地板。

林西夕一下子坐了起来，心“怦怦”直跳。

月光漏过薄薄的纱帘，在床上洒下银色水纹。沉默的书桌上，圆圆的镜子蓦地暗了一下，又反射出耀眼的光。

在狼的身后，一个男人穿过墙壁走了进来。他的个子很高，眼睛藏在黑暗里，看不清他的表情。

灰狼跳上林西夕的床，用尖牙撕开薄薄的被单，绿眼睛直勾勾地盯着她，沉重的鼻息喷在她的脸上。林西夕背靠着冰凉的墙，掌心直冒冷汗，心里却有个声音雀跃着说：“他来了。我等了好久……他真的来了。”

好像有什么奇怪的东西从林西夕的头顶长了出来。她颤抖着手摸了摸，惊恐地发现那是一棵树。树从她的头骨中抽枝发芽，每一秒钟都在长高，铁丝般的黑色树根从她的腹部和背后钻出，细细密密地扎入床单和地板。灰狼低吼一声，一跃而起，张开血盆大口就向林西夕的脖颈咬去。

转瞬之间，男人已经用手挡住了灰狼的头。

林西夕抬起脸，目光滑过男人硬朗的唇线和挺拔的鼻梁，停留在他被黑发微微遮住的双瞳之上。他的眼睛好漂亮，在深邃的瞳色之上，流动着各种各样的色彩，像燃烧着星星的夜空。

男人微微皱眉。在他眼中，面前只是一个吞下“罂粟幻种”的陌生女孩，是沸鳞集团人体实验的新牺牲品。

从林西夕体内长出的树已经如巨伞般伸展开来，盖满了整个房间。树叶迅速变幻着色彩，在短短的几分钟内由初春的嫩绿变为盛夏的浓翠，又转为秋日的金黄，随后叶片飘落，给地板铺上了一层厚厚的叶毯。当树梢变得如冬日般光秃时，小小的黑色花蕾顶破树皮，悄然钻出，颤抖着绽放开来——这不是树的花朵，而是黑色的罂粟花。它们就这样僭越自然法则地出现，贪婪地汲取着林西夕的生命力。等到花朵结出果实的时候，她就会死于树下。

男人的手中凭空出现一把极细极长的冰剑，在黑暗中闪闪发光。灰狼兴奋地龇起白牙，流着口水。

“失礼了。”当第一片罂粟花瓣飘落时，男人将林西夕抱进怀中，手中的剑寒光一闪，将她与自己一同刺穿。他的血顺着剑梢流进她的体内，顷刻冲击至她身体的每个角落。林西夕感到微微的疼痛，又有种说不出的温暖。

花树产生了强烈的排斥反应，如蛇般扭动起来。男人的眼中现出严厉的神色：“褪。”

花瓣离枝，在月光中漫天飞舞，宛如一场黑色的大雪。树枝干枯卷曲，树冠迅速缩小，急着躲回林西夕的体内。男人抬起手指，整棵花树顷刻被冻结成冰，在淡淡的月光中碎裂崩解，晶莹的冰雪颗粒“啪”地洒落一地。

“这是疗伤的‘瞬湖’。”男人用一个金色的光晕笼罩住林西夕，“你很快就会痊愈。”他拍了拍灰狼的头，起身就要离去。满地冰雪瞬间消融，水汽氤氲而起。

林西夕挣扎着支起身体，急切地问，声音清脆婉转：“你是来做我哥哥的吗？”

男人一愣。窗外，夜空中的流云正飞速掠过巨大的满月，房间里忽明忽暗。“你叫什么？”

“林西夕。”

听到这个名字，男人心里仿佛被什么刺了一下。他表情复杂地望着她，望着她瘦瘦的胳膊和清丽的脸庞。虽然模样变了，可是声音……的确是他熟悉的那个声音。

那个消失了两百年的声音。

他从未想到会在这个平行世界，以这样的方式与她重逢。

“我本以为我们逃得过。”男人的声音里有点儿苦涩。

“逃得过什么？”

男人没有回答。灰狼望着林西夕，耳朵不安地抖了一下。

林西夕换了一个问题：“可以告诉我……你的名字吗？”

“黑岩泽璃。你曾经叫我——轩。那是只有你才能呼唤的名字。”

“轩……哥哥？”

“答应我，小呆，这次你要平安地活下去。”

“‘小呆’？”林西夕歪了歪脑袋，“是你给我的名字吗？”

“是。我们曾经……”黑岩泽璃俯下身，在林西夕的耳边低声说了一句话。

在她睁大双眼，脸颊变得通红的刹那，他封印了她的记忆。

“在我身边只会给你带来危险。睡吧，明天醒来的时候，你将不再认识我。”

林西夕，十五岁，初三毕业生，是家里的独生女。她的父母是大名鼎鼎的设计师，喜欢搬去新城市寻找灵感，于是林西夕也总在不停地转学。在她的记忆中，学校经历几乎可以用“惨烈”来形容：从小学到初中，九年里转学九次，最短的一回只在新学校待了四个月。

几乎所有新学校都拒绝接收她，因为除了“问题少女”，谁还会有如此惊人的转学记录？每到这种时候，林西夕的妈妈都会叹一口气，对教导主任说出一模一样的话：“您可以出题考我女儿。”

随后，林西夕就会坐在教师办公室里，面对着各科试卷和老师们的怀疑目光，默默地拿起笔。结果也总是一模一样。老师们忽然态度大变，争着接纳她进自己的班级，最后的“赢家”会兴奋地把她像明星一样介绍给全班同学：“大家欢迎林西夕，她是考试天才！你们小心全都被她甩得远远的，给我好好努力！”

林西夕总是低着头，默默地走向自己的新座位。她害怕这样的开场。“好成绩”是她能继续上学的唯一保证，是她安身立命的护身符，可是，“空降学霸”的身份让她几乎交不到朋友。原来的尖子生会联合起来疏远她，其他同学也会以羡慕之名望而却步。她的作业本会被偷，课桌抽屉里会被扔进苹果核和粉笔灰，她的名字会跟不同的男生联系起来出现在墙上的心形涂鸦里。

林西夕渴望朋友，却在不断尝试、不断碰壁的过程中，渐渐地灰了心。反正……就算建立起了“友谊”，也很快会因为搬家而断掉吧？

她开始看漫画，各种类型的漫画。只有那些虚拟世界中的人物才会陪她辗转前往不同的城市，不离不弃。她用透明的纸描下他们的样子，为他们的快乐而快乐，悲伤而悲伤。

林西夕本该这样寂寞地长大——如果三年前的夏天，没有发生那件怪事的话。

那是个晴朗的下午。父母忙着搬家打包，林西夕叼着棒棒糖，有点伤感地坐在成堆的箱子上。

大门被敲开，门口却一个人都没有，只有她近来常喂的流浪黑猫站在台阶上。

“我是来道别的。”黑猫说话了。

“咔”的一声，林西夕咬碎了口中的棒棒糖，俯看着黑猫那对红得不寻常的双眸，怀疑自己听错了。

“林西夕，”黑猫晃了晃尾巴梢，“别失望，你不会独自长大。你将拥有比友情更坚固、比爱情更深刻的羁绊。”

“什么？”

“你有一个哥哥。要想见到他，你必须在整三年后的满月之夜，吃下这颗种子。等你的头上长出树时，他就会出现。他有一匹狼，你见到的时候自然明白。”黑猫留下一颗罂粟花籽，弓起背，轻快地跑远了。

从那天起，林西夕时刻期盼着三年后的月夜。她把种子小心翼翼地藏在小铁盒里，放在枕下，每次搬家的时候都牢牢地握在手里。

也正是从那天起，她开始做同一个梦。

在梦境中，夕阳西下，她的面前是一望无际的草原，浅金色的蒲公英在风中摇摆。归鸟鸣叫着掠过头顶的天空，飞向深紫色的远山。

右手的触感很温暖，因为她那素未谋面的哥哥正牵着她的手。

“小呆，别怕。”他的声音低沉，像山风吹过松谷，“有哥哥在，你一定不会被梦魔师……”

梦魔师？林西夕隐约记得，那是位有着金色长发和碧绿眼眸的危险神祇……可是，为什么觉得梦魔师是危险的呢？在梦里，林西夕找不到答案。

每当她从梦境中醒来时，距离“相见”就近了一天。她欢呼雀跃地倒数着日子，终于盼到了十五岁的满月夏夜，鼓起勇气，吃下黑猫给的种子。

黑岩泽璃真的出现了。他用自己的血救了她，却封印了她关于那一夜的所有记忆。

半个月后，高一开学第一天。

大清早，新班主任李老师就给林西夕的母亲打了电话：“林西夕妈妈，您女儿以年级最高分进入我们班，我非常高兴。有件事想跟您商量……我想让一个男生当她同桌。”

“没问题。”

“可是，”李老师顿了顿，“这个男生出了名的调皮。”

“调皮点儿正好，太木头的不行。我正发愁林西夕没什么男生朋友，将来可怎么办呢。那孩子帅吗？"

林西夕起床喝水，差点儿一口喷出来。

一到学校，林西夕就去黑板前看了看座位安排表：林西夕 / 尼子猫。这位尼子猫，直到第二节课才匆匆冲进来，把书包"咚"地丢在桌上，里面的书啊笔啊稀里哗啦一阵乱响。

林西夕吓了一跳，抬头看了看这位新同桌：短发，虎牙，穿着黑衬衣和破洞牛仔裤，左耳有一个装饰，围住耳廓半圈，闪着暗银色的光芒。正好，尼子猫也在打量林西夕——他爸一早就揪他起床，满面红光地宣布他将与"年级第一"同桌——两人目光相对，立即移开，各自尴尬地看向别处。

尼子猫歪过头去想了想，满不在乎地伸出手来："你好，传说中的'学霸'。"

林西夕心里很囧，但也大方地伸出手去："你好，传说中的'不良君'。"

满以为他会反驳，结果他只是酷酷地笑笑，回身坐下。

这一节是法语课，外教一进来就叽里咕噜一通说，听起来好像一群面包皮翻滚着爬上自来水管，发出奇怪的摩擦声。林西夕一句也听不懂，发起愁来。看看周围的同学，竟然不少人一脸怡然自得，明显是暑假补习党。外教看他们连连点头，讲得更加来劲。

尼子猫倒是很悠闲，他在法语书下藏着一本漫画，时不时偷笑两声。

林西夕扫了漫画一眼，轻轻地说："《银色之魂》。"

尼子猫受惊似的看了她一眼。

林西夕收回视线，继续愁苦地望着黑板。老师正在教生词，它们乍看很眼熟，细看又跟英文很不一样，名词会分阴阳性，动词恨不得有一百种变形。没等林西夕弄清规律，老师已经开始讲解课文了。到了下课铃响时，"学霸"满脸黑线，似乎遭遇了人生的重大危机。

尼子猫瞄了林西夕一眼，懒洋洋地凑了过来。他一看她的笔记，立即哈哈大笑，那第一行赫然写着："Bonjour 语义：你好。发音：笨猪。"

"来，就让本座帮帮'笨猪'吧，我好歹学过一点儿。"尼子猫指着生词，居然能示范发音，还能一个个地解释出来。林西夕无比诧异地跟读，心里默默地把"不良君"划去，换成了"雷锋亲"。正要道谢，尼子猫大方地摆了摆手，从书包里掏出一本习题册，"作为对我的报答，今天的作业你得帮我写。别穿帮了，用左手写，我不会嫌你的字丑。"刚刚说完，又把她的手机抓去，拨了自己的号码，"我会打给你，拜拜——"尼子猫抽出书包，头也不回地离开了教室。

这之后的一段时间，不良君常常旷课。他出现频率最高的是数学课和法语课——用他的话来说，数学是"有趣的东西"，而法语则是"展现本座魅力的时刻”。不过，也多亏他时不时“展现一下魅力”，林西夕才逐渐跟上了外教的节奏，“学霸”的饭碗总算是保住了。

几星期后。下了一整天的雨，到傍晚还没有停。林西夕穿着红色的雨靴，撑起透明的伞，走出教室。经过操场的时候，她放慢了脚步。

广播里正在放一首歌。从未听过的美好旋律，在雨中空旷的操场上往复回响，忽然有了些浑厚苍远的意味。空荡荡的看台上，一排排颜色鲜艳的座椅接受着雨水的洗礼。一顶白色棒球帽，在雨中静静地听着。

一个撑着黑色大伞的身影站在操场的中央。

“尼子……”林西夕刚要出声，却忽然停住了。

尼子猫背对着林西夕，手势潇洒地一甩，丢掉了伞。鼓点响起，尼子猫打着响指，肩膀也跟着摇摆起来；音乐渐入佳境，尼子猫便随性跳起了舞。

雨斜斜地下着，天和地之间一片模糊。尼子猫低着头，滴着水的头发遮住了前额，暗银色的耳廓在幽暗中一闪一闪，像这苍凉的世界里唯一的光。

林西夕慢慢地走近他。

雨水打湿了尼子猫的侧脸，顺着他微微翘起的嘴唇，攀过喉结，在胸前流成一道道雨线。黑色的宽边篮球背心勾勒出少年刚刚成熟的轮廓，露出他那在阳光下晒得黝黑的结实体魄。随着节奏，他痛快地踩在鼓点之上，也踩在观者的心之上；他无拘无束地张开双臂，用几乎燃烧的生命力轻巧地转身，雨水便在他周围漾出一圈圈闪亮的波纹，反射出微蓝的光芒。

刹那间，她看见了他的眼神：锋利中藏着率真，活得自由又快活。

冷不防看到林西夕，尼子猫的手脚停在空中，当场定格。两个人都傻站着。

“真棒！”林西夕鼓了鼓掌。

“嗯。”尼子猫挠了挠后脑勺，好像有点不好意思。他弯下腰，拾起雨伞，甩了甩水。

“这首歌也好好听。”

“喂，那个什么，我先闪了。”尼子猫撑起雨伞，转身就跑了。

第二天，尼子猫再度出现的时候，已然恢复了往常从容的模样。下课时，他像是忽然想起了什么，塞给林西夕一张包得乱七八糟的CD，上面有他手写的一行字：

春のかたみ / 春之痕

“‘尼轰国’的歌，昨天你不是说好听么。正好本座有。”尼子猫支着半边脸，得意地看着林西夕。

“哈哈！字真难看！”

“大胆刁民！……你又不是第一次看见本座的字！”

“那我就勉强收下啦。”

“你明明就一副很高兴的样子。凡人，好好感谢我吧！”

“凡人……莫非您是天人？”

尼子猫仰起脸，用鼻孔俯视着林西夕：“说出来吓死你，我可组过乐队。”

“您说的乐队……”林西夕神秘地压低声音，“不是指学校的鼓号队吧？”

鼓号队在每周一升国旗时，会集体站在大太阳下面，伴着冉冉升起的国旗奏国歌。要是升旗的同学一紧张，把旗子一下子拉到了杆顶，鼓号队就只能越吹越快，气急败坏。

“开什么玩笑？本座可是会写歌的！”

“那你会谱曲吗？”

“那还用说。”

“尼子猫，可以请你帮我谱曲吗？我来写词。”

不良君惊讶地看了看林西夕，没想到学霸会对这种东西有兴趣。她充满期待地看着他，眼睛亮晶晶的，尼子猫实在不忍拒绝。

“小菜一碟。”

周六的午后，两人约好在教室见面。

虽然已是秋天，空气里还残留着淡淡的暑气。头顶的宽叶木质风扇慢悠悠地转着，发出轻微的“吱吱”声。

尼子猫打开皮质的琴匣，拿出吉他：“说吧，要什么样的歌？”

“想念的……想念的歌。”

尼子猫瞥了她一眼：“老土。”

“不管。”

“好吧，要什么样的感觉？”

“想念的感觉。”

“……算了，歌词拿来给我看一下。”

林西夕的脸一下子红了。

尼子猫疑惑地看了看她，一把抓过写着歌词的纸。

遇见

六月天

蝴蝶翩翩
棒冰甜
光影点点
暖风吹过白云起
我们的第一次遇见

四季间
似水流年
寻不见
夕阳腼腆
远山融融归鸟去
一刹那的亲密无间

遇见你的瞬间
遗失懵懂的所有特权
我写下思念的诗篇
蓝色绿色和金色的句子
比不及你眼中星光潋滟

遇见你的瞬间
瞥见世界的另一张脸
我拾起失声的唱片
将笑容与祈盼细细盘点
勾起的嘴角边淡淡的咸

如果在宇宙尽头重见
一百万光年也容不得擦肩
可否拥我入怀
温柔低语在耳在心间
你的胸口
温暖如昨天

如果这等待会是永远

笑着独自走过三万个好天
可否张开翅膀
牵我告别此生此世界
回到那片
蒲公英花田

尼子猫读罢哈哈大笑:“学霸还蛮有兴致嘛。”

“……再、再有兴致也不会像某人，在大雨天湿答答地独舞。”说完这句话，林西夕扬眉吐气。

尼子猫顿时语塞。他抱起吉他，一脸严肃:“我好像找到点儿感觉了。”

见此情景，林西夕也严肃起来。墙上的挂钟“铛铛”地敲了几下。

尼子猫坐在课桌上，调了调弦。林西夕看着他的手背。这家伙平时都在干什么？左一片，右一片，简直是创可贴相亲大会。

“喂，”不良君斜眯着眼睛，“你醒醒，不要迷上本座这翻云覆雨强壮又忧郁的手。”

“我懂你为什么作文不及格了。”

尼子猫酷酷地笑了笑，随意拨动着琴弦。他尝试着弹了几个不同的片段以后，曲子忽然流畅起来。尼子猫胸有成竹地点了点头:“这首歌很快就可以唱了。”

林西夕的眼睛一下子亮了。

“你先回家，本座谢绝打扰。”

“嘁——”林西夕嘴上反抗着，却乖乖地走了。不良君其实有点儿害羞吧？

时钟的指针滴滴答答地走着，戴着银色耳环的少年独自留在空荡荡的教室里。充满校园气息的吉他弦音，和着少年略显青涩的歌声，让时间都放慢了脚步。

很久没有这样弹吉他唱歌了呢。尼子猫默默地想着。还真有点儿怀念。

他不知道的是，这首歌里也写着林西夕的怀念。她一遍又一遍地梦见同一个人，拼凑着梦境写下一行行歌词，就像写下一封地址不详的信，装着对收信人——那位让她没来由地无比怀念的“兄长”——满满的心意。

第二章

无爱之猎

The Loveless Love Hunter

恋爱即战争。

Carpe diem, quam minimum credula postero.

Horace, *Odes*

（拉丁语）抓住今日，莫信明天。

贺拉斯《颂诗》

另一个平行世界。

深宅之中，帘幕紧闭。烛光摇曳，在高高的屋梁上投下片片阴影，隐隐可以看见嵌入墙壁的白银花纹，华丽又风雅。

一位身材修长的男子穿着描墨的蝉衣，斜倚在床上，衣襟半开，露出白皙的肤色，银色的长发随意披在肩头，湖蓝色的双眸像月光下波光粼粼的海面。他是绯狐，在被称为"瞬湖帝国"的黑岩集团，是地位仅次于黑岩泽璃的二号人物。

绯狐用修长的手指抚着身边女人的脸："你准备好了？"

"是。"女人有着极长的浅金色头发，细软如丝。她低垂着浅紫色的双眸，嘴唇如樱桃般红润。她叫沸鳞樱，是沸鳞集团的大小姐，而沸鳞集团与黑岩集团之间存在着近两百年的竞争关系。

"樱姐姐，"黑岩家的绯狐眯起漂亮的湖蓝色眼睛，"你在做很愚蠢的事，不会后悔吗？"

"请你……好好地爱我。哪怕只有这一次。"

"我可以好好地疼爱你。"绯狐暧昧地笑了，"小猫咪，跟我走。"

空气中忽然水光摇曳。卧室的墙上凭空出现了一扇金光闪闪的门，通往一片广袤的草地。绯狐从床上轻盈跃起，抱起沸鳞樱，走了进去。满地野花香气扑鼻，溪流满地，浸湿了光着的脚，却是温温的泉水，并不寒凉。沸鳞樱低着头，红着脸，紧紧地抓着绯狐的衣角，好像一松手就永远也见不到了一样。

绯狐轻轻地放下她，脱下宽大的蝉衣，铺在草地上。接下来要做的事顺理成章。他并不犹豫，毫不留情。沸鳞樱闭着眼睛，脸颊绯红。

一缕清泉流过，浸湿了头发。空气里弥漫起奇妙的气味。

“绯狐……”沸鳞樱捉住绯狐的手指，轻轻地放在自己的嘴角边，“可不可以……”

“贪吃的孩子。”绯狐微微一笑，“可以哦。我要你把自己完完全全地交给我。”

“请你……吻我……说你爱我……”

绯狐并不说话。他嘴角挂着笑意，欣赏沸鳞樱那浅紫色的瞳孔一次次聚焦又涣散，就像雨中盛开的紫罗兰，一边绚烂，一边凋零。

少顷，沸鳞樱低语道：“绯狐，我爱上你了。我输了。我的瞬湖……全都是你的了。”

听到这句话，绯狐吻了吻她的脸颊，起身打了个响指。水波微漾，金光闪闪的界门再次打开，绯狐抱起沸鳞樱回到那间帘幕紧闭的屋子。此时，沸鳞樱已经双目失明，而绯狐的湖蓝色眼眸中似乎多了一层若有似无的淡紫色。

绯狐和沸鳞樱都是这个平行世界中顶尖的“情猎”，即情感猎人。他们通过猎取他人的感情而夺走他人的“瞬湖”，从而收集去平行世界的钥匙。平行世界既不是现在，也不是将来，而是同时存在的许许多多个世界，每个世界里都有完整的宇宙。瞬湖作为灵魂的秘密组成物质，可以打开通往平行世界的界门，从而让其拥有者跨越空间，进入崭新的世界，并获取其间的宝藏。在情猎的相互较量中，先动感情的一方为输，必须把积累多年的瞬湖献给赢家。因此，常有情猎在一夜间富可敌国，也有人转瞬就失去所有。

恋爱即战争。

当沸鳞樱被侍从们小心翼翼地扶出门时，黑岩集团的主人黑岩泽璃刚从林西夕的平行世界回来。见此情景，他脸色一沉。黑岩和沸鳞争斗了很久，最近几十年才踏入微妙的和平时代，双方表面上互不干涉，暗地里各自发展壮大。然而，绯狐竟然擅自对沸鳞集团的樱大小姐下了手，她的父亲、沸鳞集团的核心人物——沸鳞炎渊必然不会善罢甘休。

绯狐察觉到了门外黑岩泽璃的气息，微微一笑：“泽璃，我以为你对这种事没兴趣呢。原来你更喜欢偷听？”

“别给黑岩惹麻烦。”

“我怎么会拒绝主动送上门的美人呢？你真是不解风情呀，亲爱的哥哥。”

“沸鳞樱是自愿的？”黑岩泽璃的脸色更加阴沉，“这恐怕是沸鳞炎渊设的局。你猎取了沸鳞樱的瞬湖，沸鳞炎渊就有了挑起战争的借口。”

“战争？你只闻得到阴谋，却闻不到愚蠢的爱情。”

黑岩泽璃的眼神冷冰冰的。绯狐天天把“爱情”挂在嘴边，可是从来没见他认真过哪怕一次。

“所有女人都是一样的，她们会爱上我们，挡都挡不住。泽璃，你也要偶尔放松一下嘛。‘无爱’不过是腐朽的家训，你可别把自己闷坏了。”

黑岩泽璃心头火起。“无爱”的意思，远不是绯狐说得那么轻佻。

当绯狐尚未出生，黑岩泽璃还是小孩子的时候，“平行世界”和“瞬湖”的存在还没有被发现。那时人们以为自己所在的宇宙是唯一的宇宙，黑岩泽璃所在国家的政治制度还是君主制，而老牌贵族黑岩作为“王的剑”为君王征战，已经存在了万年。黑岩泽璃的父亲黑岩彻入主贵族院时，临近星球中能被征服的疆土都已被纳入王的版图，“王的剑”失去了新的目标，渐渐成了被王室闲养的鹰犬。

随着人口增长，资源供应空前紧张，王颁布了“节能”的新政。节能是“消灭老年人”的委婉说法。平民在八百岁生日时即被处死，即使是黑岩这样的贵族成员，也仅仅被特赦活到九百岁。民众虽怨声载道，却也束手无策：养着不再工作的老人就意味着新生儿和青壮年得不到足以维持正常生活的资源。于是，“节能”新政就这样被王室褒扬，被民众默许地推行了。

对于每个人而言，生日即未来的忌日。

在一个夏日的黎明，小泽璃骑在黑色的小马上，静静地守在黑岩庄园的大门外。晨风吹来了马蹄声，祖父的身影渐渐在薄雾中显现。祖父裹了件带帽子的浅色披风，怀揣一壶麦酒，骑在赤毛雪蹄的高头大马上，仿佛正要去远郊踏青。

今天是他的九百岁生日。

泽璃没有说话，默默地骑马跟着祖父，走上通向刑场的白色碎石小路。天边一片青白，几颗寒星眨着眼睛。

祖父回头看看黑岩泽璃，把麦酒丢给他：“黑岩家的男人可不会哭成这样。”

泽璃引颈喝了几口，猛咳起来。他转过脸去：“‘黑岩家的男人’甚至都不来送你。”

“‘无爱’是我们的家训，孩子。你父亲不过做了他应做的事。无爱亦无恨，才能无牵无挂地成为‘王的剑’。”

“我讨厌王。你也曾经是他的剑，他却要你死。”

“傻孩子，钝了的剑，留着也只能生锈罢了。”

“祖父，你为什么不逃走？”

“我要是逃走了，黑岩会被灭族，‘咔嚓’。”

“可是……我们可以跟着你一起逃走啊。你的幻术那么厉害，可以把我们都变成别的样子，没人能认得出来。”

“这倒是个好主意。”祖父笑了笑，冲泽璃挤了挤眼睛，“我们来场比赛，假如你赢了我，我们就一起逃走。”

“真的？”小泽璃眼中放光，“比什么？”

“比谁能笑得更久。”话音未落，祖父便哈哈大笑起来。

黑岩泽璃惊讶地看着他，忽然明白比赛已经开始了，于是也不甘示弱。祖孙二人骑着马，疯狂地大笑着，笑得声嘶力竭。面前是黑岩家一望无际的绿色草场，红红的朝阳从远处的群山之后探出了头，一群白鸟拍着翅膀从晨雾弥漫的林中飞起。空气中回荡着两个声音，一个苍老豪迈，一个清澈单纯。小泽璃笑得几乎透不过气，却丝毫没有向祖父认输的打算。

可是，泽璃身下的黑色小马却越来越不安。它甩着头，打着响鼻，在越过小溪的时候，突然后腿着地立起来，差点把泽璃掀下马去。

溪水飞溅，全是深红色的。天地褪色，祖父的头滚落脚边。泽璃发现，自己并不曾离开黑岩庄园半步。

一切都是祖父制造的幻觉。从一开始，行刑者就候在黑岩庄园门前——不用在平民的刑场赴死，这也算贵族最后的特权。

刽子手在祖父遗体的披风上擦了擦滴血的大刀，冷冷地看着刚才狂笑不止，现在却惊慌失措的男孩。

祖父的头缓缓地转向泽璃：“这样就好……原谅我，到了最后，还是最想看到你的笑脸。”他的声音越来低，越来越沙哑，“孩子，过来。”

小泽璃忍住眼泪，跌跌撞撞地下马，趴在地上，把耳朵凑近祖父的嘴唇。

“黑岩泽璃，记住我的话。只有假装无爱，才能骗过敌人，保全自己真心喜欢的人。黑岩家的每个男人都是这么做的。不要哭。”

泽璃捧起祖父的头，把脸埋在他银白染血的头发里，肩膀无声地颤抖。远处的山顶仿佛慢慢熔化的红色铸铁。这一次，朝阳真的要升起来了。

“快点。”刽子手不耐烦地催道。

泽璃抬起脸，眼睛里全是寒意。

刽子手掂了掂手中的大刀：“别让老子等太久。”

“你在等什么？”

“等你手里的那个，”刽子手扯开一侧嘴角，“死贵族的臭脑袋。”

这天上午，有匹赤毛雪蹄的马缓缓走进刑场。它的背上有两个包裹，一个装着泽璃祖父的头，一个装着刽子手的。

那是黑岩泽璃第一次杀人。

从那天起，再也没人见黑岩泽璃流过一滴眼泪。人们充满敬畏地称他为“黑岩的冰”。

三百年后。

绯狐望着黑岩泽璃，语气变得深沉："你就不想知道沸鳞樱为什么肯输给我？"他自顾自地说下去，仿佛是说给自己听，"她和我是一路人。我们向来为他人制造感情陷阱，自己却不走进去。几十年，上百年，永远如此。可是，时间久了，总是会空虚，会寂寞吧？于是这位大小姐问我：'如果一个人不知道自己为了什么而存在，却要看月亮几千次几万次地升起落下，这样活着有意思吗？'"

"你是说，沸鳞樱厌倦了情猎的生活？"

"有时'自我毁灭'也是一种让人无法反抗的本能呢。沸鳞樱说她爱上了我，其实她只是爱上了'结束'，因为我在那一刻，对她的命运掌握生杀大权。"绯狐耸耸肩，一丝银发如一道光芒滑落，"所以我成全了她。像她这样掌握如此多瞬湖的女人，也只有我——或者你——才有能力'成全'吧。"

"别把我和你混为一谈。我不是情猎，也不想做情猎。"

"哎呀，我被嫌弃了呢。"绯狐诡异地笑了笑，"泽璃，你身上的那几个有趣的瞬湖，我也很想拥有一次看看——所以，你一定要把自己的弱点好好地藏起来，连我也不可以知道。否则，我会忍不住把你也吃掉的。"

沸鳞炎渊的居所名为"云墅"，筑在悬崖峭壁之上，如盘踞山岩的鹰，俯瞰着深谷中的森林和湍流。

已是下午时分。

沸鳞樱坐在透明的玻璃阳台上，仰脸面对着漫天的流云。因为把灵魂里的所有瞬湖都输给了绯狐，她双目失明。也正是从失明的那天起，她身边的侍从都不见了。

沸鳞樱用手摸索着面前的水晶茶几，捉到一只小小的透明茶壶，把它微微抬起，晃了一晃，是空的。她用干涸的舌头舔了舔干裂的嘴唇。通往房间的门被从里面反锁上了，她已被关在云墅的阳台上整整三天，黎明、正午、黄昏和黑夜从她的身上缓缓流过。

这是父亲沸鳞炎渊对她的惩罚。沸鳞樱曾拥有的瞬湖是用两百多年的时光积累起来的，可以打开一扇扇秘密的界门，通向一个个富含宝藏的平行世界。她自愿把宝藏送给了敌人，成了沸鳞的叛徒、父亲的弃子。

前方似乎有猫的叫声。沸鳞樱侧过脸颊，出神地听着："夜，是你吗？"

“夜”是只黑猫的名字，它是沸鳞樱的妹妹沸鳞桃的心爱之物。

山风吹过，沸鳞樱摸索着站起身来：“夜？”

阳台没有护栏，猫叫声仿佛从更远的地方传来。沸鳞樱伸着双手，向深谷间即将升起的雾霭迈出脚步。风猛地吹起她的头发，她坠下了悬崖。

在这个瞬间，时空停滞了。

沸鳞樱的盲眼前出现了一个男人。他有着黄金一般灿烂的长发，眼瞳如同深绿翡翠，眼神像冰一样冷。在他身后，有三扇门：第一扇裹着黑色的烟雾，嘶嘶作响；第二扇像张巨大的兽嘴，沾血的獠牙鬼气森森；第三扇像团温柔的白光，朦朦胧胧。

“我是梦魔师。”男人看出了沸鳞樱的不安，“每个人都终将面临这三扇门。黑色的门名为‘恖涯’，它通向不可知的来世。兽嘴之门名为‘巽’，可以吃掉时间，让历史倒流。最后一扇门名为‘空’，它让存在变成虚无，既没有过去，也没有未来。”

“空，”沸鳞樱喃喃道，“也许我该去那儿。”

“说出你的故事，我将决定你的去向。”

沸鳞樱顺从地低下头，声音仿佛有了魔力。

故事是从三百年前，一个纤尘不染的实验室开始的。

一排高大的圆筒状容器像被押上刑场的死囚，套着黑色的布罩，立在冰冷的墙边。银色长条桌上摆着几百个圆形烧瓶，盛着发光的红色液体，如同黑暗中的兽眼。一面巨大的透明屏幕从屋顶垂下来，右下角的淡绿色荧光字符一亮一灭。

通往室外的门半掩着，门缝中露出两个金发小女孩胆怯的脸。高一点的孩子是沸鳞樱，她有一双浅紫色的眼睛，而小妹妹沸鳞桃的眸子是深灰色的。

“小桃，看到那扇门了吗？”沸鳞樱压低了声音。在那实验室的深处，一扇暗棕色的木门被掩藏在浓重的阴影里。

“妈妈真的被关在那里吗？”

沸鳞樱把嘴唇咬得发白：“你在门口守着，要是爸爸回来了，你就立即告诉我。”

“樱姐姐，我好害怕。”

沸鳞樱轻轻握了握妹妹冰凉的手，蹑手蹑脚地潜进实验室。妈妈已经失踪很久了，就算爸爸沸鳞炎渊警告她们绝对不可以进这里……

空气中有种防腐液的气味，闻起来有些刺鼻。一丝夕阳余烬从窗帘缝中透过来，在阴暗的地面上拉出血红的长长痕迹。

沸鳞樱穿过透明屏幕，来到暗棕色的木门前，把耳朵贴在门上，轻轻地唤了几声。木门那边没有应答。她犹豫地握住冰凉的门把手，试着转了转，听见齿轮在黑暗中“咯嚓咯嚓”地咬合。

“啪。”身后忽然传来脆响，沸鳞樱的心跳停了半拍。妹妹沸鳞桃竟然跟着溜了进来，绊到地上的导管，把一只烧瓶牵连着摔落在地，砸得粉碎。在妹妹的身后，罩着高大圆筒的黑布套“唰”地褪了下来，沸鳞樱的瞳孔立即因恐惧而缩成一个点。

“小桃，别回头！”沸鳞樱的声音是从喉咙里挤出来的。

一个死去的女人泡在玻璃圆筒里，向前平伸着两只手，仿佛在乞求什么。她灰白的嘴唇被黑线仔仔细细地缝上，放大的瞳孔侵入眼白，黑色头发像蓬乱的海藻般一丛丛地立在头上。一瞬间，沸鳞樱几乎把她错看成母亲……可是母亲的头发是金色的。

妹妹沸鳞桃缩着身子，僵硬地站在原地。她没有回头，可是死尸的影子已经清清楚楚地映在她面前的荧光屏上。沸鳞桃脸色苍白地尖叫起来，停也停不住，仿佛只要持续下去，尖叫声就能化成利刃，把心里的恐惧杀死。

沸鳞樱觉得浑身的血液都结冰了。她再也无心探究母亲是否被关在木门之后，连拖带拽地把情绪失控的妹妹拉到门外。

两个孩子瘫坐在地上，浑身哆嗦。

半晌，沸鳞樱猛地爬起来，独自走回实验室，搬过沉重的金属椅，避开尸体的视线，踮着脚尖把黑布套罩回原处。她强装镇定地从椅子上跳下，用裙角擦掉自己的指纹，绕过地上的碎玻璃走出实验室，问妹妹：“夜呢？把它抓来。”

当沸鳞桃哭着抱来名为“夜”的黑猫时，沸鳞樱内疚地看了它一眼。夜浑身漆黑，眼睛像一对红宝石，脖子上系着一个铜铃铛，乖得让人心疼。

沸鳞樱把夜放进实验室，小心地掩上沉重的门，只留了细细的一条缝。她决心把打破烧瓶的错嫁祸给这只猫。

“小桃，不管爸爸回来问什么，你都说不知道，记住了吗？”

沸鳞桃盯着那道黑暗的门缝，害怕地点了点头。

“小桃，妈妈不见了，也许有一天，爸爸也不要我们了。”沸鳞樱说着说着也哭了起来，“姐姐最喜欢小桃了，小桃喜欢姐姐吗？”

“喜欢。”

“不管发生了什么事，我们都不要分开。”

那天晚上，两个孩子相拥而眠。夜半时分，沸鳞樱被凄厉的猫叫声惊醒，一摸身边，妹妹不见了。实验室的门露出一丝灯光。

沸鳞樱光着脚，胆战心惊地走了过去，站在黑暗的走廊中，向实验室里探看。

沸鳞炎渊回来了。他穿着宽大的白色研究服，坐在冰冷坚硬的金属椅里，跷起长长的腿。在那宽边眼镜后面，鲜红的瞳仁似笑非笑地看着银色的长条桌面。

那上面的大浅口盘里，放着被整整齐齐切下的沸鳞桃的头。

沸鳞樱不知道自己是怎么回到房间的，也不知道那一夜究竟有多漫长。她在床上缩成一团，死死盯着卧室的门，不敢哭出声来。

我不该把小桃的猫放进去。我害死了妹妹！是我的错！是我的错！下一个被杀的就是我。

她哆嗦着向维安署报了警。

天蒙蒙亮时，卧室的门被轻轻地推了推，接着传来钥匙插进锁孔，门把手微微转动起来的声音。沸鳞樱打开窗户，想逃出去。

在翻窗的刹那，她回了一下头，不由得倒吸一口冷气。

妹妹沸鳞桃正站在门边。她安静地关上门，无声地走过地板，爬到床上。

沸鳞樱努力地按住自己的膝盖，听见上下牙齿磕在一起，发出巨大的声响。

“樱姐姐，”沸鳞桃揉着眼睛，“你在哪儿？”

沸鳞樱直愣愣地看着妹妹。良久的沉默后，她忽然翻窗回去，把妹妹按在床上，发了疯一样检查她的身体。

毫发无损，只是在脖子后面，多了一道浅红色的伤痕。

此时，天空中响起轰鸣，维安署的飞行器到了。维安署的首席，一个面色苍白的中年胖子，从飞行器里走了出来。

沸鳞樱拉着妹妹翻窗出去，大声呼救。

“令嫒大清早就这么精神呀。”首席满脸堆笑地跟沸鳞炎渊打着招呼，额上冒着油汗，微微弯腰看着两个女孩，发胖的肚子被饰满金属勋章的腰带勒成一坨肥肉。

沸鳞炎渊用鲜红的瞳仁冷冷地盯着大女儿。首席和蔼地笑着，把两姐妹一并抱起，走上飞行器。

他们去的地方并不是维安署。飞行器停在王宫的大殿前，几万人聚于殿下的广场，人头攒动，仿佛在期待着什么。汉白玉砌成的高高宣台上，王的代言人充满威严地抬了抬手，人群顿时安静下来。

“今天，我们欢聚在此，纪念瞬湖的伟大发现。沸鳞炎渊院士发现了人类灵魂深处的瞬湖，找到了通往平行世界的钥匙。从此以后，我们将借由瞬湖造访另一个宇宙，开采新的资源，永远结束资源紧张的时代。”代言人郑重地为沸鳞炎渊戴上一枚金色的勋章，“贝诺尔科学奖章属于您。”

人群欢呼起来，维安署的首席使劲地鼓掌。沸鳞樱转过头去，发现所有的人都在鼓掌，就连妹妹也满脸崇拜地望着爸爸。

沸鳞樱跌跌撞撞地走向宣台。

王的代言人笑容满面地望着她：“沸鳞樱小姐，您将分享您父亲的荣耀。”

“不！”沸鳞樱站直了身体，指着沸鳞炎渊，“我们的妈妈已经失踪了。爸爸杀了个很像妈妈的女人，把她的尸体泡在玻璃筒里。”

人群中一片哗然。

王的代言人尽力掩饰着尴尬：“沸鳞樱小姐，请说话慎重。”

“爸爸昨晚还想杀妹妹，你们可以看她脖子后面的伤。”

代言人面色阴沉地将目光投向维安署的首席。

“请原谅老夫的不敬。”首席抱起沸鳞桃，动作夸张地拨开她金色的长发，“以老夫三百二十年维安署首席的身份起誓，这位小姐毫发无损，连一个蚊子包都没有。”

人群中爆发出一阵哄笑。

“你说谎！”沸鳞樱尖叫起来。

“沸鳞樱小姐，您应对王的宽宏大量心存感激。”王的代言人不再理会这不和谐的小插曲，挺直身体，“我谨代表王，宣布另一项重要决定。由于沸鳞炎渊院士的杰出贡献，从今日起解除‘节能’的诏令。我们将有充足的资源支持全体臣民的生存和发展，不再有老人需要牺牲，每个人都能幸福地老死在自己的床上。”

广场上的欢呼声震耳欲聋，沸鳞炎渊瞬间成为所有人心目中的守护神。

“爸爸杀了人，他还要杀小桃。”沸鳞樱嘶声喊着，但没人听得见。

代言人望着沸鳞炎渊，低声说：“请多陪陪您的女儿。”

“你没有用‘我’来讲这个故事。”梦魔师说，“就好像‘沸鳞樱’并不是你，而是另一个人。”

“因为我不过是父亲的‘造物’，是个没有存在意义的‘容器’罢了。”沸鳞樱苦笑了一下，“沸鳞樱的故事刚刚开始，就要结束了。”

维安署的首席把沸鳞炎渊和他的两个女儿护送回家。沸鳞樱想找机会逃走，可是她不能把妹妹一个人丢下。

家门口早已停满各式各样的飞行器。一大群陌生人，高高矮矮，胖胖瘦瘦，满脸堆笑地等着沸鳞炎渊。在他们中有政客，有军火贩子，有企业家、名模、研究生，还有江湖骗子。每个人都拿着厚厚的计划书，每个人都想分享发现瞬湖的成果。他们互相推搡，跟在沸鳞炎渊的身后，发誓自己是他最忠实的追随者，恳求他签下各式各样的合同。

第二天早上，他们都咒骂着走了。

沸鳞炎渊没有私享科研成果，而是通过“贝基解密”向全人类公开了瞬湖公式。只要遵循公式燃烧灵魂，谁都可以找到自身的瞬湖，从而打开通往平行世界的界门，得到平行世界里的宝藏。一时人人争先恐后，“寻找瞬湖”的真人秀和“瞬湖开发”的培训班在一夜之间遍地开花。全民“下湖”的时代已经开始，一夜暴富的人成为媒体新宠，由于过度燃烧灵魂而猝死的情况时有发生。

记者们忙碌起来，一篇篇报道铺天盖地而来。

“最尖端的科研成果也能被最普通的民众分享，这才是真正的民主。”

“学术界打假权威圆船子博士质疑沸鳞炎渊院士的学术严谨性。博士发起众人联名签字活动，请求王撤销沸鳞炎渊院士的贝诺尔科学奖章。”

“有史以来，人们总是在用自己的灵魂换取财富，瞬湖不过是新的疾速飞行器，新的空中别墅，新的国家科学院院士头衔，是值得人们拼上性命去争取的好东西。感谢沸鳞院士，他让我们在自己的灵魂深处发现了货币。”

沸鳞炎渊不对外界评论做任何回应。他没有惩罚沸鳞樱，也不允许她和沸鳞桃离家半步。

数年后，一个闷热的傍晚，暴雨将至。

沸鳞炎渊走进沸鳞樱和沸鳞桃的房间：“女儿们，我有一些关于瞬湖的新发现，你们必须知道。”

沸鳞樱十分不安，妹妹沸鳞桃则满脸高兴——爸爸好久没有主动对她俩说话了。

“听好。灵魂的成分是三千多种物质，这些物质构成了普遍的‘人性’，并不能通往任何一个平行世界。但每个人的灵魂里都会有一种特殊的存在，这就是‘瞬湖’。‘瞬’是时间，‘湖’是空间，瞬湖就是突破时空、通往其他平行世界的桥梁。大部分人只有三个瞬湖，一个通向我们身处的这个世界，常年保持开启状态；一个通向与这个世界并存的平行世界，也就是全民皆知、正在努力开采资源的‘另一个世界’；还有一个瞬湖在人死时，会打开灵魂存放地‘融之境’的界门。因为这三个世界是共享的，没有稀缺性，所以大部分人的瞬湖价值都不高。”

“爸爸，这些小桃都知道了哦。”沸鳞桃仰起脸。

“小桃很聪明。”沸鳞炎渊微微一笑，“但是我最近发现，少数幸运者其实拥有第四个瞬湖，可以打开独一无二的平行世界，这意味着他可以通过瞬湖垄断某些资源，因为别人无法进入他的那个世界。”

“爸爸，那有没有人拥有五个瞬湖呢？”沸鳞桃追问道。

“的确有。数量不到人口的十万分之一。不过，即使是普通人的灵魂，也有潜力兼容他人的特殊瞬湖——”沸鳞炎渊扫了一眼沉默的大女儿，“沸鳞樱，这意味着什么？”

沸鳞樱回答不出，神情紧张。

沸鳞炎渊遗憾地摇了摇头：“这意味着平凡的你们可以夺取天赋者的瞬湖并注入自己的灵魂。这么一来，就可以获取成百上千个珍贵的瞬湖了。”

“爸爸，”沸鳞桃问，“为什么要收集那么多瞬湖呢？”

“瞬湖能带来财富。”沸鳞炎渊耐心地解释着，“大量瞬湖叠加还可以衍生出特殊能力——迅速治愈伤口，用手指将水结为冰，或者将无影无形的瞬湖聚变为一把实实在在的钥匙。这世界上的所谓‘异能者’，无非是因为天生拥有大量瞬湖罢了。女儿们，我需要你们从今天开始成为情猎，猎取天赋者的特殊瞬湖，变成自己灵魂的一部分。”

“爸爸，什么是情猎？”

“情猎是猎取感情的人。所谓爱情，不过是灵魂的燃烧，此时灵魂壁变得稀薄，如果有特殊瞬湖藏在灵魂深处，就会隐隐发光，正是发现并猎取的最佳时机。”

“爸爸，怎样才能‘猎取感情’呢？”沸鳞桃继续问着，沸鳞樱狠狠地拽了拽她。

“你们俩都很漂亮，”沸鳞炎渊俯看着两姐妹近乎完美的脸，“这件事应该不难。如果谁不努力，我就把另一个人做成标本，装进玻璃筒。”

在那个瞬间，沸鳞樱仿佛又看见了那具泡在玻璃筒中的女人尸体，看见黑色的长发如海藻般直立在水中，灰白的嘴唇被黑色细线缝住……沸鳞樱握紧了妹妹的手。

"乖乖听话。"沸鳞炎渊的红色眼睛闪着冷酷而艳丽的光，"今晚，爸爸会让你们提前成年。"

隆隆的滚雷响过天空。冷风灌进昏暗的走廊，在墙的转角间横冲直撞，在房门下与地毯的边缘"扑扑"作响。

转眼间，大雨倾盆。

"在那之后，沸鳞樱有过许许多多猎物。她不敢停下来，停下来就意味着妹妹的死。"沸鳞樱睁着失去光明的眼睛，"她把情猎的秘密公开在贝基解密上，她想警告世人，绝对不动任何感情才能不露丝毫破绽。"

梦魔师微微一笑："但'靠近危险'是人类的怪癖。那是明知有深渊，却想一探究竟的冲动。"

沸鳞樱点了点头，笑得有些凄凉："新的战争在无声无息中开始。越来越多的情猎出现，他们组成瞬湖集团，出门同打天下，进门自相残杀。可是，沸鳞樱和沸鳞桃却永远站在食物链的最顶端，成了猎取情猎的人，为父亲沸鳞炎渊源源不断地积累着财富。"

"不错的故事。"梦魔师眯起翠绿的眼睛。

时间恢复流动，山风吹起沸鳞樱的头发，她的身体猛然下坠。

那扇通向未知来世，名为"咫涯"的黑色大门猛然打开，又如烟雾般消散。

三天后，黑岩庄园。

绯狐躺在床上，捏着一只细颈瓷瓶，抚摸着银色瓶身上红色的彼岸花纹，百无聊赖。

屋顶传来"咔"的一声轻响，像冬日河面薄冰断裂的声音。瞬间过后，巨大的压力自上而下贯穿房间，房梁里的金属骨架被挤压，发出痛苦的"吱呀"声，眨眼间就钻出天花板，张牙舞爪地向下扎来。绯狐的床被压得粉碎，整个地板向地底凹陷，裂纹圈圈层层地爆开来。

尘埃落定之后，屋顶出现了一个大洞。沸鳞炎渊的小女儿，沸鳞桃从洞口轻盈跃下，像一片白色的云，浅金色的长发在星光下飞舞。她是来为姐姐沸鳞樱复仇的。

沸鳞桃惊讶地发现，绯狐竟然毫发无伤。他站在门边，小心翼翼地吹着细颈瓷瓶沾上的灰尘。

沸鳞桃定住身体，抬起纤细白皙的手。随着淡淡的香气，几千只白色蝴蝶从她的宽大衣袖中飞出，一接触空气就仿佛着了火，带着蓝色的磷光直扑绯狐。桃的长发也随着蝴蝶一并飞舞起来，像一张柔滑强韧的网，把绯狐紧紧罩住。蝴蝶钻进网中，贴着绯狐的身体燃烧起来，绯狐动弹不得，银色长发着了火，衣服化为灰烬，皮肤被暗蓝的火焰烧出水泡，变得焦黑，发出难闻的气味。

沸鳞桃咬着牙，深灰色的眼睛盈满泪水。姐姐怎么会败给这种人？

火焰蔓延开来，空气里一片焦煳气息。沸鳞桃忽然觉得有点儿不对劲。绯狐在炙烤之中竟然一声不响，他的瞬湖也丝毫没有流泻出来。猛一回头，绯狐正站在她的身后。

"桃姐姐，如果这样能让你好受一点儿，就算你把火燃得再旺一些，我也心甘情愿。"绯狐笑嘻嘻地说，"你为什么这么生气？是因为我只疼爱了樱姐姐，还没好好疼爱你吗？"

沸鳞桃怒火中烧。她明白，既然两次攻击都失了手，就说明自己从一开始就中了绯狐的幻术，眼前所见都是假象。

"桃姐姐，"绯狐的眼睛亮了亮，屋里的火焰顿时全部熄灭，一截被烧焦的房梁躺在地上，发出暗红的光，"你有没有想过，樱姐姐为什么来找我？"

沸鳞桃不屑回答。

"桃姐姐，有没有人曾经说过，你记得的事和他们记得的事不一样？"

沸鳞桃微微皱眉。

"你去过令尊沸鳞炎渊的实验室吧？"绯狐笑得感慨，"还记得在实验室里发生过什么吗？"

"你想说什么？"

"如果我的推断没错，你和樱姐姐的记忆都在被令尊不停地擦除和改写，你们记得的'事实'也不尽相同呢。樱姐姐发现你们都是令尊制造出的'人造人'后大受打击，作为对令尊的反叛，把所有瞬湖都送给了我。换句话说，我可没有主动猎取她哦。"

沸鳞桃冷冷一笑。这个男人竟然用如此荒唐的借口为自己开脱。人造人那种东西，历史上根本没人成功过，即使是我无所不能的科学家父亲……她的心中忽然掠过一阵深深的恐惧。

"桃姐姐，我还有个更坏的消息。"绯狐怜惜地望着她，"令尊要我杀掉你。我需要你的瞬湖，与樱姐姐的瞬湖归于一处，有了你们几百年的积累，我终于可以与黑岩泽璃一较高下。"

"你是沸鳞的敌人，父亲他怎么可能……"沸鳞桃的嗓子发干。

“父亲？那是沸鳞大人灌输给你们的合成记忆而已，而我不仅不是沸鳞的敌人，而且还是你们的盟友。比起你和樱姐姐，沸鳞炎渊更想得到黑岩泽璃，因为泽璃的身体里藏着一个名为‘光’的瞬湖。而我呢，比起所谓的兄长，更想得到黑岩集团。所以，我们的交易很公平——泽璃将成为‘令尊’的实验品，而黑岩的财富和地位则将由我继承。”绯狐妩媚地一笑，“你看，我总是忍不住告诉漂亮姐姐太多秘密。”

沸鳞桃退后两步，宽大的袖口一开，白色蝴蝶即将再次飞出。

“你是想杀掉我，还是想杀掉事实？”绯狐揽住她的腰，隔着薄薄的白纱，把蝴蝶一只只轻轻捏死。

沸鳞桃用力拢回衣袖，狠狠地推开绯狐。绯狐并不勉强，轻轻地放开了手。沸鳞桃一惊，在失去平衡的瞬间，与绯狐四目相对。

她愣住了。从来没有看见过绯狐那样的眼睛，就像月光下波光粼粼的海面，在那样的海里，银色的泡沫缓缓上升，美丽的人鱼浅浅歌唱。慌乱与仇恨的情绪被瞬间抚平，心底仿佛吹过一阵温暖的夜风。沸鳞桃的指甲抠进掌心，为自己感到羞耻，因为在刹那间，她只想留在绯狐的怀中，就这样死去。

“请不要自责，”绯狐笑了笑，“每个女人都是这样。”

沸鳞桃沉默着转身，走出屋门。可是，刚走到门外，她就发现自己又回到了原地。破碎的天花板漏下微蓝的光，头顶的星空缓缓旋转，空间的界限已然模糊。心中的情感纷繁交织，姐姐死在崖底的景象从脑海中不停闪过，长长的金色发丝间凝满破碎的白色与暗红色，像大朵大朵开败了的花。沸鳞桃禁不住想，为什么姐姐连场像样的葬礼都没有？我不明白父亲为什么不爱我们，不知道母亲去了哪里，记不住猎物们的脸。如果绯狐没有说谎……那么我和姐姐到底是谁？是人，还是别的什么东西？在过去三百年间，我们为了守护彼此而做的那些事，真的有意义吗？

绯狐从背后轻轻地拥住她，像拥住一个孩子：“你很努力，你已经逼自己走了太久。今夜，我将带你领略你从未见过的世界。你不再是冷血的猎手，而将作为一个女人，第一次得到安慰。”他的手指轻轻地穿过她纤细的浅金色长发，“可惜，这也是你的最后一次。”

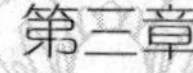

心里的鹿

Paint the Sky with Stars

如果要说“重点”，
能再次看到她的笑容，
这大概就是他几乎抛下一切，
来到这个陌生世界的最大的重点。

Danae was shut up by her father in a bronze tower. Zeus saw her, and fell in love with her. So he penetrated the tower in the form of golden rain... .

Adapted from a Greek and Roman myth

达那厄被父亲锁在青铜高塔中。宙斯看见了她，爱上了她，于是他化为金雨，渗入青铜之塔……

希腊罗马神话

林西夕和尼子猫的学校里掀起了轩然大波。

他们的隔壁班，高一（1）班转来了一个叫“黑岩泽璃”的男生，他的转学考试成绩甚至惊动了校长，因为能全科满分的学生，在建校史上还是第一次出现。黑岩泽璃还惊动了从高一到高三的女生们，大家都说他的容颜有夺人心魄的魅力，并在短短一周内为他写了超过一百封情书，还成立了“❤黑岩泽璃后援粉丝团❤”。令粉丝们心焦的是，黑岩泽璃翘课的次数比不良少年的老大尼子猫还多，因而难得一见。林西夕风闻了黑岩泽璃的种种传说，对他产生了浓厚的兴趣，因为自从这位转学生出现，她就拿不到年级第一了。

尼子猫没有察觉到周围的躁动。林西夕发现“不良君”似乎有些不对劲，他收起漫画，一整天都盯着窗外的天空，心里不知道在想些什么。就算问他，他也只是呆呆地看看她，好像丢了魂一样。

林西夕做值日的这天，尼子猫放学以后没有回家，等到同学们都走光了还坐在教室里。夕阳西下，干干净净的玻璃窗上反射出红红的光线。尼子猫一动不动。

“不良君，我要锁门了。”林西夕催促道，直觉告诉她不良君一定是出了什么事。

尼子猫一言不发地起身，拖着书包走出门。林西夕犹豫了一下，跟了上去。

尼子猫没有回头，也没有回家，而是在街上游荡着，像一只迷路的猫。

天快黑了，林西夕上前拍了拍尼子猫的肩，满以为他会吓一跳，结果他回过身来，直接把她抱进怀里。

什么？林西夕脑海中一片空白。怎么会变成这样？这就是传说中的“表白”吗？

大街上好安静。

仿佛过去了一百年那么久，尼子猫开口问道：“喂，你会做醋熘土豆丝吗？”

林西夕一时全部短路。

“我爸妈离婚了，我妈出国了。”尼子猫咬着牙，“不知道为什么，我特别想吃我妈烧的醋熘土豆丝。”

林西夕哭笑不得，却也放下心来：“走，跟我回家。”

那天晚上，尼子猫跟着林西夕回家，看着她和她的妈妈挽起袖子下厨，为自己做了一大盘酸爽劲脆的醋熘土豆丝。这是最最普通的菜了，但它也许就是世界上最好吃的那一道。

尼子猫一边风卷残云，一边看着坐在饭桌对面的一家子，心里一阵羡慕。

从客厅望去，林西夕房间的墙上贴满了动画海报，从《龙猫》到《夏目友人帐》，一个也不少。这么想来，林西夕除了“学霸”这个大缺点，其实还挺可爱的。

“不良君，你吃得一脸幸福耶！”

“谁说的？本座长得就是一脸幸福。”尼子猫转过脸去，耳朵有点儿红。

晚饭过后，尼子猫郑重地向林西夕的爸妈道了谢，坐电梯到了底层，站在小区里，抬头望着十九层的位置。天已全黑，林西夕的房间里，台灯亮了起来。尼子猫默默地看着那溢出暖黄光线的窗户，发现自己竟然有点儿舍不得离开。正当他呆呆张望时，林西夕的身影出现在窗户后面，她穿着白色的睡裙，动作轻灵地合上卧室窗帘。尼子猫脸一红，头也不回地走了。

第二天是周末，林西夕收到了尼子猫的消息：“今晚六点有空吗？来学校天台收本座的谢礼。”

林西夕到达时，尼子猫正在不安地踱来踱去。看到她的瞬间，他平静下来。两个人坐下来，看着天空，很久都没有说话。

太阳一点点地落下去，天空从金红逐渐变成橙红，浅紫，最后变成深邃的蓝。星星一颗颗地出现了，像洒在天鹅绒上的钻石，闪闪发亮。尼子猫站起身来，擦亮火柴，点燃焰火。

一束温暖的光倏地升起，划破黑暗。快到天顶的时候，它“啪”地散开，变成五颜六色的光芒洒落。又一颗星星飞上天空，变成一片金雨。

烟花此起彼伏地热闹着，两个人抬头望着这升腾幻化的小小宇宙，脸上忽明忽暗。

“一顿醋熘土豆丝就能换这么漂亮的‘谢礼’，太值了。”林西夕满脸微笑，“你有没有听过一个童话，叫《孔雀的焰火》？”

尼子猫摇摇头，轻轻地唤她："林西夕。"

"还有一个宙斯大神变成金雨的故事……"

"林西夕，"尼子猫的声音变得坚定，"你是怎么看我的？"

"你是'不良君'啊。"

"我希望我们还可以是现在这样的朋友，好吗？"

"当然。为什么问这种怪问题？"

"因为我不小心喜欢上你了。"

"……"

尼子猫顿了一下，随即嘻嘻哈哈地笑起来："你以为我会这么说吗？傻瓜！"

林西夕忍不住捶了尼子猫胸口一拳："可恶！我可是等着生命中的好男人来表白的，拜托你别总是破坏我的'第一次'记忆行吗？"

"本座就是上天入地如假包换的好男人啊。"

"是，是。给我等着，我总有一天要复仇的。"

"那让本座也留点什么'第一次'给你破坏破坏。"

"生平第一次考试全挂吧？"

又一支焰火冉冉升起，如璀璨的流霞燃过夜空。

"喂，给本座听好了。"尼子猫低头望着林西夕，语气变得非常认真，"我想跟你在一起，待很久很久。我可以对任何人出手，但是对你不行。我不想失去你，所以绝对不会犯什么傻，找你谈什么恋爱的。万一分手了，不就连朋友都做不成了？"

"净说些乱七八糟的话！"林西夕忍不住又打了尼子猫一拳。他是第一个告诉她"想做很久很久的朋友"的人，她一时开心得不知所措。

"学霸今晚好暴力。"尼子猫装模作样地揉了揉胸口，"不过暴力的你我也喜欢。"

"你够了啊！'狼来了'三次了！"

尼子猫点了点头。我喜欢上你了，但是我不可以。我装作饱经世事的样子，却还不知道如何把短暂的快乐延续成幸福。所以，我们就这样下去吧。能一直看到你的笑容，这也是种不错的拥有呢。

两天后的早晨，林西夕乘地铁去上学。

车厢里挤满了上班族和学生，人人低头看着手机，脸上挂着困意。林西夕靠在车门与座椅之间的夹角里，头顶吹着通风机送入的冷风，打了个寒战。

列车加速离开站台，开进隧道。车厢顶的白色灯“嘶嘶”地闪了一会儿，猛然熄灭。一道奇异的蓝光透入车内空间又消失——林西夕定睛一看，身边的人居然全都消失了，车厢里只剩下她一个人！

随着电线短路起火的“噼啪”声，车门和车顶都开始往内渗水。林西夕惊慌地抹去滴落在脸上的冰水，不敢相信自己的眼睛——列车仿佛瞬间沉入海底，车窗外迅速掠过发着银光的鱼群，一条漆黑的巨鳗无声地游了过来，正向一截截车厢里张望，那蓝光就是从它的双眼中射出的。林西夕心说“不好”，猛地蹲下，贴着列车座椅趴在地上，大气都不敢出。蓝光一圈圈地扫过滴着水的幽暗车厢，迅速地靠近，停留在林西夕头顶的金属扶栏上。有几个扶手圈里塞着广告，铜版纸被渗落的海水打得“啪啪”作响。巨鳗似乎被这微弱的声音吸引了注意，停在林西夕的窗外，直勾勾地往里看。林西夕紧紧地贴住湿冷的地面，冰冷的海水逐渐浸入衣服，她的心跳声越来越大。巨鳗终于掉转头，继续向前游动，林西夕悄悄地松了一口气——巨鳗忽然抬起粗壮的尾巴，砸碎了车厢侧壁。海水疯狂地一拥而入，林西夕被巨大的力量卷起后砸向列车顶，头顶挨了重重的一下，咸涩的海水立即灌进鼻子和嘴巴。她满心恐惧，在湍急的水流中疯狂地摆动着双臂，却抓不住任何可以称为“希望”的东西。

在极度的混乱中，不知从何处传来了美妙的歌声——

跟随我们而去吧
疲惫的旅人
卸下生命重负吧
自由的灵魂

无数朵黑色的罂粟花从海底开出，勾勒着莹蓝的光线缓缓上升，化为黑色的水泡，又化为盘旋飞升的乌鸦。水中长出无数只透明的手，缠住林西夕的腰，将她拖向黑暗的最深处，拖向生命的终点。呼救的声音被海水堵死在体内，林西夕很快便耗尽了力气，停止了挣扎。

她的手腕忽然不知被谁牢牢地抓住了。

“不要相信幻觉。”一个低沉的男人声音出现在林西夕的耳边。

朦胧中，林西夕看见一个身影从身侧闪出。在她的面前，巨鳗张着狰狞的嘴，列车碎片与金属座椅一起在海水中疯狂旋转。下一秒钟，白色的光芒将周围照成一片茫茫之境，林西夕惊恐地睁大了双眼——巨鳗被自头至尾割碎了，深红的血液喷涌而出，霎时冲至眼前，林西夕伸手去挡，才发现她的全身裹着一层晶莹剔透的气泡，而疯狂的血流正绕过气泡外壁向身后涌动，如同一道道赤红的华丽丝绸。

“封！”那个声音再次下达了命令。

如同万年的寒冬降临，海水和血水被瞬间封冻，整片大海变成了一块透明的蓝冰，冰心镶嵌着巨鳗的尸体和银色的鱼群，与碎裂的列车一起呈现着奇异的美感。

林西夕看清了救她的人。是他，素昧平生却已无数次梦见的兄长。

他个子很高，肩膀宽而厚实，穿着一件白衬衣，随意解开的领口下露出结实优雅的锁骨。他鼻梁挺拔，眼神冷峻，浑身都散发出一种特殊的统帅气质，那是种男人见后要么视为领袖，要么视为死敌，而女人则会对他心生憧憬的有魔力一般的气质。

“你是谁？”

“黑岩泽璃。”

林西夕愣了一下：“你就是隔壁班那个全科满分的转学生？”

黑岩泽璃向林西夕伸出手：“醒来吧。就算是‘溺亡’的幻觉，如果你真心相信，也会死的。”

指尖相碰，林西夕猛然回过神来。地铁车厢内依然挤满了人，人们漠然地听音乐、玩游戏，似乎什么都没有发生。黑岩泽璃站在她的对面。

列车进站，车厢外的人群猛地涌入，人们拼命地把手伸向半空，试图抓住近在咫尺却又仿佛远在天涯的吊杆。车门外，一个戴无框眼镜的大胖子缩了缩肚子，猛然发力把自己弹射进来，被他牵连的弱柳扶风男和卷发时髦女齐齐惊叫，向林西夕身上歪倒。林西夕刚偏过脸准备挨上一下，黑岩泽璃伸出左手按在车厢壁上，用胳膊帮她挡住冲击。顿时，她发现自己几乎被他抱在怀里，身高刚好到他的肩膀，两人之间的距离不超过三公分。

周围的人继续推来搡去，黑岩泽璃的手一直按在车厢壁上，没有松开。

林西夕直直地盯着黑岩泽璃衬衣领口下的第一颗纽扣，感觉心里仿佛有一群鹿，一窝蜂地蹦出了森林。他的味道很好闻，淡淡的像阳光下的新雪，隐藏着草木的温暖气息。

恰在此时，尼子猫挤进车厢。他把宝贝摩托车送去改造了，正打算穿城把它接回来，一眼看到满脸通红的林西夕被一个男人逼进角落，立刻火冒三丈：“放开她！”尼子猫努力地挤过去，无奈人太多，恨得他牙根痒痒。

林西夕慌张地摇头。

“他怎么欺负你的？”尼子猫硬挤进两人中间，眼睛冒火。

“不良君你误会啦……他是黑岩泽璃，在……在跟我说考试秘诀。”

黑岩泽璃看了林西夕一眼，她顿时红到脚跟。

尼子猫皱着眉，他的确听社团小弟又羡又妒地提起过这个名字。

"新来的学霸，"尼子猫捏响拳头，"你离我的朋友太近了，不如我们也交个朋友？"

眼见尼子猫气势汹汹，周围的人努力向四周挤避，林西夕感到温度骤降。

黑岩泽璃冷冰冰地看着尼子猫："今晚十点，学校后面见。"

尼子猫没想到优等生这么直接，反而来了兴趣："正合我意。你敢迟到一分钟，本座就打掉你一颗牙齿。"

这天晚上，秋风很凉。

尼子猫跨上金属骨架外露的摩托车，一路加速，在昏黄的高速路上狂奔。

转过学校的围墙角后，尼子猫不由地急刹车。这里明明只有几条雨天会积水的老巷，现在却相当开阔，不知何时平地而起了个游乐场。

尼子猫越琢磨越觉得诡异，索性向后退了退，抬起车头，猛地一踩油门，飞过塌了半边的铁门一探究竟。

游乐场里一片漆黑。几只旋转木马从吊杆上脱落了，横七竖八地躺在地上。夜风吹过，旧报纸贴着地面翻转前行，发出轻微的"哗啦"声。不远处，高大的摩天轮衬着被城市灯光照得发红的夜空，黑黢黢地矗立着，像只黑洞洞的大眼睛。

尼子猫拧下摩托车钥匙，看了眼手机，点燃一根烟。等烟抽完，还是没看见黑岩泽璃的影子，他不由得焦躁起来。

忽然，倒地的木马动了动。黑暗中，它们从地上立了起来，摇摇晃晃地一跳，接回原来的吊杆。空气里响起"嗞嗞"的电流声，游乐场里所有的彩灯都在瞬间同时亮起，涂着彩漆的高头大马开始一上一下地奔腾，不远处的铁链秋千"吱——吱——"地空荡起来，巨大的摩天轮也开始缓缓旋转，其表面变成一面巨大的时钟，红色指针刚好指向十点。

一道白芒闪过，没等尼子猫看清，黑岩泽璃已经出现在他左边不到二十厘米的地方。刹那间，尼子猫觉得胸前逼来一股寒气，余光中似乎看见对方的手五指并拢，像匕首般直插自己的心脏。尼子猫凭着本能欠身闪过，往后大跳几步，拉开距离，心跳笃笃地站定身体。

黑岩泽璃并没有立即追击，只是隔开十几米看着尼子猫，好像在思考什么。黑岩泽璃的手里，不知何时多出一件极细极长、寒光闪闪的武器。

几片白色的东西飘过尼子猫的鼻尖。下雪了。大片大片的雪花在七彩的光芒中缓缓飘落，欢快的乐声响起，十月的游乐场居然洋溢起浓浓的圣诞气氛。

"隔壁班的，你手里那个是……剑？你演古装片的？"

"尼子猫，你变慢了。"

"不要说得我们好像交过手一样！"尼子猫皱眉，"放马过来。"

黑岩泽璃却没有动。尼子猫觉得胸前有些异样，低头发现自己的心口长出一棵小小的白色树苗。他疑惑地捏了捏它的叶片，竟然是冰做的，温度极低，在掌心也不会融化。很快，他的整个手心都开始往外翻卷着冒出苍白的冰叶片。尼子猫赶紧把它们揪掉，扔在地上狠狠踩了踩，头皮一阵发麻。

黑岩泽璃仿佛弄明白了什么，不再出手。他的眼睛亮了一亮，手上的武器"唰"地不见了，游乐场也在一瞬间消失无踪。尼子猫惊讶地发现自己正站在漆黑的老巷里，周围的空气也一下子变暖了。

黑岩泽璃丢下尼子猫，径自走向巷口。

"怎么回事？"尼子猫一头雾水。

"尼子猫，离林西夕远一点。你要是敢伤她，就算你什么记忆都没了，我也一样杀你。"

那天晚上，尼子猫在床上翻来覆去，兴奋得睡不着，满心想着找黑岩泽璃再打一次。邻校的几个所谓的不良头目全都不堪一击，长久以来，黑岩泽璃是第一个可以跟他单挑的人。和着醉酒的老爸从隔墙传来的鼾声，尼子猫从床上一跃而起，把沙袋打得"噗噗"作响。天色微明的时候，他决定最近多去学校，不仅要跟黑岩泽璃分出胜负，还要搞清楚他到底是会变魔术，还是弄了什么迷魂药，竟然能让自己产生幻觉。

可惜，从那夜之后，黑岩泽璃几乎只在大考时才会来学校——于是女生们对考试有了种既讨厌又全心期盼的矛盾心情。然而，她们很快就受到了巨大打击，因为黑岩泽璃在连拒绝表白都觉得麻烦的时候，托后援粉丝团的团长告诉大家："感谢错爱，我已经结婚了。"

除了尼子猫和粉丝团，对黑岩泽璃非常在意的还有林西夕。自从与他相遇之后，她每夜的梦境都变得不同，似乎他们之间的关系远不止"一起看夕阳"那么简单。然而，因为他每次出现都万众瞩目，林西夕没能找到跟他说话的机会。

时间滑到了年末，12月31日。

林西夕早早地到了教室。朝阳刚升起不久，斜斜地探进窗户，教室里很安静，只有暖气片里的水"咝咝"地响着。

她把书包放进课桌抽屉，发现里面有只笼子，装着一只灰色的胖兔子。兔子一见林西夕就凑了过来，鼻子翕动，黑色的眼睛亮亮的。随兔子一起送来的卡片上写着再简单不过的几个字：

新年快乐。

黑岩泽璃

林西夕的心狂跳起来，仔仔细细地看了看那张字条，小心翼翼地把它揣进口袋，想了一会儿，又拿出来，平平展展地夹进书里。她满脸笑容地摸着兔子，半天才想起自己是值日生，赶紧下楼去后勤室拿粉笔。

经过操场的时候，远远听见篮球打在橡胶地面上的声音，时急时缓。

林西夕越走越近。

透过粗大的钢丝拦网，她看见一个身影微微俯身，篮球在左右手之间轻快地弹跳，忽然改变了速度，一个跨步，起身，腾空——如同飞翔一般跃过那超乎寻常的距离——一记漂亮的灌篮，篮筐仿佛也被震碎了，在空气中猛烈摇晃着，发出“轰隆隆”的余响。

真漂亮！林西夕忍不住在心中赞叹。随着篮球清脆地刷过篮网，腾起的身影也缓缓降落，球鞋稳稳地踩在地面上。林西夕呆呆地看着那个身姿，几乎能感觉到他腿上和腰上的肌肉有节奏地爆发出力量，又柔和地缓冲。

他转过身。黑发，坦率的目光。

“黑岩……泽璃……”

“早。”黑岩泽璃径直向她走来，隔着钢丝拦网停下了脚步，弯下腰，单手捡起篮球。

林西夕红着脸：“谢谢你的礼物。”

黑岩泽璃低头望着她。

林西夕觉得背后越来越烫：“我，我可没有准备礼物哦！我，我还是会跟你比成绩的！”

黑岩泽璃忍不住笑了出来。他伸出两根长长的手指，透过拦网，摸了摸她的头：“你的礼物，我已经收到了。”

林西夕垂下眼帘，心里每一层房间的门都被混乱地打开又关上，发出“怦怦”的声响。

“黑岩泽璃，我有些事想问你……你放学后有时间吗？”

“好。”黑岩泽璃干脆地答应了。

傍晚时，老师拖了很久的堂，待林西夕急匆匆地跑到隔壁教室，黑岩泽璃已经不在了。

林西夕垂头丧气地走出校门，走向地铁站。

路边的一辆黑色跑车跟着她缓缓前进，右侧的车门也向后上方斜斜地打开，像只在夕阳中伸懒腰的黑豹，从容，性感，蓄满力量。

“林西夕。”开车的人取下脸上的墨镜，他的黑发和睫毛似乎都被阳光镀上了一层金色的边。

林西夕大吃一惊："黑岩泽璃？"

"上车吧。"他的语气很温和，却有种让人无法拒绝的力量。

黑岩泽璃微转方向盘，黑色座驾便悄无声息地驶进晚高峰期的车流，贴着地面疾驰起来。眼看着就要撞上前面的车了，它却一个轻捷的过弯，溜到旁边的空路上去——那里在半秒钟前明明还一点儿空隙都没有。这不像是一辆车，这简直是匹有生命的野兽。

"你有驾照啦？"

"如果没有，你害怕吗？"

"你开的话就不怕。"林西夕脱口而出，瞬间就后悔了。

"谢谢。"黑岩泽璃的手指滑过方向盘右侧泻出的一道蓝色光芒，优美的音符顿时如水般倾泻而出，溢满了封闭的空间。

"这首歌……"林西夕眼前一亮，"是 FictionJunction 的《花守之丘》。那张专辑里还有一首歌大赞……"

两人几乎同时说出了口："《星屑》。"

相视一笑。

车窗外车流汹涌，如同这纷繁变幻的世界的一个注脚。在黑色金属野兽的腹中，星光降临，歌者牵着手立于苍穹之末，唱着转瞬即逝又铭记终生的爱情。这歌声凝固了时光，让灵魂飞升，让心灵沉静。

"林西夕，你有什么愿望？"

"愿望？……你有阿拉丁的神灯吗？"

"我就是阿拉丁。"

"我的愿望根本不可能实现啦。"

"说说看。"

"我……"林西夕想起约黑岩泽璃见面的初衷，下了决心，"我从小就希望有个哥哥——真正的哥哥，带着我玩，和我一起长大。很可笑吧？"

黑岩泽璃沉默了片刻，说："我明白你的心情。我有个妹妹。"

林西夕的心中升起希望："真的？"

"不过她最近出远门了。"

林西夕的希望如同一朵被剪下的花，干枯在空气里。

"林西夕，你似乎经常转学？"

"因为爸妈是设计师，喜欢搬家。你爸妈呢？"

"都去世了。"

“对、对不起！”

“过去很久了。”黑岩泽璃体谅地改变了话题，“这附近有家不错的章鱼烧，要不要试试？——我最近都没上课，想麻烦你透露下考试重点。”

“你可是劲敌耶，居然这么直接地贿赂我……”林西夕揉揉鼻子，爽快地笑了笑，“好，看在章鱼烧的面子上。”

在这天之前，林西夕完全不知道学校附近还有这么一个乐园。白天看起来平淡无奇的街道，到了夜晚却如同被施了魔法，变得光芒耀眼。沿街的树上垂下一颗颗银色的流星，“麻辣小龙虾”和“啤酒”的霓虹灯变幻着色彩，把每一块地砖都染得暖融融的。情侣和下班族闲散地晃着，招徕生意的热情伙计忙着吆喝。在饭店、小超市和药店的间隙，竟然还夹着动漫书店和游戏零售铺，哪怕只从窗外远远地瞄一眼那些陪伴林西夕长大的虚拟人物，她都觉得有种老友见面的踏实温暖。

在章鱼烧摊前坐定，胖胖的摊主大叔立即把食指和中指并拢，在额前敬了个歪歪的礼。他看起来刚过五十岁，眼睛明亮，眼角和嘴边的皱纹微微向上弯，笑起来给人一种暖洋洋的感觉，似乎生活的艰辛并没有磨去他对每一天的热爱。

“老板，麻烦来两打章鱼烧。”

“好咧！”老板大叔瞄了一眼林西夕，冲黑岩泽璃挤了挤眼睛。

“她是我的同学。”

“很可爱的同学哟。”大叔转身端上长长一铁盘热气腾腾的章鱼烧，“这位可爱的同学也像你一样能吃吗？”

“老板你很失礼啊。”黑岩泽璃笑了笑，掰开新竹筷夹起一只圆溜溜的章鱼烧递给林西夕，“尝尝这条街的名产？”

林西夕接过形状饱满的丸子，柴鱼、海苔和鸡蛋的香气直扑鼻翼。用齿尖撕破微脆的外皮，绵软的薯蛋粉就溢满舌尖，香甜糯滑。用舌尖一挤压，带着上等胡椒辛辣气息的汁液便“咻”地从舌尖跃至舌根，仿佛在嘴中画出一道彩虹，韧劲十足的章鱼粒和清脆的蔬菜条争先恐后地冒出来，在臼齿的摩擦下变成细小的碎末，跟着海鲜汤汁一起滑入喉咙。林西夕食指大动：“呜呜呜，真好吃！”

黑岩泽璃撑着下巴，笑眯眯地望着她：“加了调料更好吃。”

“还有调料？——你笑什么！你不知道原味才是最棒的吗？”

老板大叔把调料碟放在林西夕面前：“可爱的小姐，以后常来啊。我头一次见这小子这么高兴。”

“老板，”黑岩泽璃关切地望着小摊的另一端，“那边的客人等你很久了。”

老板大叔笑嘻嘻地走了。

“黑岩泽璃，那我跟你说说考试重点吧？”

“吃完再说也没关系。”

“不要紧啦。”林西夕打开书包，拿出印着小兔子的笔记本，上面满是工工整整的字迹，“先说数学的重点……”

大麦茶飘着幽幽的水汽，客人们吃得通红的脸在欢笑的气氛中变得模糊。黑岩泽璃看着林西夕明亮的眼睛，感到久未有过的平静和快乐。在四个月前，他把她从罂粟幻种生出的花树下救出来，之后便恶补了这个平行世界的科技、历史和流行文化。如果要说“重点”，能再次看到她的笑容，这大概就是他几乎抛下一切，来到这个陌生世界的最大的重点。

即使她已经什么都不记得了。

四个月后的春日夜晚。

惊雷在头顶炸开，震得窗框“嗡嗡”作响，把林西夕从梦中惊醒。刚过凌晨三点，窗户不知为何开得很大，带着水汽的风掀起白纱窗帘，灌进卧室，推得卧室门“吱吱”地响。林西夕下意识地伸手去摸床边的开关，房灯却没有亮——停电了。

她今晚独自在家。

黑暗中，林西夕光脚下床，迎风关上窗户。把窗帘拉上的瞬间，一道红色闪电“哗”的一亮，在乌云间劈出扭曲的血路，好像在那昏暗之间，有什么巨大而不祥的东西豁开了燃着烈焰的嘴。林西夕不由地回头望了望漆黑一片的房间，没来由地觉得就在刚才，有什么奇怪的东西潜进来了，也许伏在书桌下，也许藏在衣柜顶，也许一开卧室门，迎面就吊着一个披头散发的女人。她战战兢兢地抱起枕头缩回床上，看窗帘猛地在强光中变得惨白，想象风是一个没有脸的怪物，张牙舞爪地想要钻进来。

枕边的手机忽然亮了一下。是来自黑岩泽璃的消息：“醒着？”

简简单单的两个字，让林西夕瞬间有种得救的感觉。

“醒着！”

“给你打个电话？”

“好！”此刻，好想听到他的声音。

“林西夕，别害怕。”电话接通了，第一句便是安慰。

“你……你怎么知道？”

“能猜到。”

一个炸雷冷不丁落在头顶，楼下的汽车和摩托车报警器此起彼伏地尖叫起来，林西夕顿时没了声音。

“怎么了？”

“我觉得房间里有东西……”林西夕抱着头，“但我明天不会承认的！”

黑岩泽璃笑了笑：“我给你讲个故事吧。以前我妹妹小的时候，一到打雷的夜晚也不肯睡觉。”

“可以吗？”林西夕一边嘲笑自己的幼稚，一边满脸高兴。

“嗯。记得母亲给我们讲过一个蚯蚓和虾的故事：

很久很久以前，虾没有眼睛，但是蚯蚓有。有一天，虾想去一个陌生的池塘赴宴，但是没有眼睛就找不到路，于是虾就求蚯蚓借给他眼睛。蚯蚓摘下自己的眼睛借给了虾，虾千恩万谢地走了，并且承诺一定会还回来。可是虾再也没有回来。从此以后，蚯蚓就只能躲在地下生活，伤心的时候，会不断地喊：虾——虾——

故事讲完后，我妹妹大哭了一场。从此以后，每次吃完虾，她都会把虾头埋到土里，然后喊：‘蚯蚓，来拿你的眼睛吧！’”

林西夕裹着被子笑了起来：“好有正义感的小朋友！可以……可以再讲个故事吗？我还是不困……”

黑岩泽璃笑着叹了口气，好脾气地答应了。

很久很久以前，有个骁勇善战的游牧部落，他们靠掠夺其他部族的财产和领地，迅速发展壮大。

在这个部落里，有个家族世代深受族长器重和族人爱戴，因为他们是顶尖的猎手，被誉为“最锋利的剑”。这个猎手家族永远都只有独子出生，独子从小就要接受一系列杀戮技巧训练，一旦成年，他就要带领最强壮的男人们外出狩猎。他的至高荣誉是把其他部落首领的头颅带回来，他遵奉的家训是摒弃一切情感，做到“无爱”。

当这个家族传到第一百多代时，出了个小小的意外：新的独子轩出生后，他的母亲又生了一个小女儿。于是命中注定成为冷血征服者的轩，成了整个家族历史上第一个有兄弟姐妹的男人。

在一次狩猎中，轩遇见了一个怎么也杀不死的敌人。敌人身负重伤，血流如注，嘴里不停地咒骂。等到敌人终于带着笑容倒下的时候，轩才发现一个年轻女孩已经仓皇地骑马逃走了。她是敌人的妹妹，她的兄长为她争取了足够的逃生时间。

轩愕然。他并不打算伤害那个女孩，可是他理解敌人的担心，也尊重敌人的决意。他把敌人的首级带回了部族，成功完成了任务，可是之后很久，他都没办法忘记这件事。他想起了自己的家人，开始问自己很多问题——

所谓“无爱”是什么意思，所谓“爱”又是什么意思？

为自己的族群而杀掉异族，是否是“正义”？

为确保大多数人活下去而抛弃少数人，是否“值得”？

轩苦苦思索后得到的答案，无不在指责他和他的部落所做的一切。

他知道自己无法再做猎手的领袖，他甚至不想再杀戮了。

族长大发雷霆，他不允许“最锋利的剑”在这一代断掉。他给了轩两个选择：要么继续征伐异族，要么丢掉所有荣誉，被彻底放逐。

此时，轩的父母已经去世，他的妹妹尚未成年。轩不希望唯一的亲人因为自己的任性，过颠沛流离的生活。在轩痛苦思索之际，妹妹说：“哥，有你在的地方，就有我的家。”

轩带着她脱离了族群。那是他第一次听凭自己内心的声音而活。

“后来呢？”林西夕盯着发光的手机屏幕。在那一端，黑岩泽璃忽然不说话了。

“后来，就没有人听到他们的消息。”

“哎？”

“因为再说下去，就是悲剧结尾了。”

“不要这样……我可以给他们一个圆满结局吗？轩带着妹妹游遍世界，在水草丰美的地方安定下来，从此过着快乐的生活。”

“这么好莱坞？”

“不好吗？”林西夕嘻嘻一笑。窗外雷声渐消，她的心里有种不可思议的平静。

“你喜欢就好。”黑岩泽璃微笑着说。

酣畅淋漓的雨水冲刷着天地。

林西夕重新进入梦乡，她的梦境一片澄澈清亮。

第四章

墨色山风

La Belle

忘记自己的名字，
就会失去生命。

In another moment down went Alice after it, never once considering how in the world she was to get out again.

Lewis Carroll, *Alice's Adventures in Wonderland*

爱丽丝跟着兔子就跳下洞去，从来没想过自己究竟怎样才能回来。

卡罗尔《爱丽丝漫游奇境记》

五月，草长莺飞，春色正盛。

一天中午，尼子猫骑着摩托车，飞驰过一段长长的下坡路。迎面而来的暖风穿过篮球背心的领口，“呼呼”地灌进胸口和后背。经过一个路口，他猛地刹车，又折了回来。街边有条窄窄的小巷，两旁都是白墙黑瓦，油光光的石砖路面长着些许青苔，颇有几分江南小镇的感觉。

巷子里新开了家动漫模型店，门口镇着一对狮头鹿角的青色麒麟，店面挑着个白色的长纸灯笼，上面用黑色毛笔写着两个字：“墨岚”。

尼子猫晃着手中的摩托车钥匙，推开琥珀色的玻璃店门。

整个店里都弥漫着淡淡的琥珀色。所有的模型都只有一件：机械外壳的豹子，金属羽毛的隼，微缩版的战舰，奇形怪状的异星生物。

“老板，这是什么游戏里的手办？”尼子猫随手拿起一只透明的玻璃烧瓶，烧瓶里有一只断了的手指，“搞得挺真嘛……老板在不在？”

屋檐下的玻璃风铃“叮叮”地响着，长长的天蓝色纸笺在风中微微旋转。

一只红色眼瞳的黑猫从后屋悄无声息地钻出来，在尼子猫的脚边弓起身子，撒娇地蹭着。

店老板走了出来，尼子猫抬眼一看，顿感惊艳。

她是位二十出头的美人儿，黑色的直发长过膝盖，白皙的皮肤好像会发光。她的眼睛稍稍有些细长，黑色的双瞳波光流转，如同阳光斜映下的林谷幽溪，让人心弦颤动，唇色樱红，脸颊上长着一颗极淡的痣。店老板上身微微前倾，趴在铺着白色皮毛的柜台上，盯着尼子猫："游戏手办……你说哪个？"

"这个。"尼子猫老实地晃了晃手中的烧瓶。

"是真的手指。要算游戏的话，那就是杀人游戏吧。"

尼子猫干笑两声，放下烧瓶。

"喜欢吗？"店主人淡淡地问。黑猫跳上柜台，在她身边蜷成一团。

尼子猫不置可否，又拿起一只很大的黑色金属蝴蝶。看起来很沉，在手中却轻飘飘的仿佛没有一点重量，翅膀上的每个鳞片和脚上的每一节都做得栩栩如生。

外面刮起了大风，风铃声响成一片，室内的光线逐渐黯淡。快下雨了。

转眼之间，蝴蝶自己飘飘悠悠地飞起来，绕着屋梁旋转。尼子猫伸出手掌，蝴蝶立即听话地飞回，抱着他的食指停了下来。

"嘿。"尼子猫捏着蝴蝶翅膀，"遥控的？"

店主人微微地摇了摇头。

"有意思。"尼子猫从裤子的后兜里掏出钱包，"多少钱？"

"喜欢的话，请用东西来换。"

"拿什么东西换？"

"你的名字。"

尼子猫疑惑地看了看她。她的眼神充满诱惑。

琥珀色的玻璃门被打上了大大的雨点，"噼啪"地响着。外面的雨顷刻间下得很大，发亮的雨幕一排排地扫过石板地面。

尼子猫盯着店主人的脸看了几秒，昂首报上姓名。

"我是墨岚，"店主人点了点头，"欢迎你的到来。"

尼子猫挠了挠后脑勺，放下蝴蝶，酷酷地说了声"多谢"，转身便要离开。黑猫急忙叼起蝴蝶，跑到尼子猫脚边，抬起头看着他。

"先帮我留着吧。"尼子猫潇洒地一挥手，心里开出一朵花来。嘿，被美女姐姐搭讪了，本座果然魅力无限。

第二天，天空大晴。午间休息时，尼子猫回到学校，一边嚷着"本座发现了个好地方"，一边把林西夕拽去了墨岚小馆。

店门口的麒麟居然不翼而飞，一树海棠开得正盛。阳光照亮半透明的粉白花朵，把花影投在白墙和琥珀色的店门上，写着"墨岚"的纸灯笼也被染得光影斑驳。

"奇怪。"尼子猫挠了挠头，以为自己的记忆出了差错。

两人推门而入时，墨岚正端坐在竹木地板上的一个浅绿色蒲团上，黑猫趴在她的肩头熟睡。淡淡的阳光从店门外照进来，墨岚的肌肤如白玉般光洁。

"女朋友？"墨岚望着尼子猫身后的林西夕。

林西夕一脸无辜地摇头，墨岚揶揄地一笑。尼子猫假装没看见，随手拿起木架上的一只巨大的白色海螺，瞧了瞧刻在上面的奇特符号。从侧面看去，海螺的图案就像一只猫头鹰的脸。

“这是什么？”

“名为‘遗忘’的海螺。如果在海螺口刻上‘名字’——任何人的名字，然后听从海螺中传出的歌声，你就可以彻底忘了那个人。从前有个骑士被喜欢的女人欺骗，刻上自己的名字，把耳朵凑了上去——”墨岚压低了声音，“结果他当场消失在空气里，女人就得了他的宝剑和金斗篷。你看，名字就是存在，忘记自己的名字就会失去生命。”

“你的店里净是些奇怪的玩意儿。”尼子猫拿起海螺，凑到耳边，从海螺中传出“哗哗”的浪涛声，带着不可思议的悲凉，“奇怪玩意儿还都配个传说。”

“不是传说。你所看到的一切，都是在你脑海中真实发生的事——”

墨岚话音未落，尼子猫恍惚间感到自己和所有的物品都悬在半空，发出琥珀色的光芒，仿佛梦境一般。可是，下一个刹那，他又踏踏实实地站在原地，手中托着那只白色海螺。

“我不要之前那只自己会飞的黑蝴蝶了，可以把这个海螺带走吗？”

“你有想忘掉的人？”

太多了。尼子猫心说，从没收我的宝贝漫画的班主任，到每日酒气熏天的老爸，从每战必败还老来挑衅的邻校老大，到哭哭啼啼自动倒贴的各路女友。他把海螺塞进书包，继续翻看墨岚小馆的物品。

窗外繁花似锦，林西夕站在门边，看得出了神。

“你也喜欢海棠？”墨岚仿佛不经意地问。

“嗯，漂亮得简直没心没肺。老板也喜欢？”

“我不喜欢，”墨岚看着林西夕，“我嫉妒。”

“嫉妒……花吗？可是您为什么问我是不是‘也’喜欢海棠？”

“你这孩子相当敏锐呢，林西夕。”

“……老板知道我的名字？”

“叫我墨岚就好。”

尼子猫“嘿”了一声，抱起一个白色陶瓷罐走过来，里面盛着半罐亮亮的银色液体，“这是啥？水银？”

“再猜。”

“莫非是什么天下奇毒？”

墨岚笑而不语，将涂了浅紫色甲油的细长食指伸进罐里。几秒之后，那液面缓缓旋转起来，变得清澈无比，露出原先隐在罐底的图案。定睛一看，居然是一大群盘旋的乌鸦，鸦群正中有粒细小的种子，在林西夕和尼子猫的目瞪口呆中发了芽，钻出水面，黑瘦的茎干顶端膨胀成低头的花苞，颤抖着绽开花瓣——是罕见的黑色罂粟花。

林西夕隐隐记得自己也曾见过这样的花，好像是某个夜里发生过什么可怕的事，可是细想去，记忆就像浅水里的小鱼漏过手指，捉也捉不住。

墨岚收回食指，那花便如轻雾般消失了。尼子猫急不可耐地把整只手都伸进罐里，惊讶地发现液体表面浮出一颗几乎透明的白色石头，表面圆润光滑，摸起来还有指纹般的质感。尼子猫把石头举起来，对着光细看，石头竟然越变越小，渐渐消失。他惊奇地大叫，抓住林西夕的手也浸进罐里。这一回，罐底出现了一串狼的脚印，脚印围绕着一颗小小的种子，抽出修长的绿色茎叶，开出一朵白色的鸢尾花，如玉的花瓣片片向上伸展，如同振翅的鸟儿。

“我知道你俩各自的心事了。”墨岚的瞳仁在浓密的睫毛下微微发光，“尼子猫，你其实喜欢林……”

“停！”尼子猫“哗”地起身，耳朵一下子红了，“本座有事先走了。”

“你忘了拿书包。”

尼子猫抓过书包，夺门而出。

墨岚微微一笑，转脸看着林西夕：“你呢，对一个人产生了兴趣。”

林西夕一惊，脸也红了起来：“嗯，只是有点儿在意……”

“说说看。”

“我……我梦见他牵我的手，最近还有些别的……”

“Kiss 吗？”

“不是的！”林西夕慌慌张张地摆手。

“做梦都不敢大胆一点呢。”墨岚眯着眼睛，“你在意的那个人，是叫‘黑岩泽璃’吧？”

“您怎么知道？”

“因为我是他的女朋友啊。”

林西夕一时失语。论容貌和身材，没有比“惊鸿一瞥”更适合描述墨岚的，她的确与黑岩泽璃相当般配。

“哎呀，看起来十分受打击呢。”墨岚坏心眼地笑了笑，“骗你的。”

风铃“叮叮”地响着，黑猫叼着一壶清茶而至。墨岚从容地接过，挑了个舒服姿势坐下，没有继续开口的意思。

“墨岚姐姐……到底是怎么回事？”

“好心急。满脸写的都是‘我喜欢他’，纯情的孩子真可爱。”

“我没有……”

“对姐姐不要说谎，否则我可不帮你哦？”墨岚轻轻地呷了一口茶，“关于黑岩泽璃，我这儿倒是有个故事。”

很久很久以前，有一个国王。他没有儿子，九个妃子为他生了十六个女儿。不久后，王后为他生下第十七位小公主，因为她的眼睛像午夜的星空一样美丽，国王便为她赐名“夜繁姬”。

王后很快就去世了。夜繁姬被托付给国王的九个妃子抚养。王国里的每个人都要长到九十九岁才成年，于是每过十一年，夜繁姬就得搬一次家。她出落得越来越像母亲，越来越美丽，可是处境却越来越糟。待她的成年之日临近，邻国的王子即将前来挑选下任王妃，她更是成为众位公主的眼中钉，因为年老的国王下了诏书，无论哪位公主赢得邻国王子的心，都能继承本国的王位，与邻国王子一起统率星域疆土，而夜繁姬无疑是十七位公主中最美的一位。

跟随夜繁姬多年的仆从开始接二连三地死去。在款待邻国王子的盛宴上，一束焰火冲向公主席，场面一片混乱。夜繁姬身边的最后一位仆从不知去向，人群中，几条黑影向夜繁姬迅速逼近。慌乱的夜繁姬走投无路，独自逃进正宫侧面的长殿。这里白天有宫女和侍卫，现在却一片漆黑。身后的脚步声越来越近，夜繁姬穿着繁复的长裙，艰难地逃跑。快到长殿尽头时，前方的门“吱”的一声打开，昏暗中挡着一个黑色人影。不容细想，夜繁姬拔出贴身匕首，狠狠地向来人刺去。对方侧身避过，寒光一闪，夜繁姬身后传来重物倒地的沉闷声响，微光中，汩汩的血已流至脚边。

那个门边的黑影把追杀夜繁姬的刺客一个不留地解决掉了。夜繁姬惊慌地看着地上的尸体，这才明白自己获救了，一时腰瘫脚软。

“请您移步，不要让血弄脏了您的鞋。”那个黑影转过身，冷淡地说。

听声音，他还是个孩子。他默默地护送夜繁姬到王的寝宫门前。之后，夜繁姬四处打听，得知他叫黑岩泽璃，是黑岩家族唯一的继承人，人称“黑岩的冰”。当听说他的成年日与自己的是同一天时，夜繁姬忍不住微笑起来。

到了九十九岁那天，夜繁姬在一夜之间出落为倾国倾城的美人。王为她举行了盛大的庆典，并在酒酣之际，封她为“战姬”，从此带兵出征，去平行世界开疆辟土。

“我亲爱的小女儿，危险的异界之地才是你最安全的归属。”王唤夜繁姬到身边，压低了声音，“邻国那个来联姻的王子，并不喜欢女人……希望你不会怨恨为父的决定。”

“父王，女儿只有一个请求，请让黑岩泽璃做我的将军吧。”

王应允了。

黑岩泽璃此时刚刚通过黑岩家族的成年考试“洗尘之炼”。夜繁姬再次看见他时，一见倾心。

之后的三年成了夜繁姬最快乐的时光。黑岩泽璃的果敢和决断为她赢得了军心，他的瞬湖为她打开了新殖民地的界门，他的直觉和剑帮她一次次从异族和同胞的暗杀计划中化险为夷。夜繁姬甚至借助他的力量，推翻了邻国王子的政权，从此，普天之下，莫非王土。有黑岩泽璃在身边，夜繁姬第一次感到安全和幸福。

然而，夜繁姬却隐隐觉得，黑岩泽璃并不快乐。每次踏足新的土地，他都没有半点儿兴奋，不论是身陷险境还是胜利班师，他都一样漠然。“王的剑”这个闪光的荣誉对他而言，似乎只是毫无意义的负担，贵族身份也好，夜繁姬的依恋也罢，似乎都毫无价值。他戴着彬彬有礼的面具，心却离她很远，没有什么能让他的视线停留。

只有一个例外。

他有个名为“黑岩西舞”的小妹妹。每次回王城，西舞都会站在高高的城墙上，踮脚张望，白色衣裙在风中飞起，像只小小的鸟儿。而黑岩泽璃只有在看到她时，嘴角才会扬起笑意。

夜繁姬从来没见黑岩泽璃对自己露出过这样的表情。那笑容像阳光一般灿烂，笔直地照进她的心底，烫出一道焦黑的伤疤。

夜繁姬开始留意黑岩西舞。她知道西舞自会说话起就拥有预言的能力，也知道她背负着“活不过成年”的死亡诅咒。她软禁了黑岩西舞，最终以释放西舞为条件，让黑岩泽璃答应忠心追随自己，直到海枯石烂的那一天。

墨岚停了下来，望着窗外。海棠花在午后的阳光下美得耀眼，微风吹了进来，满室花香沁人心脾。

林西夕满脸关切：“后来呢？——这个黑岩泽璃，不会是我们学校的黑岩泽璃吧？”

“正是。他在九个月前从‘中心之地’进入了这个平行世界。”

林西夕的眼睛睁得溜圆：“平行世界？”

“平行世界是许许多多同时存在的世界，在其间往来需要打开界门，而界门的钥匙叫作‘瞬湖’。”

“好神奇……为什么姐姐会知道黑岩泽璃的事？”

“在‘中心之地’，想嫁给他的女人多着呢——也包括曾经的我哟。”墨岚像提起自己少女时代的傻事，笑着耸了耸肩。

“但是……姐姐怎么知道我在意的人是他？”

“这个陶瓷罐有很多奇异的功能，比如映出我们心底最在意的人。黑岩泽璃有一匹狼，也只有他的血遇到空气会开出鸢尾花，所以当你把手指伸进陶瓷罐里，我就猜你喜欢的人是他咯。”

“等等，他有一匹狼？陶瓷罐会读心？血会开花？黑岩泽璃……多大了？还有，‘中心之地’又是什么地方？”

“你的问题很多呀。”

“对不起……”

“你是想提问，还是想听他的故事？”

“都想！”

“这些是情报。你愿意拿自己来交换吗？”

“什么意思？”

“跟尼子猫一样单纯，没准你们会是很好的一对儿。”

“墨岚姐姐，咱们先继续说黑岩泽璃吧。夜繁姬软禁西舞，要挟黑岩泽璃追随自己，那他答应了吗？”

“答应了。”

林西夕叹了一口气。

“但是，由于夜繁姬在名为‘北方之地’的平行世界杀戮太多，导致灵魂密度失衡，‘中心之地’的大海和海里的所有生命便透过贯穿众平行世界的‘世界之树’，流进了‘北方之地’。那片大海本来在夜繁姬宫殿的窗下，浩浩荡荡，蓝到天际，结果一夜之间，海干枯了，珊瑚石也在月光下化为齑粉。黑岩泽璃向夜繁姬交还了将军印。‘海枯石烂’的条件已经达成，他立即要回了自己的自由——真是个聪明又无情的人。”

“然后呢？”

“他走过一个又一个平行世界，寻找解救黑岩西舞的方法。”

“您好像说过，黑岩西舞背负着‘活不过成年’的死亡诅咒？”

“记忆力不错嘛，小朋友。黑岩西舞很小的时候就预言了她自己的死亡。她在母腹中时，见过一位叫梦魔师的神，他给了西舞预言的天赋，并与她约定：如果西舞能在九十九岁之前嫁给她不爱的男人，就能顺利成年；如果做不到，就会在九十九岁的满月之夜，以小孩子的模样死去。”

“我觉得活到九十九岁已经很够本了……”

“黑岩泽璃可不这么想。西舞在他成年的那一天忽然丧失了预言能力，于是黑岩泽璃的心里燃起一线希望，未来也许可以改变。他不知疲倦地寻找解救她的方法，到了西舞成年的前一天，他竟然真的找到了名为‘止’的瞬湖，它很特别，能够通向一个时间静止的世界。”

林西夕击掌：“如果西舞进入那个世界，她的年龄就会冻结在九十八岁，就不会死了！”

“正是如此。那天晚上，月华初上，黑岩泽璃打开了‘止’的界门。然而，从界门后走出的却是夜繁姬。她派人率先占领并血洗了那个世界，堵死了西舞存活的最后一条路。”

“夜繁姬真可怕……”

墨岚抱起脚边的黑猫，温柔地摸着它头上的绒毛。

“夜繁姬第一次见到黑岩泽璃生气的样子。他唤出了他的魂契之兽‘麓麟’，那是一匹宣誓与他同生共死的头狼，带西舞进入了名为‘麓麟’的平行世界。在那里，黑岩泽璃与西舞举行了婚礼，并计划在午夜一过、梦魔师的诅咒解除的时刻，立即解除婚约。”

“好聪明！这么一来，西舞就能‘在成年之前，嫁给她不爱的男人’，梦魔师要的条件，全都符合。”

“是的。不过她还是死了。”

“夜繁姬打进去了？”

墨岚摇了摇头：“没有魂契之兽的允许，任何人都无法进入它的世界。然而，梦魔师的条件远比西舞告诉黑岩泽璃的复杂。他给了西舞不属于黑岩家的血统，并且与她约定：如果西舞喜欢上任何一个人，她的预言能力就会消失；如果她把血统的秘密说出去，她喜欢的人就会死。”

林西夕的大脑飞速运转着：“西舞在黑岩泽璃成人的那一天丧失了预言的能力……”

“是。”

“多年后，在西舞成年的前夜，她按照梦魔师开出的条件结了婚，却还是死了。”

“是。”

“所以……”林西夕咬紧嘴唇，“西舞在黑岩泽璃成年的那一天喜欢上了他。她知道自己和黑岩泽璃没有血缘关系，但是她不能说出来，否则黑岩泽璃就会死……于是，在成年日的前夜，她还是嫁给了她喜欢的人。”

“黑岩泽璃直到此时才意识到她的感情，因此自责得很呢。”

林西夕唏嘘不已。

“林西夕，你会梦见黑岩泽璃，就没有想过原因吗？”墨岚笑着直视林西夕的双眼，“你自死后又获得过两次生命，现在是你的第三次生命，你每次的名字都有‘西舞’的影子。两百年过去了，你再次爱上了黑岩泽璃，黑岩西舞。”

与此同时，“中心之地”。

黑岩集团的绯狐走在沸鳞炎渊身后，穿过云墅地下的挑高厅堂。

“沸鳞大人，”绯狐恭敬地说，“恕晚辈多嘴，复生后的黑岩西舞似乎没什么价值，您为何屡屡置她于死地，却又故意留下破绽，给黑岩泽璃出手相救的机会？”

“让黑岩泽璃再费心保护她几次，”沸鳞炎渊的红色眼瞳闪着冷酷的光，“越是费心守护的东西，就越难以割舍。”

“您想让林西夕成为黑岩泽璃的弱点？”绯狐恍然大悟。

“林西夕那方面，想办法让黑岩泽璃陷得再深一点儿。”

“请您放心。不过，黑岩泽璃相当聪明，他恐怕很快就会找上您了，请您多加小心。”

等尼子猫再回到墨岚小馆，发现门口的海棠花树不见了，几排青翠的竹子掩映着琥珀色的店门，清雅幽静。

一推门，尼子猫就傻眼了。

店里摆满了大大小小的浴缸，质地各色各样，从黑色大理石到青铜，从冰种翡翠到核桃木，大的简直可以装匹马，小的连手都放不进去。墨岚浸在一个贝壳形状的紫玉浴缸里，从门边能望见她漂浮在牛奶液面之上的长长黑发和白皙的肩膀。黑猫蹲在白色的长绒浴巾边，看见尼子猫，“喵呜”叫了一声。

尼子猫倒退两步，转身就走。

“过来。”

“那个，改天吧。”尼子猫尴尬地问，“大姐，就算动漫不赚钱，你也不用改行卖浴缸吧？”

“这不是浴缸，而是‘回忆的时光机’。你看，既没有入水口，也没有出水口。”

“我还是不看了。”尼子猫没有回头。

“少年，”墨岚幽幽地说，“有件可怕的事，你必须知道。”

尼子猫已经一只脚踏出了玻璃门。

“罢了，”墨岚提高声音嘲笑道，“谅你也不敢听。还自称是什么社团老大，不过是个胆小的孩子罢了。”

尼子猫仔仔细细地把黑衬衣的领口扣好，转身大步走向墨岚：“你说谁不敢听？”

黑猫睁圆鲜红的双眼，浑身炸起了毛，“呼呼”地挡在尼子猫面前。墨岚微微一笑，伸出一只手，用浅紫色的长指甲指了指屋子另一端：“你的位置在那儿。”

那里有一只长条形的水晶浴缸，活像口棺材。尼子猫走过去，嫌弃地看了它一眼，直接跨进去坐下。

房间里的光暗了一下。之后，诡异的事发生了。

水晶缸壁微微发蓝，燃起了火焰。尼子猫“嗷”的一声起身跳了出去，发现自己居然站在一片燃烧的森林里。正是夜晚时分，几只白色的圆形飞行器悬在半空，对着森林喷射橙黄色的火柱。伴随着猫头鹰的嚎哭和猴子迫切凄厉的警告，一群鹿冲着尼子猫狂奔过来，冲天烈焰紧随其后，滚烫的风瞬间蒸干了尼子猫脸上的水分。尼子猫在原地呆立了一秒钟，转身撒丫子狂跑起来。

“墨岚！”尼子猫边跑边吼，“这是什么鬼地方？”

没有回答。

尼子猫一路跳过倒下的树，耀眼的火光扫过，鹿群被瞬间吞没，滚烫的火苗从尼子猫背后蹿上来。惊慌中，他猛地瞥见一块弧形的烧焦地带，想起这种外围已被烧尽的地带最是安全，一个箭步跳了过去。他脚下一松，心里一惊，掉进一个巨大的洞穴。

身下是一块柔软的草甸，周围挤挤攘攘的是一群野驴，它们一齐冲尼子猫转过脑袋。

“你有没有听到？”一只驴不安地转动着毛茸茸的长耳朵。

尼子猫张大了嘴。驴说话了！！！

另一只驴凑过来，眼看着就要踩上尼子猫：“好像有什么掉下来了。”

“喂，”尼子猫矫健地跳起来，“是本座——”

“是错觉吧。”两只驴互相点着头，“太紧张了，太害怕了，我们活不过今晚了。”它们转过身，用圆滚滚的屁股对着尼子猫。

尼子猫心中说不出的憋闷。

他掸掉身上的草，攀上身后的岩壁，找了个稍高一点儿的位置观察情况。这是个很大的地下洞穴，密密麻麻地挤满动物，近处是棕白相间的野驴，稍远的是黑色的野牛和火红的狐狸。鸟类聚在岩壁上，猞猁来回逡巡着场地，老鼠们躲在暗处不敢出声。风从头顶的洞口“呼呼”地灌下来，带来“噼啪”的火声和焦煳的气味。

“他们会用一根草伸进你的腿骨，喝里面的浆。”长着一对弯曲粗壮的角的盘羊不安地用前蹄踢着石板。

旁边一只健硕的野猪转过脸来：“那可不算什么，他们还会把你整个儿插在一根木头上，放在火上转着烤，然后连脸带皮割成一块一块，放在大贝壳里吃！”

“闭上耳朵！”一只大刺猬慌忙拉过满脸惊恐的小刺猬，“别听这些长蹄子的家伙胡说。”

正当尼子猫惊诧莫名时，动物们安静下来，一齐看往洞穴的深处。那里有个石台，一道溪水绕石台而过，其上出现了一只威风凛凛的斑斓猛虎。

“我的子民们。”猛虎说话了，是低沉悦耳的女人声音。

仿佛受到了召唤一般，尼子猫再也移不开视线。不知道为什么，他觉得那个声音很耳熟……

“此时此刻，”猛虎的眼睛闪闪发光，“我们的王正在浴血奋战。请不要害怕，即使最坏的情况发生，我依然会努力保全你们和你们的孩子。”

“辰溪王后……”动物们开始抽泣。

“如果我们最终不能迎来和平，至少今夜，不要让更多的生命死去。”虎后辰溪平静地说。她身后冒出一个毛茸茸的小脑袋，一只小老虎蹦了出来，用两只脚爪扑住母亲金黑相间的尾巴，虎后疼爱地望了它一眼，继续道：“敌人是人界的王者，他们找到了通往我们世界的道路。他们要我们脚下的石榴岩——这种对我们而言除了美丽毫无用处的石头，可以为他们的‘船’提供能量。”

尼子猫环顾岩壁，在微微的火光中，岩石折射出深红的光芒。头顶的洞口光线一暗，尼子猫一缩肩，敏捷地躲往一边，一只体型硕大的金雕跌跌撞撞地飞了进来，羽翅划过尼子猫的脸。

野驴们兴奋地叫起来：“是虎王天寂的法师！”

虎后辰溪神情悲伤地望着金雕。它是虎王天寂的左膀右臂，它的到来意味着天寂的防线失守。老虎们各有领地，平日几乎不会生活在一起，虎后想起最后一次看到天寂的时候，他的金色瞳仁灿烂得像照耀海岸山川的太阳，他给了虎后一个儿子。

金雕竖起颈上的羽毛，厉声长啸。仿佛被施了魔法一般，一支深红色的石笋从地底冒出来，缓缓升高，把地洞的入口牢牢封死。风声和火光全被隔绝于外，山洞里又黑又静，动物们能听见彼此的心跳声。

尼子猫惊讶地发现，自己的视力在这样的黑暗中竟然丝毫不受影响。

“来了！”金雕用嘶哑的声音低声警告，“别出声！”

周围的温度急剧下降。动物们挤向一起，把幼崽围在里面，一时洞中回响着轻而急促不安的蹄声。

“咔”。金雕造出的石笋上出现了一道细细的裂纹，从顶部蜿蜒到底部。

“他们要进来了！”一只花栗鼠哭出了声。

“啪”的一声，石柱瞬间碎成无数细小的深红色碎片，在火光中翻转落下，闪着微微的金光。风“呼”地灌进来，冰冷刺骨。

一个人走了进来，山洞里开始飘雪。

尼子猫揉了揉眼睛：“黑岩泽璃？”

黑岩泽璃径直走向石台。他身后跟着一只体型硕大的灰狼，两只眼睛绿莹莹的，悄无声息地走在结了白冰的地面上。

虎后辰溪面露凶光，皱起鼻子向黑岩泽璃咆哮，护住身后的幼虎。动物们抖成一团，没有逃走，也没有反抗。

难道它们怕得要命的敌人就是黑岩泽璃？看着动物们听天由命的样子，尼子猫一阵不忿，他跳下岩壁，大喊一声：“喂，隔壁班的！”

黑岩泽璃根本不理他。他把大狼留在石台下，自己一跃而上，站在虎后面前，手中握着一把寒光闪闪的利剑。虎后低吼着扑上来，黑岩泽璃的眼睛里亮了一亮，白色的冰从溪水处立了起来，变成一道弧形的冰墙，把他和老虎一起关在里面，尼子猫顿时看不见里面的情况了。

“喂！”尼子猫以极快的速度冲上石台，那匹灰狼与他对面而立，却仿佛完全看不到他。冰墙又高又厚，尼子猫粗暴地敲着外壁：“干什么呢？给本座出来！”

雪越下越密。动物们满眼惊恐和顺从，直勾勾地盯着石台，它们的呼吸在空气中凝结成一团团白色的水汽。尼子猫忽然意识到，也许它们看不见自己。他把耳朵贴在冰墙上，屏住呼吸细听。

什么声音也没有。

长长的沉寂后，尼子猫忽然大幅后退。洁白的墙面渗出红色，越散越大，很快墙底便蜿蜒流出一片鲜红。墙面坍塌成无数冰块的瞬间，黑岩泽璃走了出来。他的手里捧着一颗金底黑斑的圆润石头，雪片绕着他的手打转，形成一个白色的圈。

尼子猫往他身后望了一眼，倒吸一口冷气。幼虎被冰棱插在地上，虎后被剥了虎皮，血淋淋地卧在石台上，两只睁圆的眼睛还望着死去的幼虎。

金雕凄厉地叫了一声，拍翅而下，直击黑岩泽璃。石台之下的大狼轻轻一跃，咬住雕爪拖回地面，轻轻松松地拧断了金雕的脖子。

“回来吧。”尼子猫的耳边传来墨岚的声音，黑猫用肉爪轻轻地拍着尼子猫的脸。尼子猫喘着粗气睁开眼睛，发现自己依然身处墨岚小馆，他翻身趴在地上，满鼻血腥气，胃里翻江倒海。

“浴缸”全都不见了。还是墨岚小馆惯常的样子：一尘不染的竹木地板，稀奇古怪的模型，琥珀色的门口微微旋转的风铃，青竹在窗棂上投下的斑驳阴影。墨岚一袭白衣，逗弄着手中透明玻璃缸里的红金鱼。

“少年，你看到的并不是梦境，而是真实的历史。”墨岚往鱼缸里扔了细碎的鱼饵，金鱼摆动尾巴游了过去，“你就是那只小老虎——虎王天寂和虎后辰溪的独子，‘北方之地’自我流放的现任虎王。你为了一个约定，在这个平行世界做了十七年人类的孩子，失去了所有记忆；但是黑岩泽璃屠杀了你的父母，还抢走了虎族的至宝‘虎眼石’，你就不想复仇吗？”

第五章

亲爱的陌生人，好久不见

Dear Stranger, Long Time No See

隔着衬衣，
能感觉到他那么真实地存在，
能闻到他有一种阳光的香味。
熟悉又陌生的怀抱。

From the bank and from the river
He flash'd into the crystal mirror[...]
She saw the water-lily bloom,
She saw the helmet and the plume

Alfred, Lord Tennyson, "The Lady of Shalott"

岸上的身影，水中的倒影
矫健的骑士映入明镜 [……]
女郎看见那睡莲花儿绽放
看见骑士的盔顶羽毛飞扬

丁尼生《夏洛特女郎》

尼子猫不太相信墨岚的话，什么自己是变成人类的虎王，什么黑岩泽璃杀死了自己的老虎爸妈还抢走了虎族的宝贝，实在是太离谱了。然而，在地下洞穴中的所见所感是如此真实，虎后辰溪的声音是如此熟悉，熟悉到尼子猫一回想就觉得难过的地步。尼子猫想把黑岩泽璃胖揍一顿，问出真相，却始终遇不到他。

很快到了暑假。

几周未见，尼子猫破天荒地跑来找林西夕抄作业，又拖她出门，请客买了个巨型螺旋棒棒糖，自己则大大咧咧地啃着糖葫芦。

两个人边走边聊，到了一处行人稀少的后街，眼前的空气中莫名出现一片水光，晃得人头晕。尼子猫忽然紧张起来，把林西夕往后面一推。等她回过神来，已经有十几个不知从哪里冒出来的人把他们团团围住了，每个人的脖子上都纹着黑色的图案。

"林西夕，跑！"尼子猫把书包一抡，砸向最先冲上来的几个人，顷刻身陷重围。

"跑！"尼子猫飞身跳起，连着踢倒两个人，看到林西夕还愣在原地，急得要命："你想死不成！快跑！"

林西夕大声呼救起来，声音不知为何传不出去，只在这偏街陋巷里干涩地反弹，然后便消失了。尼子猫飞快地出拳，身影在夕阳中划出漂亮的弧线；可是一回头，身后有更多的人正在逼近。

林西夕颤抖着掏出手机。报警！

屏幕一片漆黑，怎么按都没有反应。她强逼自己镇定下来，重启——手机外壳“嘶”地冒起青烟，蹿出黄色火苗，她慌忙把它扔掉。在那个瞬间，她的脖子被什么勒紧了，身体一直，双脚便离开了地面。

林西夕眼前一片淡红色，脖子被勒得喘不过气来。透明空气里逐渐显现出一个男人的身影，眼角边挂着两道如血的红色泪滴，青筋爆出的脖子自上而下纹着一条黑色鬣蜥，鬣蜥的舌头围着脖子一圈，看起来就像把头截断了一般，非常恐怖。男人单手举起林西夕，看她拼命踢动双脚，享受地笑着，加大了手上的力度。

“别碰她！跟我有仇，就找我报！”尼子猫急了，拼命地冲过来，满脸是血，声音都哑了。在他身后，一个人举起明晃晃的铁棍。

“当……心……”林西夕喊不出声，视线模糊起来。她的指甲狠狠地抠进对方的手，然而那手的力量却越来越大。肺里的空气挤得快要爆炸了，她的大脑因缺氧越来越疼。

鬣蜥男“咯咯”地怪笑着，嘴中出现了一把黑色匕首，向她的脸慢慢逼近，快割到时却伸出湿答答的舌头舔了舔她的眉毛。

“离我……远点！”林西夕伸手推开鬣蜥男的脸，他的头却瞬间消失了，林西夕抓了个空。尼子猫大吼一声，疯狂地撂倒三四个敌人，背后却狠狠地挨了一下。鬣蜥男的头重新出现，他把匕首一直，用刀尖对准林西夕的眼睛，快速戳去。

林西夕咬紧牙关，然而并没有疼。

勒住脖子的手瞬间一松，林西夕身体落回地面。一个白色身影蓦地挡在她前面，转身把她抱起，蒙上了她的双眼。林西夕愣住了。在一片黑暗中，她轻轻地问：“黑岩……？”

尼子猫也愣住了。他看见黑岩泽璃在砍下鬣蜥男双手的瞬间，蒙住了林西夕的眼睛，又转身替她挡住了飞溅而出的污血。随着“咔嚓”的响声，鬣蜥男被黑岩泽璃反手折断脖颈，双脚一直，身体往后倒下。随着几道划着弧线的寒光，黑岩泽璃已经带林西夕杀出一条血路，突围而出，一跃上了矮墙，把她留在那里，旋即独自跳回地面。

林西夕呆呆地坐在矮墙上，连害怕都忘记了。太多的事发生得太快，她还来不及反应。

眼见林西夕脱离险境，尼子猫镇定下来。打倒几个对手后，他被飞来的绳索缠住，绳索的操纵者从旁挥刀砍来。尼子猫迎了上去，在接近的刹那一矮身，用腿把对方绊倒，顺势松开了绳索。来袭者的弯刀脱手飞出，在夕阳余晖中，金色反光凌乱地照过路面和矮墙，照过林西夕的脸，却又“唰唰”地飞了回来，扎进尼子猫的胳膊，顿时鲜血直涌。尼子猫一把拔掉弯刀，用刀背狠狠地拍昏了敌人。此时，一个之前倒地的敌人爬了起来，握着匕首就往尼子猫的后背捅。林西夕大喊一声：“子猫后面！”话音未落，黑岩泽璃扔出一把长长的利刃，一下子把进攻者插在地上，像钉住一只昆虫标本。

确认尼子猫没事后，林西夕的目光牢牢地锁在黑岩泽璃身上。

他的衬衣背后一片鲜红。如同一阵疾风，他的动作快得看不清楚，寒光之后，向他扑来的敌人全都直直倒下。可是，无论周围的人陷入怎样的惨状，他都无动于衷，似乎这样的事情他已经历过太多次，多到麻木，多到厌烦。

浓烈的血腥味随风飘来，林西夕紧攥拳头，关节发白。矮墙的那一边，街上行人很多，却没人能听见林西夕的呼救。在瞬间的犹豫后，林西夕咬了咬牙，抓起矮墙上松动的瓦片向敌人丢去。

她丢得相当准。

黑岩泽璃和尼子猫同时抬头看她——泽璃有些意外，尼子猫则竖起大拇指。

林西夕继续扔着瓦片，两道泪痕划过脸颊。

地上的断臂鬣蜥男动了动，脖子“咔嚓”一声恢复了原状，手臂的横断面“咕噜咕噜”一阵响动，竟然再次长出新手。没等林西夕反应过来，他已经一蹿而起，向她猛扑上来。

尼子猫飞奔过来，死死地压住鬣蜥男，举拳就向他的太阳穴招呼，却在接触的一瞬间忽然停住了。

林西夕惊魂未定：“怎么了？”

尼子猫狠狠地一松鬣蜥男的衣领：“又挂了。”

鬣蜥男翻着白眼，额头正中鼓起一块很大的乌青，像是被什么硬物击中了。黑岩泽璃走过来，从地上拾起一块金底黑斑的石头。它闪闪发光，如同老虎的眼睛。

尼子猫死死地盯着它看：“那是什么？”

“虎眼石。”

尼子猫皱起眉头：“哪来的？”如果没有看错，那正是在墨岚小馆的“回忆”幻觉中，被黑岩泽璃从“北方之地”抢走的那一块。

“你还没有实力问我。”

尼子猫火冒三丈，然而敌人再次涌上，两人立即分开。

等到只有尼子猫和黑岩泽璃还站着的时候，林西夕觉得像过了一万年那么久。

尼子猫拎起一个倒地呻吟的男人：“谁派你们来的？”

“是沸鳞的炎渊……我们不过是收钱办事。求求你高抬贵手，我马上就离开，保证再也不来打扰……”

“费林的演员？”尼子猫一脸茫然。

听到“沸鳞炎渊”的名字，黑岩泽璃毫不意外。他问尼子猫：“你自己能去医院吗？”

尼子猫揪住黑岩泽璃的衣领：“本座有话问你。”

“看来你可以自己去医院。”黑岩泽璃毫不回避地直视着他。

矮墙上的林西夕急着下来，一个没坐稳居然掉到墙的另一侧去了，尼子猫立即松开了黑岩泽璃。

“我，我好像翻不回去了！”隔墙传来窘迫的声音。

黑岩泽璃跳上矮墙，消失了。

尼子猫独自站在后街小巷里，心情很复杂，有烦恼，有自责，有困惑，还有……连他自己也不愿承认的，对黑岩泽璃及时出现、并肩战斗的含着恼怒的感激。

脚边有什么东西隐隐发光。尼子猫捡了起来，是林西夕的小兔子发夹，一定是在刚才的混乱中掉落的。他用手指仔细地擦了擦，揣进口袋。

天色渐晚。

黑岩泽璃背着林西夕，走在华灯初上的街边。她的膝盖和手肘都破得鲜血直流，还小声地抗议：“放我下来，我自己能走。”她觉得黑岩泽璃有点儿生气，却不知道为什么。

“刚刚那些人……会死吗？”

“我会让他们全部消失。”黑岩泽璃压抑着怒火。从暴徒们的文身看，他们是“鬣佣兵”。鬣佣兵是被“中心之地”通缉的重案犯，他们在星海的公共地带建立起非法组织，收人钱财，杀人越货。从罂粟幻种到地铁里的溺亡幻境，沸鳞炎渊三番两次地对手无寸铁的林西夕下手，这次居然动用了鬣佣兵，不可原谅。

林西夕把双手放在黑岩泽璃的肩膀上，觉得很安心，也很难为情。

夜风吹过，街边的法国梧桐上，一只蝉唱了起来。

黑岩泽璃沉默地感受着肩头传来的暖意。那是他曾经痛失又奇迹般地寻回的小小温暖，那里有他曾经发誓拯救的名为黑岩西舞的灵魂碎片。

经过一段宽宽的铁路桥时，灯光也没了，桥下的河水淙淙地响着，天边挂着几颗明亮的星。

黑暗中，林西夕趴在黑岩泽璃耳边，悄声说："轩哥哥，是你吗？"

黑岩泽璃停住脚步。他明明封印了她的记忆。

林西夕笑了笑："你觉得我奇怪也不要紧。我最近老是梦见轩哥哥，我梦见他牵着我的手，对我说：'别怕，有哥哥在，你不会被梦魔师带走。你会平安成年，长成大姑娘。'"

染着夕阳颜色的回忆扑面而来。

"我梦见站在他的脚背上，学会跳第一支舞。我梦见他送给我一只灰色的兔子，就像你前阵子送我的那只一样，有白色的脚心和黑色的眼睛。我梦见他带我去看夏日祭，他特别喜欢吃一种叫作'轩'的章鱼烧，我就喊他'轩哥哥'，而我每次套福猫都套不中，他就叫我'小呆'。我梦见自己被关进一座很大很冷的宫殿，他把我救出来，带我爬上夜里的山顶，那里有很多六个角的流星'叮叮铛铛'地落在脚边。我想告诉他……我很想他。"

一滴眼泪滑进黑岩泽璃的脖颈，很轻很凉。

黑岩泽璃轻轻地把林西夕放下来："你的哥哥……他也很想你。"

"真奇怪啊，"林西夕笑着流眼泪，"明明都是幸福的回忆。我想再喊他一声'轩哥哥'，即使我不再是黑岩西舞，即使我注定要独自长大，即使这一切都是幻觉。"

"不是幻觉。"黑岩泽璃轻轻地将她拉进怀中。林西夕隔着衬衣，能感觉到他那么真实地存在，能闻到他有一种阳光的香味。

熟悉又陌生的怀抱。

"小呆，叫我一声。"

"轩哥哥。"

"再叫一次。"

"轩哥哥。"

"很好，再来一次。"

"喂！"林西夕脸一红，换了话题，"你为什么'转学'来我们学校？我每次看考试排名都好紧张。"

"因为我想看见你的名字跟我的放在一起。小呆，你怎么想起我的？"

"墨岚姐对我说了你的故事，我才知道所有的'梦'都是回忆。跟我来。"

林西夕带黑岩泽璃去了墨岚小馆，却惊讶地发现墨岚小馆不见了。月亮升起来，照着空荡荡的小巷，光溜溜的青石板反射着淡淡的光。

"你说她的手指伸入白色陶瓷罐后，开出一朵黑色罂粟？"

"对，墨岚姐说，那代表着她最在意的人……"

“如果不是巧合，那是沸鳞炎渊。”黑岩泽璃的声音低沉下来，“沸鳞想要我身上的瞬湖，但是他竟对你下手，不可原谅。”

“‘瞬湖’？墨岚姐说，那是打开平行世界‘界门’的钥匙。”

“对。我有一个特别的瞬湖，名为‘光’，是通向‘世界之树’的钥匙。‘世界之树’是纵向贯穿所有平行世界的轴心，维持着生命之间的平衡。对不起，是不是说得太快了？”

林西夕摇了摇头。

“‘光’只能通往世界之树在树干以上的世界，与之相对的另一把钥匙名为‘黯’，通向世界之树在树根以下的世界。很多年前，梦魔师将‘黯’给了沸鳞炎渊，把‘光’给了我们的父亲黑岩彻。父亲去世前将‘光’托付给了我。”

“沸鳞炎渊想抢走‘光’？”

黑岩泽璃点了点头：“‘世界之树’的根部有一眼泉，如果把‘光’和‘黯’合起来丢进去，它们就会融合，顺着‘世界之树’的枝叶和树根延伸到各个平行世界去。所有拥有瞬湖的生命都会进阶，也许能打破平行世界的规则，找到新一维度的空间。”

“好炫！”

“但是那样会对身体造成沉重负担，大多数人都会迅速死掉。”

“好可怕。轩哥哥，你也会吗？”林西夕有点儿难为情，“明明我该直呼你的大名，你这个抢第一名宝座的敌人！”

“小呆死磕试题的样子真的很好笑……”

“……说正事啦。”

“我不会因瞬湖升级而死，因为黑岩和沸鳞都是被梦魔师‘选中’的。沸鳞炎渊想把‘光’和‘黯’融合起来，强制所有人的瞬湖升级，通过大规模的自然淘汰，让比较弱的肉体死亡，只留下最强的生命。这些生命将成为沸鳞新的实验对象。”

“实验对象？”

“他是个学者，毫无疑问是‘中心之地’最有天赋的科学家之一，可以复刻人的身体和记忆，但他还想指定时间、地点，将旧生命体的情感复刻进他指定的新生命体。换句话说，他想让灵魂瞬湖的随机转生变为实验可控。这种实验的死亡率很高，所以他需要最强壮的实验体。”

“那岂不是有无数人要为此丧生？”

“所以我不能把‘光’交给他。”

“瞬湖是可以转交的？”

“对，获得瞬湖有三种办法：言语馈赠，体液交换，或者杀掉瞬湖的主人。”

"'言语馈赠'就是说一声'我的瞬湖归你'这样？"

"对于拥有三十个以上特殊瞬湖的人而言，是的。不过这种人的数量不超过总人口的千万分之一。"

"那么，'言语馈赠'就有点儿像超能力者的咒语了？"

"的确可以这么理解……语言本身就有力量，话语就是行为，名字就是约束。"

"好深奥。那'体液交换'又是什么方法？"

"那是'情猎'的惯用手段……等你再长大点儿就明白了。小呆，有一件事，我下午就想说了。"

"嗯？"

"你的裙子太短了，"黑岩泽璃皱着眉，"坐在矮墙上的时候特别明显。"

"嘿嘿，你在夸我腿长吗？"

黑岩泽璃揉乱了林西夕的头发。他没有说出父亲黑岩彻的全部遗言。梦魔师一方面以"光黯融合，得到最强的人体容器"诱惑沸鳞炎渊，另一方面却说服黑岩彻尽全力抢夺沸鳞的"黯"，融入自己的灵魂后在封闭的无人空间中自杀，以"贵族的勇敢和大义"销毁可能导致生灵涂炭的"潘多拉之盒"。黑岩彻与沸鳞炎渊斗争了几十年，抱憾而终，在遗言中命令儿子黑岩泽璃继承这个使命。黑岩泽璃最初非常抗拒，然而做"王的剑"的经历让他改变了想法——以一己牺牲换来太平之世，对双手沾满鲜血的他而言，是救赎而非负担。于是，在与沸鳞势不两立的二百年间，黑岩泽璃每天都抱着死的觉悟。

黑岩泽璃把林西夕送回了家，两人一起坐在黑暗中的木地板上。月色如水，穿过房间的窗棂，投下一道道明亮的光柱，其间好像有无数精灵飞舞，发出晶亮的光芒。

"小呆，你说的'墨岚'很可疑。她的样子，"黑岩泽璃的眼中闪过一丝不快，"很像一个女人。"

"女人？"林西夕想起墨岚的玩笑，"轩哥哥的女朋友？"

"像夜繁姬。她已经死了很久，但沸鳞炎渊可以复刻身体和记忆。"

林西夕一惊。的确有这个可能——只有夜繁姬才会那么清楚地知道她和黑岩泽璃之间的故事。不过，夜繁姬喜欢的是黑岩泽璃，墨岚姐最在乎的人却是沸鳞炎渊。

"当然，也许她并不是复生后的夜繁姬。在旧王的宫殿里，这样的美人有很多，像蜜蝉姬、若水寒、落紫……"

林西夕鼓起脸。

“小呆，怎么了？”

“没有啦。我只是忽然想起，今天下午被那个凶巴巴的坏人亲到了。”

“什么！亲到哪里？”

“也不算是亲到了……”

“到底怎么回事！”

“不告诉你。”林西夕偷看黑岩泽璃恼火的样子，笑嘻嘻的。

黑岩泽璃站起身：“我回去了。维法会很快召开，沸鳞会付出代价。”

“那是什么？”

“‘中心之地’的法庭。不过，出庭者不可以请代理人，法律也不太一样，杀人和强暴不一定违法，偷窃却可能是极刑，一切取决于陪审团的态度和法官的最终判决。”

“听起来好不可靠……我可以跟你一起去吗？我想看看平行世界。”

“你父母会担心吧？”

“那你什么时候回来？”

“还不知道，沸鳞不是容易对付的角色。”

林西夕一脸郁闷：“我还有好多地方不明白……轩哥哥今晚可以留下来陪我说说话吗？”

“不许提这样的要求。”月色中，黑岩泽璃的声音很低沉，仿佛闪烁着金属的光泽。他温柔地摸了摸林西夕的头，“给我乖乖睡觉去。”

风吹起纱帘，月色消失不见。林西夕轻轻地摸着被他的手指触碰过的头发。

下一次遇见，会是什么时候呢？

第六章

街角的那家糖果店

The Knight and the Nightmare

有件事叫单恋
假装忽视假装毫无感觉
独自在战场上冲锋
勇敢强大和狡猾的敌人
只能在假想中斩首杀灭

Strange names were over the doors—strange faces at the windows —everything was strange.

Washington Irving, "Rip Van Winkle"

门上的名字都是陌生的——窗后的脸也都是陌生的——一切都是陌生的。

欧文《瑞普·凡·温克/一觉二十年》

发生在后街的恶斗不了了之，没有伤亡，没有血迹，什么痕迹都没留下，只有一大片不知名的野花在一夜之间冒了出来，蚱蜢在其间跳得欢快。

第二天下午返校，提前发高二的课本。黑岩泽璃自然没来，尼子猫也没出现。望着身边空荡荡的座位，林西夕坐立不安。虽然不良君昨天还一副"再战三百回合也无妨"的样子，会不会其实伤得很重？

"林西夕！"气贯长虹的声音从楼下传来。林西夕疑惑地走出教室，抓住护栏，向下张望——

教学楼前的空水泥地上站着一个人，是不良君。虽然胳膊上缠着白纱布，但是谢天谢地，这家伙很精神。

他用大红的油漆，刷下一行歪歪扭扭的大字："林西夕是笨猪。"

林西夕一时目瞪口呆，脸一下子红透了。"精神过头了吧你！"她在心中暗骂道。

各年级的学生迅速聚集起来看热闹，林西夕的手机"嗡嗡"地震了两下，是尼子猫发来的消息："本座没查到'费林的演员'是哪伙人，但肯定是冲着本座来的，你快点配合本座演戏，让那帮孙子别再找你麻烦。"

尼子猫大笔一挥，楼下的空地上又多了两个字："绝交。"

什么情况？林西夕的大脑飞速运转着。为什么要绝交？莫非——你是想借此表明自己跟我毫无关系，让各路不良少年不要再找我吗？笨蛋，昨天那件事根本不是这个世界的人做的……可是，你这么替我着想，搞得我一下子好感动啊，你这个家伙！

尼子猫在“绝交”二字后加了个巨大的惊叹号，挺直身子，抬起手，指着站在四楼的林西夕。在那一瞬间，他浑身都散发出豪迈的气魄，仿佛是身着金甲金盔的骑士，正骑着骏马，提着长枪，前来拯救被囚于高塔的公主。在他的身后，夏末的天空蓝得可爱，一朵白色的积雨云正高高地堆起来。在这样的下午，蜻蜓振着翅膀飞来飞去，猫咪在树荫下闭着眼睛乘凉，大雁还未南归，牵牛花在明天的清晨还会开放。

林西夕的手机又震了两下：“快向本座随便扔个东西，你这个不开窍的！”

林西夕听话地照做了。

尼子猫一脚踢翻油漆桶，把刷子潇洒地扔在地上，转身大步离开了学校，林西夕也一甩头发，决绝地转身，昂首挺胸地走回教室。

同学们议论纷纷。

到了晚上八点多钟，尼子猫身手敏捷地翻过学校的大铁门，回到校园里。傍晚刚下过雨，地上的小小水汪里映着一轮又一轮的明月。油漆桶和刷子不见了，大红的油漆字还在。尼子猫得意地笑了笑，把教室的门锁敲坏——班主任肯定跟老爸尼震告状了，今晚回家必有皮肉之苦，不良君决定在教室里过夜。

走到自己的书桌边时，他的眼睛亮了。抽屉里整整齐齐地码着自己没去领的新课本，还有个写着“Merci beaucoup（法语，多谢）”的牛皮纸袋，里面装着一支红红的冰糖葫芦。

尼子猫咬了一口：“甜！”

他并起两张课桌，把身体蜷成一团，很快就睡着了。

那夜他做了个奇怪的梦。

漆黑一片的房间。

后脑勺一阵阵地钝痛，似乎已经好几天没有睡觉了。但是，瞬湖的奥秘马上就要揭开……

一双柔软的手抚上自己的肩。他回过头去，看到她正端着一碗汤，笑盈盈地望着自己。不认识的美丽面孔……不，那明明是早已熟识的，他的妻子夏之浅云。

“休息吧。”夏之浅云柔柔地说。

他微笑着牵过她的手。她的手背微凉，指尖却被骨瓷的碗染得暖暖的。他抱起她，她那浅金色的长发绕过他的指尖，像一朵发光的云。

经过走廊尽头那面镜子的时候，他看见自己的眼睛，像红色的宝石。墙角边的黑猫“喵呜”一声拱起脊背，跳上窗台，消失在夜色里。

他把夏之浅云放在丝枕与羽被之间，吻了吻她漂亮的指甲。卵形透明的甲盖边缘涂着红红的樱花油，像一弯弯微笑的小月亮。

夏之浅云唤他："沸鳞炎渊，我的夫君……"

尼子猫醒了过来，一脸茫然：梦里觉得很熟悉的那个"妻子"，现实中他却完全不认识，还有镜子里那个红色眼睛的"自己"，到底是谁？

窗外月朗星稀，宇宙间一片清明。

尼子猫打了个哈欠，很快又睡着了。

夏之浅云把白皙的手放在他的胸口，细腻柔滑的肩膀在均匀的呼吸中微微起伏。窗外淅淅沥沥地下起了雨，床边有潺潺的水声。一条河顺着床沿流过，水中漂着一只小小的摇篮，里面有个金发的婴儿。

"看，我们的孩子。"他欣喜地下床，将孩子高高举起，细细端详。那婴儿像极了妻子，长大后一定很漂亮。

妻子却哭了起来："夏之家族每隔千年就会出现一个为神明转世而降生的孩子，发色随母亲。可是，这样的孩子会立即进入下一个轮回，无法生存。"

"胡说，我要看着她长大。"

"不能阻碍……触怒了神明，我们以后就再也不会有孩子了。"

"我不信邪。"

窗外树影婆娑，暗地里有什么东西喧闹起来。冥界的灯一盏盏亮起，河流之下，台阶一级级地出现，一直延伸到他们的床前。黑色的脚印一个个地出现在台阶上，影影绰绰的人形正悄然靠近。

他护住婴儿，指尖燃着火焰。河流变得湍急起来，河水在火焰中被点燃，蒸腾如云雾。

"不能阻碍……"夏之浅云的声音里带着绝望和顺从。

他决心已定。烈火沿着他的指尖，像跳动的金色液体，一绺绺地流下来，顺着河水，蹿上床幔，整个房间顿时变成一片火海。无论什么，都无法通过这道火焰的防线。

妻子惊叫出声，他怀中的孩子忽然如千斤般重，沉得无法抱起。

孩子灰白的嘴角挂着一丝嘲讽的笑意，胖乎乎的手脚像藕节般掉落下来，砸在水中。她自己选择了死亡。那摇篮一直悄悄地停在床脚边，像口小小的棺材。死婴的残骸逆流而上，一块块爬进摇篮，那景象奇异而骇人。

熊熊燃烧的火焰中，不祥的东西正在吵嚷："被诅咒了，被诅咒了！"火焰烧化了窗棂，却烧不掉在黑暗中"嗤嗤"发笑的东西。

他抱着哭泣的妻子冲出卧室。在走廊的转角处，那面镜子映出跳跃的火光，也映出他漆黑的长发和宽边镜框后鲜红的双眼。

见鬼——尼子猫心说，这不是我！他伸出拳头，猛地向镜子砸去。在镜面破碎的瞬间，尼子猫猛然惊醒。他拿起糖葫芦，卷起书包，起身离开学校，骑着摩托车一路狂飙，不知不觉来到了林西夕家的楼下。

"不良君？"林西夕一脸惊讶地跑出来，"怎么了？"

看到她的瞬间，尼子猫平静了很多。

"我做了一个……"他挠了挠头，"我作了一首曲。"

林西夕的眼睛一下子亮了。

"但我忘带吉他了。"

"那你唱给我听？"

"那么傻的歌词，谁要唱。"

"喂！"

尼子猫尴尬地咳了两声："六月天，蝴蝶翩翩……"

楼上有只狗叫了起来。

"棒冰甜，光影点点……"

几只狗一起狂吠起来。

林西夕笑得像花儿一样："你真行，歌词都记住了。"

不良君拍了拍摩托车后的座位："上来，跟本座找个不吵的地方。"

被尼子猫改装后的极速摩托在夜晚的街道风驰电掣，明亮的路灯用道道流光抚摸着它赤裸的金属骨骼。没有车比得上它的速度，似乎不羁的风才是这匹骄傲野兽的灵魂。

尼子猫把涂着骷髅图案的黑色头盔给了林西夕，自己则迎着风旁若无人地大声唱歌。

火线

第一次
和你见面

我忘了
北在哪边
全副武装的杀手
收敛戾气化作圣贤

第一次
走你左边
我偷看
你的侧脸
说不出口的句子
想赞你的笑容很甜

有件事叫单恋
假装忽视假装毫无感觉
独自在战场上冲锋
勇敢强大和狡猾的敌人
只能在假想中斩首杀灭

有件事叫单恋
奋力哭笑奋力抛洒热血
自己笑自己是傻子
喜剧悲剧和童话的结局
不过是想象力的大枯竭

黑色的长发是条火线
一万人有一万种方式终结
我双手流血
扑杀心里面滔天的火焰
怕听你说
你有些疲倦

柔软的腰间有条火线
我只想赌命寻找一种终结

号角已吹响
笑看地平线升起的满月
请不要说
胜利很遥远

“不良君，你唱的是我那首歌吗？”林西夕顶着风大声问。

“是——”尼子猫直着嗓子喊，“曲子一样，两副歌词都能唱——”

“真厉害——”

“好听吧——”

“风太大，听不清——”

“……我去！”

回家的路上有段长长的下坡，尼子猫停下摩托，慢慢地推着走。林西夕从路边小店买了支棒棒糖，尼子猫掏出糖葫芦，啃着最后两颗山楂。

“喂，”尼子猫踢开路面的石子，“今晚开心吗？”

没有回答。林西夕满面微笑，望着远处的万家灯火出神。

“本座跟你说话，你好歹吱一声吧。”

“吱。”

尼子猫无奈地摇了摇头。

“不良君。”

“干嘛？”

“你有没有想念一个人的时候？”

尼子猫苦笑了一下。我现在就想念着你……这种话怎么说得出口。

“明明知道他和自己一同活着，却不能在一起。为什么会这样呢？”

“……”

“喂，我跟你说话呐，你好歹吱一声吧。”

尼子猫沉默了一会儿，闷闷地说：“吱。”

“怪家伙。”

到了岔路口，两人道了别，林西夕含着棒棒糖，转过身继续走。

走出十几米远，尼子猫忽然叫住她：“你那首曲子，本座会写下来的。”

“太好了！”黑暗中，林西夕的眼睛闪闪发光，“要什么谢礼？醋熘土豆丝行吗？”

尼子猫跳上摩托车，呼啸着来到林西夕旁边，一只手从背后搂住她：“亲一下就行。”

林西夕僵住了。黑暗中，尼子猫的脸离得好近，能闻到他衣领上淡淡的烟味。

尼子猫用手指抚下林西夕束着马尾的蝴蝶结。长发披落，淡淡的水果香飘散开来。

他感觉到她的整个肩膀都在发抖，心里微微一疼。他一把抢走了林西夕的棒棒糖，得意洋洋地笑起来："漏洞百出的傻丫头，谢礼本座收下了。"说罢，掉转车头，扬长而去。

"你可恶——"身后传来林西夕的声音。

尼子猫没有回头，直接把棒棒糖丢进嘴里。是她尝过的味道。

很甜，也很酸。

第二天，墨岚小馆。

"少年，你看起来很烦恼。"墨岚悠闲地坐在柜台后面，黑猫趴在她的膝头，发出惬意的呼噜声。

尼子猫进店半个多小时了，闷着头把货架上的古怪玩意儿一个个拿起来，随便看看再放回去。

"你想知道虎眼石的秘密，想确定自己的身份，既想向姑娘表白，又怕因此失去她。"

尼子猫皱眉。

"我可以帮你接近真相，"墨岚微微一笑，"如果你胆子够大，今晚十一点再来。"

当天晚上，尼子猫真的如约而至。

墨岚小馆没有开灯，一片死寂。尼子猫刚迈步进门，便发现脚下落叶碎裂，面前密密麻麻的都是藤蔓。尼子猫心里一惊，一回头，门不见了，身后黑漆漆的都是树，正是夜晚的森林。猫头鹰"呜——呜——"地叫起来，一条蛇"嘶嘶"地爬过。

地面幽幽地亮起了黄绿的荧光，像一盏盏忽明忽暗的灯，一直延伸到森林的深处，尼子猫想了想，决定沿着光前进。迎面的大树纷纷向两旁分开，待他过后，又缓缓合拢。体温被黑暗悄然吞噬着，尼子猫脊背微微发凉。夜晚的声音鼓动着耳膜，刚开始只是无意义的虫鸣兽吠，而后渐渐地变成话语："王回来了……"

尼子猫心中充满困惑。

地下传来了流水的声音，发光的蓝色水滴顶开小石块，冒出地面，像凝成团的水银，顺着落叶和草茎满地奔跑，映亮了林中的藤蔓与野花。尼子猫弯下腰，拾起一滴水，它便在尼子猫的掌中悠悠地升起，像一团冰凉的蓝火。

尼子猫正觉得不可思议，发光的水滴“啪”地钻进了他的眼睛，滚烫的感觉布满脸颊，袭至大脑，又沿着脊柱，瞬间扩散到了他的全身。他头皮发麻，大呼不妙。

“我的孩子。”

忽然出现的女子声音把尼子猫惊得一跳，一头斑斓猛虎出现在他面前。尼子猫跌跌撞撞地往后猛跑两步，抱住一棵大树就往上爬。

“我的孩子，不要害怕。”老虎又说话了。

“虎、虎后辰溪？”

“你应该称我为‘母后’，我的孩子。”辰溪变成一位头发火红、神色高贵的女子，转身向森林深处走去，“跟我来。”

尼子猫犹豫片刻，跟了上去。蓝色的月亮升了起来，猫头鹰无声地滑过天空。尼子猫浑身的血液好像烧开的水，每走一步都剧痛不已，脚边蓝色的水滴越涌越多，在黑暗中奔涌欢腾。在森林的正中心，尼子猫看见了一个巨大的荧光湖，满池湖水像蓝宝石般闪闪发光。虎后辰溪如幽灵般立于湖面，尼子猫猛然想起她已经死了，心下骇然，但双脚仿佛具有了自己的意志，笔直地追随她前往湖心。

“我的孩子，即使你化为人类，你的瞬湖依然记得你的身份。”辰溪忧伤地微笑着，张开双臂把尼子猫揽进怀中。

尼子猫的头发疯长起来，浑身发出蓝色的光，如同一团火焰。

“王回来了！王回来了！”不知何时开始聚在荧光湖边的众多动物齐声欢呼。

在烈焰烧灼般的疼痛中，尼子猫看见狐狸的细长眼睛，猫头鹰的圆眼睛，老陆龟几乎干涸的瞎眼睛，听见他们完全不同的语言，听见自己的血液在心脏里鼓噪沸腾，细胞膜融化后重生。他闷闷地哼了一声，整个人向前一倒，“啪”地溶解在荧光湖里。

动物们屏住呼吸，微蓝的雾气在湖面萦绕。

慢慢地，慢慢地，有什么东西从湖底渐渐浮现出来。金黑相间的斑纹，毛茸茸的耳朵，如钢鞭一般有力的尾巴。一头猛虎带着雷霆万钧之势从湖底猛地蹿出，在接触空气的刹那回归了尼子猫的人类样貌。他抬起头来，长长的红发湿淋淋地贴在背后，双瞳闪着金色的光芒。

“荧光湖是虎族的圣湖，只有虎族可以安然无恙地立于此湖。”辰溪怜爱地望着尼子猫，“欢迎回家，‘北方之地’的王。”她抬起手臂，莹蓝色的湖水聚为一柄锋利的长枪，瞬间洞穿了尼子猫的胸口。

等尼子猫再次醒来时，已是次日午后。身旁高高的树林里传来鸟鸣，他听得懂鸟儿们说的每一句话。他慌张地摸自己的胸口，发现什么伤都没有，大喘了一口气。阳光下的荧光湖一片墨绿，刚才躺过的地方长出一大片藤蔓的嫩芽。他站起身来，活动筋骨，一不小心便跃到了荧光湖的对岸。

尼子猫惊诧不已，忍不住又来来回回地跳了几次。

森林百兽默默聚拢而来，敬拜它们回归的王。

从动物们的口中，尼子猫逐渐了解到“北方之地”的历史。在平行世界的这颗星球上，猿猴从来没有进化成为人，动物们发展出自己的森林文明。两百多年前，随着“瞬湖”的发现，“中心之地”入侵，把包括“北方之地”在内的众多星球都变为殖民地。地下的石榴矿很快便被挖空，不少动物被开采工人卖给“中心之地”的有钱人做私家宠物。几十年后，“中心之地”爆发内战，尼子猫的前生趁乱带领“北方之地”起义，重获独立。尼子猫也了解到虎族的特别之处。每只老虎活到二十岁左右时都会经历死亡和轮回，并以此进行修炼，他带领“北方之地”起义就是在死过一次后才实现的。对于虎族而言，只有一次次丢掉记忆，一次次重获生命，才能变得更强。

有两件事比较特别。第一件是虎后辰溪放弃轮回，成为荧光湖的守护灵。荧光湖是虎族的圣地，误闯的非虎生物都会被剥离灵魂，化为枯骨。第二件是长着一张蓝脸的山魈长老对尼子猫说的话。十七年前，尼子猫告诉山魈，“梦魔师”答应了尼子猫的请求，让他在下一次轮回变成人类的少年，同时还改变历史，推迟某位少女的出生时间。在那之后，尼子猫在“北方之地”的王座上悄悄死去，以人类少年的身份再次出生，并生活至今。山魈是尼子猫之死的唯一见证者，他对外宣称虎王尼子猫正在“北方之地”的隐秘国土修行，在这些年间尽力维护着“北方之地”的和平。

尼子猫躺在一片绿草茵茵的山坡上，叼着草棍儿，抬起一只手，看阳光透过指缝，陷入沉思。由于和什么“梦魔师”的什么奇怪约定，我现在是人类……要是当老虎，打游戏的时候连手柄都抓不住。

他突然想到一件要命的事：他不知道如何回到自己熟悉的那个平行世界了。

第七章

权谋的网

The Prey

什么是最宝贵的——

至高的权力？

无尽的知识？

还是永不变心的爱人？

This pillar never shall
Decline or waste at all

Robert Herrick, "The Pillar of Fame"

这柱子不会倾颓
也丝毫不会磨蚀

赫里克《名誉之柱》

"中心之地"，黑岩庄园。

黑岩泽璃的魂契之兽，那匹曾经跟他一起出现在林西夕世界的大狼麓麟，从一扇闪闪发光的界门中走出，嘴里衔着一只浅咖色的兔子。

"放开我！"兔子拼命挣扎，"以爱丽丝兔子国国王六月雨陛下的名义命令你，立刻、迅速、马上放开我！"

大狼充耳不闻，轻轻地前后磨了磨尖牙，兔子在它的口中如同置身烤架，轻轻地翻转。

黑岩泽璃禁不住嘴角一弯："麓麟。"

麓麟一松嘴，兔子猛地一蹬后腿，一脚踢中狼鼻，麓麟吃痛，"嗷"了一声。兔子在空中转体两周半后漂亮地后脚着地，满脸气愤地抽动着粉色的鼻子，胸前被狼的口水浸得湿漉漉的。麓麟横眉竖目，一口把它吞进嘴中。这一次，只有白色的兔尾留在狼嘴外颤抖。

"好啦，放开客人。"黑岩泽璃安抚闹别扭的狼。麓麟张开嘴，兔子"啪叽"一声掉在地上。

"我是爱丽丝兔子国的四叶草骑士。"兔子站起身，用眼角不安地瞟着麓麟，"黑岩阁下，六月雨国王陛下托我捎来亲切的问候。我不得不说，您的宠物实在是太粗鲁了。"

麓麟龇了龇牙，兔子一缩脑袋。

黑岩泽璃在两百年前攻打"北方之地"时，曾经释放了虎王天寂的所有战俘，其中有只勇猛的粉色兔子亚历山大，在地下建立起名为“爱丽丝”的兔子王国，情报网遍及不同平行世界间的兔子洞，而六月雨国王是“兔子大帝”亚历山大的曾曾曾曾皇孙的曾曾曾曾皇孙。

浅咖色的兔子四叶草骑士一个翻身，蹦上黑岩泽璃面前的桌子：“黑岩阁下，我们的特工基里连卡 Sr. 和普辛 Jr. 发现了您需要的情报。您的推测没有错，沸鳞炎渊院士是个无恶不作的坏人。他一直在进行情感复刻的实验，实验失败的活体全都会被他杀掉。可是，天哪，他一直都在失败。我们的基里连卡 Sr. 特工目睹了实验过程，一直到现在，他还吓得尾巴发抖。”

麓麟伸出一只脚，像打开匕首一般，逐个展示自己尖利的爪子，示意四叶草骑士快说重点。兔子往黑岩泽璃身边靠了靠：“沸鳞炎渊院士在不同的平行世界采掘资源，当地人一旦反抗，就立即被他的军队血腥镇压——是的，他在‘中心之地’宇宙边缘的公共星海养了一支军队，这毫无疑问是违反法律的。普辛 Jr. 特工掌握了确凿的证据，足够把沸鳞炎渊院士关进‘绝望之牢’了。”

绝望之牢是关押重犯的监狱。它本是颗名为“暴风之眼”的橘红色巨大行星，地表白天极热，夜晚极寒，刮着终年不息的风暴。瞬湖和平行世界被发现后，沸鳞炎渊所在的宇宙被命名为“中心之地”——意即其他平行世界仰望、皈依的核心之地——暴风之眼便成了关押反对“中心之地”殖民统治的异世界囚犯的监狱。没过多久，“中心之地”的所有重犯也都被移送到了这里。暴风之眼被称为“绝望之牢”，是因为它有种奇特的封印磁场，被关在牢里的任何人都无法使用瞬湖，因而无法打开界门逃脱，仿佛来到了被造物主遗忘的角落，只能在诅咒和漫长的绝望中死去。旧王从夜繁姬的战利品中，挑出三只巨大的星际水母做绝望之牢的守护者，它们如幽灵般悬浮在风暴之中，围着行星旋转，不断变幻着身上的颜色，每种颜色代表着一串数字，而随机生成的数字组合便被设置成那时那刻的监狱界门坐标。凡是不从界门中走出的，都会被星际水母的高压触手网抓住，烧成灰烬。因为星际水母永远都在变幻色彩，猜中监狱界门坐标的概率几乎为零。

四叶草骑士在长长的腹毛中摸了摸，掏出半只蜻蜓翅膀：“这是记忆水晶，凝结着普辛 Jr. 特工亲眼目睹的景象，可以作为沸鳞炎渊院士非法组建军队、屠杀他界平民的证据。”

“请向六月雨陛下致以黑岩最衷心的感谢。”黑岩泽璃接过晶莹剔透的蜻蜓翅膀。

兔子点点头，把耳朵打了个结，像竹蜻蜓一般飞起来，钻进界门消失了。

这天晚些时候，绯狐走进了黑岩泽璃的房间：“哟，回来也不打声招呼。”

“我遇到西舞了，”黑岩泽璃改言道，“是西舞的新生。”

绯狐装出一脸惊讶的表情，随即笑得灿烂："恭喜。要接她回来吗？"

"还不到时候。盯着黑岩的人太多，她离这些是非越远就越安全。"

"有你在，谁能威胁到她？"

"沸鳞炎渊比我更早发现了她，三次对她下手。他每次都特意留下痕迹，简直像是做给我看的。"黑岩泽璃看了绯狐一眼，"绯狐，几天不见，你的能力似乎又变强了。"

"真是洞察力敏锐。"绯狐微微一笑，"因为沸鳞桃的瞬湖也归我了。泽璃，你的表情有点儿可怕哦。"

"在我把你废了之前，你给我出家当和尚去。"

"'和尚'是什么？泽璃，你最近似乎自学了些特别的知识。"

黑岩泽璃没有接话，直接下了指令："去召集维法会的元老，以'私养军队、血洗平行世界'为罪名，起诉沸鳞炎渊。只要他逍遥一日，就会有人死于他的实验，西舞的安全也会受到威胁。"

"'私了'不是更省事？你我找个无人之处，联手除掉他……"

"沸鳞应该经过公正的审判。"

"公正啊，正义啊，"绯狐啧了啧嘴，"你就是太认真了。"

黑岩泽璃苦笑了一下。在身为"王的剑"，为夜繁姬征战的那三年，因他而死于兵马之乱的人何止百万。在他的心里，如果要讲"公正"，他第一个就会处死自己。

绯狐拿起蜻蜓翅膀形状的记忆水晶，转身出门："解决沸鳞之后，你打算娶西舞吗？"

"说什么胡话？"

"你两百年没碰女人，难道不是因为守着那份婚约？还是说，你尝过她的味道，就再也……"绯狐没有说完，黑岩泽璃眼中的警告之色让他害怕。

对黑岩泽璃而言，那夜的婚约，无论多么短暂，都是神圣的。那是他的第一次婚约，也是西舞的第一次婚约。西舞至死都未属于任何人，她只是个纯洁的孩子。

"我希望她这次可以平安成年，嫁给她喜欢的小子。"

"你舍得？"

"我是她哥。"

"你和现在的西舞毫无血缘关系吧？"

"这不重要。"

"那么，'哥哥'大人，你对'她喜欢的小子'有什么要求？"

"没什么特别的，"黑岩泽璃想了想，"要够强，保护得了她，要专一，否则我会把他的头挂在黑岩庄园的城墙上，要体贴……"

“你一说起西舞就好像变了一个人。你的眼神变得温柔，脾气变得暴躁，平时的冷淡和镇静统统不见踪影。你嘴上说要把她交给别人，实际上对谁都不放心，自己又不肯承认。”绯狐挤了挤眼睛，“泽璃，你恋爱了。”

当晚，绯狐把作为关键物证的蜻蜓翅膀送给了沸鳞炎渊。

次日，阴云密布，维法会紧急召开。

黑岩泽璃的飞行器停在一座百米高的白色正方形建筑前。镶嵌着巨大铜扣的墙壁自动向两边推开，黑岩泽璃和绯狐走进维法会的总部。这幢建筑有三重内部结构，第一重是透明的光检墙，自动确认进入该地的人员身份，第二重是固若金汤的白色圆球状防御壁，防止任何武装势力对神圣的维法会进行军事冲击，最后一重才是核心——一头近七十米高、百米多长、由纯白大理石雕刻而成的公牛。牛头低垂，双目圆瞪，弯弯的两根牛角上分别托着一个巨大的圆盘，如同天平的两翼，一侧是原告席，另一侧是被告席。沸鳞炎渊气定神闲地坐在被告席上，跷起长长的腿，红色的双眸嘲弄似地注视着黑岩泽璃。这座建筑是根据一个古老的传说“公正的公牛”而建的，据说如果在牛角的圆盘上说谎，会立即被公牛发现，说谎者会被牛角刺穿而死。记者们在高耸的牛背上架起各式长枪短炮，一千零一人的陪审团坐在鼓鼓的牛腹两边，而牛尾如一道锋利的鞭子，从后侧一直甩到牛头，大法官坐在牛尾梢上，目光严厉地俯瞰着整个维法会的会场。

“这地方蠢死了，”绯狐抱怨，“牛尾巴最好断掉，让那个胖得走不动的老头子法官摔下来。”

“黑岩阁下，绯狐阁下——”爱丽丝兔子国的四叶草骑士旋转着耳朵飞了过来，顺手从服务区抓过饮料杯吸了一口，“我十分、百分、万分地同意，建成兔耳形状可能更加美观。”四叶草是这次庭审的重要证人，它将作为爱丽丝兔子国的代表，确认沸鳞集团在平行世界屠杀平民的证据。它隔空举了举杯，忽然觉得天旋地转，一头栽在地上，浑身抽搐——饮料里被下了药。

医疗人员匆匆赶来，将四叶草抬出会场。

“沸鳞恐怕动了手脚，”黑岩泽璃低声对绯狐说，“小心从事。”

陪审团传来一阵不安的窃窃私语声，大法官“啪啪”地敲响木槌：“肃静！开庭！”

原告和被告宣誓之后，庭审证据之记忆水晶被呈在法官面前。在众人的注视中，它升到半空，变幻着色彩，瞬间亮得刺眼，变成无数道光束向外散射。巨大的影像浮现出来，记者们的镜头一齐聚焦——

被侵略的城市，处处浓烟滚滚。巨大的挖掘机把高楼连根拔起，奇异形状的交通工具被压得粉碎。万吨重的钻头从高空猛地扎下，城市中心顿时变成一片废墟，绿色的能源液从地底喷涌而出，直冲云霄。画面拉近，街头血迹斑斑，指挥现场的人穿着灰色制服，胸前赫然印着黑岩家族的“剑与七芒星”标志。

陪审团一阵骚动。黑岩泽璃皱起眉头。他从不允许在有生命的世界开采资源，更不用说入侵有智能生命的世界了。

大法官连声喊“停”，惊讶地注视着黑岩泽璃：“这是贵集团控告沸鳞集团的证据？”

“法官大人，”绯狐满脸紧张，“证据被人换掉了！”

“它从递交为止就一直在我手上。”大法官不悦地说，“你在指控我调换了证据吗？”

沸鳞炎渊接了话：“我们不妨先看看眼下的证据。那位指挥人员是否隶属黑岩集团，可以请黑岩泽璃阁下告诉我们——我听说他过目不忘，记得每位员工的名字和长相。”

记者们把镜头对准黑岩泽璃。黑岩集团员工过万，黑岩泽璃只要否认就能拖延时间——

“我的确认识这张脸。”黑岩泽璃道，“沸鳞院士，你能复刻人体和记忆，如何证明这位是黑岩的员工，而不是你制作的复制品？”

“我当然能。你的飞行器在一周前亲临开发现场，该星球的大气中有种特殊的微生物，想必已在你的飞行器动力装置里留下痕迹。”

一周前，黑岩泽璃还在林西夕的平行世界里。他把质疑的目光投向绯狐。

“泽璃，你的飞行器在那天被送出去做了例行维护……”绯狐咬着牙，“我不知道沸鳞是不是在那时伪造了证据。”

黑岩泽璃朗声道：“法官大人，请给我两天时间，我会查出真相。”

陪审团里传来不信任的声音。沸鳞炎渊提前收买的陪审员正散落在各个角落，控制舆论风向。

“肃静！”法官狠敲木槌。

“法官大人，如果您允许……”沸鳞炎渊打开一个金属盒，“我这里有更多的证据。”

记者们把镜头对了上去，窃窃私语变成了惊呼。

金属盒装着两只被砍下的手，上面的标签是“黑岩泽璃 · 在第 10014 号平行世界 2-13-1 号星球（当地名：地球）· 斩断的平民的手”。

“断手的主人是雇佣兵。”黑岩泽璃平静地说，“沸鳞院士，给标本起这么长的名字，你真有兴致。”

沸鳞炎渊毫不生气：“如标签所示，受害者是平民。他是我的人造人，前身因虐杀幼童被处死刑，最后的心愿是以清白的良心再活一次，所以我实现了他的愿望。他非常能干，已经成为沸鳞研究室的主力成员，受害当日正在 2-13-1 号星球上收集蜥蜴样本，研究它们迅速再生肉体的功能。黑岩阁下试图收买他为黑岩工作，遭拒后砍了他的手，还拧断了他的脖子。当时的目击者有一男一女两个孩子，如果黑岩阁下记不清细节，我可以把他们请来，当庭对证。”

黑岩泽璃冷冷地说：“你刚才还说我‘过目不忘’呢。我记得所有细节，不需要证人。”他不想把林西夕和尼子猫牵扯进来。一旦参加庭审，他们的真实身份就会被挖掘曝光，林西夕将面对企图绑架她以勒索黑岩的无脑亡命徒和居心不良的求婚者，而尼子猫则会陷入更大的危险：传说中正在“闭关修行”的虎王一旦以毫无异能的人类身份出现，平行世界的投机者们会立即丢掉顾虑，入侵“北方之地”。

沸鳞炎渊挑衅道：“黑岩阁下，你不敢让证人出庭？”

“整件事都很可笑。黑岩不会愚蠢到伪造对自己不利的证据，并呈交这样的证据来起诉沸鳞。黑岩的人才招募由专人负责，不会对招募对象施暴，肉体再生也不是黑岩集团感兴趣的方向。沸鳞院士，你会对我的日程安排和‘飞行器动力装置’这么了解，也很不合理。”

“法官大人，”沸鳞炎渊说，“黑岩阁下质疑庭审的合理性，他藐视维法会！”

“黑岩有罪！”陪审团里有人带头喊了起来。

法官威严地说：“黑岩阁下，如果你是出于正当防卫而伤害平民，可以要求传唤目击者。”

“请您给我两天时间澄清事实。”

“黑岩有罪！黑岩有罪！”陪审团炸开了锅。

法官沉思片刻后说：“黑岩泽璃，你涉嫌指使集团员工暴力侵入其他平行世界、杀害当地居民。你涉嫌诽谤沸鳞炎渊院士、亲手残害平民及窝藏证据。由于案件性质恶劣，我宣布将你关入绝望之牢，在此期间，维法会将委托维安署展开调查。本案将择日重新开庭。”

“别着急，”绯狐安慰黑岩泽璃，“我会找到伪造影像的源头，尽快保你出来。”

“优先确保林西夕、尼子猫和四叶草的安全。”黑岩泽璃看着绯狐，“黑岩有内鬼。”

黑岩泽璃被关进绝望之牢的 0 号囚室时，里面已经住了一个人。那是个穿着褪色囚服、满头稀疏白发的老人，目光与世无争，皮肤散发着老年人特有的甜锈味。看见黑岩泽璃，老人因结束了长期的孤单生活而高兴，又因很久没见过生人

而不安。老人犹豫了一会儿，递过自己的水杯："一天就发一小杯水，年轻人肯定不够喝。"

黑岩泽璃谢过老人，接过水杯，礼貌地放在一边。

老人踌躇着开了口："请问……今年是哪一年？"

"曜历 32983 年。"

"我被关进来的时候，还是 32746 年……王……王还在吗？"

"王自杀了，王室覆灭了。"

老人的眼中亮光一闪，嘴唇激动得颤抖起来："那，他那个漂亮又狠毒的女儿，那个'战姬'夜繁姬……她还活着吗？"

黑岩泽璃摇了摇头。

"太好了！太好了！"老人在囚室里来回打转，"她害死了我的儿子阿川。他们要征他入伍，去打'北方之地'……"

黑岩泽璃一怔，那正是他作为"王的剑"指挥的最后一场战争。

"征兵的人来了，阿川才刚成年，他好害怕……"老人阴郁地说，"我冒他的名字去当兵……"

黑岩泽璃沉默着。那年军心高昂，逃脱入伍的人极少，老人的儿子就是被查出并处死的寥寥几人之一吧。

老人唱起歌来，欢天喜地地庆祝夜繁姬的死亡。

从这天晚上开始，老人发起了高烧。

绝望之牢不会向囚犯提供任何救助，生了重病就只能等死。不知是工作疏忽还是故意所为，这个囚室的饮水和食物供应也一直只有一人份。黑岩泽璃把它们全都留给了老人。当老人喃喃地感谢他时，他禁不住苦笑——一位自认血债累累的前任将军，并不值得逃兵的囚犯父亲感谢。

黑岩泽璃望着老人在水泥墙上用指甲刻下的日历，想起自己做"王的剑"时，也曾度日如年。他的父亲，上一代"王的剑"黑岩彻曾教导他说："为国家利益奉献自我是黑岩的职责，无论王要你做什么，你都必须做到不怀疑、不犹豫、绝不受个人情感影响。"黑岩泽璃曾笃信父亲的教诲，把自己磨砺成最锋利的剑。然而，阿川不敢为王征战为不勇不忠，黑岩泽璃尽忠尽孝地履行了义务，却为王打赢了不义的战争。等黑岩泽璃切身体会到"王的利益"意味着怎样的牺牲时，虽不惜一切代价抽身，但为时已晚。

两百年来，黑岩泽璃一直试图弥补过错：在王室的旧殖民地开办免费学校和医院，保护即将消失的自然遗产，宁可坐失稀有资源也不侵犯有生命的平行世界。他知道沸鳞炎渊在平行世界罪行累累，却不认为自己有资格私判他的死刑。黑岩泽璃始终没有结婚，因为他忘不了死在他怀中的西舞，也因为觉得自己不配得到幸福。他成了名副其实的“黑岩的冰”……

直到林西夕的出现。

黑岩泽璃暂时忘了自我惩罚，忘了身为黑岩事务长的责任，只想看到她平安成年的那一天。

这曾经是个多么奢侈的愿望。

沸鳞炎渊抓住了这个机会，设下了圈套。

囚室里的老人身体每况愈下。半个月后，他已经分不清自己身在何处。在弥留之际，他不停地唤着黑岩泽璃：“阿川，阿川。”

黑岩泽璃滴水未进，面色苍白，默默地坐在老人的床前。

“阿川……再给爸爸……讲讲你……‘洗尘之炼’……”

在“中心之地”，每个年满九十九岁的少年都必须经过家族的成人考试“洗尘之炼”，就是“洗去尘埃，濯濯于世”的意思。考试的题目由少年的父亲出，每个家族的每一代都不同，黑岩泽璃并不知道阿川经过怎样的试炼。

老人半睁着眼睛，目光浑浊。他马上就要死了，却努力地倾听，期待黑岩泽璃的答案。

黑岩泽璃想了想：“那我们说说曜历冬月二十七日那天发生的事，好吗？”

老人微微地笑了。在他的脑海中，儿子阿川正陪在他的身边，妻子正在火炉边织着羊毛斗篷，一切都是幸福的模样。

“那天是曜历二十七日。天空中一个满月，一个半月。

父亲打开一个瞬湖，对将满九十九岁的少年说：‘我给你三十天。在此期间，你必须自己找到回来的方法。’

少年走了进去，界门在他身后关闭了。

瞬湖里的世界很特别。天空是深紫色的，没有日月，也没有一片云彩。面前是一望无际、微光闪烁的金色大海，身后是暗红的丘陵，像正在呼吸的胸口，起起伏伏，发出微弱的叹息声。这样的景象让少年想起，他的祖父曾经提起火鸟的传说——

很久很久以前，这个世界上还有火鸟。它们长着火红色的羽毛，眼睛像红宝石一般明亮美丽，嘴巴是金色的。

火鸟受神的托付，保护着人们的生命。每当有人在生命的旅途中受到伤害，血流殆尽的时候，火鸟就会奋不顾身地变成生命之火，帮助他们复活。所以上古时代，人们的寿命比现在长很多，很多人活了五千年以上。随着文明的出现，神逐渐被遗忘了。人们互相杀戮，用白骨筑成宫殿，取悦住在宫殿里、靠吃人心而活的妖怪。妖怪越来越不满足，提出要吃人的笑容，就在人微笑的那个刹那，连眼睛带嘴角地吃下去。很多人怕了，终日不敢微笑，最后承受不住恐惧，选择了自杀。因为死去的人越来越多，火鸟的数量急剧下降。

当全世界只剩下最后一只火鸟的时候，它选择了一条不同的路：它变成了这世界上最大、最美丽的东西，藏到一片金色的无生命之海里，再也不露面。

从此以后，自杀而死的人就会变成一棵棵无叶木，长在暗红之谷，围着金色的大海。他们无法进入灵魂的存放地，无法再次踏入轮回。风吹过的时候，你能听到他们的叹息和哭泣，央求火鸟为自己再牺牲一次……

少年想起这个传说，猜想面前的这个世界或许就是传说中火鸟的居所，于是做出一个坚固的气泡，包裹在身体周围，缓缓走向大海。深紫的天空逐渐消失，金色的海洋在头顶闭合。

刚开始，少年周围只是无穷无尽的水裹着细沙冲来，没有生命的迹象。日夜消失，少年在海底艰难前行，又饿又冷。他知道，这是父亲对他的体力的考验。

十天之后，海里开始出现未曾见过的生物。有站在贝壳之上的金猫，有七彩虹色的远古之龙，有牛头人身的贪婪之兽，有长着羊角的谷物之神，有一手拿着三叉戟一手拿着金币的雄性人鱼。他们有的匆匆游近，好奇地看着少年，有的微笑招手，邀请少年靠近。

少年不敢停留，一直向海洋深处走去。如果火鸟的传说是真的，这大海里只会有一个活着的个体，而他所见的一切，不过是暗红之谷的亡灵们留下的意识残余。一旦被迷惑，就再也回不去了。

又过了二十天，少年来到了海洋的最深处。他的身体和意志都已到达极限，三十天的时间也已用尽，少年觉得自己也许会葬身海底。父亲不会来救他，因为父亲说过，无法成人的少年没资格继承家族姓氏。

水里一片寂静，所有幻象都消失了。前方的水中，出现了模糊的庞大黑影。

近了，近了。是一头鲸。它无声地游过来，海浪在它的两边分开，变成两座金色的大山。

鲸停了下来，眼睛像红宝石一般闪闪发光。

‘生命，你为何来此？’它的声音在海浪间回响，像最动听的音乐。

少年低下头，向这近神的庞然大物致意：‘为了找到回家的路途。’

‘你的愿望可以实现，但要答对我的问题。我问你，浩瀚的宇宙和连绵的时间，哪个更广博无际？’

‘它们都无边无际，可是这世界上有一样东西更加广博。’

鲸没有答话。海浪开始震颤，金色的浪峰破裂成锋利的碎片，扑扑簌簌地从那极高处滑落，在深紫色的天空下发出炫目的光。

‘我再问你：什么是最宝贵的——至高的权力？无尽的知识？还是永不变心的爱人？’

‘这三样都值得珍惜，但有一样东西更加宝贵。’

海浪咆哮起来，上下跳动，好像即将崩塌的山峰。

‘生命，告诉我，在永生和永寂之间，在混沌和文明之间，在黑暗和光明之间，最坚不可摧的东西是什么？’

‘这仍是那最广博也最宝贵的东西，我的答案没有改变。’

鲸张开巨口，一阵寒风从无尽黑暗中涌出。山峰崩塌，环绕少年的气泡破裂，发出如千万个水晶杯坠地的清脆声响，冰冷的海水一拥而入。

鲸一口吞下了少年。

黑暗。无尽的黑暗。少年不知道自己是否还活着，只知他在无尽的黑暗中漂浮。可是，他心中的答案依然不曾改变。

脑海中开始出现隐隐的光芒和声响……

一只黑熊咆哮着扑过来，利齿突出，口沫四溅。少年静静地抬起金色的鸢尾弓，抽出一根蓝色的羽箭，瞄准……黑熊忽然变小了，变成一匹金色眼睛的黑骏马。这是少年最爱的一匹，他曾经埋伏了整整七天才捉住它，又花了整整七天才驯服它，他们一起玩耍，一起狩猎，一起挨父亲的骂，就像一对好兄弟。少年放下弓，微笑着看马儿‘噔噔’地跑近。马的脖颈喷出一道鲜血，在少年面前轰然倒下。它的四蹄被粗绳捆了起来，身下架起烈火，发出‘噼啪’的响声，晚风吹来烤马肉的香味。少年捂住鼻子，感到羞耻又愤怒。父亲出现在他的身边，手中的银色长刃滴着小马的鲜血。父亲割下一块马肉，递给少年。

‘吃下去。’

‘不！’

‘我们家族的男人，必须做到无爱。’父亲看着他，眼神里意味悠长。少年身边的土里长出高高的铁栅，变成关他的笼子，周围也变成了山洞的岩壁。黑暗，寒冷，充满潮湿和腐烂味道的空气。蝙蝠成群结队地倒吊在头顶，红色眼睛闪闪烁烁。因为做不到无爱——因为这同一个理由，少年已经被父亲关起来好多次了。蝙蝠们飞进又飞出，少年在阴暗的牢里不知度过了多少个日夜。

少年趴在冰凉的地面上，意识恍惚。黑暗中，他听到铁锁打开的声响。有人轻轻地把他抱起来，一晃，一晃。忽然，他全身上下都洒满了暖暖的阳光。

少年睁开眼睛，看见高山顶的绿草地，看见身边坐着的祖父。空气里有种秋天下午特有的清凉味道，山风吹过岩石，把蒲公英的种子撒落到远远的山谷里。

少年沉默着。他做不到无爱，也许永远无法长成继承家族姓氏的男人。

祖父慈祥地笑着，手中的轮盘牵着天空中洁白的风筝。

‘对这个世界产生感情并不是坏事，顺其自然吧。’祖父伸出一只手，指向天顶，‘你听，它们在说什么？’

透过下午的天空，少年看到银色的星河，看到那些在深蓝色的远方闪耀的群星，那些神秘的令人向往的光芒。

‘不管这个世界变成什么模样，不管你周围的人怎么说，永远不要违背你的本心。如果说除了诸神，这世上还有什么东西是永恒的话，那大概就是人心，以及心里的希望吧。’祖父摸着少年的头，‘如果希望没有死，那么无论是和平也好，幸福也好，人们所有的宏愿都是有希望的……孩子，你的希望是什么？’

少年刚要回答，祖父消失了，草地消失了，风筝和星河全都消失了。他想起，祖父早已去世多年。

少年躺在黑暗的鲸腹中，刚才的回忆留下一丝怀念的余味，甜中带着苦涩。

他的面前出现一道金色的光芒。一只火红的大鸟飞过，轻轻地衔起少年：‘生命，不要忘记你的答案。我留下自己残余的火光，照亮这片荒凉的世界，就是给所有人留下最后一线不灭的希望。’

这是千万个‘洗尘之炼’的故事中的一个，它发生在曜历32743年冬月的最后一天，少年就在那一天，变成了大人。”

黑岩泽璃的故事讲完了。他没有告诉老人，故事里的少年正是自己。

老人握着他的手，嘴角挂着微笑，溘然长逝。

黑岩泽璃靠着冰冷的墙。因为抢夺瞬湖，争斗从未止息，人们因为欲望无法满足而焦虑，因为亲人背叛自己而失望，自杀的人越来越多，暗红之谷的无叶木恐怕早已变成无边的森林。

绝望之牢的狱卒一直没有抬走老人的尸体，维安署没有派人来调查，维法会没有开庭通知，绯狐也毫无消息。黑岩泽璃望着高高的铁窗，星际水母在风暴中如极光般变换着色彩。他的脸色忽然变了。

他听见了林西夕的声音。

第八章

传奇的覆灭

The Death of a Legend

“黯”被摧毁，
“光”也将一起逝去。
从混沌到有形，
从存在到虚无，
死亡和降生一样，
都只是一个瞬间。

The Knight's bones are dust,
And his good sword rust

Samuel Taylor Coleridge，"The Knight's Tomb"

骑士的骨头成灰
他的宝剑锈蚀

柯尔律治《骑士的坟茔》

黑岩泽璃回“中心之地”后，尼子猫给林西夕发了条“本座要出趟远门”的消息，之后再无音信。没多久，林西夕再次转学。没有轩哥哥，没有不良君，频繁搬家去新的城市，高中时光寂寞如雪。两年后，林西夕考上了燕京大学。

一个秋日的下午，天空湛蓝，宿舍前常走的那条路上铺满了金色的银杏叶。林西夕捧着书去图书馆，口袋里还藏着黑岩泽璃送兔子时写的那张卡片：

新年快乐。

她笑了笑。燕京大学和一个街区之外的水木大学都以出帅哥才子闻名，那些高高的背影总是让林西夕想起黑岩泽璃……在每夜的梦境中，她记起了和他经历的一切。当他还是小孩子的时候，常常带她半夜溜进黑岩庄园的厨间，偷吃烧鸡。当他还是少年的时候，在每个秋天，都会抱着她骑在马上，去草场打猎。他接受“洗尘之炼”的时候，消失了整整三十天，她于是整整三十天睡不好觉，有时梦见他勇斩恶龙，有时梦见他跌入万丈深渊……终于盼到他回来的那天，她做梦也没想过轩哥哥会变成那样高大帅气的人。她抬头望着他，他俯身揉乱了她的头发，笑着说：“我回来了，小呆。”她忘不了他的声音，就像吹过松谷的山风一样低沉悦耳，让她心里的每一片树叶都沙沙地回应。

从那天起……她的心里就有了一颗琥珀。新的岁月包裹住旧的思念，被更新的时间覆盖，层层叠叠。

林西夕轻车熟路地走进有百年历史的图书馆，踏上宽大的木制楼梯。

有人正从楼梯上下来，她不经意间抬头看了看，瞬间愣住了。

“轩哥哥！”她捂着嘴不让自己喊出来。

他的眼睛深邃得好像一口井。林西夕感到自己被一股无形的力量吸引，毫无防备地掉了进去。他的头发变得很长，漆黑光亮，带着古典的美丽，但那脸庞，那笑容，却是林西夕早已熟悉的模样，梦里重逢过千百次的模样。

她后悔自己没有穿上漂亮的裙子，没有披下长发，涂好指甲，像一份闪光的礼物，出现在他的面前。她扔掉手里的书，扑进他的怀里。头也抬不起来，话也说不出，就这么把鼻子和眼睛全都埋进他胸口。好像全世界只剩下他们两个人，云彩停止流动，行人全都定格，一片一片的风凝固在停摆的时间里。

他没有说话，直接把林西夕抱起来，走下楼梯。书和纸散了一地，后面的同学好像喊了句什么，但是林西夕什么也听不见了。就这样在大家的注视中，他们穿过人来人往却又仿佛空无一人的校园。一辆纯白的车停在路边，圆润的流线像只小小的帆船。她被他轻轻地放进车中，看着他戴上风镜，启动引擎，黑发在风中飘起，她觉得自己好像在飞。夕阳渐渐染红他的白色衣领，世界那么安静。

等林西夕回过神来的时候，两人已经站在郊外的山顶。一轮满月挂在天空，脚下城市的灯火在夜色中沉沉浮浮，像一座辉煌的岛屿。

“轩哥哥，我还以为要变成老太婆才能再见到你。”

他笑了笑：“对不起。”

“那，你要怎么补偿我呢？”林西夕撒娇地说。

他没有回答，轻轻拉过林西夕的手，抓住她的手腕，温柔又强势地把她按在草地上。

“轩哥哥？”她有点慌张。

“又变漂亮了呢。”他顺着她的耳后吻了下去，“我会好好疼爱你的。”

“轩哥哥，你……”

“小猫咪，你一直都希望我对你……这么做吧。”他的手指抚过她的脖颈。衣扣如中了魔法般轻轻解开，世界消失了，只剩下湿润的耳语。

“不可以……”

“为什么不呢……”

是啊，林西夕说不出为什么不可以。还是黑岩西舞的时候，她就已经嫁给他了。可是……可是……

林西夕的心里一片混乱。又紧张又害羞，可又觉得哪里出错了。此时此刻，好想念轩哥哥身上的阳光味道。今夜，他的气息像黑暗中盛放的花朵，甜美而危险，而自己就像猎物一样，任由猎食者享用盛宴。

哪里不对劲。很不对劲。

“轩哥哥，”林西夕微微地推开他，咬紧嘴唇，“你给我的那个特别的名字，你还记得吗？”

“唔，是什么呢……”

林西夕脸色一变：“告诉我！”

“真是伤脑筋呢……”

林西夕猛地挣开他的怀抱，向后退缩：“你不是轩哥哥！”

“哎呀，”他坐起身来，“你看不破幻术，但你很聪明。”月光下，他的头发渐渐改变颜色，终于像银白的绸缎一样闪闪发光。湖蓝色的双眸，微微弯起的嘴角，这个男人漂亮得不食人间烟火。“这么青涩，看来泽璃还没碰过你。他还真是有耐心啊。”

林西夕转身便逃。

“不乖。”绯狐打了个响指，林西夕摔倒在草地上，手腕和脚腕被死死地扣紧。“第一次会有点疼，”绯狐俯下身来，“不过……”

林西夕拼命地挣扎着，但只有手指能动，她将指甲死死地抠进土里。草茎断裂，空气里满溢着恐怖的味道。

“不要……”林西夕哭着喊了出来，“轩哥哥……”

月光无言，树叶沙沙作响。

林西夕屏住了呼吸。

有血从面前滴落，一滴，两滴。身体忽然恢复了自由，她害怕地转过头去。

绯狐的右肩上被开了个大洞，银色的月光穿透过来，鲜红的血染着银光，掉落在林西夕的背上，烫得像是要留下烙印。

黑岩泽璃站在十米开外的树下，头发变得很长，身体一半沐浴在月光中，一半藏在黑暗里。

绯狐捂着伤口，疼得几乎无法呼吸：“泽璃，你不是被关进绝望之牢了吗？”

话音未落，绯狐觉得口中一阵甜腥，喉咙已经被冰剑穿透，整个人被钉在地上。黑岩泽璃摁着绯狐的手腕，狠狠地骑压在他的胸口上，眼睛里冰一般的杀气是绯狐从来没见过的。

黑岩泽璃猛地拔剑，绯狐的血喷涌而出，朵朵红色山茶花从血泊中探出头来，肆意绽放。黑岩泽璃的几丝长发缠在剑刃上，寒光一闪，发丝无声地断开，剑刃在他手中划了一道漂亮的圆弧，对准绯狐的心脏扎了下去。

绯狐静静地看着他，没有反抗。

快刺到胸口时，剑尖猛地停住了。

“你舍不得杀我。”绯狐伸舌舔了舔嘴角的血，笑得很甜。

大狼麓麟从月光中一跃而出，把林西夕的衣服盖在她身上，将她背起，转身便往山下跑去。林西夕把脸埋在麓麟蓬松的灰毛里。这一刻，她谁也不想面对，连自己都不想面对。

山腰上有几排刚刚封顶的别墅，玻璃还没有装，月光透过黑洞洞的窗口照向冰冷的地面。麓麟背着林西夕一跃而入。她松开大狼的灰毛，默默地躲开月光，在黑暗中裹紧衣服，抱膝坐在空荡荡的房子里。麓麟绕着她的身体坐下，用热乎乎的舌头舔着她流血断裂的指甲，清澈的目光中有种说不出的安慰。

几分钟后，麓麟警觉地站了起来，耳朵直立。

不远处，维安署的搜捕警队跨出了界门。黑岩泽璃出人意料地打破了绝望之牢，还重伤了一只星际水母，现在整个“中心之地”都在通缉他。媒体们激动万分，他们迫切想知道他是如何逃出去的，什么样的事竟让“黑岩的冰”失去冷静，居然无视维法会的威严，不计后果。维安署也急着把黑岩泽璃捉回去，纳税人年年骂他们养尊处优、毫无建树，黑岩泽璃的高调越狱不啻于给维安署又一记响亮的耳光。

麓麟看了林西夕一眼，转身跳到窗外，迅速消失了。它要把搜捕警队引开。凌乱的射灯在空房子的天花板上闪了一闪，很快便向反方向照去。

骚动远去之后，门口传来一个人的脚步声，踩在石子路上“沙沙”地响。来人推开了屋门，在月光下，白皙的皮肤发着微光，黑色头发长及膝盖。是墨岚。墨岚走到林西夕身边，弯下腰紧紧地抱住她：“想哭就哭出来吧。”黑岚的身上有股淡淡的檀香味，闻起来就像祖母的首饰箱，有种岁月静好的雍容。

林西夕向后缩了缩。她觉得愤怒又羞耻，很想躲起来大哭一场，但现在还不行——墨岚在这个时间，这么巧地出现了，或许和那个银发男人有什么关系。如果他们是同伙，那么他失手了，她就来收拾残局。

“你是沸鳞炎渊的人吗？”林西夕直截了当地问。

“是的。”

“你的目的是什么？”

“你不用这么提防。我的确是沸鳞炎渊的实验品。”墨岚同情地看着林西夕，

“沸鳞成功地复刻了夜繁姬的身体和记忆，造出了我，却没能成功地复刻她的情感——我没有夜繁姬对黑岩泽璃的爱，也没有对你的恨。因为实验失败，沸鳞要‘处理掉’我，我就逃了出来。林西夕，我是来帮你的——希望你能说服黑岩泽璃，让我加入黑岩集团，逃离沸鳞炎渊的迫害。”

林西夕半信半疑地看着她。

“我知道你带黑岩泽璃找过我，”墨岚接着说，“但我怕他看见我这张脸就心烦，于是藏了起来。”

“那你怎么会知道我在这里？”

“还记得这个么？”墨岚的手中多出一只白色的陶瓷罐，奇异的事发生了：从墨岚的脚下开始，竹木地板悄然出现，向四面延伸。白色的墙壁渐渐浮现，月光透过琥珀色的窗户照在古旧的货架上，墨岚小馆那平静而神秘的场景在这郊外的空房间瞬间重现。“我说过，陶瓷罐有很多种能力。它可以在任何地方构建我想要的场景，就是‘幻术’；也可以远程监控我指定的对象，就是‘遥视’。我一直注视着你哦，林西夕。”

林西夕咬紧嘴唇。那么，刚才那个人对我做的事，她也都看到了。

墨岚一眼看穿了林西夕的心事：“那个银发男人叫绯狐，是站在情猎巅峰的人物。女人们疯狂地迷恋他，因为据说他可以……”墨岚微微一笑，“你如果知道自己错过了什么，将来一定会后悔哟。但我不知道他为什么会看上你。绯狐只对有特殊瞬湖，或者瞬湖数量极多的人有兴趣，从未失手。”

“轩……黑岩泽璃会杀掉绯狐吗？”

“黑岩恐怕是真的生气了——只有当他拿出实力的时候，头发才会变长。我的记忆里只有两次这样的情况，一次是他与虎王天寂对决的时候，还有一次是为了你，跟他昔日的部下、夜繁姬的精锐部队短兵相接的时候。”墨岚叹了一口气，“不过，黑岩要小心了……”她将目光投向白色陶瓷罐。

液面微晃。在黑岩泽璃和绯狐之外，出现了第三个身影——沸鳞炎渊踏入了这个平行世界。

绯狐对着黑岩泽璃的眼睛吐出一口鲜血，就势滚向一边，勉强逃过一死，但几乎丧失了战斗力。维安署的搜捕警队随后出现，围住了整片树林，黑岩泽璃顿时陷入以一对多的不利境地。

沸鳞炎渊打开一扇界门，邀请黑岩泽璃进去。

“黑岩家的孩子，我们谈谈吧。”沸鳞炎渊的语气很和善，“你也不想把无关的人牵扯进来，是不是？”

“沸鳞院士，请交给我们处理！”搜捕警队的领队长官不解地喊道。

“黑岩阁下跟我有些话还没说完呢。”沸鳞炎渊一脸平静。

黑岩泽璃迅速权衡着利弊。如果与维安署正面对抗，越狱的性质会愈加恶劣，如果任由他们抓回，林西夕会落入沸鳞炎渊的手里，仅靠麓麟恐怕难以周全。他接受了沸鳞的“邀请”，走入界门。

面前是宇宙的边缘。

在遥远璀璨星云的热闹背景下，这里有的只是死亡的寂静。爆炸后的恒星碎片，冷却到心的流浪行星，飞船残骸和太空垃圾。万年前的人们在山顶上无心唱出的歌声，还有各种被遗忘的誓言，都在这宇宙尽头空洞回响。

黑岩和沸鳞分别打开一个小小的气泡裹住身体。透过气泡看到的星空被扭曲了，因为那看似透明的地方正蓄积着巨大的能量。

在另一边，墨岚和林西夕一起目不转睛地盯着白色的陶瓷罐。

“幸好他们换了个地方，不然一旦打起来，这座城市都保不住。但是，黑岩泽璃不知道沸鳞养了一支军队么……”墨岚话音未落，密密麻麻的战舰便解除隐身，从星空中浮现出来。

“黑岩泽璃，把‘光’交给我。”

黑岩泽璃直接拒绝了。在他身边，一扇界门打开，一只足足有两米高的粉红色大兔子跳了出来。

“爱丽斯兔子国的六月雨国王！”墨岚惊讶地说，“它是兔子特工的头儿。”

六月雨兴奋地揉搓着毛茸茸的前爪：“泽璃，我的孩子们刚刚回报，维法会和维安署被沸鳞炎渊收买，绯狐叛变。你现在的处境可是非常、非常危险。”

黑岩泽璃点点头：“的确。”

近视眼的大兔子此时才发现面前黑压压的战舰群，吓得尾巴直抖。

“不如热热身吧？”沸鳞炎渊下了攻击的命令。红光划过，炫目的光炮一齐射出，在半途中破裂成疯狂旋转的碎片，急速向黑岩泽璃的方向飞来。黑暗的宇宙一角被瞬间照亮了。

粉红色的大兔子像吹了气一般膨胀起来，瞬间化成无数只小兔子，只留了一只在黑岩泽璃身边，其余的都高高跳起，越过火球带，扑向战舰群。它们并不发动攻击，只是阻挡驾驶舱的视线，堵住引擎的排气孔，啃断母舰对子舰传令的信号线，遮住产生能源的光板——黑岩泽璃打开一扇巨大的界门，像一面金色的方盾，向战舰编队的方向一推，转瞬之间，战舰群和光炮攻击一起进入了那个平行世界，消失无踪。

沸鳞炎渊若有所思："在绝望之牢十五天不吃不喝，判断力和反应速度居然不受影响。"

六月雨蹦了起来："泽璃，他在研究你！从你入狱那一天开始，他就在做实验，你的一举一动都是实验数据。"

"消息很灵通啊，那你怎么没去救他？"沸鳞炎渊挖苦着六月雨，继而转向黑岩泽璃，"你和你的狱友相处得很愉快嘛。他自愿入狱去报复你，只送一份食物和水是他的主意。你果然正直到了傻的地步，居然把所有食物都留给一个陌生的老头子。他要是不死，我倒想看看你能撑多久。"

这是黑岩泽璃没想到的。

"不过你还真是幸运，因为水和食物也都被溶进迷幻药，你只要吃过一次，就会乖乖任我摆布了。你的表现令我惊喜。"沸鳞炎渊的语气里甚至带着称赞，"绝望之牢封印了所有瞬湖，你却能逃出来。黑岩家的孩子，我越来越想解剖你了。"

"沸鳞家的大叔，"黑岩泽璃终于开了口，"你应该去看看好莱坞的动作电影，随便哪部都行。"

"那是什么？"

"坏人死得快，主要因为话多。"

"好莱坞……是在这个星球上吧？"

界门缓缓打开，一颗美丽的蓝色星球在其后闪闪发光——森林覆盖的群山大陆被深邃广阔的大海所包围，一团团轻盈的白色云系像轻纱一般，将这悬浮在漆黑幽静空间中的小小星球温柔包裹。

墨岚和林西夕同时倒吸了一口冷气。

沸鳞炎渊身后，一艘巨型战舰现出身形，将几千个黑洞洞的炮口齐齐对准地球。"把'光'交给我！"

"又是毁灭地球？沸鳞院士，你真是缺少创意。"

"黑岩阁下，我目前无法分身！"六月雨警告。

战舰发动了攻击，耀眼的光束划破黑暗，直直地向地球飞去。林西夕紧紧地握住墨岚的手。冲击来得太突然，意识一时无法反应。

"只有一个办法能救我们……"墨岚的手瞬间变得冰凉，"黑岩泽璃必须赶在攻击到达前，为我们张开'瞬湖之盾'！"

如她所预测的那样，黑岩泽璃放弃了所有防御，把能量全部集中在速度上，向光束攻击的方向疾速移动。维持他生命的小小气泡被无限拉长，如同发光的金色翅膀。

“来不及了……”六月雨睁大双眼盯着那飞往地球的不祥之光。

墨岚紧张地望向窗外。耀眼的红光在夜空中燃烧，越来越清晰，越来越大。在这个六十亿人类居住的星球上，人们只在电影中目睹怪兽、外星人和陨星一次次地夷平地球，可是没人相信这种事会发生。军方第一时间发现了急速靠近的高能攻击，然而新闻里播放的依然是外交访问和明星绯闻，商场里的人们依然在购物和吃饭，学校里的晚自习教室依然灯火通明。这颗星球从未对外界攻击做过准备。从刀耕火种到卫星上天，在几千年的文明里，人们一直认为自己是宇宙中的唯一、宇宙中的主宰。

“我看不下去了……”粉红色的兔子国王捂住了自己的眼睛。

黑岩泽璃勉强追上了光束攻击，却无法靠得太近。他的黑色发梢燃起火焰。

光束的远端开始发散，地球消失在融成一片的耀眼光芒中。

在林西夕和墨岚的眼瞳中，夜空中的红光已经燃为漫天大火。街上的人们停住脚步，抬头对着那亮如白昼的异象指指点点，不少人拿出了相机。

兔子国王的眼中涌出了泪水。

黑岩泽璃猛地冲在光束前面，迎面张开了巨大的金色界门。

一整个平行世界在界门后打开，无数光束如奔腾的龙一般冲了进去，打在界门后的稀金星群上。在那些天空和大气都是一片红色的无生命星球上，山峦爆裂成碎片，高高地抛向天空，稀金被瞬间熔化飞溅，变成滚烫的河流在地表肆意流淌。它们将在冷却后变成状貌奇特的金色面罩，永远烙进星球的脸。

金色界门消失时，毫无防御的黑岩泽璃瞬间暴露在沸鳞炎渊面前。沸鳞炎渊等待的就是这个时刻。大批黑色的金属瞬蝶如潮水般涌向黑岩泽璃，如刀刃般深深地嵌进他的身体，凭借高速旋转创造出无数伤口，迅速汲取着他的瞬湖。鲜血飞洒，黑岩泽璃消失在一团巨大可怖的漆黑之中，剧痛之下，生命力如水般流逝。

“泽璃！”六月雨焦急喊道，“你必须立刻出来，否则会被吸成干尸的！”

沸鳞炎渊不耐烦地“啧”了一声，巨型战舰立即将炮口对准六月雨，粉红色兔子国王尖叫着打开界门逃走了。

“怎么办？”林西夕根本来不及庆幸捡回一条命，她的声音因忧惧而发抖。

墨岚出奇地镇定：“你想帮黑岩吗？”

林西夕拼命地点头。

“有一个办法，由你来承受他的痛苦，让他集中精力突破瞬蝶之牢，但是风险很大。”

“我做！”

在墨岚的指点下，林西夕把两个无名指都咬破，伸进白色陶瓷罐。所有银色液体瞬间蒸发了，空气里汩汩地出现了无数大大小小的气泡，在月光中闪着红色的光。它们以极快的速度互相吞噬，合为硕大的一只，把林西夕"噗"地裹在里面，气泡中央迅速变细，逐渐呈现出沙漏的形状。

"说出你的名字。"

"林西夕。"林西夕的双脚离开了地面，飘浮在沙漏顶端。

"说出你愿意以性命交换的人的名字。"

"黑岩……"林西夕的脚腕被沙漏中心最细的地方"啪"地卡住，"……泽璃。"话音刚落，林西夕痛得流出眼泪——从脚尖开始，她的身体正化为细小的沙粒，沿瓶壁细细密密地洒下。

六月雨国王探头探脑地重新回到战场，焦急地望向埋葬黑岩泽璃的瞬蝶之牢，看见其上凭空出现了一个巨大的沙漏，里面隐隐约约地坐着发光的林西夕。她已经陷入昏迷，脚腕以下都不见了，沙漏依然在继续向上侵蚀她的双腿。不会错，那是"命之沙漏"，是种穿越空间转移伤害的禁术。

黑岩泽璃的剧痛突然减轻了。他听见林西夕的声音，抬手便摸到了沙漏的下端。他勉强直起身体，任凭瞬蝶像绞肉机一般削进血肉，把冰雪之剑探出瞬蝶之牢，对准沙漏中央最细的地方。

"别胡来！"六月雨大吼一声，"要是破坏了沙漏，之前被分担走的伤害会加倍返回！"它大声规劝着，心里却知道黑岩泽璃绝对不会听从。无论是在两百年前突然辞去将军之职，激起王室震怒，还是在两小时前打破绝望之牢，引来"中心之地"的精锐警力，黑岩泽璃一直都是个乱来的家伙。尤其是当他在乎的人遭遇危险的时候。

透明的沙漏裂成晶莹的碎片。

六月雨屏住了呼吸。

转眼间，黑岩泽璃重新被瞬蝶吞噬。六月雨和沸鳞炎渊都听见了清脆的爆裂声，仿佛死神正在用冰冷的手指一根根地捏爆黑岩泽璃的骨头。

六月雨恼火地吼了一声，但它自顾不暇，沸鳞炎渊的瞬蝶亦向它袭来，它只好再次打开界门逃走。

沸鳞炎渊面无表情地看着黑岩泽璃的方向，耐心地等待着。

不久后，沸鳞炎渊露出了笑容。

从那黑暗的瞬蝶之牢顶端伸出一只鲜血淋漓的手，伤得很深，能看到支离破碎的白骨。黑岩泽璃浑身是血，艰难地撕开厚厚的牢笼。

"没让我失望。"沸鳞炎渊从容不迫地走近黑岩泽璃。瞬蝶已经吸得饱足，发着蓝色荧光，如花瓣飘零般落下。黑岩泽璃单膝跪地，大口大口地喘息。

“认输吧。”沸鳞炎渊单手抬起黑岩泽璃的下巴，俯视他桀骜不驯的眼睛。

黑岩泽璃忽然抓住了沸鳞炎渊的手腕。沸鳞一惊，立即后退，闪着寒光的冰剑已经穿透了他的咽喉，迅速抽出，扎进他的心脏，随后劈断根根肋骨，直直地划开了他的身体。

“危险的猎物才有价值。我必须褒奖你，黑岩家的孩子，在这样的情况下还能反击……”沸鳞炎渊吃力地说，声音因兴奋和剧痛而变得沙哑，“但我的身体是改造过的，你杀不了我。”

黑岩泽璃的眼前阵阵发黑。他失血过多，已经快到极限了。在黑岩泽璃的背后，蓝色的星球散发着美丽的光芒。

“何必如此抵抗命运？”沸鳞炎渊的伤口迅速愈合，手中出现了一把漆黑如墨的钥匙，“梦魔师没有告诉过你父亲吗？‘黯’注定会吞噬‘光’。在猎取‘光’的过程中，‘黯’会吃掉沿途所有发光的东西，恒星、行星、文明、生命……”沸鳞炎渊把黑色的钥匙向地球的方向轻轻一抛，“我们来做个实验，看看‘黯’会不会毁掉地球，再毁掉太阳。”

“这个笑话好冷。”黑岩泽璃虚弱地笑了笑，“我怎样才能杀掉你？”

“不如把你的‘光’丢过去，让两个瞬湖融合，等我们的瞬湖都升级后，再来比一场痛快的？”

“好主意。”黑岩泽璃摇摇晃晃地站起身，向着“黯”飞出的方向，丢出一把灰色的钥匙。

沸鳞炎渊的眼睛亮了起来。

“既然大叔你这么有兴致，我也来讲个冷笑话。有种叫‘零’的东西，我似乎不小心解除了它的封印，把它放了出去。”

沸鳞炎渊变了脸色。“零”是所有瞬湖的反面——如果瞬湖是桥梁，“零”就是阻隔；如果瞬湖是存在，“零”就是虚空。当瞬湖与“零”碰撞时，会发生极其强烈的爆炸。

“如果那真的是‘零’，不光是我，你自己也逃不掉。”沸鳞强作镇定地确认着，“你不至于这么傻吧？”

“家父留给我的任务是销毁‘光’和‘黯’。如果‘黯’被‘零’摧毁，我也和‘光’陪你死在这里，任务也算圆满完成吧？”黑岩泽璃叹了一口气，“我讨厌拖延，每天都想着把它从‘待办事项’里划掉，已经想了两百多年。”

沸鳞终于失去了从容：“我愿意把‘黯’给你……以你的速度，现在还来得及把它抢回来，我保证……”

“谢谢保证。”黑岩泽璃笑了笑，“但是我不相信你。”

“你何苦呢？孩子，你要学会为自己而活。你以为自己拯救了大部分人的性命，”沸鳞嗓子发干，“但是没人知道，没人会感激你，也没人会记得你……”

“听起来有点惨。”黑岩泽璃用最后的力气筑起冰雪之墙，把沸鳞炎渊和自己一起封在里面，防止沸鳞趁隙逃脱。

“零”在星云的微光中翻转着飞翔，轻轻地撞在“黯”上。

刹那间，宇宙发出尖利的鸣响，火焰和强光组成了一个恢宏壮丽的十字架，中心生出一颗巨大的金色瞳孔。大爆炸的震波携着燃烧未尽的物质碎片从中心向外扩散，横扫一切。在这样的威力面前，无论什么都会被灼烧殆尽。

沸鳞炎渊的身影瞬间消失在火焰里，黑岩泽璃也没有余力进入新的平行世界藏身了。

父亲的遗愿即将完成。“黯”被摧毁，“光”也将一起逝去。从混沌到有形，从存在到虚无，死亡和降生一样，都只是一个瞬间。

强光袭至，黑岩泽璃闭上双眼，想起了林西夕的笑脸。

小呆，好好地活下去。

在光焰即将吞没黑岩泽璃的时候，六月雨国王猛地打开界门，一把将他拉了进去。

粉色的大兔子浑身灰尘，胸前的毛被烧掉一半，满脸关切地确认着黑岩泽璃的伤势：“肋骨断了两根……脚踝粉碎性骨折……肩胛骨断裂……指骨丢失……”

“我的胃还在吧。”

“……在。”六月雨疑惑地看了看黑岩泽璃，“你被炸到头了？”

“我快饿死了。你有吃的吗？”

“没有，吃货就是命硬。”六月雨哼哼着，打开疗伤的瞬湖。

两个小时之后，黑岩泽璃勉强能够站起。他告别了六月雨，直接打开了通往林西夕的平行世界的界门——还有叛徒绯狐的事没有了结。

界门之外，等着他的人竟然是沸鳞炎渊。

“黑岩家的孩子，你杀死了我的复刻品，是不是很开心？‘光’还在你身上咯？”

在沸鳞炎渊的背后，绯狐面色苍白地坐在山岩上，望着渐渐变得青白的天空。沸鳞炎渊向他递了个眼色，绯狐顺从地站起身来，闭上双眼，银色长发如同翅膀般展开，散发出炫目的光芒。

黑岩泽璃觉得脚下一软，未及跳开，身边已经涌出旋涡般的水牢，瞬间没过他的头顶。一条格外湍急的水流在水牢中逆向长出，像一条银色的长蛇，将黑岩泽璃紧紧绑住。他奋力推开它，不料那水流竟然穿透他的手掌，如蛇头般高高抬起，强行逼入他的口中，从喉管直钻下去，又从腹部破孔而出。血色四溅，瞬间化为白色的鸢尾花瓣，打着转在水中回旋上升。黑岩泽璃的瞳孔渐渐放大，长长的黑发在水中无助地飘散开来。

沸鳞炎渊微微一笑，向背对着自己的绯狐放出大批黑色瞬蝶。要把他一并除掉，没有比现在更好的时机了。

然而，与此同时，沸鳞炎渊忽然发现自己的手被什么捆住了。低头一看，身边全是银色的细流，如同无数条蠕动的小蛇。脚边的水位迅速升高，他也瞬间没入水牢，脸上闪过吃惊的神色。

一秒之后，黑白颠倒。

水流不断分叉，束缚住沸鳞炎渊的行动，勒紧他的脖子，让他无法呼吸。沸鳞炎渊想打开界门逃走，却发现水流贪婪地吸食着他的瞬湖，他挣扎得越厉害，瞬湖就流失得越快。在模糊的视线中，黑岩泽璃居然安然无恙地站在原地。

“沸鳞大人，晚辈的表现您可满意？”绯狐带着媚笑，把脸伸进水牢，凑近沸鳞炎渊的耳朵，“我最拿手的就是制造幻觉，您怎么忘了？您相当难上钩呢，我只好让您慢慢放松戒备，挑您最专注，因此也是最大意的时候下手。若不是泽璃的死活让您这么牵肠挂肚，恐怕我还是会失败，好险呀。”

沸鳞炎渊瞪视着他，黑色的瞬蝶从口中一涌而出。

“您想用瞬蝶突破防线吧？只要有一只瞬蝶成功地释放哪怕一个瞬湖，您就可以打开界门逃走——真是很聪明的想法。不过，您不也怕它们失控，总是用药剂来抑制它们的行动吗？”绯狐笑嘻嘻地说，“我稍微加了一点在这水牢里。您看，您的配方无懈可击。在您的无私帮助下，我终于可以杀掉您了。”

沸鳞炎渊的手指疯狂地抽动着，苦苦地挣扎着，红色的眼睛快要滴出血来。他很快便会失去所有瞬湖，像沸鳞樱一样，因为灵魂的空洞而双目失明。当最后一个瞬湖也被猎取的时候，他就连自我的意识也保不住了。所有记忆，所有情感，全部都会失去。

“您暗中考验了我好多次，想想我也装得好辛苦呢。”绯狐拍了拍手，锐利的水刀将沸鳞炎渊的身体割成碎片，黑色的罂粟花瓣朵朵飘散，水牢里顿时一片浑浊。绯狐打了个响指，黑灰色的水柱便“啪”地散开，大量的瞬湖流泻而出。

沸鳞炎渊，这个在三百年前发现瞬湖并给各个平行世界带去腥风血雨的人，这个用活人实验发现了身体和记忆复刻奥秘的人，这个在科学界和财富界呼风唤雨的人，死的时候竟然极其迅速，极其普通。

“泽璃，别生我的气啦。”绯狐低声说，像个认错的孩子，“我给维法会和维安署都付了双倍的钱，沸鳞炎渊一死，栽在黑岩头上的赃就都能洗白，你也不会被通缉了。你看，搜捕队的人早就回去了。”

“拿出你的武器。”

绯狐着急起来：“你还是要杀我吗？就为了那个女人？我们现在坐拥几乎全世界的瞬湖，没人能威胁到我们了。如果你不喜欢权力者，我们可以让他们下台，如果你不喜欢现行的法律，我们可以自己立法，如果……”

“拿出你的武器！”

“我不。”绯狐嬉皮笑脸，“你已经把我伤成这样了，还要继续动手吗？”

黑岩泽璃冷冷地看着他，转过身，向山下走去。

“泽璃！”绯狐提高了音量，“你不会忘记‘无爱’的家训了吧？”

“我不在的时候，如果你敢做一件不义的事，”黑岩泽璃没有回头，“我会亲自回来收拾你。”

林西夕在昏迷中，看见了有着金色长发和翡翠般眼瞳的梦魔师。他注视着她断掉的双腿，微笑着把一枚漆黑如墨的钥匙交到她手中，什么都没有说。

等她醒来时，已是次日下午，太阳西斜。

林西夕面前趴着毛茸茸的大狼麓麟，身后抱着她倚墙而坐的是黑岩泽璃。他沉沉地睡着了，脸贴着她的左肩。她光着双脚，暗红的血迹染透了破碎的长裙，其下的肌肤白皙如新，被治疗瞬湖的金色光晕笼罩的温暖感觉还隐隐留在重新长出的脚面上。

在这个刹那，星云间的战斗变得异常遥远，似乎生活从一开始就安宁平静，也将永远安宁平静下去。

林西夕低下头，看见穿在自己身上的黑岩泽璃的外套。袖子很长，肩膀也很宽，所有扣子都扣得整整齐齐，散发着阳光的味道。她想起银发男人对自己做的一切，滚烫的耻辱感燃过血液，禁不住浑身发抖。

黑岩泽璃醒了。他抱了抱她，温柔得像对待一只有裂纹的珍贵瓷器。

林西夕低下头，慢慢地挪开身体。

黑岩泽璃立即明白了。他用手捧住林西夕的脸，看着她躲闪的眼睛说：“我不管绯狐做了什么。你眼睛里看到的是我，心里想着的是我，你就是和我在一起。所以，都是我的错。我只是觉得你还太小，真有点儿舍不得。”

林西夕无声地流着眼泪。一起沉默了很久之后，黑岩泽璃慢慢地说起了他的世界，还有那个叫绯狐的银发男人。

三百年前，瞬湖的发现开启了黑暗的时代。人们互相猎取瞬湖，很多人遇害后被扔在平行世界的无名星球上，连尸体也找不到。

人的灵魂里藏着瞬湖，瞬湖里藏着恐怖的秘密。

黑岩西舞去世后不久，“北方之地”的虎王起义，王自杀，王室覆灭。在那之后，又过了二十多年。

一个冬日的下午。

大雪已经下了一整天，街上几乎没有人。黑岩泽璃独自走在回家的路上，靴子在雪上踩出“咯吱咯吱”的声响。

忽然，从前方的小巷里冲出一个孩子，发色银白，连外套都没穿，身体瘦瘦的，脸上写满慌乱。跟黑岩泽璃四目相对的刹那，黑岩泽璃看到他闪光的蓝色眼眸：这是个极有天赋的孩子，他的灵魂里有很多特别的瞬湖。

孩子身后紧跟着冲出一个男人，满口污言，攥着一根生锈的细铁链。男人在开阔地站定身体，抛出铁链，套住孩子的脖颈，狰狞地笑起来。孩子仰面摔在地上，挣扎踢打，徒劳地用细小的手指抓着铁链，喘不过气来。男人把他一截截地拽回去，在雪地上留下肮脏的拖痕。

一个女人从小巷中跑出来，头发凌乱。她抱住男人的腰，一边苦苦哀求，一边拼命地掰男人的手，想夺下铁链。男人将她一脚踢开，从腰间拔出柴刀，一刀割断了她的喉咙。血喷出来，雪地上一片鲜红，刺鼻的血腥气顿时四散飘开。

“妈妈！”孩子满脸是泪，又惊又怕。

男人用刀尖指着孩子：“说你的瞬湖都归老子！”

黑岩泽璃明白，这个男人想用“言语馈赠”的方式，获得孩子身上的所有瞬湖。对于拥有超过三十个以上特殊瞬湖的人而言，“言语馈赠”是转移瞬湖的最快方式。

孩子恐惧地望着男人，不明白他的意思。

“非逼老子杀你——”男人倒竖眉毛，提着刀向孩子走去。

等黑岩泽璃意识到的时候，他的手中已经握着寒光闪闪的冰剑。“别怕。”他劈断铁链，把孩子背转过去，“不要看。”

“你找死！”男人又惊又恼，拿着柴刀冲向黑岩泽璃。柴刀的刀刃上一片鲜红，那是来自孩子母亲的尚且温热的血。

黑岩泽璃闪身避开攻击，在错身的刹那把利剑插进了男人的心脏，寒冰切断肌肉和血管，发出“咔嚓”的轻响。需要那么多努力才可以把生命维系，但是只要一秒钟就可以让它结束。

男人睁着眼睛倒下，胸前“噗噗”地喷着带气泡的血。他的衣服在寒风中猎猎作响，像被砍落的战旗。“北方之地”的战役过了六十多年，这是黑岩泽璃唯一一次开杀戒。他回身抱起那个孩子，远远地离开了那片是非之地。

只听得见风声，还有靴子下“嘎吱嘎吱”的踏雪声。

孩子无声地哭着。

良久，孩子抱歉地说：“对不起，大哥哥，我要回去一下。我得埋葬妈妈和……爸爸。”

黑岩泽璃心里一震。一切都已无法挽回。

“对不起，我不该……”

孩子却只是摇了摇头。

这个孩子就是绯狐，比黑岩泽璃小一百三十九岁，在群雄并起的黑暗时代忠心陪伴着泽璃，并成长为黑岩二号人物的“弟弟”。

“小呆，绯狐见过太多血腥，他一直说，只要拥有世界，就可以决定世界的走向。他看起来玩世不恭，却给自己定了一个太过宏大的目标。他想要和平，终极而永久的和平。他想拥有全世界的瞬湖，坐上孤独的王座，用至高的权力来禁止一切暴力。为了达到这个‘至善’，就算是先用‘极恶’的手段也在所不惜。我告诉他，成为‘主宰者’和成为‘领导者’是两回事。可是，每个人都有自己的想法，我不想强迫他改变。绯狐要的东西非常大，大到他驾驭不了，他需要时间来明白这一点。”

林西夕默默地点了点头：“可是，我不懂他为什么来找我。我根本不认识他，也没有什么瞬湖。”

黑岩泽璃的声音低沉下来：“绯狐找你，是因为他觉得你是黑岩的‘弱点’。自从你出现后，我的内心就动摇了……”黑岩泽璃察觉失言，换了更加中立的口吻，“凡是与绯狐相处的女人都会爱上他，他想让你也爱上他，逼我成全你们，而他永远不会喜欢你。”

“为什么要弄得这么复杂？”

“因为黑岩的世界从此便可与情感无缘，坚不可摧。绯狐是情猎，他知道感情是人类最大的弱点。小呆，也许我们当初不该重逢——你会过得比现在安全。”

“不。假如我们没有重逢，我会升学，工作，结婚，过着平静的生活，但是我永远都不会看到不同的世界，永远都不会有超越常识的经历，永远都不会知道有轩哥哥是多么幸福的事。"

"舍本逐末。小呆……"黑岩泽璃犹豫了一下,"你的身体……还疼吗?"

"已经好了。"

"我不是问脚伤……"黑岩泽璃艰难地问。

林西夕咬紧嘴唇。

"对不起。我会让绯狐谢罪,然后封印你们的记忆。你要是看上了哪家的小子,我会尽力安排。如果你对男性的世界……感到害怕,哥哥会负起责任,照顾你一辈子。"

"轩哥哥大笨蛋!"林西夕站起身,满脸通红,"说什么'负起责任'……你第一时间赶到,他还没来得及……你干嘛捂住脸?……哥,你的表情好怪。"

"原来我赶上了吗。"黑岩泽璃"呼"的一下站起来,"饿死了,吃饭吃饭。"

"可是……"林西夕狠狠地咬着牙,"第一次被人看光光,我觉得自己好窝囊。"

"不是第一次。"黑岩泽璃冷笑,"西舞刚出生的时候我就见过了,所以'第一次'归我,绯狐那小子还早得很呢。"

林西夕全身僵硬地盯着地面,连耳朵都红了。

"走了,今晚我要吃章鱼烧吃到饱。"黑岩泽璃伸出手,"过来。"

林西夕低着头,迈开了脚步。大狼麓麟低吼一声,兴奋地蹿到了屋外。

夕阳西下,轩哥哥的手很大,也很温暖——

一如记忆中的那样。

同一天晚上,林西夕的卧室。月光如水,黑岩泽璃陪在林西夕的身边。

"轩哥哥,你惩罚绯狐的时候犹豫了,他一定是对你而言很重要的人吧?"

"西舞去世后,他是我唯一的家人。"

"我想知道更多关于他的事,就算当睡前故事也好。"

"他的事大多不适合当睡前故事讲……我讲个童话吧。"

很久很久以前,有一对兄弟。哥哥通过了一个奇怪的成年考试,变成了大人的模样。

他们住在一栋有九百九十九个房间的庄园里,屋后是云雾缭绕的郁郁山谷,门前有一千亩青草地,一千亩葡萄园,一千亩橡树林。因为家里的长辈去世了，而弟弟还没有成年，哥哥就独自担负起养家的责任。哥哥带领着九十九个人，照顾着园林和草地，不断加固庄园的房子，有时候还必须用弓箭击退凶猛的强盗。虽然弟弟还小，但他总是跟着哥哥，尽自己的能力帮忙。

每天，到了第三轮微蓝的月亮升起之时，一天的辛劳就宣告结束。这是兄弟俩都最喜欢的时候。哥哥乘着黑毛金眼睛的大马，弟弟乘着白毛蓝眼睛的小马，顺着夜里闪闪发光的五彩沙溪，绕到郁郁山谷的另一端。

那里有棵很高的大杉树，枝繁叶茂。从树脚到树梢，有一条隐藏在树干中的秘密通道。这条通道以前只有哥哥知道。自从弟弟驯服了白毛蓝眼睛的小马，终于可以独自走到郁郁山谷的另一端时，哥哥就想带着弟弟一起看杉树顶的风景。

这天晚上，他们第一次一起爬到了树梢。

兄弟两人坐在散发着醇厚香气的树枝上，抬头眺望整个星河。那些星星离得很近，仿佛伸手就能摸到。如果屏息静听的话，你就会听到星星神秘的低语。

在这种大杉树的树顶，每隔九天就会长出一片红色的叶子。传说中，如果能收集九百九十九片红叶，做成一只火鸟的形状，送给喜欢的人，那个人就永远不会离开自己。每个人都只有一次机会，九百九十九片叶子必须连续不间断地收集，每一片都必须没有残缺。弟弟第一次来到大杉树的顶端时，正好是红叶长成的那一天，哥哥随口对弟弟讲了这个古老的传说。弟弟很认真地听着，摘下那片红叶。

哥哥觉得弟弟只是为了好玩，没太在意。

从此以后的每隔第九天，弟弟都会摘下那片新长出的叶子，小心翼翼地收藏起来。庄园里的人纷纷传说弟弟喜欢上了舜湖对岸山谷庄主家的小女儿，那个有着明亮眼睛的美丽少女。

“没想到你小小年纪，还是颗多情的种子呢。”哥哥打趣道。

弟弟笑了笑，没有否认。

于是哥哥认真起来，为了弟弟加倍努力地工作。这么一来，便不能常常陪着弟弟了。弟弟还是一如既往，在每个和风细语的晚上，骑着他那匹白毛蓝眼睛的小马，顺着五彩沙溪，走到郁郁山谷的另一端去，听星辰的谈话。

就这样过了好多年。

有一个夜晚，风暴将至，天空中密布阴云。哥哥提前结束了工作，回到房子里。很快，电闪雷鸣，雨点夹杂着冰雹打下来，所有的窗户在狂风中“咯吱”作响，非常可怕。在这样的夜晚，兄弟俩一般都会围坐在暖融融的壁炉边读书，可是今晚弟弟一直都没有出现。哥哥抬头看了看日历，上面密密地画满了红色的圆圈，都是红叶长成的日子。

今天的日历上被赫然画了最后一个圆。

“不好！”哥哥大惊。

他抓起披风，骑上黑毛金眼睛的大马，冲进雨幕。冷风像野兽一样怒吼，周围是漫天漫地的黑暗。偶有闪电的强光穿破天幕，照亮蓦然变得陌生又危险的世界。哥哥心急如焚，黑毛金眼睛的大马仿佛知道主人的心意，毫不畏惧地穿过水已没腰的五彩沙溪。黑暗中，马身上沾满了闪闪发光的五彩沙粒，跑起来像一条流光溢彩的河。

终于来到大杉树下，哥哥看到那匹白毛蓝眼睛的小马正在不安地打着响鼻，而弟弟从树顶摔下来了，流了好多血，躺在地上失去了知觉。哥哥把弟弟裹在披风里，立即去找医生。

那天晚上，哥哥真的吓坏了。

黑毛金眼睛的大马跑啊跑啊，可是那段路好像永远都没有尽头。

在大雨里，哥哥一个劲儿地说：“不要紧，不要紧……”也不知道是鼓励弟弟，还是安慰自己。

后来的一个月里，弟弟始终昏迷不醒，就算用疗伤的瞬湖也没有用。在给他换衣服时，他的右手握得紧紧的，怎么都打不开，一直等到弟弟最终醒来，手才松开，掉出一片红叶。

“你这个笨蛋！”放下心来的哥哥生气地说。

弟弟侧过脸，看了看那片叶子。它静静地躺在地上，破破烂烂。只要有一片叶子有残缺，就无法实现梦想了。弟弟哭了。

“那只是个传说，不要当真。下次我带你再摘一片。”哥哥轻轻地拍着弟弟的背，后悔自己跟他讲了那个故事。

可是弟弟一直哭一直哭，怎么也停不下来。

“后来呢？”

“很多年以后，在储藏室的角落，哥哥发现了一只用红叶做成的火鸟。红宝石一样的眼睛，鲜艳的羽毛，非常漂亮。火鸟的右边翅膀有一片羽毛有些残缺。哥哥把火鸟翻过来，看到底座上有一行小字：

送给哥哥。

林西夕沉默了片刻："弟弟……弟弟为什么不送给哥哥呢？即使翅膀残缺了一点点，珍贵的心意却没有残缺，这才是哥哥最想要的，不是吗？"

"绯狐想送一份完美的礼物。从小到大，如果不是完美的东西，不论是花了多少心力才得到的，他都会毫不犹豫地丢弃。"

林西夕忽然想起黑岩泽璃之前说过的话："绯狐找你，是因为他觉得你是黑岩的'弱点'。"她的心情沉重起来。

"好啦。好好享受暑假，很快就要高二开学了吧？"

"什么？"林西夕被弄糊涂了，"我已经上大学了啊。"

黑岩泽璃也愣住了。他仔细地想了想："你可能中了绯狐的幻术。他擅长改变'猎物'的心理时间，在幻境中满足她们的心愿。在你的记忆中，你考上了哪所大学？"

"燕京大学。"

"嗯……你恐怕要两年后再考一次。"

"不会吧！"林西夕紧张地翻出手机，日历居然真的"倒退"到了两年前，书桌上摆的也是高一的暑假作业，再仔细想一想，记忆中的高考题目似乎也全是高一学的——"该死的绯狐！我说燕京大学男生的质量为什么那么高！原来全都是幻觉！"

黑岩泽璃笑了起来："哥哥也可以用幻术帮你立即回到天堂一般的'燕京大学'……"

林西夕抱着脑袋闹别扭。

时间一分一秒地过去，已是午夜时分。黑岩泽璃起身，一扇界门缓缓开启。

林西夕低着头："轩哥哥不要走。"

"很晚了。"黑岩泽璃的声音很温和。

林西夕摇了摇头："我知道'中心之地'才是你真正的归属。我的世界对你而言，只是一道门后的一个房间，我的存在，就像是游戏里的一个角色，你随时可以进来找到我，当你要离开的时候，我却无能为力。我没有瞬湖，我的存在会置轩哥哥于不利的境地，我是黑岩的弱点，是绯狐达成愿望的威胁。"

"小呆，什么也不要担心，把所有事交给我就好。"

"才不，我要自己变强大！"林西夕的脸庞明亮起来，"我要告诉绯狐，我会成为与他相比毫不逊色的存在。我想和你一起经历这个世界，无论面对什么样的敌人，我都不会害怕。如果需要战斗，我也可以战斗，只要你教我，我一定会努力学，做到出色。”

“好有魄力的发言。”

“我汲取西舞的教训了。因为轩哥哥很迟钝，所以表达必须直接。”

“批评也好直接。”黑岩泽璃揉乱了林西夕的头发，“绯狐和我一起经历了很多危险，但你不一样。你是在阳光下才会发光的孩子。不要因为外面的世界很黑暗，就强迫自己也变得黑暗。现在，乖乖睡觉去。”

“你一走，我的世界就变黑暗哦？”

窗外，星光满天。

黑岩泽璃握着林西夕的手，等她睡着了才离开。

在睡梦中，林西夕看见了一个陌生世界的战争，看见了一片金色的大海，看见了一棵大杉树和满天星辰，看见了火鸟。有人微笑，有人哭喊，有人死去。但结尾的时候，却是回到了高一的那个冬日早晨，轩哥哥伸出长长的手指摸着她的头，微笑着说：“你的礼物，我已经收到了。”

有风吹进来，好舒服。

黑岩泽璃回到“中心之地”时，爱丽丝兔子国的四叶草骑士正不安地等着他。它被从维法会紧急送去医院，此时已恢复了健康。

“黑岩阁下，我们收集了宇宙公海附近的光波，发现您用‘零’炸毁的瞬湖并不是‘黯’，而是沸鳞炎渊用跟‘黯’极其相似的物质伪造的瞬湖。”

“沸鳞炎渊最后死在绯狐手上的时候，也没有‘黯’之瞬湖流泻的痕迹。”黑岩泽璃的心里一沉。

“‘黯’可能被藏在别处，可能被移交给他人，甚至……沸鳞炎渊可能有更多的身体。请您多加小心，我们的噩梦还没有结束。”

“北方之地”。

尼子猫积极地寻找着回原来世界的办法。他潜到荧光湖底，爬上最高的树，翻过飘着旗云的雪山，却没有一个地方通向有糖葫芦、《银色之魂》和学霸的地方，尼子猫日渐焦躁。

这一天，尼子猫坐在林边的大河岸上，隐约听见河流上游传来“叮——叮——”的清脆声响，就像风铃在墨岚小馆的门口轻唱。他顿时来了精神，脱下上衣，逆流而上。河中的鱼纷纷吐泡泡向虎王陛下致意，他很有派头地点点头。

河流越来越窄，风铃声时有时无。快天黑的时候，尼子猫来到河流的源头。那是一座被青山环抱的白色山丘，看上去有百米多高，山顶处有个清水流淌的白色的洞，风铃声也从中清晰传来。尼子猫铆足了劲，抓着山壁上凸起的石块向山洞爬去。一路都不敢往下看，好不容易钻进山洞，尼子猫浑身湿透，却大失所望：山洞看起来普普通通，没走两步就到了尽头。他抬起脸，看见顶壁有圈白色贝壳镶嵌的圆镜，映出一个快要变成野人的胡子男。

“坑爹的。”尼子猫在心里骂了一句，忽然听见山洞外传来“轰隆”的声响。

“哦哦哦！照镜子能启动什么机关！”尼子猫激动万分地回到洞沿，看见对面的青山居然缓缓地左右移开，一扇白色的石门在两山之间升了起来，尼子猫立即决定下去看看。等他一步一捱地回到地面，天已全黑。

半个苍蓝的月亮从山后升起，高大的石门被染上了一层带着雾气的蓝。它由整块白色云母构成，正中有两个凹槽，一个有人的手掌那么大，比较浅；另一个只有鸡蛋大小，比较深。尼子猫推了推门，纹丝不动，索性爬到石门边的山上一探究竟。然而，他爬得越高，石门就升得越高，仿佛故意阻碍似的。

尼子猫正一脸困惑，山魈长老从山脚的森林里冒了出来，热泪盈眶：“虎王陛下，您终于肯履行您的义务了。”

“什么义务？”

“幸福的义务。陛下，您照宝镜启动了大门，却忘记把宝镜带下来。您看，这石门上浅一点的地方正是嵌入宝镜之处。”

“不早说！这门通向哪里？”

“伊利亚的乐土。在过去十七年，我一直对外宣称您在这里修行，其实……”山魈长老神秘地一笑，“这可绝不是修行的地方。每一任虎王都从这里开启幸福的大门。”

“里面到底是什么？”

“是幸福啊，虎王陛下。”

“什么幸福？”

“幸福就是快乐啊，虎王陛下。”

尼子猫二话不说重新爬上白色山丘，取下宝镜放进石门的凹槽。大门微微颤动了一阵，又停住了。

“陛下，现在您只需要咒语了。”

“啥？‘芝麻开门’？”

“‘虎眼石’上刻着咒语。”

“虎眼石……”尼子猫深深地吸了一口气，想起自己第一次见到虎眼石的情景。那时，他通过墨岚小馆里的“回忆的时光机”，掉进一个挤满动物的地下洞穴，黑岩泽璃把虎后辰溪和小时候的尼子猫围在冰墙里，而被困在冰墙外的尼子猫只能眼睁睁地看着他抢走虎眼石。

等等，为什么有两个“尼子猫”的视角？

“叮——”尼子猫耳边传来风铃声，脚下出现一扇缓缓开启的界门。

“虎王陛下！”山魈长老着急地喊，“伊利亚的乐土已经准备好迎接您了，只要您拿到虎眼石，就会立即被带回这里，我和众臣民都等着您归来——”

尼子猫来不及回应，就“咚”地掉入界门。

“少年，旅途还算愉快？”墨岚俯身看着躺在竹木地板上的尼子猫。

“我是怎么回来的？”

“虎王通过轮回来强化灵魂，所以在意识里会有多重自我——你体会到了这一点，身为虎王的能力进一步觉醒，灵魂里的部分瞬湖也苏醒了。”

“没听懂。”

“你变强了，所以至少可以启动回家的瞬湖了，明白吗？”

夜晚路边的灯光透过琥珀色的玻璃门照进来，尼子猫站起身来，忽然觉得有点恍惚。回忆不清的前世，充满未知的未来。要是当初没有走进墨岚小馆，也许我的生活就不会变得这么复杂。

但是发生了的，都已经发生过了。

第九章

成人礼、婚礼和葬礼

Interlude: the Untold Story

从一开始，

我能信赖的人就只有你。

Echo loved Narcissus in vain. Her flesh wasted away, her bones became rocks.... Only her voice remained among mountain cliffs.

Adapted from a Greek and Roman myth

艾珂爱上了水仙少年，然而少年却不爱她。她的肉体渐渐枯萎，她的骨头变成了岩石……只有她的声音留在山崖之间，成了“回声”。

希腊罗马神话

在未来的走向产生分歧之前……这是最后一个故事，属于黑岩西舞的故事。

夏之昼

夏日的凌晨时分，天边悬着最后一颗星，黑岩庄园里静得有些不寻常。夹竹桃下的蟋蟀噤了声，七叶树上的夜莺也缄默不语。

“轰”的一声，庄园大门外传来巨响，黑岩家的小女儿西舞从睡梦中惊醒，心跳得厉害。有人闯进来了，凌乱的脚步声在长长的走廊里回荡。

“哥……”西舞害怕地喊了一声，才想起哥哥已经好几天没回家了。她掀开丝被，光脚跑向卧室外的阳台，用细细的手指握住白玉护栏，向下探看。

后花园里密密地点着上百支火把，昏红的光忽明忽暗地照出一张张杀气凛然的脸。

一只白色的夜枭看见西舞，凄厉地叫了一声，一支箭便“嗖”地射了过来，西舞顿时疼得视线模糊。她的肩膀被射穿，开了十字刺的箭头从后背钻出来，伸手一摸，全是血。

脚步声越来越近，在卧室外停了下来。老管家含混不清地低吼了一句，接着便是身体倒地的沉重声响。暗色的黏稠液体从门底流了进来，在地毯上淤成半圆形的一片。

寂静重新主宰了世界。西舞浑身发抖，捂住嘴不让自己哭出声。

一柄钥匙缓缓地插进卧室的门锁。“咔，咔，咔。”卧室的门无声无息地打开，死亡的气息弥漫开来。

长廊里，幽暗的火光中跪着两排卫兵，簇拥着一个身着紫色华服的漂亮女人。浓密的睫毛，黑如夜色的眼眸，冷若冰霜的表情。她是王的小女儿，十七公主夜繁姬。

“黑岩西舞，”公主直直地盯着她，“你还没成年？”

西舞捂着肩膀，字字吃力：“臣下……九十八岁。”

夜繁姬微微一笑，转过身去：“卫兵长。通知所有贵族，今日黄昏前来。”

夕阳将天空染红之时，黑岩庄园挤满了戴着假面的男女。昔日，他们乘着香车宝马而来，满怀期待地想得到黑岩的继承人黑岩泽璃和他的妹妹西舞的青睐，成为这贵族世家的一员。自从黑岩泽璃辞去将军之职，王室断了黑岩的俸禄，他们就立即与黑岩家断了联系。今日，他们再次满怀期待——黑岩被抄家，黑岩泽璃下落不明，传说中拥有预言天赋的黑岩西舞将被拍卖。

西舞低头坐在光之牢笼里。夕阳将她裸露的后背染成淡金色，长长的黑发遮住她的脸，睡裙被血迹染得如樱花盛开。光牢四壁向四面射出光之荆棘，把所有逃跑企图扎得支离破碎。

夜繁姬坐在戒备森严的白色阳台上，用青鸟羽扇优雅地遮住脸。

“三百万苏比斯。”贵族们互相谦让一番后，开始竞拍西舞。

“五百万。”

“一千万。”

长着女人脸和飞鱼翅膀的仿生人在空中飞来飞去：“鲨鱼面具阁下出一千万。”它停在半空，左顾右盼了一会儿，“一千万第一次！”

“我出三千万。”在光之牢笼对面，戴着金边蝴蝶眼罩的老年贵族开了口。他经营股票和赌场，曾为获取西舞的芳心，站在黑岩的后花园里彻夜朗读情诗。老贵族搓着手，露出满口的水晶牙，冲西舞挤挤眼睛：“小美人儿，听说你很久都没有新的预言，但我还是想赌一赌。”

仿生人“嗡”地飞了过来：“三千万苏比斯第一次！”

一个戴着狼面具的男人拨开人群，把鼓鼓的鹿皮袋往地上一丢，里面的金币发出“叮铃”的脆响：“三千五百万。”

听到他的声音，西舞猛地抬起头。

“阁下也信‘得西舞者得天下’的传言呀。”老贵族酸溜溜地一笑，向狼面具男子伸出四根戴满钻戒的手指，“我出四千万。承让了。”

“您买她做什么，娶她？”狼面具男子活动着被金币压得发酸的肩膀，“四千五百万。”

“娶她？你可真会说笑。除了用她预测赌局，无非就是玩个新鲜，听说她还没……”老贵族话未说完，眼睛猛地一翻，不省人事。

“蝴蝶面具阁下出局。”仿生人尖着嗓子飞到狼面具男子身边，“四千五百万第一次！四千五百万第二次！”

西舞紧紧地盯着狼面具男子，摇摇晃晃地从牢笼中站起身。

“成交。狼面具阁下，您是黑岩西舞的主人了。”仿生人兴奋地宣布着，打开装着金币的麂皮袋，看了一眼又赶紧合上，笑得露出一百零八颗尖细的牙齿。它在嘴里摸了一会儿，摘下一颗牙，放进光之牢笼上三角形的锁孔，光之荆棘“唰”地散为金色光粒，消失在空气里。

狼面具男子大步走向西舞。他脱下外衣，丢在她身上，冷冷地问：“能走路吗？”

她点点头，顺从地跟在他身后，面色苍白，脚步踉跄。人群慢慢地分开。再走百步，就是已经塌陷了半边的黑岩庄园正门——

“慢着！”夜繁姬放下手中的青鸟羽扇。

狼面具男子加快了脚步。

“报上名来。”夜繁姬站起身。

卫兵们齐刷刷地将弓箭对准行走中的两人。因为有公主在场，他们维持了王族的传统，只配备响箭和宝剑。

狼面具男子一把抱起西舞便跑起来。“哥！”她忍不住轻轻地叫出来，“疼——”

“对不起，马上就好。”黑岩泽璃吹了个唿哨，向半空一跃。他的魂契之兽，名为“麓麟”的大狼凭空而出，用宽宽的狼背接住两人，一转身便是个虎跃，一脚踏住黑岩庄园高高的石墙，翻墙而出，在广阔的草场上狂奔起来。效忠王室的贵族男人们立即扔掉面具，跳上马追了出来。

空中响起一阵刺耳的哨音，卫兵们射出漫天的响箭。黑岩泽璃用身体护住西舞，一个翻身攀住狼腹。半秒之后，利箭在麓麟的背上溅起层层火花，发出犹如金属碰撞的铿锵声响，箭柄因承受不住压力而折断，噼里啪啦地掉落一地。麓麟抖了抖浑身的灰毛，威风凛凛地低吼一声，把追兵越甩越远。

黑岩泽璃捏住西舞肩上的断箭，双瞳如星光旋转。她的断骨迅速愈合，长好的血肉把箭尖“哧”地顶了出来。

“哥，你来救我啦？”

“傻问题。”话音未落，黑岩泽璃猛然把西舞往怀里一拉。一柄刀擦着她飞过，打在麓麟的肚皮上“铛”地一响。黑岩泽璃抓住刀把，往回一掷，一声惨叫后，离他们最近的人落马，顿时被乱蹄踩得没了声音。

“哥，夜繁姬真的喜欢你吗？”

黑岩泽璃没有回答，只是迎风伸出左手，手心的细密纹路顿时从手掌中立了起来，在空气中急速舒展，变成一张大网飞向后方。“西舞，你马上就要过生日了吧。”

“嗯。”西舞看着气势汹汹的追兵，“就算我们能逃走，我也活不过今晚了。”

“不许胡说。我找到了一个平行世界，在它的核心之处，时间是静止的。你到了那里就不会死，因为你永远都不会到九十九岁。它的界门很特殊，必须在双重月光照耀下开启，才能直达世界核心。今晚第二个月亮出现之时，我就送你进去。”黑岩泽璃咬破手指，一滴血落在草叶间。千万只竹笋破土而出，越长越大，眨眼间便褪下层层叠叠的青色笋衣，从里面走出两个人和一匹狼来——替身们长得与兄妹二人和麓麟一模一样。

“你觉得她喜欢我吗？”黑岩泽璃隐了身形，静静地注视着追兵后方的夜繁姬。她端坐在金色的麒麟车里，指挥贵族们砍下黑岩泽璃替身的头颅。夜繁姬的新将军骑马赶到，抬手放出破解幻术的金瞳隼。“从一开始，我能信赖的人就只有你，西舞。”

冬之月

时光倒流。三年前的冬夜，“北方之地”。大军踏雪前行，月光中，积雪不时从松树梢头簌簌地落下。

黑岩泽璃骑在马上，仰头望着苍蓝的月亮。天上一个满月，一个半月，正是曜历冬月的最后一天。三年前的今天，他刚刚通过“洗尘之炼”，成为真正的大人。

“我的将军，”夜繁姬在身边的麒麟车里开了口，“你去看看，那只老虎怎么样了。”

“遵公主的旨意，虎王天寂的光牢里的暖芒被尽数拆除。昨日虎王冻死之时，属下已经禀报过公主了。”

“唔，那只会咬人的母虎呢？”

“公主现在坐着的就是它的兽皮。”

“泽璃呀，”夜繁姬幽幽地说，“不听你多说几遍，我心里总觉得不踏实。你说，父王为什么要封我为‘战姬’呢？我没什么雄韬伟略，如果没有你，我连‘北方之地’的界门也打不开。父王是不是想让我早点儿死在外面？”

“王诏令公主出征，是因为公主的心像冰雪一样。”

“你想说的恐怕不是‘冰雪聪明’吧。”夜繁姬低声笑起来，“你不满吗？因为我逼你活剥母虎的皮？你心疼它？”

“黑岩只是‘王的剑’。”

“我可不要你做父王的剑……我要你做我的剑。我听说你有个小妹妹，预言王室终将倾覆呢。”

“小儿戏言，请公主不必在意。”

“听说她的预言很准，自小就为了保护你，受过很多伤。带她来见我。”

“西舞还小，冒失莽撞，只会给公主增添烦恼。”

“说得漂亮，你是担心她在我这儿受委屈吧？”夜繁姬撩开车帐，“比起我来，你更关心她。”

“属下不敢。”

“我早就派人接她去了。”夜繁姬从麒麟车里探出身来，一跃跳上黑岩泽璃的马，把脸贴在他背后，“泽璃，如果我饮下她的血，有了她的异能，你会不会关心我多一点？”

黑岩泽璃握着缰绳的手微微一抖：“天赋的异能无法转移。公主，您若是伤着她，请恕属下无礼。”

夜繁姬妩媚地一笑，浅紫色指甲微微嵌进黑岩泽璃的后颈：“带刺的剑，我最是喜欢。”

秋之星

王都的秋夜。

西舞伏在黑岩泽璃肩上，两人在王都西面的山顶眺望。

蝉声已嘶，夜风渐凉，灯火辉煌的王都浮在夜气中，显得遥远而不真实。

“哥，‘北方之地’是什么样的？”

“那里现在还是冬天，冰瀑和森林都很漂亮。”

“公主姐姐说我会在宫殿里住很久，为什么你今天就把我接回来啦？”

“我答应了她的条件。”

“嗯？”

“她要我把心给她，直到海枯石烂。”

西舞笑起来：“你是不是给公主姐姐吃了什么怪东西？这种酸掉牙的誓言，连小孩子也不会信吧。”

“越是走在权力巅峰无法天真的人，越想骗自己相信这些靠不住的东西。”

“公主姐姐跟我说，她喜欢你，但她没有安全感。我要是她，就直接嫁给你，这样比较踏实。”

“你忍心看你哥娶那么凶狠的嫂子？”——夜繁姬征讨“北方之地”的时候，还暗中遣人除掉了王都里的两个同父异母的姐姐。

西舞从黑岩泽璃的背上蹭了下来，眼睛亮亮地看着他：“要不你娶我吧？我一定对你特别好。”

“傻问题。一边装成熟，一边没常识。”

西舞嘻嘻一笑。她望着远处的黑色大海，它与星空融为一体，起起伏伏，睡得深沉。她想起了在母腹之中就做过的那个梦——

> 羊水的声音在耳边“汩汩”而流，母亲的心跳声忽然变得遥远。
>
> 从混沌中走出一个男人，眼睛绿如翡翠，满头的金色长发漂亮极了。
>
> “我是梦魔师。黑岩西舞，我们来玩个游戏：如果你能在九十九岁成年之前，嫁给你不爱的男人，你就能活过千岁。如果做不到，你会在九十九岁的月圆之夜死去。我给你两件礼物：预知未来的能力，以及跟黑岩家族完全无关的血缘。不过，假如你动了感情，就会失去预言的能力，假如你说出血缘的秘密，你心爱的人就会死。”

这个梦在每个夜晚都会出现。当西舞开始懂事，明白梦的含义的时候，梦魔师的契约已经订立多年，一切都无法改变了。

“小呆，我会想办法，让你既能活过九十九岁，又能嫁给你喜欢的小子。”

“轩哥哥，你为什么对我这么好？”

“傻问题。”黑岩泽璃摸了摸西舞的头，“你和我一样，生来就戴着枷锁，可是我们都想做喜欢的事，依凭本心活下去。假如有一天，黑岩不再有王室的庇护，我们不再是贵族，你会后悔吗？”

“轩哥哥和我一起？”

“当然。”

“那我就不后悔。有轩哥哥在的地方，就有小呆的家。”西舞仰起脸，“哥哥，你看。”

几颗流星从天际出现，拖着长长的尾巴游过璀璨的星河，“叮叮咚咚”地落在脚边。西舞弯下腰，拾起一颗长着六个小尖角的流星。它就像被研磨过的水晶，莹洁剔透，心里闪着暖黄的光，一亮一灭。

夏之夜

三年之后，黑岩泽璃在拍卖场上救出西舞。两人逃脱夜繁姬的追捕时，距西舞的九十九岁生日还有最后的几小时。

火烧云把天空中的暖色烧了个干净，半个月亮浮在灰白的云絮里。

两人再次登上王都西面的山峰。远处的海，已经干涸多年，苍白的海盐覆在崩裂的岩石之上，像个沙漠。

“轩哥哥，真的‘海枯石烂’了。你是不是答应夜繁姬的时候，就料到了这一点？”

“在‘北方之地’一战中，很多子民死去了。平行世界之间需要维持平衡，这片海和海里的生命就顺着‘世界之树’的神秘通道，流进了‘北方之地’。”黑岩泽璃望着从天边升起的第二轮蓝色圆月，“我们动身吧。”

他的眼中星光旋转，一扇金光闪闪的界门徐徐开启，时间静止的平行世界即将显现——界门里却伸出一只手，五只长长的指甲闪着浅紫色的柔光。

黑岩泽璃脸色一变，将西舞护在身后。

“哎呀，不把这些异世界归入父王的疆土，我总觉得心里不踏实。”夜繁姬从界门内款款走出，“你说呢，我的剑？”

夜繁姬微微摆了摆手，身后的界门里涌出几十名全副武装的骑士。

“不用黑岩西舞做诱饵，你就不肯现身；不假装被你的幻术骗住了，你就不会放松警惕。带刺的剑，我最是喜欢，不过还是把刺都拔掉，我才有安全感。”夜繁姬微微一笑，“你怎么不问，我为什么等到今天才动手呢？我喜欢看你满怀希望地辞去王职，满怀希望地走遍异界寻找救她的方法，满怀希望地试图改变你们的命运，再用我的手把你的希望一一击碎。”

“我从不杀女人，”黑岩泽璃的脸藏在黑暗里，“但请您做好准备。”

大狼麓麟从虚空中一跃而出，背起黑岩泽璃和西舞，瞬间就消失了。

名为“麓麟”的平行世界。夜风吹过森林，声如浪涛阵阵。

“魂契之兽的界门是非契约者打不开的，夜繁姬进不来。”黑岩泽璃皱着眉，“但我们没时间了。”

“轩哥哥，我很满足。”

“说什么傻话。”黑岩泽璃像是想起了什么，眼睛一亮：“麓麟，准备婚礼！”

“我、我不要嫁给狼……”

大狼麓麟转过脑袋，把毛茸茸的耳朵一别。

“你要嫁给我。虽然很胡来，但是梦魔师的两个条件——‘九十九岁之前’、‘你不爱的人’——都能满足。过了午夜就解除婚约。”

麓麟抖了抖浑身的灰毛站起身，用鼻子指着月亮，唱起狼族古老的歌。森林里“沙沙”地响了一会儿，群狼踩着碎银般的月光出现，眼睛美得像绿宝石。它们和着麓麟的歌，围成一个祝福的圈。

黑岩泽璃摘下树梢的月光，做成羽纱，聚起带着花香的夜气，变成王冠。

“我的小妹妹好漂亮。”他牵过西舞的手，在她的额上印下神圣一吻。

“哥，我为你跳支舞吧。”西舞光着两只洁白的脚，脚尖滑过细密柔软的草叶，轻盈得像只蝴蝶。随着时间流逝，她的身形越来越淡，仿佛月光溶进肌肤，隐隐可见身后的树林。

“西舞？”黑岩泽璃伸出手去，直接穿过了她的身体。

“哥，”她的眼睛变得透明，已经看不见任何东西，“你知道吗，你变成大人的那一天，我就不能预言了，因为我喜欢上了你。我喜欢你低沉的声音，就像山风吹过松谷；我喜欢你牵着我的手走过这个残酷的世界，说我问的都是‘傻问题’。哥，你知道吗，我和你呀，并不是……”她轻轻地摇了摇头，笑了笑。我不可以说出来呢。

其实都不要紧啦。

因为最最重要的那句话，我终于告诉你了。

第十章

光与黯的分界线

The Crossroads

有的伤，

是要留一辈子做纪念的。

Two roads diverged in a yellow wood,
And sorry I could not travel both.

Robert Frost，“The Road Not Taken”

黄色的树林里有两条岔路，
可惜我不能同时踏足。

弗罗斯特《未选择的路》

“中心之地”，黑岩庄园。

绯狐坐在黑岩泽璃的办公桌前，听取大管家的汇报。

“事务长昨夜提取了部分资金，竞拍得到第 2189 号平行世界新发现的一枚罕见的‘零’。”

“他刚废了一个‘零’，又想玩大爆炸的游戏了吗？”

“事务长的确立即去了公海地带，试图用‘零’销毁老事务长留下来的那个特别的瞬湖‘光’。”

绯狐一点儿也不惊讶。沸鳞炎渊死时，并未流泻出“黯”之瞬湖，那么黑岩泽璃想销毁“光”自然是为了降低二者合一的可能性。

“事务长的尝试遭到了意外的阻力。‘光’竟然无法被‘零’摧毁，恐怕只能通过跟‘黯’结合改变性质后，再由事务长以结束自己生命的方式……”

“所以，自杀是他的唯一出路咯。”绯狐托着下巴，眯起湖蓝色的眼睛。以黑岩泽璃的性格，现在的他一定会回避林西夕的感情，黑岩的弱点也就不复存在了。可是，怕就怕他真的会自寻毁灭——他一直为殖民战争的事自责，加上这次又是黑岩彻的临终遗命，他定然不会贪生。

大管家退到门边，有些犹豫地问：“绯狐大人，您真的不见医生吗？事务长在您身上留下的伤……”

绯狐不耐烦地摆了摆手。

有的伤，是要留一辈子做纪念的。

黑岩泽璃从“中心之地”的公海地带回来，回到林西夕的身边。

窗外，月已西沉，夏日繁星透过薄薄的白纱窗帘，洒进微弱的亮光。卧室里一片寂静，连书桌上的时钟都失了声。

黑岩泽璃望着林西夕熟睡的脸。

几丝长长的黑发绕过她的耳畔和白皙的脖颈，落在她的胸口。浓密的睫毛紧闭，湿润的唇边挂着一丝笑意，似乎正做着美梦。一只胳膊伸出兔子图案的薄被单，手指尖微弯，还保留着睡前被握在他手中时的模样。

他在她身边轻轻地坐了下来。

小呆，我终究不是个称职的哥哥。西舞的死让我明白了你的心意。如今神明再次将你送回我的身边，我却无法回应你。我随时可能死亡，却希望你能快乐得久一点，再久一点。所以，与其贪图短暂的幸福而造就一生的痛苦，倒不如一开始就不要尝试，即使那幸福……耀眼得让我忍不住去想象。

夜风掀起白纱窗帘，一缕微蓝的星光照在床上。

他向她俯下身去，印下轻轻一吻。

请原谅我的不辞而别。

纱帘落下之时，他的身影消失了。

次日早晨，阳光明媚。

林西夕一睁眼就看见粉红色的兔子国王六月雨坐在自己的枕边，顿时清醒。

“泽璃要我转告你……”大兔子搓着毛茸茸的爪子，欲语还休，终于把心一横：“他不会回来了。”

林西夕一时愣住。

六月雨苦笑：“他不想再见到你。但他把‘本能防御’的瞬湖给了你，所以也可以说，他把命都留给你了。希望你不要太难过。”

“那是什么？”林西夕发现自己的声音抖得不像话。

“是他做‘王的剑’时，面对强敌时才会用到的防御瞬湖……他大概担心你被导弹或者陨石砸中。”

“大笨蛋。”林西夕笑着说，眼眶却红了。她没想到，即使过了两百年，故事的结局还是一样的。她与黑岩泽璃之间的距离，也许从来不曾缩短过。

“再见了。”六月雨国王站起身来，“无论你何时需要我的帮助，只要拍拍手说一声：‘爱丽丝兔子国伟大的六月雨国王陛下哟，坚信和平与爱的英明君主哟，请聆听我的恳求。’”

亲爱的读者大人，这里是谜之国度的岔路口。

不同的选择将导致截然不同的结局。请确认你的心意，为林西夕作出选择：

六月雨国王陛下，请您带我去找黑岩泽璃。我不会再像西舞那样被动等待了，因为幸福就像奔跑的兔子，必须努力追赶才能抓住。

选择此项的读者大人，请去第 125 页：

《第十一章　陌生的天空》

六月雨国王陛下，谢谢您告诉我。我相信轩哥哥做出这样的决定，一定有他的原因。好遗憾。可是，幸福是不能勉强的，对不对？就算他不在了，我还有死党，还有学校里的同学们，还有无敌开心的生活在等着我。

选择此项的读者大人，请去第 199 页：

《第十一章　如果的事》

唯一请留意的是，由于两个结局迥异，本着“逻辑清晰”和“减少剧透”的原则，建议你读完一个结局后，再读另一个。每个结局都是完整且独立的。两个结局都读完后，你可以得到一个更大的真相。

现在，请开启你的平行世界，亲自决定主角们的命运和世界的未来——

第十一章

陌生的天空

The Maze

黑岩泽璃温柔地吻了吻她的脸，
在她耳边低声说：“后悔的话，现在还来得及。”

But I send you a cream-white rosebud,
With a flush on its petal tips;
For the love that is purest and sweetest
Has a kiss of desire on the lips.

John Boyle O'Reilly，"A White Rose"

我送你一朵乳白的玫瑰花蕾，
花瓣边缘漾起红晕；
因为那最纯洁又最甜蜜的爱，
藏着欲念吻在唇上。

奥莱利《一朵白玫瑰》

“爱丽丝兔子国伟大的六月雨国王陛下哟，坚信和平与爱的英明君主哟，”林西夕抓住大兔子的毛手，“请聆听我的恳求。”

“还真一字不差地记住了啊……”六月雨国王背起双手，“说吧！”

“请带我去见黑岩泽璃。”

“嗯，那我可有点儿为难。”六月雨国王清了清嗓子，“不过黑岩托我传话的时候，表情可悲伤了，看得我都快哭了。”

“真的？”

“带你去之后，后果我可不负责。”

“谢谢爱丽丝兔子国伟大的六月雨国王陛下！”

界门消失时，林西夕和六月雨站在一扇由光线织造的红门前，两个凶神恶煞的门卫正严格地检查每一位进入者的身份。

六月雨用幻术把林西夕变成了一位二十出头的小伙子，连嗓音都无懈可击，得意地吹了个口哨：“这里可是闻名各个平行世界的顶级‘赏花俱乐部’，简单地说，就是昂贵的‘花街’。”

“什么！轩哥哥怎么可能来这种……”

“质疑我的情报是很不明智的。”

门卫伸手拦住了林西夕：“@#%$**&。”门卫有两颗头，满脸的眼睛到处乱转，林西夕不敢正眼看他。门卫用眼睛扫描了她的瞳孔，调整了语言模式：“请出示邀请函。”

六月雨递上一朵浅金色的水晶花朵，满面笑容地把林西夕往红门里一推：“大人的世界充满痛苦，偶尔也需要小小的放松，我相信你会理解的。当然，你可以向黑岩泽璃索取精神损失费。就算你要整个稀金世界，他也一定舍得给你。”

林西夕几乎懵了。她抬脚迈进红色大门，看见一位身着深红色晚礼服的漂亮女人乘着白羽黑翅的鸟儿飘然而至。女人扭着纤腰，白皙的胸部几无遮挡，肌肤吹弹可破，丰满又漂亮。她笑望着林西夕的男人脸孔，优雅地躬了躬身：“我的主人，欢迎回家。”

林西夕仰起头，让眼泪留在眼眶里，不要掉下来。

女人领着林西夕穿过紫藤花盛放的白色长廊，推开一扇金漆斑驳的门，来到一个满溢着乳白色光线的大房间后悄然退下。

半圆形的拱顶之下有个大理石雕砌的水池，客人们抛洒的金币在深蓝色的水底闪闪发光。一只小美人鱼趴在池边，对着林西夕调皮地一笑：“大哥哥，您想欣赏什么类型的花呢？”

“我在找一个人。”

美人鱼微微偏了偏精致的金发小脑袋：“什么样的人？”

“大概这么高，”林西夕踮起脚比画着，“黑色头发，眼睛里的色彩像星空旋转，笑起来很温暖……对不起，我描述不好……”

“黑岩泽璃大人？”

林西夕的心里被剜了一刀。

“姐姐们经常说起他和绯狐大人呢。您看到他把绝望之牢打破的影像了吗？最近的新闻里都是他的事。我好喜欢他，今天他大驾光临的时候，我觉得像在做梦。不过，黑岩大人会笑吗？我从来没见过……”

“他在哪？”林西夕黑着脸。

“花魁姐姐的房间。大哥哥从这里出去，穿过百合花海和曼陀罗山谷，在山顶上的那座城堡……”

林西夕弯腰抱起小美人鱼：“带我去。”

“可是，”美人鱼用双臂揽住林西夕的脖颈，害羞地说，“大哥哥还没有问人家的名字。我是贝贝。”

林西夕的心情很复杂："你多大？"

"问女孩子的年龄是很失礼的啦。"

"你为什么来这么危险的地方？"

"妈妈、爸爸和弟弟都死了。"小美人鱼一脸平静，"这里很美，大家都很亲切。大哥哥，您怎么了？是不是贝贝惹您不开心了？"

"我会帮你赎身。"

"可是贝贝很贵的……"

"算在黑岩泽璃头上。"

小美人鱼比林西夕想象得重。她一路上兴奋地介绍百合花的花期和曼陀罗的致幻功能，林西夕一个字也没有听进去。花魁的城堡前拦着一只眼睛充血的三头猎犬，它龇着獠牙，冲着林西夕凶狠吠叫。

"大哥哥进去吧，贝贝留在这里。"美人鱼伸出洁白的小手，拍了拍猎犬的头，它就换了副友好无比的样子，肚皮朝上撒起欢儿来。

林西夕迈上多达百级的长长台阶，站在白色的城堡正门前，迟疑了一下，毅然推开厚重的大门。城堡里空无一人，花香四溢。面前是重重叠叠的十道金属栅门，每扇门上都雕刻着不同时令的花。林西夕刚迈开脚步，花朵便四散成为锋利的花瓣向她袭来。她心里一惊，抱起脑袋，身体周围却凭空出现了一道旋转的风雪之墙，将花瓣无情地撕碎——

是黑岩泽璃留给她的防御瞬湖自动启动了。

林西夕向城堡深处走去。金属门上的花朵袭来又被撕碎，艺术品般的屏障最后只留下一片片黑色的伤疤。她越走越生气，越走越伤心。到最后一扇不透明的金色光门前，一位侍女恭恭敬敬地拦在林西夕面前，不让她通过。侍女手中端着托盘，里面整整齐齐地叠着黑岩泽璃的外衣。

"尊贵的客人，请问您有何需求？"虽然被城堡里的惊人破坏吓得心神不宁，侍女依然努力地保持微笑。

林西夕忽然平静下来。如果这就是结局，她想，终于可以死心了。当初西舞只会被动地等待，她今天至少能主动做个了断，就算是在这么糟糕的地方。

"我要见黑岩泽璃。"

"黑岩大人正在与凛夫人谈话，吩咐了今日不受打扰……"

"那就给我弄个帐篷，我要住在这儿。"

"好的，请您稍等。"侍女退下后，四五个漂亮女人默默地围拢上来。林西夕潇洒地摆摆手，指着自己的脸："给我找几个比我还帅的男人来。"

女人们恭顺地退下。几分钟后，林西夕意识到自己给自己挖了个坑。

“那个，你，”她故作镇静地指着面前羞涩微笑的金发大叔，“去给我买爆米花。”

“‘爆米花’……是什么花？”

“不要问我，买不到的话就别回来。”

“你，”林西夕指挥身边的阳光少年，“我要喝酸奶，草莓口味。”

还有最后一个人。他肤色古铜，身材伟岸：“尊贵的客人，您对我有何吩咐？”

“你……”林西夕听见光之门后隐隐传来黑岩泽璃的声音，把心一横，“你留下来陪我！”

“客人的味道非常特别，”男人掠起林西夕的头发，细细地嗅着，“是什么花呢……”

黑岩泽璃走出光之门，攥住男人的手腕向旁边一拽：“傻瓜花。”

林西夕偏过脸去不看他。

“林西夕，跟我走。”

被道破身份的刹那，幻术解除，林西夕恢复了本来的样子。黑岩泽璃将她往肩上一扛，大步向城堡外走去。在旁观者惊异的目光中，林西夕噘着嘴，泪光闪闪，一言不发。

走进了白色曼陀罗盛开的山谷，黑岩泽璃把她放了下来：“小呆，你真是傻得可以。”

林西夕强忍怒火沉默着。

“告诉我，你在生什么气？”

林西夕咬牙切齿，继续沉默。

“你觉得我在做什么？”

“在堕落！”林西夕终于爆发了。

“在植物园堕落？”

“谁知道你……”林西夕活像一只小刺猬，“你不要找借口，你在花魁的房间里！”

“你说花魁婆婆凛夫人吗？她今年一千零八岁了。”

“可是贝贝说她是‘花魁姐姐’！‘姐姐’！”

“贝贝 · 斯托是赏花俱乐部的大老板，她是美人鱼，不老不死，永远都是小孩子。”黑岩泽璃看着气鼓鼓的林西夕，“花魁婆婆凛夫人了解每一种花，所以也知道关于血的秘密，我去向她请求黑色罂粟花的花语者援助，打听沸鳞炎渊和‘黯’之瞬湖的下落。有时候连爱丽丝的兔子国都无法掌握的情报，凛婆婆却可以通过花语者了解。”

“花语者？”

“就是各种花朵的掌管者，兴之所至，也会为赏花俱乐部的客人收集与‘血’

和瞬湖相关的情报。她们跟爱丽丝的兔子国存在竞争，难怪六月雨会兴高采烈地带你来捣乱。”

林西夕低着头，怒火消了大半，还有点儿不好意思，但绝对不能让他看出来！

“那，那你找到情报了吗？”

“沸鳞炎渊已经到达‘融之境’，就是灵魂的存放地，所以他的确死亡了，但是‘黯’还漂泊在外。小呆……”黑岩泽璃注视着林西夕，“凛夫人说，西舞没有黑岩家的血缘。你是不是一直知道？”

“嗯。”林西夕的心狂跳起来，“可是我不能说，不然梦魔师就要你死。”花魁婆婆凛夫人真是了不起的人！

“对不起。”黑岩泽璃轻轻地摸着林西夕的头，“让你等了这么久。”

林西夕的眼泪一涌而出。心里好痛，可是又好高兴。他说那句话是什么意思？

“刚才小呆的气势好像是在攻城。”

“哼！”

“我道歉。”

“你必须保证，绝对、绝对不丢下我了。”

“我保证。而且……我想把遗失的时光都补回来。”

“好啊，你怎么补？”林西夕依然是强硬倔强的口吻。

“你愿意接受我吗，不是作为兄长，而是作为男人？”

林西夕愣住了。他好直接！我有没有听错？“……我给你的特别的名字，是什么？”

“‘轩’。”

“那，章鱼烧老板的招牌动作是什么？”

“敬一个礼。”

“还有……”

“小呆，”黑岩泽璃用双手捧住林西夕滚烫的脸颊，“我在等你的答案。”他离得好近，他的身上有种草木的温暖气息，与白色曼陀罗的花香混在一起，让她的心不停地颤抖。

林西夕一片慌乱，胡乱地点了点头。一切来得太突然，眼泪止也止不住。

“怎样才能让小呆不哭呢？”黑岩泽璃温柔地吻了吻她的脸，在她耳边低声说：“后悔的话，现在还来得及。”

林西夕说不出话，一个劲儿地摇头。

黑岩泽璃笑了。等林西夕明白的时候，他已经用手蒙上了她的眼睛，吻了她的唇。

柔软湿润的触感，像雨滴穿过花瓣的瞬间，像小鱼跳出夜风拂过的水面。

短暂得如同昙花一现，又悠长得跨越了两百年的时间。

“嗯，有罪恶感。”黑岩泽璃注视着她。

林西夕抓紧他胸前的衣服，两个人都害起羞来。

“轩哥哥，”林西夕结结巴巴，“我好像答应帮贝贝‘赎身’了！”

“是吗？你好像还打爆了好多门，随便点了这个世界没有的食物吧？”他恢复了兄长的口吻，“还找来了三位花艺师，你打算做什么，嗯？”

“我、我会去道歉的……可是，你为什么不跟我商量就擅自决定我们的事，嗯？”

“我在反省。你真的长大了。”

“兔子国王说，作为补偿，我可以找你要什么稀金世界。”

“当然可以。那个混蛋，我请他照顾你，他居然特地带你来这里，还给你灌输奇怪的想法！”

“不许怪他。我现在就把那个‘本能防御’的瞬湖还给你，它什么都防御不了。我以为我的心很强悍，但你把我丢下的时候，它碎成渣渣了。”

“中心之地”。

“赏花俱乐部的主人贝贝 · 斯托女士很欣赏林西夕小姐，”大管家向绯狐汇报，“决定把自己的‘赎身费’转成股份，赠回黑岩。媒体反应相当热烈，黑岩的股价一直在涨。”

绯狐用手指轻敲着冰冷坚硬的桌面：“我不明白。泽璃向来以那女人的终生幸福为优先考虑，这种‘爱一天是一天’的行事风格完全不像他。”

“根据花语者的情报，‘黯’……”大管家压低声音，在绯狐耳边说了一句话。

绯狐脸色一变：“泽璃真是喜欢玩火啊。”

“绯狐大人，之前跟踪事务长的线人几次三番地被他发现，虽然没受伤，但都被抹掉了记忆，现在没人敢接我们的委托……”

“我会亲自接手。”绯狐眯起眼睛。

黑岩泽璃决定带着林西夕去平行世界旅行，他们一起来到名为“幻界”的游戏之都。

在城市的街道上，光怪陆离的角色或飞或走，有古怪的人形，有稀奇的动物，也有半透明的团状气体。他们突然出现，又突然消失，不知哪些是虚拟的影像，哪些是真实的生命。天空中有一群群的飞鸟，用羽翼组成变幻的图形，于是半空中光影交错，颜色层层叠叠。

“那些图案是这里的语言，翻译起来是‘愿你的心在完美的游戏中得到安息’。”

“轩哥哥读得懂？”

“小呆也可以读懂的。”

“真的？教我教我！”

“嗯……只要这样……”黑岩泽璃凝视着她深褐色的眼睛和浅浅的酒窝，两人之间的距离越来越短。

“你看，周围……好、好多人……”

“我看不见。”黑岩泽璃吻了她。

林西夕的脑海中一片空白。好像有一滴水，从那极幽静的竹林深处，顺着竹叶滑落在深深的水潭，“滴嗒”，轻轻融入，漾起涟漪层层。

闭上眼睛，黑岩泽璃感觉到林西夕的肌肤一下子从冰凉变得滚烫。听着她“怦怦”的心跳和慌乱的鼻息，他仿佛已能感知她温软湿润的一切。他轻轻地离开她，静静地望着她。

她低着头，不敢抬起来。

“真是小孩子。”黑岩泽璃抬起脸，“再看看那些飞鸟。”

林西夕咬住嘴唇，偷偷地瞄了一眼，眼睛一下子亮了。

黑岩泽璃牵过她的手，迈开脚步。林西夕满脸通红，不知自己是该跟上，还是留在原地。有种奇怪的感觉，仿佛自己只要稍微动一动，都会招来全世界的视线，好想找个地方藏起来。

“累了的话，我抱着你走也可以。”

“不要。”

黑岩泽璃若无其事地继续介绍着：“游戏是这个国度的信仰，人们在游戏里创造出各种真实的身体和情感体验。”

黑岩泽璃的话音未落，手风琴的曲子欢快地响起，五只熊猫踩着憨态可掬的舞步走了过来。前进三步，后退两步，笨拙地转一个圈，扭扭屁股，抖抖耳朵。走到两人身边的时候，熊猫们把他们围在中央，每只都抬起双爪，举着一个闪闪发光的小盒子：“初次见面的客人，请收下我们的心意。”

林西夕不明所以，拿起离自己最近的小盒子。

“客人接受了，客人接受了！请好好享用！”熊猫们高喊起来，齐齐地拜了拜。

一被林西夕的手指碰到，小盒子四周就有红色荧光流动起来，交织成网状，把盒子紧紧缚住。下一个瞬间，网中伸出一根红色的光线，绕住了林西夕的手指。眼看着林西夕浑身发出红光，黑岩泽璃立即伸手拉住她，两个人一下子被吸进游戏的世界里。

天空和大地是颠倒的。林西夕悬在空气里，看着脚下的蓝色天空，还有头顶倒着生长的城市，感到一阵晕眩。

黑岩泽璃召唤风雪，在半空中凝出一大片坚固的地面："幻界以真实感闻名。小呆，构建你想要的世界吧。"

"什么意思？"

"比如，说一个你向往而没有实现过的愿望？"

"那……我想和你一起看晚上的冰雪祭。"

星空如帘幕般落下，世界旋转着进入黑夜。在林西夕的眼前，一座晶莹剔透的冰雪之城凭空而起：所有房子都由雪打造，顶端呈七芒星形，与夜空中的陌生星座交相辉映。房间中闪烁着暖黄的烛光，透过玻璃窗洒在窗外积着厚雪的白色街道上。小提琴的淡淡乐声从街角传了过来，鼻子里满溢着糖果和巧克力的味道。

林西夕满脸微笑地看呆了。天上下起了雪，一张红色纸片随雪飘落在她的手中。

"小呆，是幻界的游戏说明。"

"为什么我又看不懂了？轩哥哥，再教我新的语言——"林西夕四顾无人，向黑岩泽璃踮起脚尖，闭上眼睛。

黑岩泽璃把一颗星星形状的糖果放进她的口中。

吃起来一点也不甜……可是所有文字立即都能看懂了。这么说来，所谓通过kiss学语言什么的……

林西夕的脸变得滚烫："轩哥哥是大坏蛋！"

黑岩泽璃忍不住笑起来。

他好坏，可是他笑起来的样子真是好看。

"小呆，有客人来。"黑岩泽璃忽然望向不远的地方。林西夕转过脸，一个熟悉的身影映入眼帘——是尼子猫。他打开了通向虎眼石的界门，此刻正满脸茫然地站在大雪纷飞的十字街心。

"不良君！"林西夕一下子满脸通红。

"你怎么在这儿？"尼子猫看见林西夕，眼前一亮，而后看见黑岩泽璃，又脸色一沉。

"我，我跟哥哥来旅行……"

尼子猫的脸色愈发不好。明明我也大你一岁，你怎么不叫我"哥哥"？而且，"一起旅行"？尼子猫指着黑岩泽璃："本座是来拿虎眼石的。"

黑岩泽璃叹了口气："我们来玩个游戏吧。你若是能赢，虎眼石就归你。"

"比游戏？"尼子猫有点儿意外。

"这下面有座地底迷宫，"黑岩泽璃指着一座数十米高的老虎冰雕，"我们分成两队，走不同的路线，谁先到达最后一个房间，谁就能拿到虎眼石。两条路一样长，都没有任何机关，但是每人心里的恐惧会实体化，变成真实存在的东西——这些东西会成为我们各自前进的障碍。"

"等等，"林西夕举手，"虽然不知道你们在争什么，但游戏设定是泽璃哥哥做的，这样会不会对尼子猫不公平？"

尼子猫竖起大拇指："本座没白疼你。"

林西夕想了想，说："为了公平起见，我跟泽璃哥哥一组。"

"喂，你跟我一组也没问题。"尼子猫表示不满。

林西夕意味深长地冲他一笑。我这可是在帮你，因为轩哥哥怎么看也不像是心有恐惧的人吧？

"没有异议的话，现在开始。请务必注意安全，情况不妙时就呼救。"黑岩泽璃补充道，"在'幻界'里，游戏就是现实，如果我们在游戏里没命，在现实里也会死。"

"够狠！"尼子猫爽快地接受了挑战。作为从街机、掌机、家用机到电脑平板手机游戏通吃的资深玩家，他从来不怀疑自己的天赋。尼子猫单手掀起老虎冰雕，偷瞄了一眼林西夕惊讶的表情，得意地笑了笑。

冰雕之下真的有个漆黑幽暗的入口，通向两条狭小逼仄的巷道。

林西夕选了右边，尼子猫于是走了左边。

墙上燃着忽明忽暗的松木火把，火星随着穿堂阴风飘出，一不小心就会烧到头发。"隔壁班那小子就会装神弄鬼，本座的心里哪有什么恐惧……"尼子猫忽然弯下身子。通道顶上出现一排排金属换气口，恶臭的黄绿色酸液正缓缓滴落。

在他面前，赫然掉下一只漆黑油亮、大脑袋里伸出小脑袋的异形。

"我去！"尼子猫大叫一声。

"不良君不要紧吧？"林西夕紧紧地握着黑岩泽璃的手，听见隔壁传来震耳的野兽嘶吼和打斗声。

"别担心，他比过去强多了。"

林西夕没走两步，巷道里的风声越来越大。墙壁逐渐变成了透明的落地窗，外面的闪电如紫色的蛇穿梭在漫天翻滚的乌云间。林西夕脸色发白。

一转身，她竟然变回了西舞小时候的样子，满脸泪痕，怀中抱着一个枕头，穿过黑岩庄园冰冷的长廊，跌跌撞撞地跑向尽头的房间。风敲打着嵌在石墙里的玻璃窗，雷声响彻头顶，闪电撕裂了整片天空。

“哥……”西舞哭着拍打沉重的木门。

门开了。还是少年模样的黑岩泽璃揉着惺忪睡眼，光着脚走过地板，把她抱进怀中。

熟悉的阳光的味道。

镇定下来的瞬间，乌云散去，巷道恢复原样。

尼子猫化身铁血战士，成功地干掉了异形怪物。他刚抖掉骨刀上的血，就看见一个满脸涂白、咧着鲜红嘴唇的身影从黑暗中浮现出来。

“Why so serious（为什么这么严肃）?”Joker（小丑）“咯咯”地笑着。

“你以为我会变成蝙蝠侠对付你吗？No no no.”尼子猫盘腿坐了下来，手中多出一副扑克，“我们来中国玩法，你就等着本座摸个‘炸弹’炸死你吧。”

黑岩泽璃推开面前如雪片般飞来，张张署着林西夕大名的不及格的高考试卷，停住了脚步。地面窸窸窣窣地长出青草，墙壁变成了树林，月色皎洁。一位穿白裙的女孩躺在草地之中，身边萤火虫萦绕飞舞。

是西舞死的时候。这是黑岩泽璃最大的梦魇。

“不许乱想。”林西夕踮着脚尖捂住黑岩泽璃的眼睛，“我不是好好地回来了吗？”她走到西舞身边，弯下腰细细地打量。西舞苍白的脸上挂着淡淡的笑容，死去的黑色瞳孔和泽璃的一样，流动着绮丽的星光。

林西夕鼓足勇气，在尸体旁边坐了下来：“西舞，这种感觉好奇怪，就好像我在对自己说话，也好像我是鬼魂，而你才是真实的。我告诉你一个秘密吧，我有时会嫉妒你，这是不是很好笑？我只能活几十年，我没有预言能力，你和轩哥哥的回忆，我只能通过梦境一点点地还原，到现在还有很多事记不起来……我好担心轩哥哥接受我，只是因为我有一部分是你。不过，不要紧。我会连你那份一起努力，把我们的思念好好地传达给他。”她凑在西舞的耳边，“所以，你不可以让他难过，好吗？”

西舞的尸体消失了。月光变得越来越淡，墙壁重新浮现出来。

随着一声巨响，墙壁上爆出一个大洞，一个女人飞了进来。林西夕失声尖叫：“贞子！是贞子！”

“已经被尼子猫打昏过去了。”

“是、是吗……”林西夕不敢细看。

“小呆，为什么我们这边也爬出贞子了啊！”

克服重重阻碍后，林西夕和黑岩泽璃终于来到巷道的尽头。

前面有条深不见底的裂谷，两座红色木桥分别通向对面那个很大的房间，里面有什么东西正闪闪发光，门口堆满白骨，岩壁上密密麻麻地爬满黑色的毒蛇。

尼子猫已经到了，杀气腾腾，身上挂满难以形容的怪物体液。他先发制人地用藤蔓把黑岩泽璃面前的木桥封了个严严实实，专注地思考如何比黑岩泽璃更早地取回虎眼石。跟刚才碰到的那些外星怪物相比，对岸的那些毒蛇实在不值一提，然而……尼子猫皱着眉头，挺起胸膛：“本座不玩了。”

“那么，虎眼石归我。”黑岩泽璃微微一笑。

“少嚣张！换个地方，再打一场！”

“不良君，你是怕蛇吗？”林西夕问。

“我不想杀它们，”尼子猫满脸苦恼，“下不了手。”

黑岩泽璃忽然向尼子猫发起攻击，一个黑色物体向尼子猫高速飞去。尼子猫狠狠地用拳头挡开袭来之物，在崩开的刹那又满脸惊讶地伸手抓回。

金底黑斑的圆润石头躺在掌心，是黑岩泽璃带在身边、真正的虎眼石。

黑岩泽璃说：“虎眼石属于虎王，合格的虎王必须没有偏见地守护他的所有子民。在杀红眼的状态下，你仍然没有忘记你的责任。”

“啊？”尼子猫不明所以。一扇界门在他的脚下徐徐打开。

“要命！”尼子猫焦急地扒着门框，对林西夕大喊：“跟我走，黑岩泽璃是个危险人物，他……”

界门戛然关闭，尼子猫消失了。

“为什么我回不去了？”尼子猫气势汹汹地逼问山魈长老。

“请陛下稍安勿躁，”山魈长老面不改色地坐在通向“伊利亚的乐土”的白色石门下，“您顺利取回了虎眼石，乐土正在召唤您呢。”

“可是隔壁班的居然带着学霸在‘旅行’啊！”尼子猫捋起袖子，“我还没找他算灭门的账……”

“‘灭门’的事是先王和先后应允的，陛下。”

“什么？”

“夜繁姬攻进‘北方之地’时，先王天寂佯装投降，邀请‘王的剑’黑岩泽璃赴宴，并伺机杀掉他。行动败露后，先王与黑岩在荧光湖边战斗了一天一夜，难分胜负。先王欣赏黑岩，因为黑岩虽可调动千军万马，却有胆气独自赴宴，身手不凡；黑岩亦欣赏先王，因为先王面对敌方的压倒性胜利依然死战到底，不肯丢下臣民，独自偷生。此时，夜繁姬因先王诈降震怒不已，下令屠城。先王以性命为交换，要求夜繁姬收回成命，黑岩亦拒绝大开杀戒。夜繁姬最后开出条件，要求虎族王室成员全灭。先后辰溪甘心赴死，却在最后关头把陛下您托付给了黑岩。黑岩制造了您被杀死的假象，您才活了下来，您把自己锻炼得极强，并在一次轮回后，带领‘北方之地’起义，推翻了‘中心之地’的殖民统治。”

尼子猫听后沉默了好一阵子：“你之前怎么不说？”

“因为陛下还没有通过先王和先后的考验。先王和先后将虎眼石托付给黑岩，请他以仇人的身份激励您自我磨炼，等到确认您有资格守护‘北方之地’的时候，再把‘虎眼石’交还给您。您在前世极其强大，与您不断向黑岩挑战有极大关系。”

“那他怎么没在那时就把虎眼石还给我？”

“陛下每次见到黑岩都直接开打，您二位几乎不说话，也就没有解释的机会……现在，请陛下尽快进入‘伊利亚的乐土’吧。”

“不行，我必须回去。”

“陛下如果担心林西夕小姐……她在前世是黑岩泽璃的妹妹。她很有个性，几天前刚大闹了赏花俱乐部。”

“妹妹？”尼子猫张大了嘴巴，“……真的是妹妹？”

尼子猫终于老老实实地踏入了传说中的“伊利亚的乐土”。

面前是一条透亮的河，岸边摇曳着鹅黄的水仙花。对面有一座林木葱茏的山，山势险峻，山顶却异常平坦，云海从山后满溢过来，倾泻而下，形成发光的云瀑。尼子猫踩着圆圆的彩色鹅卵石趟过河流，走进森林，呼吸那饱含花草香味的空气，心里有种奇怪的萌动感。

“您终于来了。”尼子猫身后传来柔和圆润的女人声音。

尼子猫看见一只色彩斑斓的母虎站在大树之下，金色的瞳仁在叶影间闪闪发光。他下意识地拔脚就跑，忽然想起自己似乎……也是老虎吧？

母虎轻轻松松地跟了上来，完全没意识到尼子猫的紧张：“从今天开始，伊利亚的乐土也是您的领地了，要不要跟我一起去巡视一番呢？”

“可以……”

母虎指着远处说：“虎王陛下，这是松之火，是一种蘑菇。”

“能吃吗？”

“它们晚上发光，非常漂亮。我想和您一起看松之火组成的夜空呢。”

另一只母虎走进他的视野，体型略小，毛皮却更加鲜亮：“姐姐好狡猾。”她走到尼子猫身边，用尾巴梢轻轻拂过他的手臂，“我和姐姐机会平等哦。”

“你们先聊。”尼子猫转过身，奋力冲出森林，渡过河流，一头扎进刚刚进来的白色石门，一把揪住山魈长老胸前的长毛。

“虎王陛下，您这么快就选好了吗？”山魈长老惊讶地问。

“你倒是说说，让本座选什么啊？”

“您的妻子。”山魈长老视死如归地直视着尼子猫，“您取回了虎眼石，现在有资格选拔虎后，繁衍后代了。”

“本座回家了！”尼子猫黑着脸。

“虎王陛下！”山魈长老定定地站在白色的石门前，“您曾经推翻‘中心之地’的暴权，您是我们果敢坚毅的王。正因如此，在十七年前，当您把王国托付给我的时候，我才一直坚守着您的秘密。就算您变成了人类，我也相信您会变成更强大的王回归。这里是您的故土，请您不要忘记您的责任。”

尼子猫毅然打开了回到人类社会的界门。

山魈长老满脸悲伤：“请您尽快回来吧。因为……我已经活不了太久了。”

第十二章

流云与黑岩之歌

Souls' Sanctuary

父亲，

原谅我终究无法做到“无爱”。

如果我要做的事是不被允许的，

我将承担所有的罪孽。

Let them sleep, let them sleep on.

Richard Crashaw, "An Epitaph upon a Young Married Couple, Dead and Buried Together"

让他们睡去，让他们沉眠吧。

克拉肖《为一对同死同葬的年轻夫妇写下的墓志铭》

冰雪祭的城市正中有一条废弃的铁轨，两旁点着白色的雪灯，摇曳的烛光沿着铁轨一路向前，燃进夜空。林西夕抓着黑岩泽璃的手，走在废弃铁轨的两条平行线上。

"小呆，关于黑岩家……你记得多少？"

林西夕冥思苦想。除了与黑岩泽璃的回忆，她什么都想不起来了。对她而言，现在的爸爸妈妈才是真正的父亲和母亲，他们给了她生命，给了她平凡却温暖的家。"不过，在初三的暑假，好像就是我吃下罂粟种子的晚上，我梦见有人叫我'小呆'，然后就能想起很多过去的事了。"

黑岩泽璃恍然大悟："能让情感穿越生命轮回的关键，恐怕不仅仅是包含灵魂碎片的瞬湖，还需要只有彼此才知道的特殊'名字'。"

"'名字'？就是你给我的外号'小呆'吗？"

"对。有了名字，就有了约束和归属。也许沸鳞炎渊至死都在寻找的答案就是这个。"黑岩泽璃想了想，"你愿意跟我见见黑岩家的父母吗？他们都去世了，但我想正式告诉他们一声。"

林西夕点了点头。……莫非我们要半夜去祖坟？

黑岩泽璃打开了界门。

这是一个坐落在海边的世界。

几颗银蓝色的流星划过夜空，在平如镜的海面上映出长长的流光倒影。海边的沙滩上有一只光辉灿烂的巨型玻璃球，里面装着琳琅满目的水晶八音盒，清脆的乐声在夜气里微微震颤。走进玻璃球后，周围的光线渐渐变暗，穹顶与星空再无分界。他们身边的八音盒缓缓升起，飘浮在空气中，不断变换着排列方式，如同身处万花筒中一般。

“欢迎来到灵魂的存放地‘融之境’。”坐在玻璃球正中心的金色巨狮威严地开口说话了，“吾乃灵魂注视者，吾名‘无能为力的托斯卡’。”巨狮身上嵌满彩色的宝石，在微光中闪烁着让人心折的色彩。

林西夕充满敬畏地望着它。

“托斯卡神是狮子国度的王者，”黑岩泽璃向金色巨狮躬身行礼，“也是远古时代无坚不摧的战争之神。”

“直至梦魔师折了我的羽翼，命我永世守护此地。”狮子托斯卡平静得像是在谈论别人的往事，“黑岩泽璃，汝在寻找黑岩彻及夏之浅云之灵魂容器？”

“正是。”

狮子托斯卡脚下的圆形地面开始旋转，八音盒像潮水般退至玻璃球壁，如同归巢的海燕飞回悬崖上的千万小穴般壮观。刹那间，林西夕听见了无数生命的轨迹，有虫鸣，有羽翅拍打声，也有人的窃窃低语声。

一切归于寂静之时，只有两只八音盒留下：一只如冰般剔透，一只如岩般厚重。它们静静地悬在狮子的掌心上空，像在茫茫的宇宙中发光的两颗小小星球。

黑岩泽璃低下头，左拳抵住冰冷的地面，单膝跪在巨大的狮子脚下。

林西夕看着他的侧脸，有种恍惚而奇特的感觉，既像是跟他一起回到曾经的家，又像是第一次去见他的父母。她明白，在他的心里，过去从来不曾过去，他背负着关于黑岩家族，关于王室和战争，关于死亡和重生的所有记忆，独自走到了现在。

“父亲，原谅我终究无法做到‘无爱’。”黑岩泽璃的声音充满了决意，“如果我要做的事是不被允许的，我将承担所有的罪孽。母亲，在西舞出生的那一天，您要儿子发誓守护她。请相信我会用生命遵守誓言。”

林西夕轻轻地跪在黑岩泽璃身侧。她无法改变历史，无法分担他的痛苦记忆，但她可以在未来的路上，与他风雨同舟，决不退缩。

狮子托斯卡庄严地说：“黑岩泽璃，汝等之命运已为他人所影响……”

“请您明示。”黑岩泽璃说。

“吾只能注视灵魂在生命轨迹中谱写乐章，却无力改变一个音符。”狮子托斯卡把两只八音盒叠在一起。齿轮与细细的琴键相触，音乐流淌，互为和声。

黑岩彻与夏之浅云的往事化为影像，重现在黑岩泽璃与林西夕的面前。

第一乐章　相遇

秋夜，丝丝细雨笼罩着阴冷潮湿的世界。

一个身材高大的男人浑身是血，动作敏捷地跳上护城河边的最后一班夜船。

他是黑岩彻。

船头上，一位浅金色长发的女人撑着白色的油纸伞，凭栏而立。

她是夏之浅云。

黑岩彻匆匆经过夏之浅云的身边，消失在船尾的阴影中。

岸边传来凌乱沉重的脚步声，一群男人冲上船，领头之人用枪口指着夏之浅云的眼睛："有没有看到一个受伤的人？"

"有。"

"在哪儿？"

黑暗中，黑岩彻伏在船楼之上，手中的利刃寒光微闪，随时准备出击。

"在这里。"夏之浅云指了指自己的心口，"伤了心的人，算不算受伤？"

领头粗野地叫骂起来，浅云平静地转过脸，不再说话。

男人们胡乱搜索了一阵子，一无所获，聒噪着上岸，船随即缓缓地开离。

黑岩彻从船顶跳下，低头经过夏之浅云的身边，走了几步后停了下来。雨混着血水从他的脸颊流下，他低声说："谢谢。"

"您受伤了。请不要淋雨，会感染的。"

黑岩彻略微迟疑，回过头时，夏之浅云已经离开。

昏黄的船灯照着斜斜洒下的雨滴，还有她留在木质甲板上的那把白色海棠盛开的伞。

第二乐章　交汇

夏夜。

萤火虫悠悠飞过，河面闪闪烁烁，像点了许多小灯笼。夜船缓缓前行，夏之浅云优美的身姿立在船头。

身后不远处，黑岩彻把背上的琴轻轻地放在面前。温柔的河水轻轻拍打着岸边的岩石，船身轻晃，暖暖的夜风带着湿润的水汽，抚过他坚毅的脸庞。悠扬的琴声和着水声，层层飘荡。

一曲终了。

夏之浅云优雅地欠了欠身："我第一次听到这支曲子，非常美。谢谢您，我该告辞了。"

黑岩御今天比以往更沉默。夏之浅云经过他的身边时，被他捉住了手。

“自从见到你的第一面起，我就忘不掉你了。”

“那天晚上实在是太危险了。”

“我每天都盼着夜晚来临，这样就可以再见到你。但到了傍晚，我又担心你再也不会出现。”

夏之浅云轻轻地摇了摇头：“不，我会来的。我大概永远……都会来的。您的琴声……让我觉得安心。”

黑岩御站起身：“跟我走吧。沸鳞炎渊不值得你继续付出。”

夏之浅云很吃惊：“您知道我夫君的事？”

“我知道你的一切。我知道沸鳞炎渊违背了神意，你们的婚姻受到诅咒，再也不会有孩子。我知道他制造了沸鳞樱和沸鳞桃两个‘女儿’，但他反反复复地调试她们，更改她们的记忆和个性以求完美，这对你是种折磨。我看着你每夜对着河水发呆，我了解你的痛苦。我要给你更好的家。”

“谢谢您的关心和……眷顾。我虽然因头生子的去世无法释怀，但并不怨恨我的夫君，那并不是他的错。我不能跟您走。”

“这几年来，我每天都压抑着自己，看你回到他的身边，看你每天都不快乐。原谅我无法坐视不理。”黑岩御伸出手，把夏之浅云紧紧地拥在怀里。她的清柔香气就像那雨中盛开的海棠。“那支曲子是黑岩的祖先传下来的。你没有听过，是因为听奏者全都丢弃了过去。”

夏之浅云闭起眼睛，向后仰起脸，衣裙飘了起来，整个人仿佛发出淡淡的光。她被黑岩御封印了记忆。

“全部忘记吧。从此往后，你是我的妻子，只有欢乐，没有悲伤。”

第三乐章　分离

黑岩庄园，傍晚。

病重将死的黑岩御躺在床上，握着夏之浅云的手，艰难地说：“有件事我一直没告诉你。”

夏之浅云泣不成声。

“你曾经有一个丈夫……但是你一直都不幸福。”黑岩御剧烈地咳嗽起来，声音变得沙哑。

“没关系，没关系……”

“我不该强行抹掉你的记忆……这是我做过的最后悔的事。”黑岩彻愧疚地笑了笑，“我总是这么蛮横，一辈子都没改掉。我不会说什么好听的话，只能尽力让你过得安全……”

夏之浅云含着眼泪点头。

“就要走啦，真想好好地跟你说声‘对不起’啊。回顾过去，我一直都是个掠夺者，因为自己的心意，甚至由不得自己的心意，就不断地抢走属于别人的东西。我总是因为‘无爱’的事把儿子关起来，不过是因为自己也做不到，就徒劳地希望他能做到罢了。把泽璃叫来……从今以后，黑岩就要靠他了，‘光’的瞬湖，也必须托付给他……”

八音盒停止转动，乐声戛然而止。

黑岩泽璃久久没有说话。沸鳞炎渊竟然是母亲的前任丈夫，而母亲是被父亲以抹掉记忆的方式强娶回家的，这些事令他震惊。沸鳞与黑岩的宿怨起源于父亲黑岩彻任性的爱情，而梦魔师只是利用了这一点，将“光”与“黯”的瞬湖分别交给黑岩与沸鳞而已。

黑岩泽璃和林西夕告别“融之境”，回到游戏之都“幻界”的时候，已是午夜时分，街道上依然一片灯火辉煌。

林西夕在心中拼合着事件的真相。在过去的一年里发生了太多事，一些谜底被揭晓，更多的谜却在不断浮现——“黯”的瞬湖在哪里，如果找到了它，我们该怎么做？墨岚曾出现在我身边，还用白色陶瓷罐做出了命之沙漏，可是轩哥哥说大狼麓麟在那个房间里嗅到了尼子猫的气味，这又如何解释？

身边的界门忽然打开，四叶草兔子骑士冒了出来，非常热情地跟林西夕打了个招呼，对黑岩泽璃挤了挤眼睛，迅速消失在界门之后。

林西夕一头雾水，黑岩泽璃没有解释，只是淡淡地说：“小呆什么都不用担心。”

远远的星空中，一艘刻着沸鳞集团黑色罂粟标志的战舰已将星界标锁定在黑岩泽璃和林西夕身上。在沸鳞炎渊死后，绯狐连他的军火生意都接管了。绯狐站在操控台上，对着战舰屏幕上代表黑岩泽璃和林西夕的红色光点，下达了致命射线攻击的命令。因为泽璃的防御瞬湖会瞬间自动启动，只有林西夕会死亡。

“小呆，要不要跳支舞？”

“嗯？”

“忽然很怀念第一次和你跳舞的时候。”黑岩泽璃的眼眸微微变了变颜色，两人的脚下出现一片透明的金色光轮。光轮往四周延伸，直径扩展到几十米后，便一闪一闪地发着光，载着两人缓缓地离开了地面。金色的光芒从光轮边缘向上生长，凝聚成透明的墙，像一道安全的屏障，挡住夜晚的大风；两人站在那光芒之中，一起升到很高很高的地方，脚下林立的高楼变成了一格格发光的小方块，繁华喧嚣的陌生文明淡化成模糊而遥远的背景。

林西夕抬起脸，看天空中的星辰闪闪烁烁。她曾经熟悉的那些星座，大熊座、仙后座、牧夫座……全都不见了，满天都是陌生的繁星，它们讲述着崭新的故事，故事里的主角背负着不同的名字，经历着不同的命运。脚下那金色的光轮仿佛一轮明月，而他们正一起站在明月之上，星空之中。

在战舰中，绯狐眼前闪烁着一片红光：

警告：攻击轨道出现障碍物

一块漂浮在宇宙间的小行星碎片悄无声息地出现在战舰与黑岩泽璃之间的轨道上。绯狐笑了笑，看来计划败露，泽璃居然弄了这么大的物体来警告自己。绯狐启动了光束打击，直接炸碎了小行星碎片，随后再次向战舰中枢下达命令，致命的放射线瞬间无声无息地穿透星空。泽璃，你知道我不喜欢半途而废。

黑岩泽璃优雅地伸出右手，邀林西夕跳了一支舞。两人手掌相贴，视线相对，丝丝光芒滑过，把林西夕的白色裙角染成淡淡的金色。她依偎在他的怀中，轻盈得像一片羽毛。她抬头望着他。他的眼睛像夜空一样深邃而璀璨。这双眼睛，在很久很久以前，就让我移不开视线；那时他用手臂抱起我，好像抱着全世界那么珍惜，那么小心翼翼。我可以感觉到他的温柔，还有温柔背后深不可测的强大，那份我摸得到，却永远无法全然理解的力量。在他的身边，总是觉得很安心，我想和他一起沿着生命的河顺流而下，看那两岸盛开的鲜花和茂盛的丛林，看那冷峻的雪山和湛蓝的湖泊，一起经历四季和流年，经历斗转和星移，经历生命里所有的悲伤和快乐。

身后的星空忽然出现了异状。

林西夕转过脸，看见燃着火焰的流星疾速飞至，狠狠地撞击在光壁上，崩裂四散，化为纠缠舞动的烈火，坠下天空。与此同时，致命的放射线化为波形条纹沿着圆弧状的光壁缓缓流动，如同漂亮的肥皂泡，在星夜的背景中散射着七彩的光。光壁阻隔了所有声音，林西夕用清澈的目光看着这迎面袭来、冰冷又华丽的杀戮，一无所知地躲在黑岩泽璃营造的小小庇护所里。

“轩哥哥，那是什么？”

“漂亮吗？”

“嗯！好像焰火一样。”

黑岩泽璃微笑地看着林西夕。火焰和流光在他的背后越升越高，光之防护壁也越升越高，如同一整片巨大的金色翅膀。

“小呆，你比所有的焰火都漂亮。”

千万朵小小的光晕从脚底缓缓地升起，摇摇晃晃地漂浮在两人身边，汇成丝丝缕缕的光之河流。两人相对而立，仿佛站在宇宙的中心。

融融的光映出他们相拥相吻的黑色剪影。

星辰闪耀，夜色未央。如果在这个世界上，有什么是永远的——

那就是心跳不已的现在。

第十三章

彼岸花

The Broken Tie

没有你，
世界变得很空，
很冷，大得可怕。
从什么时候起，
我们的距离变得越来越远了呢？

Break, break, break,
At the foot of thy crags, O Sea!
But the tender grace of a day that is dead
Will never come back to me.

Alfred, Lord Tennyson, "Break, Break, Break"

破碎吧，破碎吧，
在峭岩脚下破碎吧，大海！
然而那逝去的美妙一天，
再也不回我的身边。

丁尼生《破碎吧，破碎吧，破碎吧》

绯狐被黑岩泽璃关了禁闭。

在泽璃当夜回到黑岩庄园，向他问罪的时候，绯狐根本没有反抗。自从他试图对林西夕不轨，泽璃就无法再信任他。那么，派爱丽丝兔子国监视他，发现并破坏他的计划，也不令绯狐意外。尽管如此，原本的计划，有效也好、徒劳也罢，绯狐还是会做的。黑岩泽璃很聪明，绯狐要向他表达的无非是种态度："我会设法得到林西夕的所有瞬湖，阻止你自寻死路。"黑岩泽璃当然知道禁闭是束缚不了绯狐的，然而，他也在用这种古老的方式表达自己的态度："我不想看见你。"

厅堂里空空荡荡，从轩窗闯入的风吹乱了绯狐的银色长发。除此以外，一片静寂。光线渐暗，绯狐的眼睛像这灰黑世界里的一抹幽蓝。他从桌上拿起一只插着鲜红色彼岸花的银色细颈瓷瓶。这种瓷瓶名为"奏"，因为在陶瓷中加入了碾碎的花瓣，能发出淡淡的花香，曾经是"中心之地"的名产之一。因为是上古时代流传下来的手艺，会烧制"奏"的只有几户人家，后来因为瞬湖的纷争，全都死于非命。此刻绯狐手上的这一只"奏"，还是绯狐在一百多年前跟黑岩泽璃一起买回来的，现在恐怕很难找到第二只。绯狐把它平放在桌上，轻轻地用手指一推。瓷瓶沿着宽大的石质桌面滚动起来，光洁的瓶颈反射出柔和的微光，瓶中的彼岸花也像跳舞一般，上下轻摆。慢慢地，“奏”滑到桌沿，摔了下去。

“啪”的一声。零琼碎玉洒满云石地面，彼岸花那细长的花丝在瓷瓶的碎片中被割得伤痕累累。绯狐拾起一块碎片，任由它锐利的边缘刺入自己的指尖。晶莹的血珠渗出来，绯狐伸出舌头舔了舔，好怀念的味道。

绯狐想起了自己还未满99岁的时候。

那一天，阳光灿烂。还是小孩子模样的绯狐跟在泽璃身后，走出黑岩庄园。父母的事情已经过去了好多年，绯狐终于可以在某些晴朗的日子，某些有泽璃陪在身边的日子，暂时忘却悲伤和仇恨。

街上人来人往，绯狐觉得过往的女人都在看自己和黑岩泽璃。她们闪闪发光的眼神让绯狐不解。

路过一家制作“奏”的古店时，绯狐停住了脚步。一位白发苍苍的老人正在描绘一只银色的瓷瓶。一笔，一笔，鲜红的彼岸花在瓶壁上逐渐显现。这花开得恣意，却又显得那么寂寞，绯狐分不清哪片是它瘦瘦的花瓣，哪片是它细细的花蕊，它就以盛放的姿态暴露出自己的全部生命，足够勇敢，也足够脆弱。

“泽璃哥哥，好漂亮。”绯狐停了下来，目不转睛地盯着那细颈瓷瓶。

“喜欢吗？”

绯狐点点头。

“老夫对二位客人的惠顾深怀感激，可是这只‘奏’不太适合玩赏……”白发老人搓着手，“彼岸花是引领亡者前往‘融之境’的花，所以如果您是买回去用于祭奠倒还合适。”

绯狐偏过头去，沉默了。

黑岩泽璃知道，绯狐想起了他死去的母亲。“店家，没关系。我们会在瓶里也插上一模一样的花，这样，此岸便望着彼岸，大家就不会分离。”

老人笑着叹了口气，绯狐抱起那只美丽的“奏”走出店门。

下午的阳光像半透明的金线洒过云端。绯狐摸着微微凸起的彼岸花纹，抬起头来，迎着光线，看到黑岩泽璃侧脸那清晰坚毅的轮廓。那里有所有的安全和信任，那里有绯狐的家。哥哥，我们永远也不会在岸的两端，对吗？

有什么东西忽然从空中一闪而过，阻断阳光，在地面投下一大片黑影。绯狐觉得脚下一轻，刹那间已被黑岩泽璃抱了起来，身边风雪环绕，黑夜瞬间降临。

“不愧是‘王的剑’，我喜欢。”漆黑的世界里大雾弥漫，一个女人声音阴森森地传来。

脚下的地面迅速翻转，世界开始倾斜。阵阵阴冷的风吹上来，脸像刀割一般疼。绯狐紧紧地抓住黑岩泽璃，觉得心跳得好快，在寒风割破雾障的瞬间，看见了脚底的万丈深渊。女人的笑声在深渊中回响，强烈的腐臭味弥散开来——

一张脸从地底升了起来。没有脖颈，没有身体，只有脸。长长的黑发毫无生气地披散着，眼睛已经腐烂，嘴唇也腐蚀殆尽，露出惨白的牙齿。

黑岩泽璃抬了抬手，暴风雪向上空迅疾升起，猛烈砸下，打到那张脸上时，雪花化成冰片，一下子就把脸皮冻裂了，露出森森的白骨。寒光一闪，黑岩泽璃举剑劈下，白骨顿时碎裂，四处飞溅开来。

“哥……”怀里的绯狐低低地叫了一声。一只枯手凭空出现，悄悄地抚摸着他的脖颈。

黑岩泽璃毫不犹豫，直接用自己的手钳住白骨森森的指节。如果用剑，很容易误伤绯狐。一接触到黑岩泽璃的体温，枯手顿时分裂成许许多多的骨质甲虫，顺着两人的身体乱爬，一遇衣服的空隙就钻进去。那冰凉的触感让人恶心。

“放我下来。”绯狐咬着嘴唇，看着身下的深渊。在这里，倘若一不小心就会尸骨无存，但我不能让哥哥因我束住手脚，陷入危险。

几只骨虫顺着绯狐的领口爬出，重新结为冰凉的手指，眼看着就要戳进绯狐的喉咙，黑岩泽璃的瞳孔变成了金色，眼中流出血来，在滴落的瞬间，变成朵朵洁白的鸢尾花瓣。暴雪忽至，骨虫被冰封冻，瞬间碎成齑粉。

绯狐看着黑岩泽璃的双眼，吓得变了脸色。这种让瞬湖共鸣以瞬间提升能量的术，他曾听哥哥说过，这是不到性命攸关时绝不会用的禁术，因为使用的人一旦掌握不好，众多瞬湖就会在体内一齐具象化为薄薄的钥匙，扎破五脏六腑。

暴雪改变了方向，化为锋利的冰柱，直刺向漆黑的天顶。随着一声巨响，天顶破碎塌陷，黑色的石块裹着泥土猛烈砸下。黑岩泽璃抱着绯狐，在下坠的巨石间，层层向上跳跃。绯狐紧紧地抓着他的手臂，注视着他鲜血流淌的金色眼眸和平静的侧脸，紧张得忘了呼吸。

巨石落尽时，淡红色的光线一拥而入。他们依然在地表以下，身处一座巨大的洞穴中。

“看起来是个被压缩的平行世界。”黑岩泽璃放下绯狐，“结构不会复杂，全部破坏后应该就能出去了。”

绯狐攥紧拳头。在紧张的战斗中，黑岩泽璃依然细致地指导着他。然而，在过去的几十年里，虽然绯狐把所有知识都背得烂熟也从来不曾荒废练习，却一次都没有成功应用过。黑岩泽璃安慰他说，这是因为绯狐体内的特殊瞬湖数量太多，很难平衡掌控，绯狐却觉得自己是个废物。绯狐曾无数次愤怒地看着镜子里的自己，那身体柔弱纤细，漂亮得像个女孩子，一遇到危险就只能躲在黑岩泽璃背后，什么忙也帮不上。

眼前的地下洞穴里矗立着很多高大扭曲的石柱，粉白的底色泛着一绺绺纠结交错的暗红，像被剥了外皮的死人手臂，从地面一直延伸到洞窟的顶端。夕阳的光线从洞穴顶端的小小开口斜斜照入，血红的彼岸花从石柱缝隙中大片大片地生长出来，粲然开放。

黑暗的角落里，站着一个女人。美艳无邪的脸庞，乌黑的头发，鲜红的华裳："竟然这么快就能看破我的'劫'……'王的剑'，我很喜欢你。不过，你似乎带着个小累赘呢。"

小绯狐不甘心地转过脸去。

"绯狐，不要被敌人挑衅。仔细看看，它并不是人，这个山洞也是它的一部分。"黑岩泽璃的冰剑用寒光画出一道圆弧，洞窟的石柱纷纷被拦腰砍断，裂成根根白骨，红色的彼岸花朵朵飘零。

敌人的声音凄厉又满心委屈："你竟然伤害女人？"

"抱歉，从你的骨骼来看，你生前是个男人。"黑岩泽璃笑笑，"现在是个死人。"

"你竟敢偷看！"对方又羞又怒，美丽的衣服沙沙落下，露出干枯的骨骼。看那青春的脸孔安放在森森白骨之上，真是副让人不寒而栗的光景。

"结束了。"黑岩泽璃抬了抬手指，冰剑呼啸着飞向骨妖。

一只骨手从地底伸了出来，把绯狐往土里拖。与此同时，地上的残骨一阵剧烈颤抖，全部从地底拔起，像刀雨一般，齐齐地向他飞去。

"小心！"黑岩泽璃的冰剑迅速逆转方向，将抓住绯狐的骨手斩断，自己飞身护住绯狐，袭来的残骨全都砸在瞬间而起的风雪之墙上，化为齑粉。

骨妖看黑岩泽璃收回攻击，"咯咯"地笑起来。它的鼻子和耳朵在脸上来来回回地游走，而那张开的两排利齿之后，微微蠕动的不是舌头，而是白花花的大脑。黑岩泽璃低声告诫绯狐："别看，会被迷惑的。"

绯狐听话地点了点头。在他身后，寒气正在地下蔓延，眨眼间，几十条长长的紫红色血管从土里蹿了出来，直直地飞向绯狐的后背。黑岩泽璃把它们冻在半空，捻了捻手指，血管顿时破裂成深红的碎片。忽然，一只骨手猛地从绯狐的领口钻出，张开五指，直直地插进了黑岩泽璃的胸口。

"噗"的一声闷响。

时间仿佛变慢了。

绯狐惊恐地睁大了眼睛。

泽璃的脸近在眼前。他黑色的头发落在绯狐的脖颈，他的胸前插着白骨，血像决堤一般喷出来，溅在绯狐的眼睛里，染红了绯狐所有的视线。绯狐听到泽璃因为疼痛变得急促的呼吸，听到自己疯狂的心跳，看见美丽的鸢尾花肆意盛开，那从鲜红中大朵大朵地生长出来的洁白。哥哥会死吗？他会因为我，死掉吗？

骨妖慢慢地走近，腥臭味扑面而来。

“很疼吧？”骨妖优雅地伸出白骨手臂，“你明明发现我在小累赘身上种下的‘咒’了，为什么不干掉他呢？”骨妖将手臂抬起又放下，插在黑岩泽璃身上的白骨随之前后摇摆，黑岩泽璃咬紧牙关，丝丝冷汗顺着脸颊流下。骨妖开心地笑着，把手指一根根地打开，等到最后一根枯指也伸展开来的时候，黑岩泽璃身上的白骨“啪”地迸裂，所有碎片都刺进他的内脏，他的脸瞬间变得苍白。

“哥——”绯狐心疼地喊了出来。

“绯狐，我先把你送出去，再解决这个家伙……”黑岩泽璃勉强起身，打开一扇界门。骨妖抓住时机疯狂进攻，黑岩泽璃的眼睛再次变成了金色，瞬间大雪弥漫，洞窟里变得一片纯白。

“你又要用禁术吗？你会死的！”绯狐的眼眶一下子热了。脑海里，有个声音越来越吵：

如果不是因为你，哥哥早就可以杀掉怪物了。如果不是因为你，他根本不会受伤。妈妈因为保护你死掉了，现在哥哥也会因为你死掉。你是没用的人，你是哥哥的负担，全都是你的错。所以，该死的人，是绯狐你！

狂风吹起，几滴温热液体随风飘进绯狐的嘴里。

是黑岩泽璃的血。每一滴都散发着他的味道，每一滴都是他的生命，每一滴都是绯狐就算拼了性命也想保护的。

尝到这样的血，绯狐的心里仿佛有什么东西苏醒了。黑暗中，银色的蛇破壳而出，第一次打量这个世界。绯狐的眼眸逐渐改变了色彩，湖蓝色的大海开始汹涌，体内的瞬湖澎湃喧哗，每一个特殊瞬湖凝结的记忆——那些流淌在灵魂里千万年的记忆，关于屠杀、阴谋、战争，以及爱情——都在绯狐的心中，随着瞬湖一起苏醒了。

“泽璃，你的血好甜。”绯狐伸舌舔了舔嘴角，妩媚的微笑在嘴角漾开。

骨妖惊讶地望着绯狐逐渐长高，变成大人的模样，发出尖厉的笑声：“你居然在我的世界里成人，真是荣幸。”

“哎呀，我倒希望是在哪位美人的怀里。”绯狐伸开双臂，一袭蝉衣裹住他洁白的身体，银色的长发披散开来。

骨妖警惕地望着绯狐，卸下自己的腿骨，那白骨四周长出长长的刺，直直地插进地面，从绯狐的脚下猛地刺出。黑岩泽璃的指尖立即风雪萦绕，冰剑直取骨妖的头颅，骨妖闪避不及，准备拼死一搏，绯狐却按住黑岩泽璃的手臂往下一偏，冰剑在半空中消失了。

眼见黑岩泽璃的攻击被绯狐拦下，骨妖困惑了。

“受伤的人就该乖乖旁观。”绯狐嫣然一笑，长发轻轻地飘起来，层层叠叠的水波在身侧张开，形成一个深深的旋涡，“这是我的首次实战，泽璃。”

骨妖明白过来，顿时，无数倒刺从洞顶和地底扎出，洞穴瞬间变成了巨鲨的牙牢。可是，所有攻击一旦进入绯狐的水波范围，立即如同遇到强酸般层层剥离，瞬间便消融无痕。

“竟然让我的身体无法回收，我会让你死得很难看！”骨妖面露凶光，手指忽地变成十根尖锐的长刀，把五官割下丢弃，“我的头骨可是很特别的，我要你后悔地跪着求我——”

“本来就只有脸能看看，这下本钱尽失了。”绯狐不慌不忙地坐了下来，“嘴甜点比较可爱，不如我帮帮你？”

层层波光从地面悄然爬过，映在骨妖的身体上。远远望去，如同一副枯骨立于阳光下的水边。

“你这个可爱的——”骨妖话刚出口，就愣住了，因为它想说的原本是“你这个可恶的——”

“不错，继续。”绯狐把手肘支在膝盖上，撑住下巴，笑嘻嘻地望着骨妖。

黑岩泽璃叹了口气：“被你这么玩，妖怪也很悲惨，要杀就干脆点吧。我也很痛啊！”

“泽璃，‘反语’真的很有趣。”绯狐回过头来，笑得阳光灿烂，“虽然你说这些都是小把戏，我却很喜欢。下次我要试试‘逆性别’——你看，你教我的，我都记着呢。”

“之前还喊我‘哥哥’，一长大就直呼其名了？等我回去收拾你。”

“你要用实力说话。”

一时仿佛两人又回到了训练场，眼下不过是黑岩泽璃教绯狐的又一堂实战课。

骨妖张牙舞爪地说：“竟敢褒扬我，我要你们活——”

绯狐哈哈大笑，骨妖绝望地吼了起来。

绯狐眯起眼睛，态度忽然变得冷淡：“我玩腻了。”他击掌三声，大地猛烈颤抖，地表裂开，整个洞穴从中间断开，一半的岩壁向上拱起，另一半向下塌陷，泥土簌簌掉落，仅存的石柱轰然倒下，断成根根白骨。

骨妖警觉地将所有骨头都聚集在自己的身侧。

从那漆黑的地缝中，有什么东西正在缓缓升起。

一颗三角形的巨大蛇头出现了。金色的眼睛，锋利的瞳孔，一伸一缩的信子。

“不可能！你怎么能在我的世界里召唤出任何活物——”骨妖的声音里透着掩饰不住的惊慌。

绯狐冷笑着。为了泽璃，没有什么我做不到的。因为，除了他，我已经不怕失去任何东西。

绯狐向着骨妖，伸出一根手指。大蛇挟着漫天的尘土压过去，直接把它碾碎，白骨混着血肉，青春混着死亡，毁灭就是这么简单。

“我的魂契之兽叫作‘巳染’，可不是什么‘活物’哦。”绯狐耐心地对化为齑粉的猎物解释着。

“叮”的一声，仿佛一枚钥匙打开了门锁，骨妖的世界顷刻灰飞烟灭。绯狐和黑岩泽璃一起站在原先的地方。路边的草丛中，静静地躺着那只“奏”，细颈瓷瓶上绘着红色的彼岸花。绯狐小心地把它拿了起来。

半空中，一只白色的飞行器缓缓现身，圆润的线条如同一只小小的帆船。它停在绯狐的面前，斜斜地打开舱门。

“本打算过几个月再送你，”黑岩泽璃说，“小孩子居然提前长大了。”

“长大这种事本来就没什么准确的日期。”绯狐装作不在意地看着飞行器，“为什么送这个？”

“因为你偷开我的那一架。”

绯狐驾着白色的飞行器，载着黑岩泽璃一起飞上天空。窗外，红红的夕阳悬在地平线上。“这么快翅膀就硬了。”黑岩泽璃无限感慨。

“不要说话，老实躺着。再不止血，你就能开个鸢尾花店了。”

“原来你发现我受伤了？”

绯狐没有回答。小小的空间里充盈着温暖的空气，金色的水波正层层漾出。泽璃，就用我的疗伤瞬湖减轻你的痛苦吧。从今天起，你的背后，请交给我保护。你再也不用因我而受伤，我会和你一起面对这个黑暗的世界。

绯狐拉回思绪。

夜幕降临，房间里一片寂静。

满地的瓷瓶碎片发出淡淡的荧光，手指的血凝固了，留下红色的山茶花瓣和细细的黑色血痂。

泽璃，没有你，世界变得很空，很冷，大得可怕。从什么时候起，我们的距离变得越来越远了呢？

第十四章

光年森林

Ode to the Light

只要有血祭走进它的口中，
献上自己鲜活的生命，
巽就会让时间倒流，
让过去的一切从头来过。

My desire and will were moved already—like
a wheel revolving uniformly—by
the Love that moves the sun and the other stars.

Dante Alighieri, *The Divine Comedy*

我的欲望与意志为爱所推动——
如同匀速旋转的轮盘——
那大爱移动星辰，推转太阳。

但丁《神曲》

“小呆，你一脸不想开学的样子啊。”

“我想去时间流动非常慢的平行世界，过一个漫——长——的暑假。有没有那种虽然过了一年，可是学校那边只过去几天的地方？”

“这么说来……”

“我要去！”

“那里的生活很不一样，没有文明，说是艰苦也不为过。”

“我绝对、绝对不后悔！”

拗不过林西夕的恳求，黑岩泽璃打开了名为“光”的瞬湖。

界门的强光消失时，林西夕睁开了眼睛。黑岩泽璃不见了，她的面前只有一头大狼：孔雀绿的眼睛，强壮的鼻吻，直直的耳朵，满身蓬松硬挺的黑毛。周围全是雪，大狼呼出的气息一团团升起，好像小小的云彩。

大狼转过头来，双瞳里星色璀璨：“小呆。”

林西夕惊讶不已，低头看看自己，竟然也变成了一只浑身雪白的狼。这是她第一次这么踏踏实实地站在地上，第一次感受这样柔软的脚爪，耳朵可以动，舌头可以舔到……胡子。

“要在‘光’的世界生活，就必须变成这个世界存在的生物。我们也可以变成蛇、熊……”

“嘿嘿，那还是变狼好了。”

衣服褪在一边，林西夕凑过去嗅了嗅，第一次闻到自己身上淡淡的水果香气。她又凑近黑岩泽璃，嗅到他带着阳光味道的微辣气息——他的毛轻轻地刮在她的鼻子上，好痒！她打了个喷嚏。

等林西夕逐渐适应了身体的变化，黑岩泽璃带着她向前跑了起来。夕阳西下，从黑暗的树梢看上去，天空一片红色。他们灵活地躲避树木，看见对方脚下的雪有力地飞起，听见雪下的树叶发出清脆的断裂声。大朵大朵的花从干枯的黑色树枝上开出，白色的花瓣镶着粉红的边儿，如同新娘的双颊。他们用全部的生命力奔跑，把过去的遗憾和未来的不安全部丢开。

全心奔跑，原来是如此快乐的事。

等到巨大的月亮从地平线上升起时，他们已经站在树林的边缘，看着面前一望无际的雪原。

远远的地方，有一群驯鹿，高大的鹿角在月下雪地上投出长长的剪影，非常美丽。天空如此之近，带着近乎透明的深蓝，所有的星星摇摇晃晃，触手可及。冰冷的火焰在天空中燃烧起来，弯弯绕绕，瞬息万变，带着千万种色彩。它把颜色投映在雪上，雪的质感立即变了，像被彩虹渲染的绸缎。

雪原的中间，缓缓升起一座山峰，山脚下出现一个圆圆的大湖，在月色中波光粼粼地闪耀着，仿佛地上的明月。黑岩泽璃走过积着白雪的巨大岩石，登上山顶，扬起头，发出低沉的狼嚎声。他在巨大的月亮下变成一个剪影，强壮而美丽。

远远的森林里出现了一片眼睛，忽隐忽现，高高低低，发出绿莹莹的光。它们数量很多，无声无息地靠近。驯鹿们迅速消失，巨大的鹿角一闪而过，只留下寂静的雪原。

林西夕紧张起来。她竖起耳朵，聆听动静。

眼睛们走近了，是一群狼。它们的尖牙闪着寒光，舔着嘴唇，迅速形成一个包围圈，将林西夕和黑岩泽璃围在中间。林西夕感到背上的毛立了起来，黑岩泽璃用鼻尖轻轻地碰碰她，让她不要害怕。

领头狼走了过来，原来是麓麟。它和它的族群受到泽璃的召唤，进入了“光”的平行世界，惊讶地发现自己的主人竟然也变成了狼的样子。群狼随麓麟一起接纳了黑岩泽璃和林西夕，他们一起坐在山顶，用鼻子指着巨大的月亮，唱出那从久远的时代传承而来的古老歌谣，如泣如诉。

从那夜起，林西夕与黑岩泽璃开始了崭新的生活。

暴风雪来临的时候，风声从小小的山洞外呼啸而过，寒蓝的月亮在黑云后时隐时现，狼群互相依偎，透过厚厚的毛，感觉彼此的温暖。头靠着头，肩并着肩，一起睡着，一起醒来，一起狩猎，一起看那树下的十六色花儿开了又谢，看那平原的尽头云卷又云舒，看那远山的峰顶被朝阳镀成金色，又被夕阳染得火红。

时间一分一秒地流逝，日子一天一天地过去。在这个世界里，谁又关心有没有时间的存在呢？连"人"的身份都可以抛弃，其他的一切似乎都不重要了。只有踏实平静地度过的每一个现在，只有共同体验的每一个瞬间，生活仿佛从几百万年前就是这样，如此自然。

转眼间，两年过去了。

一个阳光明媚的午后，黑岩泽璃带着林西夕走进一片之前从未涉足的森林。树长得越来越密，光线越来越暗，温度渐渐下降，周围变得安静下来，只有不知名的虫藏在土壤下面轻声鸣唱。草叶下隐隐闪过一朵朵巨大的蘑菇，像一张张苍白的脸。

"这里是'寓言之森'，无论你看见什么，都不要怕。"

林西夕点了点头，贴近黑岩泽璃的身体。

两人无言地走了一会儿，两边的树干忽然长出眼睛，一齐睁开。眼睛全是鲜红的颜色，眼珠正中有猫一般细细的黑色瞳仁。林西夕别着耳朵，往后缩了缩。

"这是名为'噤言'的蘑菇，是寂寞的具象化。只要有生命经过，它们就会冒出来，可是如果你用手去摸，它们又会缩回去，就像永远观察着对方，渴望接近，可是又害怕触碰的那种心情。"

"那不是曾经的我吗？"林西夕大着胆子凑近，蘑菇"吱"的一声，缩成一个锥形的小团，好像未开的牵牛花苞，未等看清，便"嗖"的一下，藏回树干之中。

又走了一会儿，地面变得无比松软，踩上去像蛋糕一样，冒出层层叠叠的水泡。林西夕试着用一只脚爪使劲摁了下去，地面竟然发出微微的呻吟声，好像被戳中了痛处。她一下子跳了起来。

"这是自怜的具象化。土里满满地浸着苦水，什么种子都无法发芽。"黑岩泽璃说，"寓言之森里有很多奇怪的东西，据说梦魇师的三扇门之一——'巽'的真正入口也藏在这片森林里。'巽'可以吃掉时间，让历史倒流。"

"那岂不是可以消除所有后悔的事？"

"对，不过代价很大。让时间倒流的人需要提供'血祭'，也就是牺牲品。'血祭'在死前可以许一个跟自己无关的愿望，'巽'会让愿望成真、历史倒流，但是，'血祭'自己却看不到了，他的存在会被直接抹杀，灵魂变成'巽'的一部分，回不了'融之境'，也无法参与轮回。"

"好可怕。为什么会有'巽'呢？"

“有个古老的传说。”

很久很久以前，有位名为薰的美丽女子。薰在河边洗衣的时候，遇见一位名为邑的男子，两人一见钟情，结为夫妻，生下一对子女。可是，河神也看上了美貌的薰，想把她据为已有。

一天夜里，下了很大的雨。到了半夜，山里的洪水汹涌而出，一下子冲垮了整个村庄，所有人都被洪水卷走了。河神把薰藏在透明的气泡里，保住了她的性命。河神向薰求爱，却被严词拒绝，于是就把她关在河神宫的后面。薰每天都在哭，咸咸的眼泪顺着河流而下，所有的鱼虾和螃蟹很快都知道了这件事情。

邑的水性很好，他在风雨之夜救起一双儿女，却找不见妻子。洪水退去之后，邑寻了七天七夜，终于从鲤鱼口中得知妻子的下落。

月圆之夜，邑乘上小船，带上儿女，来到河神宫顶，投下书信，要求河神归还自己的妻子。河神把薰送出水面，却呵呵一笑，把小船打翻，当着她的面吃掉了邑和他们的儿女：“死心吧，做我的妻子。”

薰含着眼泪答应了。

河神满心欢喜，当夜就举行了婚礼。薰偷偷地发下誓愿，无论付出什么样的代价，也一定要报仇。黎明之时，趁河神睡熟，薰用寒光闪闪的刀剖开了他的肚子。然而，河神腹中空空，什么也没有。

绝望的薰大吼一声，变成形容丑陋的怪物“巽”。她失去了神智，从河中蹿出来，在各地游历，找寻自己的丈夫和孩子。然而，失去便是永远失去了，无论走过多少个世界，都找不回曾经的人。

“巽”在悲伤中死去。它的头骨留了下来，不腐不朽，被梦魔师做成了“巽”之门。只要有“血祭”走进它的口中，献上自己鲜活的生命，“巽”就会让时间倒流，让过去的一切从头来过。但是，因为“血祭”从此消失，新的历史将与他完全无关。

听完这个传说，林西夕叹了一口气。

“文明越久，黑暗的故事就越多。来，小呆笑一个。”

“嘿嘿嘿——”

“好可怕的笑容。”

“那轩哥哥给我笑一个。”

“花痴已经够多了，不想再造一个出来。”

“切！”

黑岩泽璃停住脚步，望着前面：“小呆，你看——”

林西夕一抬头，发现他们已经来到了森林的尽头，眼前豁然开朗。

这是通向山边悬崖的开阔之地。金鸢、铃兰、龙胆、桔梗，各种花朵织出一片斑驳的地毯，鲜艳繁复，连空气都仿佛被染成透明的七彩虹色。

草地的正中生着一棵巨树。巨树极高，树冠藏在云朵深处。林西夕仰起脸，看见一缕缕的阳光透过树叶的间隙投下来，如同巨大的金色竖琴。叶片很大，有不同的形状，在微风中轻轻翻转，时起时伏，如同呼吸一般，树叶在阳光下呈现半透明的金绿色，好像玉石的质地，而清晰的叶脉就像这玉石之中有血液流转。

“这是‘世界之树’。它纵穿所有平行世界，寄托着所有树的灵魂。”

“所有树？”

“最下面寄托着无花果树的灵魂，最上面栖息的是菩提。”

“樱花树呢？”

“在。”

“七叶树呢？”

“也在。”黑岩泽璃笑了笑，“而且，世界上所有的雨和雪都是从这棵树里出现的。”

“哎？雨和雪不是大气中的水遇冷凝结——”

“万物万相，同一件事映入不同人的眼中，便衍生出不同的真实，一些真实比另一些更有趣，就好像彩虹也有不同的传说，比如‘彩虹是自天而降，去湍急的小溪边饮水的双头龙’。”

“轩哥哥好厉害！可不可以告诉我关于雨和雪的传说？”

远古时候，有五只猫头鹰在“世界之树”上生活。他们住在“世界之树”的第四十三层，白天睡大觉，晚上晒月光，过得非常悠闲。

在它们栖息的树枝下面，从第三十八层到第四十二层，分布着五个漆黑不见底的树洞。树洞中不时会“呼呼”地吹出风来，有时还会飘出花瓣。

刚开始，猫头鹰们都只在洞口观望。洞里好神秘，进去简直是探险。

风吹起它们头上的绒毛，有点儿冷。猫头鹰们缩了缩脑袋，回去继续闲聊。可是，好奇心就像一颗种子，一旦发了芽，就会越长越高，顶得心里痒痒的。猫头鹰们全被它折磨得失眠了，白天也睁着眼睛，黑眼圈一个比一个严重。于是，一天夜晚，五只猫头鹰鼓起勇气，分别钻进一个树洞。它们约好无论看见了什么，都在第二天早上回来。

谁都没想到，它们一飞进去就过了一辈子，因为每个树洞里都有个完整的平行世界。

等它们都很老很老的时候，一只猫头鹰终于找到了回家的路。它兴奋地从树洞里钻出来，打听它的朋友们的消息，用嘶哑的声音大声讲述它的见闻。然而，没有一只动物相信它的话，大家都喊它“骗子”。

猫头鹰很伤心。

一只蝈蝈觉得猫头鹰可怜，跳到了石头下的草丛里：“猫头鹰，猫头鹰，我来做你的朋友。”

“谢谢你，可是我担心你听完我的话，也会离开我的。”

“不会，我保证。”

猫头鹰很感动，小心翼翼地述说：“我的朋友，在我到达的世界，我看见一片灰色的云幕，下面伸出毛茸茸的云脚……”

蝈蝈张大了嘴巴。

“白色的大海用浪花拍击着被遗忘的黑色海滩，把巨大的透明冰块推向岸边……”

蝈蝈开始觉得羞耻。一只蚱蜢从不远处经过，蝈蝈赶紧把自己的头藏进草丛。

猫头鹰继续说：“冰块里长出白色的无叶草，草茎上顶着孤零零的白色花朵。海风把白色花瓣吹向空中，吹进‘世界之树’的树洞，并由此进入不同的平行世界，这就是雪的由来。”

“你果然是骗子！”蝈蝈忍不住大声说，“浪费我的时间！枉费我对你一番好意！”蝈蝈气愤地走了。

从此，再也没有人听猫头鹰说话。

“猫头鹰没有说谎，”黑岩泽璃说，“我去过那个世界。”

“但是大家都没见过，没见过的就会被当作不存在吧。”林西夕叹了一口气，“那雨呢，雨的由来是怎么回事？”

雨是海里的一种鱼。它们有透明的眼睛和银白色的鳞片，它们的心是空的。

它们向往着大海外面的世界，想从外面的世界找到把心填满的故事，于是不分昼夜地向空中跳起。可是，一旦跃出水面，透明的眼睛就立即瞎了。

它们不愿放弃，依然努力地跃起。海中晶莹的浮冰割下它们银白的鳞片，撕裂它们柔嫩的身体，只有它们的眼泪被风带走，变成了雨。

“又是悲剧。轩哥哥，为什么‘巽’之门的故事也好，雪和雨的故事也好，都是悲剧……”林西夕耷拉着耳朵，“‘世界之树’明明这么漂亮。”

“故事一长，总会有人死掉。不过‘巽’可以实现‘血祭’的愿望，鱼也以雨的姿态看到了未曾经历的世界——所以悲剧的终结，也可以看作幸福的开端。”

“我等着另外四只猫头鹰回来说它们的见闻。五只老朋友一起，秃毛蓬爪地嘶哑歌唱，嗤笑路人。它们当中，也许有一只猫头鹰变成了大画家，有一只发动了战争，还有一只推翻了相对论。”

“还有一只天天吵着听故事。”

林西夕不好意思地笑了笑，把下巴搁在黑岩泽璃的背上。没过多久，两个人都睡着了。

一只金色的蝴蝶翩翩飞来，停在黑岩泽璃的耳朵尖上，轻轻扇动翅膀。不久，成群的蝴蝶飞来，覆盖了他们全身。

恍惚中，林西夕梦见自己变成了蝴蝶，在晨曦中展翅，在铃兰花的彩色铃铛下优雅前行。每一朵花都如此巨大，每一片花瓣都有冰凉丝滑的质感，每一颗花粉都像杏色的绒球挂在花蕊的梢头，而顺着那爬下去，就有金色甜美的蜜汁。蜻蜓在花间穿梭追逐，身影倒映在一颗颗巨大透明的露珠里，映出很多个夸张变形的小小世界。一只红色瓢虫沿着草叶缓缓爬上去，张开半圆形的翅膀，“嗡”地飞远了。

轩哥哥呢？他变成了一只镶着金边的孔雀绿蝴蝶，向自己伸出长长的触须，于是脸颊上有了轻柔的触感……

林西夕醒了，发现黑岩泽璃正微笑着看着自己。他离得那么近，黑发触到林西夕的脸上，衣领间散发着阳光的香气。轩哥哥？林西夕再低头看自己，也变回了人类的样子。

“小呆，生日快乐。”

林西夕忽然意识到，她今天刚满十八岁。

“小呆平安成年了！”黑岩泽璃高高地抱起她，“我好高兴……”

“你是笨蛋啦。”

“想要什么礼物？一匹麒麟，一颗漂亮的星球，还是稀金世界？”

“一套漫画行不行？我想要你陪我一起看。那个……”越过黑岩泽璃的肩，林西夕看见草地上放着一盒蛋糕，周围绕着小小的风雪保持低温，“蛋糕上密密麻麻插的是什么？”

“棒棒糖。”

林西夕无语。

“你更喜欢传统的蜡烛？”黑岩泽璃打了个响指，棒棒糖瞬间变成蜡烛。

“不是……轩哥哥，很少有人插满十八根啊！”

“少一根都不行，你成长的每一年都很珍贵，我差点弄了九十九根。”

“那样的话会很像庙里的香炉。”林西夕暗自好笑，“我为什么觉得身上凉飕飕的？”

“真有洞察力，衣服是我做的幻觉。”

林西夕立即蹭下地面，后撤两米，脸瞬间红了。

黑岩泽璃爽朗地笑起来：“我希望你以人类的姿态成年。”

林西夕红着脸不说话。

“但是我保证我没偷看。”

林西夕低下头，脸更红了。

“这种保证……你也相信？”黑岩泽璃轻轻地把她揽进怀中，在她耳边低声说：“做我的女人。”

林西夕觉得自己整个人都发烧了，从耳朵到脚跟一定全都红了。

“我带你去‘融之境’见父母的时候，就这样想了。”黑岩泽璃认真地说，“但我会等你，等到你对这种事没有阴影，等到你真正准备好的时候。所以，不要担心。”

林西夕点了点头，又轻轻地摇了摇头。绯狐的事在她的心上烙下了深深的阴影。黑岩泽璃一直都照顾她的感受，从来不勉强她做不喜欢做的事。如果她说“不”，他就会等下去；如果她永远说“不”，他就会永远等下去。

把脸贴在黑岩泽璃的胸口，体温交换的刹那，林西夕读到了自己心里的那个答案：“我不喜欢幻觉。该怎样，就、就怎样好了。”

“小呆今天出乎意料地大胆呢。”

“我豁出去了！”

“不可以勉强自己。”黑岩泽璃酷酷地笑着，藏起自己的腼腆。他的眼神如同溶入星光的美酒，他的声音闪烁着金属的色泽，他轻轻捧起她的脸，确认她的心意。

“轩哥哥，我很开心。”林西夕笑着流泪，“你第一次把我当作大人看待，第一次告诉我你的需求。我想成为你的，因为，我总害怕失去你。”

“我就在这里。”

“可是，我太贪心了。我想闯进你的世界，在最高的山顶竖起一面我的旗，将来不管谁经过，我都要自豪地说：‘看，我也曾经到达那里！’”

“为什么是‘曾经’？”

“因为，哪怕是‘曾经’，我也觉得很幸福很幸福了。”林西夕红着脸，注视着黑岩泽璃，目光清澈得像一头小鹿。

“真是美丽得耀眼啊。”黑岩泽璃搂过她，轻轻地吻在她的额头上，“说出我的名字。”

“轩哥哥。”

他吻在她的鼻尖上：“我的全名。”

“黑岩……泽璃。”

“我会忍不住……给你更多更多的幸福。”他的手指抚过她的长发。

阳光洒下来，风轻轻地吹。

他俯下身，金色的光之竖琴微微颤动，在他的肩头洒下片片光点。

她的心“怦怦”地跳着，她望着他，发亮的双眸中写满信任和期待。

细致地，温柔地亲吻。

热烈地纠缠。

忘却一切，把彼此交付。

有一种温柔，能包容天地宇宙。它以忘却自我为前提，也因此成为万物的主宰。有一种焰火，会沿着每一寸肌肤绽放。它创造出一片白得耀眼的沙漠，把心里最幽暗坚硬的地方融化成轻轻战栗的海洋。

巨树的叶子“沙沙”奏响。苹果树下亚当和夏娃曾经有过的狂喜，桃花流水曾经揭示的秘境，娑罗双树见证的爱恨离愁，一切皆在菩提的注视下彻然领悟。

远处悬崖的尽头便是世界的尽头。

天长。

地久。

第十五章

镜中魅影

The Phantom in the Mirror

屋里什么都没有，
除了放在地板上的一个小盒子，
里面装着她当年剪下的樱红色的小小指甲。

There was a bitter taste on thy lips. Was it the taste of blood? ... Nay; but perchance it was the taste of love ....

Oscar Wilde, *Salome*

你的双唇上有种苦涩的滋味。是血的味道么？……不；也许是爱的味道……

王尔德《莎乐美》

尼子猫觉得自己一定是哪里出了问题，因为他总是梦见自己是那个长着红色眼眸，叫作“沸鳞炎渊”的男人——

妻子夏之浅云走了。

面对着空荡荡的房间，沸鳞炎渊一脸颓然。幸福只是泡在防腐液中的尸体，看起来还在，其实早就死了。

微风吹进来，窗台上有什么东西发出微微的光。他茫然地抬起头。是她不久前剪下的一排小小的指甲，涂着樱花红的甲油，弯弯的，像一片片小小的月亮，又像她微笑时的嘴角。他狂暴地把它们打落在地。

过了一会儿，他又仔仔细细地把它们从地上拾起来，装进一个小盒子。

他转身进了实验室，用妻子的基因复刻了一个女人。他篡改了发色，造了一个黑发的女人。如此一来，她生出的孩子就永远都是如沸鳞炎渊一样的黑发，夏之家族古老的诅咒再也不会应验了。可是，情感是无法复刻的——在替代品睁开双眼的刹那，他就明白了。她不爱他。

他毫不犹豫地处理掉了她，把她放进玻璃容器，用防腐液泡了起来。他每天看着她出神。她还是那么美。

他知道真正的夏之浅云在黑岩庄园的高墙后，但他平凡的出身不容他踏入那禁地半步。他不分昼夜地做着研究，让人造的两个女儿也成为他平步青云的机器。当他终于功成名就，盛装出席上流社会的酒宴时，他看见夏之浅云挽着黑岩彻的臂弯，向自己走来。

沸鳞炎渊拿着香槟杯的手在颤抖。他无数次想象这样的会面，想象自己僭越所谓的身份差异，当面践踏她的虚荣和无情。

黑岩彻嘲讽地看着他。

夏之浅云优雅地向沸鳞炎渊举杯，微笑的眼睛里满是善意。

沸鳞炎渊忽然明白，夏之浅云完全不认识自己了。

一个黑发的孩子跑近，她怜爱地唤着他的名字——黑岩泽璃。真好啊，这个新的孩子，她和别人生的孩子，不被诅咒的孩子。

沸鳞炎渊回到家，把玻璃筒里那具美丽的尸体溶解掉了，什么都没留下，除了空气里那微微的血的气味。

在实验室里最黑暗的那个角落，有一扇沉重的木门。他捉住黄铜的门把手，木门"呀"地一声，缓缓地闪开一条缝。屋里什么都没有，除了放在地板上的一个小盒子，里面装着夏之浅云当年剪下的樱红色的小小指甲。

尼子猫郁闷地从梦中醒了过来。

房间的窗帘没有拉严，对面高楼上的霓虹灯光挤进缝隙，在地板上无声地喧闹。尼子猫盯着黑暗中亮得刺眼的手机屏幕，给林西夕打电话。自从他回到这个平行世界以来，她的电话一直都不在服务区。

尼子猫丢掉手机，烦躁了一会儿，又睡着了。

"沸鳞阁下，如果您还记得我，恳请您移步舍下……"

熟悉的字体。不会错，它们只可能出自浅云之手。

沸鳞炎渊起身出门。天边的圆月发出柔和的光芒，像一只温柔的眼睛。他步履匆匆，心跳得厉害。六十年过去了，她终于想起我了吗？他苦笑了一下。

真的见到夏之浅云时，沸鳞炎渊的脚步有些犹豫。

黑岩庄园的山墙下，院子的一角，白色的海棠正静静盛开。花香在月色中回旋飞升，嘴角边如同抹了浅浅的一滴蜜，香醇甘美。世间海棠千般，往往淡而无味，只有这一种有让人心醉的香气。

"您来了。"夏之浅云抬头望着他，浅金色的长发披散在薄薄的丝衣之上，脸上染着发烧般的红晕，"等这满院的海棠落尽，我也可以获得解脱了吧。"

他尽力装出冷漠的样子，对她的重病不闻不问。

“对不起，直到他……黑岩彻去世以后，我才想起我们的事。这么多年，您过得很辛苦吧。”她伸出一只手，握住沸鳞炎渊的指尖，“请您不要恨黑岩彻……”

沸鳞炎渊觉得自己的到访可笑之至。他抽回手，转身欲走。

她轻轻地拉住他的衣角：“对不起，就算任性也好……我能依靠的只有您了。在我死后，请守护黑岩泽璃……西舞活不过成年，泽璃一定会伤心。请护他平安，这是我唯一的牵挂。”

沸鳞炎渊向门外走去。

“夫君……”她低低地喊道，两行清泪在月光下闪着银白的色泽。

“啪”的一声，手机掉落在床边的地板上。尼子猫睁开眼睛，发现床边的墙上有轮明月。定睛一看，是面明晃晃的镜子，里面有张脸——正是梦里那个黑头发红眼睛，名为“沸鳞炎渊”的家伙。尼子猫“嗷”地大叫一声，敏捷地捞起手机砸过去，手机穿过镜子消失了，床头一团模糊的黑气氤氲而起。尼子猫迅速跳到床尾，从桌上抓过刚入手的高仿游戏巨剑。黑气凝聚成型，是个女子身影，长及膝盖的黑发，宛如流波的桃花眼，身体轮廓好像沐浴在月光下一般，发出微微的光。

尼子猫怔怔地望着她：“墨岚？”

“晚上好，尼子猫。”

好个头，尼子猫心说，你是鬼？

“沸鳞炎渊大人前几天过世了。”

尼子猫紧张地扫了一眼墙上的镜子。

“少年，你的梦境都是沸鳞炎渊大人的真实回忆。”

“……你怎么知道本座的梦？”

“我的灵魂瞬湖和沸鳞大人的微量记忆碎片都在你的身体里，也就是说，我的灵魂融进你的灵魂里了。承蒙照顾，非常感谢。”

这不科学！尼子猫口舌发干，道士也好，阴阳师也好，随便来个谁啊！但是，溶进本座的灵魂，谁允许你这么干了！镇静，镇静，尼子猫对自己说，多问点没关紧要的事拖延时间，赶紧想想下一步怎么办。尼子猫清清嗓子：“你那个店，生意不太好吧！”

“它不存在。”

“什么！”

“你看到的一切都是幻觉，你和我的互动都发生在你的脑海里。我也对林西夕使用了幻术，让她看见你的时候，以为看见了我。我还改变了心理时间，让你们觉得同时发生的事件有先后次序。”

尼子猫拔着自己的头发：“大姐，请说普通话。”

“你是个习惯用身体来理解世界的孩子呢。”墨岚微微一笑，消失了。

尼子猫的身体不由自主地动了起来，他一边“哎哎”地叫着，一边走到了窗台旁边，左手拉开窗帘，右手拨开玻璃窗的栓锁。外窗用细密的纱窗封住了。

尼子猫的手肘自动一弯，将那纱窗撞出个大洞。

“搞什么？”尼子猫大惊，右手已经撑着窗台，双脚轻轻一跃，整个人便飞了出去。“嗷——”高楼间回响着尼子猫的吼声。

二十九楼！为什么我今天会忘带家门钥匙？为什么臭老爹又不在家？为什么我要住进这么高的宾馆！霓虹在脸上疯狂闪烁，所有的血都涌进了太阳穴，心里通通直跳，夜风从下面吹上来，透过牛仔裤的脚踝灌进裤筒，两条腿说不出是冷还是热，尼子猫想，这下不管是头还是屁股先着地，肯定都彻底完蛋——

静。

尼子猫发现自己正咬牙切齿地站在一截列车车厢之中。

阳光像一块块黄澄澄的布，无声地爬过车厢中的白色地面，爬上车厢之间的透明门，消失在白色的行李架上。

外面是一望无际的平静的海，像一面完美的镜子映着下午的云天。天空是近乎透明的金蓝色，挂着团团粉白的云朵，云后无法透光的地方拉出长长的黑影。飞鸟从天空掠过，倒影成为海面上的孤单游鱼。

一丝风也没有，世界好像被封在一个透明的盒子里，保持着永恒的模样。

墨岚坐在对面的座位上，娴静得像老照片里的少女。水波和阳光映在她的眼睛里，闪着点点金色。

尼子猫擦了擦额头的冷汗，双臂垂在膝盖之间，半天一句话也说不出来。

“这是你的世界，名为‘尼子猫’的世界。”

“本座自己也有一个世界吗？”尼子猫没好气地问。

“它是一个压缩成核心的小小世界，只属于你，与你同名。严格说来，它也算是平行世界的一种，但是没有更大的宇宙。只有拥有你的灵魂瞬湖，或者得到你的允许，才能进入这里。”

尼子猫一副“放弃交流”的样子，转脸看着窗外。

列车的车窗之下，水面被无声地划开，涟漪无声地散去，圈圈层层。水清得一个泡沫也没有，水下埋着深绿色的森林，茂密的枝叶随着暗流轻轻摇摆，列车滑过大树的树顶，悄无声息地前进。

"尼子猫，这片森林是你埋藏的种种渴望：'被关注'，'被崇拜'，'被理解'，'被爱'。树越长越高，你就用越来越高的水淹没它们，维持假想中的平静。"

尼子猫皱起了眉。

"在这森林之中，有棵树上刻着一个女孩的名字。"

"那又怎样？"尼子猫把一只脚跷到旁边的座椅背上，"本座喜欢谁，轮不着你关心。"

"我可以帮你实现愿望。"

"哼！其实你是有求于我吧？"

"聪明。互相依存，仅此而已。"

"别，"尼子猫非常不满，"本座的身体决不出让。"

"这可由不得你。沸鳞大人知道自己将不久于世，所以需要我进入你的身体里，通过你来实现他的意志。尼子猫，我会让你成为一个一手遮天的男人。"

"本座已经一手遮天了。麻烦你离开。"

"你如果不配合，我就在你体内住一辈子，并且进入你后代的血脉。"

尼子猫的头"嗡"的大了。

"少年，日出后是你的时间，我只可以看到你做了什么，日落之后，我就能直接控制你的身体——如果有必要的话。"

完了，尼子猫悲哀地想，她没胡说，刚刚还用跳楼证明了一回。本座这下雌雄同体了，以后百科里就会写："雌雄同体的动物有蚯蚓、蜗牛、尼子猫。尼子猫，死于忧郁。"

"尼子猫，只要你肯跟我联手复活沸鳞大人，我就会离开你，回到沸鳞大人身边。"

死人复活？这不科学。可是最近的事都不科学……尼子猫怀疑地看着墨岚："为什么复活他？"

"沸鳞大人是创造我的神。如果能让我的创世主重获生命，我也能找到自己存在的意义。好好考虑一下哦。"墨岚微微一笑，消失了。

列车座椅空荡荡的，反射着下午的光。

"如果这真是我的世界……"尼子猫对着空气说，"现在本座要回去睡觉。"

宾馆的卧室窗户大开，纱窗上有个巨大的破洞，对面高楼上的霓虹灯闪闪烁烁。尼子猫蹲在地上找手机。得赶紧告诉林西夕才行，本座身上发生了大事——

"嘿，镜子居然真把本座的手机给吞了！"

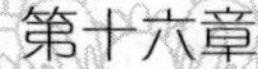

第十六章

失去的世界

Wounds of Love

遇见哥哥的刹那，
我心里的种子睁开了眼睛，
那些冰封许久的树都发了芽。
我的时间在这一刻停止，
我的世界向我走来。

"There is a way," answered the Tree; "but it is so terrible that I dare not tell it to you."

"Tell it to me," said the Nightingale, "I am not afraid."

Oscar Wilde, "The Nightingale and the Rose"

"有一个办法，"玫瑰树回答，"但它太可怕了，我都不敢告诉你。"

"告诉我吧，"夜莺说，"我不害怕。"

王尔德《夜莺与玫瑰》

一场大雪过后，冬日降临，天地间一片静谧。虫鸣消失不见，森林了无生机。

黑岩泽璃和林西夕去探看雪鸥的巢穴，一前一后走着，脚下的落叶发出轻微的断裂声响。

"小呆，累吗？"

没有回答。黑岩泽璃一回头，林西夕不在身后。

"泽璃，'好久不见'。"高高的树枝上，绯狐裹着白色的皮毛安然坐着，气度雍容，"以你的实力，不可能发现不了我的侵入。是不是爱得太激烈，其他感觉都变迟钝了？"他轻盈地跳下来，像一道银色的光芒。

"你怎么进来的？"

"你以为'世界之树'的界门只能用'光'或者'黯'开启吗？我有个名为'隐之泉'的瞬湖，可以跟其他瞬湖产生共鸣，偷偷地潜入，发现很多肮脏又有趣的秘密哦。"

"倒是很适合你。"

"泽璃，女人也好，化狼也罢，你都玩够了吧。跟我回黑岩。"

"林西夕在哪？"

"别急嘛。比起她，你是不是更应该关心一下黑岩的情况？在短短几天内，我就换掉了维法会和维安署的腐败首席，召集法学界的权威起草新法。再有人敢因抢夺瞬湖而滥杀，杀无赦；再有人敢跟绝对和平作对，杀无赦。在黑岩的庇护下，一个崭新的帝国即将诞生。你要不要夸我能干呢，亲爱的兄长大人？”

“我给了你时间，希望你在孤独的顶点好好反省，可惜你还是没明白。”黑岩泽璃很失望，“因为你掌握了资源，其他人就必须战战兢兢地听你的话——这就是你要的和平吗？”

“那也好过所有人都任由自己的欲望驱使，互相厮杀，丑陋地活着！”

“所以你就用自己的法律，代替他们决定‘什么是正确的’？你不需要统治‘人’，你只需要程式化的‘机器’，因为只有剥夺了自由意志，你才能让社会的每个分子都按照你的意愿行动，建立起你想要的高度和谐的社会。”

“人是懒惰的，思想更是懒惰的。如果有人能把前途给他们安排好，告诉他们该去做什么，如何做，所有人都会兴高采烈地接受安排。我们拥有强大的力量，帮助弱小的民众获得幸福是我们的义务，也是每个有意愿却没能力的人衷心希望我们去做的事。”

“强大的力量在毁坏幸福时倒是非常有效率。绯狐，你知道我的过去。我在七天内灭过三个王国——要让人绝望，让人悲痛，没什么比‘剥夺’更有效率了。可是，哪怕要让一个人幸福——比如西舞，比如你——都是无比艰难的事，因为你们有自己的想法，而我和你们的沟通总会有偏差，因为‘幸福’永远不可能是稳定状态，只能是一个个偶然达到又迅速消失的瞬间。”

“你对财富和地位弃之不理，甚至放弃‘人’的身份，就是为了给‘西舞’这一个人幸福？”

“我会完成我的使命。在那之前，我想陪她走完此生。”

“你的‘使命’——你是说自我毁灭、拯救民众吗？你看，你也相信凭借个人的力量可以拯救世界。泽璃，我们殊途同归。”

“我的做法只需要死我一个人，这对拥有兆亿人口的宇宙而言，微不足道，却可以消除巨大的风险。我欠世界太多，死不足惜。”

绯狐冷笑着：“你是活在过去的男人。就算你将功补过，依然不能复活任何一个因你而死的人，只不过能让你的良知好受一点。未来的人也不会感谢你，没有发生的灾难会被遗忘，无论你为此做出多大的牺牲，他们根本不会想起你。”

“你的话倒是和沸鳞炎渊非常像。”

“因为你根本没学会‘为自己而活’！”

“为自己而活？你是说，为了获得感谢才去帮助他人，为了得到奖励才去努力奋斗，为了得到陪伴才愿付出陪伴？——如果得不到回报呢？你会因此否定自己所做的事，觉得自己是傻瓜吗？”

“你太正直了，太正直会让人害怕的，泽璃。”

“我再问一遍：林西夕在哪儿？”

“真可惜，我们谈崩了。”绯狐笑着叹了一口气，一扇波光闪闪的界门缓缓打开，“她被我藏起来啦。这里面有三个平行世界，其中一个有去无回哦。”

黑岩泽璃毫不犹豫地跨入界门。

界门之外，正是夜晚时分的“中心之地”。

黑岩泽璃站在一面巨大的落地窗前，晚云从窗外飘过，飞行器在空中划出一道道光线，像流金的河。宽敞的室内一片幽暗，窗玻璃上映出他的身影。淡淡的音乐在空气中缓缓流淌。

“你喜欢我们的新居吗？人们叫它‘空中的巴别院’。”绯狐坐在宽大的沙发上，从旁边的黑色曜石茶几上拿起一颗葡萄。一只雪豹敏捷地起身，跳上沙发，舔了舔他的手心，喉咙里发出“呼噜呼噜”的声响，绯狐拍拍它的头，懒洋洋地靠着它的胸口。

雪豹忽然警觉地站起身来。黑岩泽璃的大狼麓麟从虚空中跳了出来，抬起鼻尖静静地嗅着。

“林西夕不在这里。”黑岩泽璃说，转身走向房间的玄关。

“好性急。”绯狐笑道，轻轻地咬破一颗葡萄。

黑岩泽璃打开房门，面前出现了一条幽蓝狭长的通道，两边都是镜子，一眼望不到头。蓝色的光线在镜子间往复折射，他看见自己的无数个影子，正面的，背面的，越来越小，如同被淹没在幽深的海底。

大狼麓麟低吼起来，用前爪拍打着镜子。鲜红的血从镜中涌出，变成朵朵红色的山茶花。黑岩泽璃皱起眉头。

绯狐的声音从幽蓝的深处飘来，兴高采烈，如同玩着游戏的大孩子：“不打破镜子，就找不到线索哦。”这面镜子是名为“绯狐”的世界边缘，打破它意味着侵蚀绯狐的灵魂瞬湖。

“为什么要做这么危险的事？”

“为了公平咯。在我的世界里，游戏规则由我制定，但你可以直接破坏我的灵魂。我来帮你开个头——”

所有的镜子“啪”地破碎了。鲜血如忽然涨水的河，泛着波浪涌起，溢满整个幽蓝的通道，光线顿时变得一片惨红。血河咆哮着冲向黑岩泽璃，在他身前变成朵朵红色的山茶花。拨开花瓣之海，黑岩泽璃未曾想到，绯狐竟然直接把他送到了自己的世界核心。

夜色深沉。

面前是黑压压的群山，山间有一片巨大的冰瀑。因那山势太高，空气太寒，湍急的水在落地之前便被冻结为晶莹的冰柱。两岸的山石如沉默的黑色猛兽，在冰瀑边张牙舞爪。

黑岩泽璃曾在一百多年前来过此地。当时，绯狐还未成年，虽然体内有很多特殊瞬湖，却因为无法掌握平衡的诀窍，打不开任何平行世界的界门。小绯狐为此非常自卑，他趁黑岩泽璃不在家时，居然离家出走，被找到时已经断食二十多天，虚弱得站不起来了。黑岩泽璃把他送去医院，绯狐却拒绝治疗，不停地说："我找到了……如果我不这么逼它，它就不肯出来……"

"你找到什么了？"黑岩泽璃非常生气。

"你看。"绯狐虚弱地笑着，湖蓝色的眼眸渐渐变幻着色彩。在他身后，出现了一扇水波粼粼的界门，通向一片黑压压的群山和一座巨大的冰瀑，绕过那冰瀑，完整的小世界呈现在黑岩泽璃面前：半结冰的大湖，湖上架着一弯白色石桥，桥下尚未封冻的地方游动着一只孤单的天鹅。阳光斜斜地照下来，把粼粼水纹和天鹅的脖颈染成金色。

"这是名为'绯狐'的世界。"绯狐骄傲地说。

"这么重要的世界不要随便带人进入，会侵蚀的……"

"哥，我是不是很厉害？"

自那之后，时光呼啸而过。今夜，绯狐邀请黑岩泽璃再次走进他的世界核心。

绕过冰瀑，黑岩泽璃发现自己几乎认不出这个地方了。

一轮月牙挂在地平线上，给天际镶了一道黯淡的银边。湖水完全封冻，天鹅已死，只剩下白羽和鹅黄的鸟喙冻结在厚厚的冰晶中，依然睁着的黑眼睛似乎在讲述什么无法被死亡带走的愿望。弯弯的白桥上，零零星星地散落着黑色的人形石块，或站或卧，有些完整，有些则丢了腿脚或头颅，死去的石人脸上凝固着惊恐的表情。

大地开始颤抖。

在白桥的另一端，冰冻的地面破裂，一座宫殿破土而出，缓缓升起。它的墙壁由极薄极高的琥珀结晶凝成，壁立千仞，在黑暗中闪着光。在宫殿的最高处，尖锐的荆棘织成细密繁复的羽毛图案，簇拥着一个半圆形的银色房间，像一只美丽的鸟笼。

死去的石人，高高的宫殿……这样的情景让黑岩泽璃想起一个古老的童话。在那个童话里，公主被关进城堡，解救她的人如果在救出她前忍不住回头看了自己的身后，就会被黑魔法变成石头。绯狐喜欢这个童话，小时候经常抱着这本书入睡。

“绯狐，你把‘公主’藏在这里了吗？好，我陪你玩。”

黑岩泽璃踏上白色的石桥。每走一步，身后都传来可怕的声响，如同猛兽即将扑来，又如大蛇即将缠住他的脚踝。冰冷的手指抚摸着他的后背，求救的声音敲击着他的耳膜，烧焦的气味从身后一阵阵地飘来。

黑岩泽璃没有回头。一旦回头，他就会被变成石头——这里是绯狐的世界，所有游戏规则，不论多不合理，都会成真的。

黑岩泽璃走入宫殿，用厚重的大门把所有声响都关在外面。

宫殿里一片黑暗。黑岩泽璃拿起一柄烛台，烛火自动点燃了，地面和墙上顿时晃动起各种形状的巨大黑影。

正厅似乎在举办盛大的宴席：长长的王室宴会桌，银丝绒靠背的橡木椅，白银的餐具，高脚水晶杯。一切都蒙满灰尘，似乎酒宴正酣时，所有宾客忽然消失了，只留下丰盈的葡萄在流逝的时光中干瘪皱缩，醇香的红酒凝固成圈圈血痕。

黑岩泽璃走上雅致却年久失修的旋转楼梯。蛛丝布满了空间，被烛火点燃后发出“吱吱”的声音。黑岩泽璃绕过立在楼梯正中的全副骑士盔甲，跨过一堆堆朽坏的丝绸华服，径直来到宫殿顶层的圆形房前，推开镶嵌着蓝宝石的拱形门。与楼下废旧颓败的景象不同，这里的墙上挂着柔软精细的画毯，壁炉里的火烧得正旺。在暖融融的气氛中，樱桃木的圆桌上铺满盛开的玫瑰，梳妆台上的翡翠首饰闪闪发光。

房间正中陈列着一具水晶棺材，纤尘不染。

黑岩泽璃走了过去。在那羽毛之上，花瓣之中，躺着一个熟悉的身影，银色的长发，白皙的肤色，湖蓝色的眸子正嘲讽地看着自己。

“您来晚了。‘公主’已经被护送到下一个城镇了。”

“这是你的世界，你是主宰。”黑岩泽璃拍拍水晶棺壁，转身离开。

“王子殿下不愿意顺便也解救一下我吗？”

黑岩泽璃没有回答。

他在踏上楼梯的瞬间，忽然失去了平衡。宫殿坍塌，楼梯腐朽成灰。在急速下坠的刹那，黑岩泽璃抓住殿壁的圆柱，指尖深深地嵌了进去——鲜血喷出，满手都是红色的山茶花瓣。黑岩泽璃借墙壁之力，跳上巨型水晶吊灯，吊灯却化为晶莹的细沙，他略一躬身，斜跃至宽大的王室宴会桌，不料坚硬的大理石桌面亦如薄冰般支离破碎，满桌的白银餐具在寒冷的空气中“汩汩”沸腾，融化成银水，流泻了一地。名为“绯狐”的世界不知为何变得如此脆弱，似乎黑岩泽璃只要碰一碰它，就会造成不可避免的侵蚀和损毁。

“绯狐，你这样做与自杀无异。”黑岩泽璃警告说。

这个世界的主人绯狐似乎没有听见。他让水晶棺破碎，让宫殿塌毁，让石桥沉入大湖，一把撕掉了黑色的夜幕。

刺眼的阳光一洒而下。

新的幻境瞬间成真，黑岩泽璃已来到一座高高的悬崖边，身后是座美丽的小镇：洁白的楼梯，洁白的小巷，洁白的墙壁，圆圆的房子在阳光下反射着耀眼的光，紫色的蝴蝶兰与金色的鸢尾花沿着风的轨迹，香透了每条街道。

在黑岩泽璃的身边，面朝大海的地方，一座教堂奏响了悠扬的钟声，盛大的婚礼即将举行。

神父身着七芒星图案的圣服出现。人们尊敬地低下头，为他让出一条路。走过黑岩泽璃身边时，神父冲黑岩泽璃挤了挤眼睛。完美的侧颜，湖蓝的双眸。

神父手持圣书，缓步走上圣殿："今天我们聚集，在神和来宾的面前，举行这对新人神圣的婚礼。"

新娘穿着洁白的婚纱，从那圣殿一角款款走出。瘦瘦的手臂，白皙的脚踝，半透明的轻纱藏不住嘴角边的笑容。是林西夕。一袭白色礼服的陌生新郎从另一边走出，牵过她的手，站在神父面前。

神父问新郎："你愿意娶这个女人为妻吗？"

新郎道："我愿意。"

神父转向林西夕："你愿意作为这个男人的妻子，无论贫困或是疾病……"

黑岩泽璃隔着茫茫人海，静静地看着她。

林西夕低下头去，轻轻地说："我愿意。"

那一刻，黑岩泽璃的心疼了。

"我以神的名义宣布：新郎与新娘结为夫妻。新郎可以亲吻新娘了。"

林西夕闭着眼睛，抬起脸，脸颊一片绯红。

人群忽然一阵骚动。

圣殿之上，神的荣光照耀之下，黑岩泽璃把林西夕护在身后，冷冷地说："她是我的妻子。"

阳光穿过教堂的彩色玻璃，道道光柱将洁白的地面染得色彩斑驳。十一口七芒星图案的大钟在海风中发出"嗡嗡"的鸣响，远远传来了海鸥的叫声。

神父合上圣书，走近黑岩泽璃，盯着他的眼睛："你认真了。"

"就算在幻境里，她也是我的人。"

新郎和新娘，台下旁观的众人，全都变得僵硬，化为洁白冰冷的大理石像。

"泽璃，这里的每一寸道路，每一座房屋，每一个行人，都是我。你不明白吗？长久以来，有能力为你稳固黑岩江山的人是我，未来也不会改变。那个女人的‘单纯’和‘无能’都是致命的弱点，她会吸引觊觎黑岩财富的人下手，成为跟黑岩谈判的筹码——你为什么要在她身上浪费时间？如果你感到寂寞，安慰品要多少有多少。”

“你在黑暗中走了太久，已经不习惯光明了。”

“光明？”绯狐笑了起来，“光明和黑暗不过是个概念，谁拥有权力，谁就可以定义它们，我早就不相信那些漂亮的借口了。我觉得自己就像海底的一根鲨鱼骨头，抬头看船底从海面缓缓移过，阳光反复折射，弥散在我的身边，把我的白骨晒得斑驳。什么光明，对一根骨头有意义吗？”

“你不是鲨鱼骨头，你是不折不扣的鲨鱼。作为情猎，你吞噬着各种情感，连泡泡都不吐一个。”

“这是你疏远我的原因吗？我不过选择了最有效率的方式，收集了最好的瞬湖。”绯狐的脸上闪过受伤的表情，“你觉得我是鲨鱼，那我就是鲨鱼好了——真可惜，我想吃的东西却不在我的海里。”

“绯狐，你听过平行世界里关于美人鱼的传说吧。她请求巫师把她的鱼尾变成双腿，让她可以走路，但每一步都疼得如同踩在刀尖上。她放弃了自己的世界，最后只能变成泡沫，因为她选错了人。”

“你没有资格说这个故事，要放弃自己世界的人是你。”绯狐偏过脸去，“不过我倒是很羡慕那人鱼，在变成泡沫之前，她至少可以和王子跳一支舞。”

教堂的彩色玻璃破碎摔落，大理石的地面凹凸不平，大海的颜色开始浑浊，绯狐的世界继续坍塌。黑岩泽璃知道自己不能再停留下去了，他不由分说地拉住绯狐，打开回“中心之地”的界门，把绯狐推了进去。

星光满天。

黑岩泽璃和绯狐肩并着肩，坐在大杉树的顶端。树顶的红叶随风微微颤抖，如一团跳动的火焰。

“绯狐，你很久没来这里了吧。”

“叶子破了，火鸟不完整了，心愿不会实现了。什么也弥补不了。”

“一如既往的死心眼。”黑岩泽璃摘下那片红叶递给绯狐，“这么大的人了，还这么孩子气。”

绯狐的眼睛里闪过一丝亮光。

“绯狐，从带你回黑岩的那天开始，你就是我的家人。所以，遇到骨妖的那一天，看到你陷入危险的时候，我很害怕。可是，为了保护我，就连小绯狐也长大了，变得非常有主见，对瞬湖的驾驭力和幻术都强到让我吃惊的地步。”黑岩泽璃靠在树干上，眺望着星空，“但你也做了很多糟糕的事情。我有不可推卸的责任，我不该给你那么大的自由。”

“根本不用顾虑……”

“绯狐，”黑岩泽璃打断了他，“我一直觉得你深爱着这个世界，因为不是爱得深切的人，绝不可能逼自己收集那么多瞬湖，也不可能想着给所有人带去绝对和平。但是，‘爱’这件事，可是最难把握的。很多人把自己认为的幸福强行送给喜欢的人，觉得这样就是最好的，就好像你，强迫世界接受你的‘和平’。从今天开始，我会削减你的权力。”

“泽璃，如果说我爱着世界的话，那么我的世界很小。你说过‘世界的大小在于人心的大小’，而我的心里只装得下一个人。我想像以前一样陪在他身边，可是我找不到理由。我曾经以为自己的愿望是掌控世界，可是，我也许只是为了得到他的关注，让他跟我多说说话，哪怕是责怪的话。”

“绯狐，你是我最棒的弟弟。这一点，现在和未来都不会改变。”

绯狐攥紧手中的叶柄，心中一阵苦涩：“那个女人，你打算怎么办？”

“娶她。”

“她连一百岁都活不到。”

“没有她，我也活不到下个一百年。”

绯狐冷笑起来：“因为你已经拿到‘黯’之瞬湖了，对不对？”

黑岩泽璃没有否认。

“泽璃，赏花俱乐部的凛夫人说‘黯’在沸鳞炎渊死后，通过梦魔师传给了林西夕，所以你才会接受林西夕的感情吧？你要保护她不被情猎盯上，你要接管‘黯’的瞬湖，可是林西夕的瞬湖太少，她根本无法通过‘言语馈赠’的方法把‘黯’给你，所以你只有两个选择：杀她，或者用情猎的手法占有她。我没说错吧？现在你达到目的了，下一步是什么？你打算自行了断，完成你的‘使命’吗？”

“我会的。在我陪她走完此生之后。”

“真体贴啊，你想给她一辈子单纯的幸福吗……”绯狐扭过脸去，阴冷地说：“我早该杀了她。”

“你杀不了。”

“对，我是杀不了，你在她十五岁的时候，就在她身上留了一个你的瞬湖，所以无论是她快被溺亡幻术淹死，快被鬣佣兵做掉，还是快成为我的东西的时候，你都会第一时间知道！”

“绯狐，你很聪明，但你漏掉了最重要的部分。得到‘黯’还有第三种方式——我可以通过‘言语馈赠’，让她的瞬湖数量达到三十个以上，这样她就可以用同样的方式把‘黯’给我。但我并没有这么做，因为我喜欢她，我想和她在一起。”

绯狐沉默地盯着掌心的红叶。

“绯狐，你也应该长大，找到值得你守护的女人了。”

夜风吹过，红叶轻轻地飞起来，像断了线的小小风筝，消失在黑暗中。

绯狐站起身来：“走吧，你的女人等急了。”他的眼睛里亮了一亮，通往第三个平行世界的界门缓缓开启。

波光满天，璀璨的星辰顿时变得模糊而黯淡。

林西夕茫然无措地站在黑暗里。

没有月亮，一颗巨大的星星挂在天顶，用清冷的光照着这广袤凄凉的沙漠。

“小呆。”黑岩泽璃轻轻地唤她。

林西夕转过身，脸庞立即明亮起来。脚下一阵松软，原本坚实的沙地瞬间变成了塌陷的流沙湖，她一下子摔倒了，挣扎着用手指抓住离身体最远的地面，发现指尖的触感很不对劲。

巨大的鳞片在眼前展开。鳞片摩擦着彼此，发出金属碰撞的声响。林西夕硬着头皮，顺着鳞片，往上看，往上看……不由得浑身发凉。她正趴在一条巨蛇的身上，三角形的蛇头上有一对尖尖的角，竖着的金色瞳仁好像着了火一样。巨蛇转过头，目不转睛地盯着她。

“巳染，杀。”绯狐平静地下令。

巨蛇巳染冲林西夕张开大嘴，毒牙寒光闪闪，腥气扑鼻。林西夕伸手去挡，脆弱得如同飓风中的一片树叶。危急之间，大狼麓麟跃至她的身前。林西夕从来不知道它可以变得这么大。

“泽璃，为了一个女人跟兄弟大打出手，说出去有点儿丢脸啊。”

“你用魂契之兽对付手无寸铁的女人，似乎更丢脸吧。”

“对威胁黑岩的人，我自然要认真一点咯。”绯狐抬了抬手，巳染竖起身体，把长长的脖颈向后一引，从两颗长长的毒牙尖向麓麟的眼睛挤射出透明的毒液。

麓麟迅速偏过头，却没有退缩。毒液“嘶嘶”地烫进它的侧脸，大狼疼得浑身一抖。趁巳染喷完毒液的刹那，麓麟转身衔起林西夕，奋力一跃至黑岩泽璃面前，把她轻轻往地上一放，跳回流沙湖的边缘，直面杀气腾腾的巳染。

流沙陷落，到处都是如蛇语般的声音。

巳染抬起身体，扑向麓麟的脖颈，麓麟一跃而起，跳到巳染的身后，却没有反击。巳染"呼"地抬起尾巴，在半空中变成一颗新的蛇头，毒牙直袭狼腿而去，大狼绿色的眼睛流光一闪，再次轻巧地躲开了。

"泽璃，躲来躲去，你不觉得无聊吗？"

"攻击魂契之兽就是攻击其主，我不想伤你太重。"

"真有自信呀。"

巳染的两颗头同时从身体上滚落，滴着黑血，直扑林西夕而去。麓麟毫不犹豫地跳了起来，"咔嚓"一声，用利齿咬穿了一颗蛇头，用脚爪击落了另外一颗蛇头。

"这样才有趣。"绯狐笑着甩了甩手臂上汩汩冒出的鲜血，"你教过我，认真对待敌人才符合贵族的礼节哦。"断掉的蛇头化成无数小蛇，"嘶嘶"地游向林西夕。

"这样下去没完没了。"黑岩泽璃皱眉，"我会尽快，你先忍着点吧。"

麓麟"呜——"地一声长啸，蹿到巳染的身边，抬起粗壮的前脚，猛地踏破了它的心脏，随着骨断肉碎的声响，巳染轰然倒地，刚才还满地灵活游动的小蛇，瞬间全都僵死了。

"绯狐，到此为止。"

"再陪我一会儿嘛。"绯狐湖蓝色的眼睛一亮。

麓麟的脚下，绵软的巳染冷不防地倒卷起来，紧紧缠住狼身。麓麟暴躁地跳着，巳染越缠越紧。几秒之内，巳染已经重新长出一颗新的蛇头，张开扭曲的巨嘴，对着麓麟的脖子直咬下去。就在毒牙即将刺入的瞬间，麓麟竖起浑身的灰毛，硬生生地扎进巳染的身体。

巳染的尸体一圈圈地松开麓麟，沉重坠地。麓麟跳向一边，伸着深红的舌头，"呼哧呼哧"地喘着气。

绯狐的半边脸都浸在血泊之中。他鼓起掌来："杀得漂亮。"

"过来。"黑岩泽璃伸出左手，手心出现一团金色的疗伤瞬湖。

"先打个半死，再温柔医治吗？……不要紧，反正也治不好了。"绯狐眯着眼睛笑着，那表情让林西夕回忆起被他侵犯的那个夜晚，心中有种不祥的预感。

果然，巳染的腹中一阵骚动，似乎有什么东西暴跳着要出来。很快，蛇腹的鳞片迸开，一只漆黑干瘦的爪子伸了出来，拼命往外爬。大批黄色黏稠的液体一涌而出，发出"咕噜咕噜"的声响。

"坏了，是麻烦的东西，"黑岩泽璃低声说，"小呆，不管你听见什么声音，都不要往那边看，更不要靠近。"

听了黑岩泽璃的话，林西夕拼命地背过脸去。可是，就在那个刹那，她已经看见在那蛇腹的黑暗裂痕之中，闪过一只眼睛。是人类的眼睛，那么天真无邪的样子，好像一个婴儿……不要看！可是，视野被自动打开了，即使闭上双目，依然能清晰地追踪正在发生的一切。

又有一只爪子拼命地探出来了，连着的是人的手臂。没有皮肤，滴着绿色的汁液，泛着幽幽的荧光。似婴儿的怪物越来越多，它们转着眼睛，骚动着，渴望着，在黑暗里发笑。

“泽璃，没想到吧，开启‘巽’之门的传说是真的呢。”

“‘尘沙星辰，旧忆新身，沙中之水，死中之生’。”

“没错，条件齐备了，只差‘血祭’。‘巽’之门一开，就必须用活人做祭品，不然我们谁也走不了。泽璃，是用我还是用这个女人，看你怎么选咯。”

黑岩泽璃沉默着。

“女人，”绯狐微笑着看了一眼林西夕，“你在发抖，这么没自信？泽璃也许会留下你呢。”

林西夕气得发抖：“为什么你要做这么蠢的事？他要的未来和你的不同，为什么你不明白，为什么要逼他？”

“真是无知得可怕，逼泽璃的人是你——因为你，他跟夜繁姬反目成仇；因为你的死，他自责低落了两百年；因为你的爱情，他不得不抹杀所有的罪恶感去回应你……”

“头疼啊。”黑岩泽璃摇了摇头，“家里有两个小孩子，真是不省心。如果我不回来了，你们能保证好好相处吗？”

“什么？”林西夕愣住了。头顶仿佛被人猛击了一棍，血管跳得生疼，“轩哥哥，你说什么？”她的心里早已清清楚楚地明白了，可是……

“我有好多话想告诉你。”黑岩泽璃摸摸她的头，“小呆，谢谢你。我很幸运。”

“你说谎！你说过再也不丢下我了……你说谎！”

“小笨蛋，不要哭。因为我是‘血祭’，我就可以‘许愿’了。许个什么愿好呢？”

林西夕用手背胡乱地擦去眼泪，脑海中异常冷静地想着对策。毕竟，需要做“血祭”的只要一个人就够了。

绯狐满脸不屑：“女人真没用，除了哭，什么都不会。泽璃，你疯了吧？你是黑岩的继承人，你有全世界的瞬湖，你能活一千年，可是现在，就在这儿，为了这么个女人，你要去送死？如果你担心无法完成‘使命’，你应该明白，现在根本没人有实力夺走‘光’和‘黯’。”

“绯狐，这么久了，你还是不了解我。如果你生来就被一群老头子天天念叨着做‘继承人’什么的，我保证你也会被烦死。地位也好，权力也罢，我都可以不要。但是，不管是丢了林西夕，还是丢了你，我的那‘一千年’都会过得索然无趣。”

大狼麓麟背着耳朵走过来，用绿宝石般的眼睛看着主人，温顺地趴了下来。黑岩泽璃骑上它毛茸茸的背脊，大狼站起身，默默地走向“巽”之门。

“咕噜”，“咕噜”。巳染的肚子缓缓胀裂，没有皮肤的婴儿们“哗啦”一下子流了出来，在地上撑着双臂，齐刷刷地抬头望着麓麟和黑岩泽璃，嘴角边流着口水。闪着荧光的绿色羊水泼在沙地上，被干涸的沙粒“呲”地吸了进去，空气里弥漫着淡淡的腥臭味。

看着黑岩泽璃的背影，林西夕咬紧牙关，站直了身体。脑海中，作为黑岩西舞跟他经历的生死瞬间，作为林西夕跟他共度的日日夜夜，所有的回忆都一闪而过。这一次，就让我也为你做点什么吧。因为，就算我只能活几十年也好，没有了你，我这辈子也一样毫无乐趣。如果我的死亡可以换取你的生命，如果明天太阳升起的时候，这个世界依然有幸看到你的眼睛，那么我甘愿赴死，这毁灭也可以是快乐的事。就由我来向“巽”许愿，我希望你可以按自己的心愿而活，再也不用担心什么“光”和“黯”，找个最喜欢的地方，过闲云野鹤的日子。

心脏“怦怦”地跳着，身上的血液仿佛在倒流，林西夕来不及害怕了。她向着“巽”之门，用尽全力奔跑起来。脚下的沙在塌陷，时间穿过沙漏，故事即将走到尽头。

黑暗中，婴儿们把脸转向林西夕，白色的眼睛一齐睁大，露出饥渴的光芒。

黑岩泽璃的身后出现了一道透明的金色墙壁。他筑起此生的最后一道瞬湖之盾，把最重要的人和最危险的事物完全隔开。林西夕的身体被挡了回去，倒在沙地之中。细沙滑过脖颈，轻柔的触感就像他的手指。

黑岩泽璃回头看着她，眼里的温柔令人心碎。“小呆要乖乖的。在这个世界上，可以给你幸福的人有很多，所以，未来的每一天都要给我幸福地过。不然……我只能许愿让你忘了我。”

林西夕眼前一热。你这个大坏蛋，说得这么若无其事！

婴儿们聚在一起，融成一团血块，血块中裂开一个黑洞洞的入口，众多眼睛环绕着它，一齐睁开。献祭的仪式已经开始，只等“巽”兽的獠牙长出来，将“血祭”拦腰切断，黑岩泽璃的生命便会在瞬间归零。他拍了拍麓麟的头。在生命的最后时刻，身边有这么一头早已宣誓生死相随、不离不弃的魂契之兽，不知是幸事，还是罪孽。“麓麟，我们每天都在面对死神，他就像我们沉默又忠诚的兄弟。今天，我们终于要跟他见面了。你害怕吗？”

麓麟摇摇尾巴，静待黑暗落幕的时刻。金色的瞬湖之盾消失了，时间被无限拉长，历史的齿轮即将回转，命运将被改写。

林西夕默默地起身，走向绯狐。我不会原谅你。我不管轩哥哥多在乎你，我都不会原谅你！

绯狐坦然地承受着她的目光，抬起一支寒光闪闪的枪，将黑洞洞的枪口对准黑岩泽璃："天真。你以为我会让你带着价值连城的瞬湖献祭？黑岩泽璃，你会死在我的手上，我要继承你的瞬湖，让你成为我的一部分，用我的眼睛看我完成黑岩的霸业！"

下一个瞬间，林西夕什么也没想。几乎是出于本能，她发现自己的身体扑向绯狐，抓住他的手腕，瞬间将枪口对准他的下颌。"绯狐，只要你死了，轩哥哥就不必牺牲！"她看到绯狐白皙的肌肤下，微微跳动的暗蓝色动脉。她早已扣下扳机。无论你是谁，是世界的王也好，是大神也好，是厉鬼也罢，我都不怕。就算舍弃人的灵魂，我也绝不允许你伤害他！

血管破裂，瞬间喷出鲜红，溅满了林西夕的视线。黑岩泽璃好像喊了一声什么。她已经不在乎了。

绯狐没有反抗，仿佛早就盼着这一刻似的，任由尖利的曜石子弹撕裂他美丽的脖颈。银色长发轻轻地飞起。他倒下了，像一片发光的羽毛。

周围漾起层层的水波，绯狐的瞬湖缓缓流泻出来。

麓麟飞奔回来，黑岩泽璃一跃而下，用身体接住绯狐。

流沙，巳染，"巽"之门，天上的巨大星辰，全部在瞬间消失。像水晶玻璃杯被擦去了水汽，冬日笼罩的"光"的世界重新显现出来。

正是下午时分，阳光融融地洒下来。

黑岩泽璃抱着绯狐，伤心得说不出话。

绯狐的银发浸在血里，朵朵红色的山茶花雍容开放。"女人，你应该明白，你也有黑暗的本性，你的双手也会沾满污秽，你根本不纯洁。我的愿望已经许给神明……'黯'将被毁掉，你和泽璃永世不再相见。"

林西夕如同听闻噩耗。但是又仿佛，这是她早已知道的结局。这是惩罚，对夺走他人性命的惩罚，对无知地期盼幸福会永远延续的惩罚。

绯狐的嘴角边漾起一丝微笑："泽璃，'黯'消失了……你的使命已经完成了。从此以后，你的瞬湖里有一半来自我……所以你必须珍惜生命。"

黑岩泽璃颤抖着打开疗伤的瞬湖。金色的光芒围绕着绯狐，像颗小小的太阳。

"没用的……我早就把自己献给梦魔师啦。你在我的世界里疯狂寻找那女人的时候，我就知道，我必须成为'血祭'，不然怎么向神许愿，救出你呢？"绯狐笑了笑，"所以，巳染早就不行了……不然，你的狼……怎么可能那么容易赢……"

“我知道。我知道。绯狐，看着我。看着我！不要睡！”

“哥……我好冷……”

黑岩泽璃紧紧地抱着绯狐，眼睛改变着色彩。地上的雪，枝头的雪，整个世界的雪，在瞬间全部融化。

吹过淙淙溪水的风。变得清润湿暖的空气。从严寒中苏醒的花朵。黑岩泽璃主宰着“光”的世界，他强行唤来了整个春天。

可是，绯狐已经什么都感觉不到了。

他的眼前一片模糊。

隐隐约约，好像回到了第一次遇见哥哥的时候。

下雪了吗？

世界如此冰冷。

我躺在冰凉的地上，感到自己被一截截地拖向深渊。手和脸被石块划破了，心中充满了恐惧。

妈妈凄惨的叫声响在耳畔，我想捂住耳朵，我恨这样软弱无力的自己。

妈妈的血喷出来，好红好红啊。妈妈被爸爸杀死了吗？

我也会被爸爸杀死吧？

喘不过气来，喘不过气来。脖子快要断了吧。为什么还没有断呢？

铁链忽然停了下来。

一个陌生人握住我的手，有温暖从他的指间传来，他的眼神如此冷峻美丽。

“不要看，别怕。”他的声音令我安心。

大风吹起，雪片像漫天的花朵飞舞。有阳光斜斜地照过来，把每一朵花都变成金色。

遇见哥哥的刹那，我心里的种子睁开了眼睛，那些冰封许久的树都发了芽。我的时间在这一刻停止，我的世界向我走来。

在哥哥的怀里，如此舒服的感觉，如此温暖。

哥哥来接我了。我们一起回家。

绯狐闭上眼睛。

最后的最后，脸上划过的那一道热热的痕迹，不知道是自己哭了，还是哥哥的眼泪。

第十七章

太阳雨

Innocence Lost

这就是长大吧。

为什么长大这么疼呢？

Fare thee well: and if for ever,
Still for ever, fare thee well:
Even though unforgiving, never
'Gainst thee shall my heart rebel.

George Gordon, Lord Byron, “Fare Thee Well”

再见了：若是永别，
祝你永远安好顺利：
即使无法原谅你，
我心也永不背叛你。

拜伦《再见》

绯狐死亡的刹那，时光倒流。梦魔师和“巽”之门实现了他的愿望。

林西夕回到了家中，日历还停留在高一暑假过半的时刻。这一天，她刚被黑岩泽璃送回了家，第二天就将随六月雨国王踏上去“赏花俱乐部”的旅途，即将在白色曼陀罗盛开的山谷，得到黑岩泽璃的吻。

可是，这一切都不会重来了。

黑岩泽璃在寓言之森的时候说过“巽”之门的故事：“失去便是永远失去了。无论走过多少个世界，都找不回曾经的人。”

当时只是感慨，不料一语成谶。

林西夕低下头，眼泪一颗颗地掉在手背上。轩哥哥，界门缓缓关闭的时候，你紧紧地握住我的手，就好像两百年前，你牵着我站在夕阳下的蒲公英花田里，就好像在陌生的星空下，你抱着我走过夜色温柔的街道，就好像在“世界之树”下，我们十指相扣，忘了时光。

你为什么要说“对不起”呢？和你相遇是我此生最幸运的事情。可是，我也说了“对不起”。我夺走了对你而言重要的人，我终于明白，什么是背负着沉甸甸的过去了。“对不起”这句话，好轻好轻。我最想听到的那句话，是“我爱你”

啊。我永远都不会忘记，你直到最后都没有说出那句话。可是，我也终究没有说出口……语言的力量非常大，我不可以用那三个字束缚你。在这个世界上，能给你幸福的人也有很多很多，请你忘记我的事，幸福地活下去，在未来的千年，遇见新的人。我曾经不敢深想的事，现在却带给我莫大的安慰。因为，我只想要你幸福。

这就是长大吧。

为什么长大这么疼呢？

微风吹进来，阳光照在林西夕瘦瘦的身上，孤孤单单的。

时光倒流之后，历史如天空中重新落下的雨滴，在种种偶然因素的作用下，微微改变了降落的地点。尼子猫没有去“幻界”找黑岩泽璃要回虎眼石，也没有进入“伊利亚的乐土”。墨岚依然操纵他的身体跳下了二十九楼，尼子猫因而明白了自己正被墨岚“寄居”，陷入巨大的苦恼中。

这天夜晚，墨岚再次出现在名为“尼子猫”的世界里。

“少年，你决定了吗？是祖祖孙孙都跟我过，还是和我联手复活沸鳞炎渊大人？”

“沸鳞炎渊是怎么死的？”

“被黑岩泽璃和他的副手杀死的。”墨岚绷紧嘴唇，压抑着愤怒。

“喂，”尼子猫回想起关于沸鳞炎渊和夏之浅云最后一次见面的梦境，“沸鳞不是受浅云托付，要保护黑岩泽璃吗，怎么反而被他干掉了？”

“黑岩泽璃很聪明，但为人过于正直。”墨岚咬着牙，“要成为最强的人，光靠正当手段根本不够，所以沸鳞大人亲手聚敛了大量瞬湖，并以自己死亡的方式，自然而然地拱手送给黑岩。想立于不败之地，必须得到他人的支持和追随，所以沸鳞大人在有智慧生命的平行世界弄污了自己的名声，这么一来，他的死会让黑岩成为除害的英雄，得到民意的支持。”

“红眼睛大叔是个好人。”尼子猫唏嘘不已，“他何苦呢？”

“沸鳞大人忘不了夏之浅云——他寻找复刻情感的方法，就是为了重新造出她来。夏之浅云一辈子坚韧隐忍，从来不曾向沸鳞大人要求过什么，但是最后，她为了儿子，哀求了他……一辈子就哀求了这一次。沸鳞大人为了这句话，毫不犹豫地把自己的性命送掉了。”

“黑岩泽璃不知道这些内幕？”

“沸鳞大人拒绝被了解。一旦了解就会放下偏见，放下偏见就会消解仇恨，沸鳞大人苦心经营的一切都会失去意义。”

“如果是这样，想必红眼睛大叔一开始就抱着‘自我牺牲’的决心吧。”

“是的。沸鳞大人以寿命跟梦魔师做了交易，换取了知晓未来的能力。他在林西夕十二岁时就安排她三年后与黑岩泽璃相遇，其后不断地威胁她的生命以逼黑岩泽璃向自己挑战。这么一来，沸鳞大人最终死在黑岩手上，并把所有瞬湖交给黑岩，就再自然不过了。"

"那么，"尼子猫仔仔细细地想了想，"将你附在我身上，目的就不应该是让他复活，因为那样会打破好不容易帮黑岩树立的英雄神话。"

墨岚眯着眼睛盯着尼子猫："不错。"

"所以让沸鳞炎渊复活是你的主意，而不是沸鳞的。"

"你的成长真是令我刮目相看啊！沸鳞大人的本意是让我把你锻炼得极强，强到可以做黑岩泽璃的左膀右臂。可是，黑岩是虎族的灭门仇人，我怎么会残忍地逼你做他的朋友呢？"

"你怎么知道这些事的？"

"你还记得我店里那只黑猫吗？它是沸鳞大人监视人造人的'眼睛'，必要时会告诉我们各种情报。它根本没有实体，只是通过幻觉让你看见罢了。"

"你打算怎么复活沸鳞？"

"我们需要大量瞬湖。我会帮你变强，强到可以杀掉黑岩泽璃。"

"又不是打游戏，本座不杀人。"

"尼子猫，"墨岚压低了声音，"你会改变想法的，因为黑岩泽璃得到了你心爱的女孩。"

尼子猫一下子愣住了。

名为"尼子猫"的世界瞬间消失了。镜子一般的水面，水下的森林，全部消失了。尼子猫和墨岚站在房间里，没有开灯，周围一片黑暗。

"怎么样，想不想手刃黑岩泽璃？"

尼子猫浑身僵硬地站在原地。

"别担心，我们会妥善处理这件事。"墨岚搂住尼子猫，在他耳边说，"我给过你一只白色的海螺，你只需要在海螺口刻上'黑岩泽璃'，让林西夕听里面的涛声，她就会彻底忘了他。"

"滚开！"尼子猫的声音沙哑了。

"迁怒于人可不好。尼子猫，你是虎王，你有实力杀掉黑岩。"

"老子听够了你的鬼话！"

"好好考虑一下吧。日落之后，你的身体就归我控制了。到了明晚，如果你还是下不了决心，姐姐会帮你。林西夕明晚就会是你的人。怎么样，有没有期待？不过，如果你在那之后还不肯杀黑岩泽璃，我不保证林西夕的人身安全。"

尼子猫一把推开墨岚，手指如同穿过一团烟雾，穿过了她的幻影。

墨岚讽刺地笑着，消失在黑暗中。

尼子猫猛地拉开抽屉，抓起一包香烟，攥在手里狠狠地摔上门，爬上楼顶的天台，随便靠着小阁楼的水泥墙坐下。

尼子猫点燃香烟，猛地吸了一口，看着脚下的城市。楼房侧面闪动的霓虹灯广告，被灯火映成金色的城内河，喧闹的步行街，恋爱又失恋的男男女女。

这个繁华又迷茫的世界。

一支烟燃尽，尼子猫被烫到了手指。

昏暗中，火光一闪，一个红色的小亮点再次出现。

我真不喜欢这个地方。

不管骑摩托车飚了多远，都逃不开身后穷追不舍的寂寞。

风里还有好多沙子，搞得老子眼睛模模糊糊，什么都看不见了。

第二天上午，林西夕接到了尼子猫的电话："现在来学校天台。"

"不良君……"林西夕听到他的声音，在电话里哭了起来。

"哭什么？是不是隔壁班那小子……"

林西夕没有否认，尼子猫心里无比焦躁："快点过来，过时不候！"

林西夕出现在尼子猫面前时，他已经摆了满天台的烟花，手里转着打火机，打着又熄灭。

"哟。"他随意招了招手，身上的衣服满是灰尘，简直像在逃难。

"你怎么了？"林西夕勉强笑了笑，"你也失恋了？"

"失个头！本座还没正式恋爱过。"尼子猫转过脸去不看林西夕，"给我坐边上去！"

林西夕默默地坐好。

尼子猫点燃焰火。一支又一支，带着"噼里啪啦"的响声蹿上天空，他眯着眼睛看。阳光太耀眼，他的焰火根本看不见，就烧完了。有点儿响声，然后就没了。

一回头，林西夕就站在他身后。尼子猫一把将她揽进怀里。

楼下的操场上聚起很多人，学校保安已经开始朝着烟花四溅的天台怒吼。

"喂，"尼子猫松开抱着林西夕的手，"你哥们儿我就要走了。去美国。我妈在搞什么中美合作的保密项目，总之，我一过去就不能跟所有人联系了，可能会去好多年。"

林西夕呆呆地看着他，满脸泪痕。

"给我老老实实地待着。本座每次过生日都算你欠我一根糖葫芦，给我记着，没准哪天我会回来，到时候要连本带利地吃个够。"

通向天台的楼道里已经传来了凌乱的脚步声。

尼子猫擦了擦林西夕的脸。眼泪一颗又一颗，擦也擦不完。女孩哭起来就像下雨，止也止不住。

“砰”“砰”。保安开始撞天台的门。

尼子猫捧起林西夕的脸，盯着她看。为什么我自己没舍得早点儿下手？

静了几秒，尼子猫说：“笨猪，我嘴巴裂了，疼。”

听到这句话，林西夕终于不哭了。她翻着包，递过一支唇膏。

“帮本座涂上。”

“你自己涂。”

“哼！”

“砰”的一声，门被撞开了，几个保安冲上来扭住尼子猫的胳膊：“叫你小子放烟花！叫你小子反锁门！”

混乱中，尼子猫一把撂倒保安，拔脚就跑：“烟花都是本座弄来的，你们给我记住，本座是尼子猫！”

“不良君……”林西夕站在原地大喊。

尼子猫没有回头。在他的身影消失的刹那，林西夕看见他举起手，帅气地挥了两下。

身后的焰火还在怒放，尼子猫连夜偷运上来的烟花的分量能把整个楼顶都炸糊。

空气里飘着硫磺的味道，还有尼子猫身上淡淡的烟味。

林西夕眯着眼睛，看那冲上蓝天的焰火。绿色的，紫色的，金色的，像一场突如其来的雨。

原来阳光下的焰火也可以这么好看。我第一次看到这样的焰火。

谢谢你，我的朋友。

尼子猫冲向机场，登上了去美国的航班。日落前，他已经趴在飞机座椅靠背的桌板上，安然睡着了。

他的耳边放着那只白色的海螺，海螺上歪歪扭扭地刻着几行名字：

沸鳞炎渊
墨岚
黑岩泽璃
林西夕

夕阳的光把茫茫云海之上的飞机染成了玫红色，墨岚被关在尼子猫的身体里，被迫和他一起听那海螺的歌声。

墨岚，本座要你忘记林西夕，忘记沸鳞炎渊，忘记你自己。因为你说没有“名字”，“存在”就没有了依靠，所以希望你从此消失。其实我可以只刻你的名字——但万一“墨岚”不是你的真名，或者不是你的全名呢？保险起见，我把你该忘记的人统统刻上了。别客气，本座就是这么周到。

可是，幸福对我来说，也一下子变成了遥不可及的事情。我要跟你一起忘记林西夕了。我怎么舍得忘记她呢？

那个瘦瘦的家伙，那个笑起来灿烂得像焰火绽放的女孩。

那个带我回家吃饭，陪我走过寂寞的街道，一边骂我，一边红着脸帮我抄作业的女孩。

那个听我弹吉他，为我领课本，给我买糖葫芦的女孩。

那个从来没有接过吻，含着棒棒糖浑身发抖的女孩。

那个我自始至终唯一爱着的女孩。

夜幕降临，白色海螺发出微微的光。不久后，它消失在空气里。

第十八章

终点与起点

Best Wishes

不存在的事物不会留下痕迹。

天道如此，残酷也罢。

And nothing stands but for his scythe to mow.

William Shakespeare, "Sonnet 60"

没有什么可以抵挡时光的镰刀。

莎士比亚《十四行诗 · 第六十首》

与黑岩泽璃去平行世界的旅行被林西夕彻底遗忘了，因为在时光倒流后的世界里，它从来没有发生过。当她发现回忆销蚀时曾疯狂地试图把它们记下来，提笔时却发现，大脑中存放那片记忆的地方，只剩下一片白茫茫的雾气。

不存在的事物不会留下痕迹。天道如此，残酷也罢。

与黑岩泽璃的回忆永远停留在被他从绯狐手上救下之后的夜晚，她握着他的手安心睡去，从此再没见过他。

五年后。

美国，大西洋的海岸边。

海浪的余波轻轻地推上沙滩，又徐徐地退去，留下层层细腻的泡沫。小螃蟹在贝壳间迅速溜过，细腿的海鸟在沙滩上觅食。一只大狗"咻咻"地跑过，紧跟着一群笑着叫着的孩子。

尼子猫扛着白色冲浪板，从海中走上岸边。夕阳的余晖照在他身上，把每个带着大海气息的水珠染成金色。一个漂亮女孩向尼子猫招手，跑了过来。尼子猫擦了擦脸上的水，微笑着揽过女孩。

时间总在不停地流逝，每个人都会遇见新的人。

尼子猫转身离去的时候，摸了摸裤子后面的口袋。

还在。

口袋里，藏着一只不知道为什么总也舍不得丢掉的小兔子发夹。

尼子猫离开海滩后不久，有两个人来到同样的地方。

林西夕在美国读书，此刻正牵着房东太太十一岁的小女儿来海边散步。她们坐在沙滩上，看着天边金光灿烂的云霞，听海鸥在头顶拍打着翅膀。

小女孩面对浩瀚的大海，闭起双眼，十指交握，轻轻地拢在胸前。

“Alice，在许愿吗？”

“嗯！”

“如果想要什么好吃的，姐姐就可以帮你实现哦。”

“Alice想要的，只能靠许愿啦。”

林西夕笑了笑：“哦？什么愿望这么困难？”

“我想要一个哥哥。”

（结局I剧终）

第十一章

如果的事

Special Identity

别忙，别忙
且把这杯盏斟上
用这微温的酒
埋藏时光

"But if I'm not the same, the next question is, Who in the world am I? Ah, THAT'S the great puzzle!"

Lewis Carroll, *Alice's Adventures in Wonderland*

"如果我不是我自己，那么我究竟是谁？这可真是个巨大的谜！"

刘易斯·卡罗尔《爱丽丝漫游奇境记》

林西夕低着头，忍住眼泪，双手把"新年快乐"的字条递给六月雨，请它转交给黑岩泽璃。

当作宝物一般保存了好多天的小纸片，似乎还带着那个冬日早晨的暖阳，似乎还印着他的笑容："你的礼物，我已经收到了"——全部、全部都还给他。

轩哥哥，你竟然一声不响地丢下我了。我一定会活得很开心给你看，即使你不在身边。

这天夜晚，墨岚打开了去"中心之地"的界门。

她站在悬崖底部的一汪深潭边。无数山泉从崖壁的石间涌出，水汽朦胧。月色苍蓝，山风拂面，间或有不知名的夜鸟啼于空谷。在山崖之巅，两片透明的"巨鹰"翅膀插入夜空中飞逝的流云，岩壁上流动着淡淡的云影，那是沸鳞炎渊生前的居所，全玻璃结构的云墅。

墨岚沿峭壁边缘的石阶而上。这是条早已被废弃的崖边小路，需要跳过多处断裂的石阶才能上行。她在腰侧插着一把黑曜石短筒猎枪，用手指抓住被山泉打磨得湿滑的悬石，紧紧地贴着崖壁，毫不犹豫地一路向上攀。月光照亮她的身影，犹如照亮一只矫健的山猫。

一个多小时后，云墅的玻璃幕墙终于出现在眼前。墨岚放缓脚步，心跳却猛地加快了。按照以往的习惯，她把食指按在边门的指纹密码锁上——警告的红光一闪，她慌忙往后一跳，手臂已被电流打得发麻。墨岚猛然想起她并不在自己的身体里。这副身体是借尼子猫的，他的意识正在沉睡，而云墅并不"认可"他的指纹。

墨岚调整声带的震动频率，直到能发出属于墨岚的女人声音——云墅的声纹密码锁启动，大门向她敞开。一排排微蓝的冷光在她面前自动点亮，又在她经过后，一排排地熄灭。她穿过云墅的厅堂，走到房屋尽头——暖黄的光芒亮起熄灭，墨岚的身影随之消失。

她进入了云墅从未出现在公众视野的地下部分，沿着一尘不染的旋转玻璃楼梯下行十分钟，来到一个巨大的房间。墨岚的面前立着六只高高的玻璃筒，围成六芒星形，闪着莹黄的光芒。“崭新”的沸鳞樱和沸鳞桃被存放在这里，闭着眼睛，尚未被灌注记忆，金色的长发在水中丝丝缕缕地飘动。墨岚径直走向另一侧的玻璃筒，那里保存着原本属于她的身体，它是沸鳞炎渊用夜繁姬的基因复刻出来的，灵魂被抽出并注入尼子猫体内，此刻只是一具沉睡的美丽躯壳。

墨岚轻轻地摸着冰冷的实验台，摸着久未使用的金属器皿和手术刀。一只大肚子的飞蛾在手术台的角落产了卵，微颤着腿，处在濒死边缘。房间里静得可怕，只有玻璃筒里的水泡上升又破裂，发出细微的声响。一切都在宣布：沸鳞炎渊已死；墨岚的创造者，她的神、父亲与主人，已死。

墨岚用指甲切掉了飞蛾的头，结束了它的痛苦。她漂亮的眼眸里快要射出火焰：沸鳞大人，您实现了计划，我亦尽了仆从的本分，未成为您的绊脚石。现在您不在了，我要行使我自己的意志，为您复仇。如果我能抢回黑岩从您这里夺走的瞬湖，用您教我的知识，重新创造出您来——我会不会就是您最完美的造物呢？

这个想法让墨岚深深陶醉。她调阅了沸鳞炎渊所有的研究记录，轻轻地哼起那曲她和沸鳞炎渊都很熟悉的歌。

云墅的屋顶上，一架白色飞行器悄然降落。

绯狐走进云墅的正门。一排排微蓝的冷光照亮他的侧脸，追随他走向通往地下室的暗门。沸鳞炎渊死后，绯狐以黑岩集团的名义买入了沸鳞的大量资产，这所房子也理所当然换了主人。绯狐喜欢云墅，因为他只用一分钟就获得了它，却花了整整三天才征服它——沸鳞炎渊细致又多疑，除了常规的防入侵系统，还剥离出近百个瞬湖置于通道灯后，只要有不明身份的灵魂经过，界门就会自动打开，瞬间让入侵者坠入其他平行世界。绯狐颇费心神才把自己加入了云墅的“永久认可”名单，他很好奇是何方神圣竟然成功地踏入了这所遍布死亡陷阱的房子。

绯狐沿着透明的旋转楼梯悄然而下。地下室的门虚掩着，一缕莹黄的暖光透出来，洒在最后几级台阶上。有女人的歌声悠悠传来——

别忙　别忙

且让我活过今夏
我还没见过那　金秋麦芒

别忙　别忙
且把这杯盏斟上
用这微温的酒　埋藏时光

绯狐的嘴角一弯，推开房门。地下室的荧光屏亮着，唱歌的女人却不见了。

墨岚从门后的黑暗中猛地跃出，身手敏捷地扑倒绯狐，用短筒猎枪狠狠地抵着他的心窝，在几秒内打出整整一梭子弹。她的虎口韧带被强大的后坐力瞬时撕裂，然而双手却像想把枪管刺进绯狐胸腔似的，使出了全身力气。郁积多日的仇恨，无处告解的悲哀，此刻均化为燃烧的子弹倾泻而出。这是墨岚长久以来最痛快的时刻，弹匣顷刻清空，她娴熟地换上新弹匣，把滚烫的枪口移至绯狐的后脑，无情地重复着死亡宣判。

绯狐悄无声息地俯伏着，鲜血流了一地。

“解决了一个，沸鳞大人。”墨岚的脸上，妩媚的微笑徐徐绽放。

绯狐的尸体变成黑色瞬蝶，“哗”地飞散。墨岚一惊，已经被银色的水流缚住了双手，整个人后仰着离开地面，被吊挂在天花板上。

一条大蛇从屋顶缓缓降下来，用金色的眼瞳冷冷地注视着墨岚，黑色的信子一伸一缩。它是绯狐的魂契之兽，名为“巳染”的角蝰蛇。

绯狐站在地下室入口的最后一级台阶上，毫发无伤，颇有兴趣地注视着云墅的入侵者。在他的眼中，入侵者是尼子猫：短发，虎牙，晒得黝黑的肤色，黑色篮球背心和破洞牛仔裤。

绯狐走到墨岚的面前：“不简单嘛，小朋友。请问我何处得罪过你？”他拾起掉在地上的短筒猎枪，看见枪托上的沸鳞标志，“解释一下？”

墨岚的眼中快要冒出火来。绯狐居然以整座云墅为“场”施放了幻术，这是她始料未及的。如今落在仇敌手中，愤怒煎熬着她，羞耻感也煎熬着她——墨岚为绯狐还活着的事实而感到羞耻，为自己的无能而羞耻，更为可能遭受的报复对待而羞耻。

绯狐等不到回答，叹了一口气。重逾千斤的大蛇巳染抬起三角形的巨大头颅，缓缓地缠住尼子猫的身体，越收越紧，墨岚顿时喘不过气来，她听见浑身的骨头都在“嘎吱”作响，这样下去，不出十秒，尼子猫的脊柱就会断掉。

巳染忽然停了下来。它用冰冷的信子在墨岚脸前晃了晃，猛然松开了捆绑，迅速撤离，几乎头也不回地逃到绯狐身后。

绯狐微微惊讶。即使是在陌生的平行世界面对庞然巨兽的进攻，巳染也从未退缩过。他疼爱地摸了摸巳染的脖颈："怎么了，宝贝？"

巳染收起所有鳞片，躲进屋角的黑暗里。

"哎呀，哎呀。我以为捉了一只小老鼠，没想到冲撞了猛虎呢。"绯狐用湖蓝色的眸子打量着墨岚，"失敬，'北方之地'的虎王陛下。在下只知道您是向黑岩泽璃发起挑战的人类，巳染却发现您的身份远比人类尊贵。如果伤到您，黑岩可就卷进不得了的外交丑闻了。您愿意赦免在下吗？"

墨岚心中如电光火石闪过。她早就听过"虎驭百兽"的传说，然而尼子猫的气息能震慑绯狐的魂契之兽，这倒是意外收获。她强行压抑着手刃绯狐的冲动，用尼子猫的声音平静地说："本王需要这座房子。"

"乐意之至。"绯狐的语调近乎谄媚，"不过，如果确认了一件事，虎王陛下恐怕会感激我的……"绯狐话音未落，墨岚的右胸已经被高速旋转的细细水流穿透，突如其来的剧痛让她忍不住闷哼了一声，眼前一黑便昏了过去。

"果然是女人的音色。"绯狐伸手扶住她，"您到底是谁呢？是'虎王'，还是操纵他身体的哪位美人儿？"绯狐开始调阅云墅今夜的进入记录。

编号：ZN4390T2
ID：沸鳞墨岚
肉体原型：夜繁姬
记忆原型：夜繁姬
情感原型：N/A
操作历史：
……
抽出沸鳞墨岚的瞬湖，融入尼子猫的灵魂，进行"一体双魂"的实验。
……

"沸鳞墨岚？难怪你想杀我。"绯狐微微一笑，踢了踢尼子猫的身体。

尼子猫一睁眼就觉得哪里不对劲。

天花板很白很高，卧室顶灯不翼而飞，墙被漆成了淡绿色。耳边响起豪放的鼾声，他疑惑地转过头去，不由地往后一撤：老爸尼震正扑在枕头一角，张着嘴，睡得满脸油光。在床的另一侧，林西夕背靠折叠椅，也睡着了。尼子猫浑身插满透明软管，身上穿着蓝白相间的病号服。他掀开上衣，看见右边胸口被缝了几十针，白色药棉透着微微的血迹，心里一片茫然，捣了捣林西夕。

学霸一醒来就异常激动，握着尼子猫的手说不出话。

“嘿嘿。”尼子猫挺开心，冷不丁瞥见床角的《病危通知书》。

尼震猛地推开枕头，满脸高兴得快哭的表情，说出的话却是气沉丹田，威震医院：“臭小子！跟谁打架了？”

“不知道。”尼子猫闻到尼震身上的酒气，皱了皱眉。

尼震火冒三丈：“敷衍我！臭小子，你干脆死了算了！”

“你不想说好听的话，可以不说。”

林西夕心里冒着冷汗。她知道尼子猫和父亲的关系不好，没想到一睁眼就爆发战争。此时医院的餐车经过走廊，尼震气哼哼地出去买午饭，室内的气氛才勉强回暖了一些。

“别理他。从小到大，除了打我就是骂我，也不体谅本座现在这虚弱的身子……”

林西夕想笑，赶紧忍住。

“瞧你眼睛肿的，”尼子猫斜着一边眉毛，“为本座哭过了吧？”

“医生说你挺不过去了。”

“啥？”

“你被扔在医院门口，胸口被打穿了，有这——么——大的一个洞。”

“没有啊，哪有洞……”尼子猫摸摸胸口，“喂，要是本座死了，你会伤心吗？”

“会！”

尼子猫没想到林西夕这么直接，心里有点儿期待：“那、那要是我死了，你最后悔的事是什么？”

“我帮你抄的暑假作业全白费了。”

尼子猫的笑容凝固在脸上。他长叹一声，压低声音：“今晚别出门，我越狱了就来找你，有要紧事商量。”

林西夕转脸冲着门大声说：“尼震叔叔，尼子猫今晚要越狱。”

“嘘——！”尼子猫瞪大眼睛，“我把你当朋友！”

“我没有胸口开洞满地乱跑的傻子朋友。”

“真没有洞，”尼子猫不假思索地掀开上衣，“你看！”

林西夕“呼”地起身，满面通红，尼震推门而入，不由分说地在尼子猫头顶劈了一掌。

林西夕告辞后，尼子猫翻过身，背对着尼震呼呼大睡。

“臭小子装睡。”尼震嘴上骂着，心里却有点儿后悔。尼子猫被送进医院时，最早接到通知的不是尼震，而是林西夕，因为她的名字被存在手机通讯录的第一位，也是尼子猫最后呼出的号码。尼震猜儿子喜欢这姑娘，自己刚才没给他面子，臭小子一定很不开心。

尼震把午饭放在床边，望着儿子的背影默默地坐了一会儿。

尼震开了家不动产公司，此刻本应在公司里忙碌。然而，他已经“人间蒸发”三天了，电话不接，邮件不回——不是因为没时间，而是实在没心情。在过去的七十小时里，尼子猫的心脏停跳过两次，尼震签《病危通知书》的时候手都在抖。他害怕捧起儿子的骨灰盒，害怕家里二楼那个乱糟糟的房间从此就空了，所以他哪儿都没去。

现在尼子猫终于醒了，却不肯告诉尼震他受伤的原因。尼震可以骂他打他，却说服不了他，这让尼震想起来就觉得烦心。

尼子猫听到尼震在背后重重地叹了一口气，有点儿纳闷臭老爹为什么还不走。在他的记忆里，尼震总是很晚才回家，倒床就睡，鼾声如雷。小学时，尼子猫央求尼震教他篮球，尼震满口答应，结果高价雇了个教练。初中时，学校组织父子赛车模型组装赛，尼震承诺会参加，最后只派了自己的助理来。等尼子猫进入高中，母亲离婚出国，尼震更是连周末都要去公司，每晚都有应酬，见到尼子猫的时候总是酒气熏天。因为这个缘故，尼子猫厌恶酒精，连啤酒都不沾。尼震知道尼子猫对自己有意见，对儿子的态度愈发粗暴，父子关系越来越僵。

今天，尼震居然在尼子猫身后坐了半个多小时，这让尼子猫有点儿不习惯。他在硬邦邦的病床上躺得腰酸背痛，考虑着自己是不是该翻过身去。

尼子猫正在犹豫，尼震拿起手机，大步走出病房：“张总啊，我儿子住院了，不然哪儿敢不接您的电话啊……对对对。马尔代夫怎么样？北海道也不错，我有个朋友在小樽开了家寿司店……”

尼子猫竖着耳朵听。尼震站在走廊里，又给自己的助理打电话：“小杨，派车来接我。对对。从今晚开始，每顿饭给尼子猫叫个外卖，医院伙食太差了。”

“少爷喜欢吃什么菜？”

尼震答不上来，想了想说：“反正每顿都别重样，吃好点儿。”

尼震挂了电话，回来拿了西装外套，拍拍裤腿上的皱褶。儿子已经度过危险期，他需要立即回公司去，拍地动迁、战略采购、精准营销……一叠文件等着他签字，一批项目等着他决策。

病房的门被“呼”地打开，尼震大步走了出去。一阵热风吹进来，又被干脆地切断了尾巴。寂静统治了房间，尼子猫一直侧躺着装睡，终究没有转过身去。

尼震刚走，尼子猫就拔了针头，撕掉止血棉，麻利地下了床。

要“越狱”，根本不用等到晚上。

那个被林西夕比划的“这——么——大”的洞，完全没在他身上留下痕迹。尼子猫伸手拆了缝在胸口的线，套上黑色篮球背心和破洞牛仔裤。

外面的走廊上传来谈话声，尼子猫一惊，立即溜回病床上装睡。医生在探视窗外往里望了望，见没什么异样就离开了。

尼子猫暗喜，大大方方地走出病房的门。

迎面走来一位护士，看见尼子猫，表情一僵，很在意地盯着他。尼子猫心里紧张，随时准备发力逃跑。

护士抿嘴一笑，轻轻地转过脸去。两人擦肩而过，尼子猫微微松了一口气。

迎面又走来一对母女。

“妈妈，”小女孩摇着母亲的手，“你看那个哥哥的衣服上有个大洞！”——这是绯狐袭击墨岚时，高速水流洞穿尼子猫身体时留下的，洇着暗红的血迹。

“不要看。”母亲把女儿拉到一旁，“这里住了很多精神病人……”

“可是妈妈，他长得好像你喜欢的韩国明星，就是经常穿着渔网跳舞的那个，他也是精神病人吗？”

尼子猫听得真切，立马脱掉背心攥在手里，全速奔出医院大门。

尼子猫身无分文，走到家的时候，已是傍晚。他骑上心爱的摩托车，出发去找林西夕。两家相距半小时车程，尼子猫却在不知不觉中绕了很长的路。他此时还不知道墨岚寄生在自己身上，但是过去几天发生的事足以令他心烦意乱了。他想起在墨岚小馆看到的回忆，想起黑岩泽璃攻入“北方之地”，杀了虎王天寂和虎后辰溪，想起自己在炽热如火的荧光湖中找回了虎族的力量，又被山魈长老千嘱万托，务必从黑岩泽璃手中夺回虎眼石，以此进入“伊利亚的乐土”。对一个十七岁的少年而言，这一切都充满刺激和挑战，可是尼子猫觉得心里空落落的，有种没来由的茫然无措。

他抬起头，眯着眼睛眺望远方，瞳孔深处漾着点点金光。摩托车在身下轰然奔驰，强劲的风在耳畔“呜呜”作响。帝都的西边，群山笼罩在浅紫色的雾气中，一轮红红的夕阳正穿过描着金边的云朵，迅速下沉。不久前，他曾坐在学校的天台上，和林西夕一起眺望过这样的景色。那时他还只是个会说法语、打架彪悍的不良少年，那时他只需要为父母的离婚而烦恼，那时他可以仅仅因为一盘学霸主厨做的醋熘土豆丝，就心满意足。

不知不觉间，肩上的责任重大起来：保护森林百兽，统领“北方之地”……尼子猫看着自己的手臂，金黄相间的虎毛从皮肤下迅速长出，又消失无踪——这样的我，还能算“人类”吗？

尼子猫绕着帝都的六环路兜了一圈又一圈。等他来到林西夕家楼下，已然夜幕深沉。

“你真越狱啦？”林西夕抓着手机跑出来。

学霸今晚穿了热裤！尼子猫顿时忘了烦恼：“本座已经百分之一百康复了。”她的腿好漂亮……

“不良君？”

“哦哦！”尼子猫挠挠头，重复道：“本座已经百分之一百康复了！”

两人在小区的儿童游乐区里，各自找了个秋千坐下。身后，枝繁叶茂的七叶树在夏夜微热的空气里散发着香气，石榴树上饱含水分的果实压低了细细的枝条，不久就会撑破泛青的果皮，像一门门小小的火炮，炸出闪着酒红色光泽的石榴子。

“不良君，你为什么会受伤？”

“我只记得在家里睡觉……醒来就躺在医院里了。”

“坏人爬进你房间了？”

“然后给我一刀，再把我扛到那么老远的医院门口？”

“尼叔叔可担心你了，他这几天一直在医院，连澡都不敢去洗，生怕你就这么没了。”

“难怪我闻着味儿不对。”尼子猫抱怨着，心里却一暖。

“你说有‘要紧的事’找我商量？”

尼子猫应着，目光躲闪起来。

“暑假作文我可不帮你写。”

“假如有一天……”尼子猫下了决心，“你发现你另有爸妈，你怎么办？”

“啊？你是说……”

尼子猫深沉地点点头。

林西夕手足无措：不良君是被领养的！

“而且，原来的父母已经被杀害了……”尼子猫偏过脸。

林西夕惊呆了。

“假如……你还发现自己可以听懂动物的对话，随时变成动物，你必须保卫你的国土，防止再次入侵……”

“哦——”林西夕松了一口气。这家伙绝对是玩了什么游戏，走火入魔了！

“林西夕，”尼子猫严肃地说，“我接下来的话，可能会吓到你。但是我不想隐瞒。”

“好的。”林西夕坐正身子。

“我可能不是人。”

林西夕在秋千上一歪，哈哈大笑。

“你认真点儿。我是说，我是虎王。”

“吾皇万岁万岁万万岁。”

尼子猫摇摇头：“你看看四周。”

今晚遛狗的人很多，却没有一只狗敢靠近这片区域。几个主人试图把爱犬牵来，狗儿却竖起鬃毛，沉默地用四条腿支着地面，拼命抵抗，一条狼狗甚至挣断项圈逃走。

“它们不敢过来，是因为我宣布：‘这片地盘是我的’。”

随着这句话说出口，以尼子猫所在的秋千为圆心，平地上起了一阵狂风。蚂蚁们排成射线状，井然有序地迅速撤离。

“林西夕，没有蚊子敢咬你，”尼子猫的眼瞳金光闪闪，“因为你现在是我的‘猎物’，你的每一寸皮肤，每一滴血都属于我。我是王。”

林西夕被震住了，呆呆地点了点头：“好霸气。可是，我没听懂……”

“跟我走。”尼子猫从秋千上起身，跨上摩托车，发动引擎，“给你看些东西。”

动物园的张大爷今晚有些心神不宁。他今年六十五岁，头发花白，戴着一副宽边玳瑁老花镜，穿着洗得很旧却很整洁的白汗衫和藏青色大短裤，正坐在值班室的铁架床上，摇着蒲扇，听老式收音机里的京剧：“大炮三声如雷震，挽绣甲跨征鞍整顿乾坤。辕门外层层甲士列成阵，虎帐前片片鱼鳞耀眼明……”

最近这两年，动物园的生意眼看着惨淡下去，从专科学校毕业来的饲养员总是待不了几天就辞职，于是下个月就要退休的张大爷不仅负责巡逻和安保，还要喂喂野猪和孔雀。

“现在的年轻人啊……”张大爷不满地摇头。

收音机的信号时好时坏，《穆桂英挂帅》也时断时续。张大爷用沙哑的嗓音补上漏掉的唱词，唱到一半又停下来，侧耳倾听。

今晚的动物园实在是太安静了。

那些夜行动物们，从郊狼到巴西夜猴，通常在太阳落山后开始长哭短嚎，有亢奋，也有悲凉，此起彼伏，夜夜不断；然而今晚，它们就像中了魔法，全都沉默着。月亮躲在云后，动物园成了一座晦暗不明的森林，仿佛屏息等待着什么东西的降临。

动物园外不远处，不良君正带着学霸四处张望，琢磨着溜进园的方法。入园障碍是道五米多高的铁栅门，被一只巨大的铜锁牢牢锁住，门后不远是动物园值班室，有个老头儿摇头晃脑坐在里面。尼子猫想托着林西夕翻过铁栅门，又怕被发现，掏出手机研究地图，发现动物园的背面有个很大的人工湖，湖边没有任何围墙，可以一口气游进动物园去。

“我，我不会游泳……”学霸露了怯，“咱们非得今晚进去吗？”

尼子猫点点头，林西夕就没多问。刚才蚂蚁撤离的那一幕让她非常震惊，尼子猫半夜来此必有原因。

“那……我们想个办法让老爷爷开门？”

“买个西瓜送他怎么样？”

“你要收买革命的老战士吗……”

一阵音乐声飘过耳畔。几百米开外，二十多位大妈正握着花扇，整齐划一地跳着广场舞。林西夕眼睛一亮：“我有主意了！”

张大爷差点儿被震耳欲聋的《××民族风》从床上颠下来。他向外一看，立刻七窍生烟——广场舞战斗小分队居然占领了动物园大门口！张大爷拿了大铁门的铜钥匙，气势汹汹地一把推开值班室的门，扯着嗓子嚷嚷：“都走开！不要吵！熊猫都睡了！”

领舞的是位烫着“大波浪”、体态丰腴的五十岁大妈，她无视张大爷，转身笑吟吟地说：“姐妹们看我手势，一大大、二大大、三起手、四转身……”

队员们手臂抬起放下，花扇翻转，裙摆飞扬，跳得渐入佳境。

“怎么回事？”张大爷横眉怒目，打开大铁门出来轰人，“去去去，再吵鸵鸟不下蛋了！”

领舞大妈吸引着张大爷的视线，冲尼子猫挤了挤眼睛，不良君和学霸立即顺着墙角阴影，从张大爷身后溜进大铁门里。林西夕一路小跑，回头发现尼子猫居然偏离了商量好的路线，蹑手蹑脚地钻进值班室，抓起一圈钥匙快速溜了回来。

“尼子猫你偷……”

“快！”尼子猫抓起林西夕的胳膊向动物园深处跑去。

此时，大妈们把张大爷围在中间，音乐陡然一变，奏起了《红色娘子军》。领舞大妈踮起脚尖，化身为虽胖却举止轻盈的芭蕾舞者，而张大爷一愣，硬是被当成“党代表”，被一群女战士众星捧月地围在中间。他无奈地叉手站着，气却消了大半。电视里净演些什么偶像剧，张大爷不爱看，还是样板戏经典，那些抛头颅洒热血的峥嵘岁月，似乎一瞬间又回来了。

领舞大妈看见尼子猫顺利地溜进动物园，甚是高兴。像他这样主动教阿姨们跳街舞的小伙子可不多，那么，小伙子想带女朋友看晚上的长颈鹿，我们自然也要全力帮忙。“千万别去狮虎山、熊馆什么的啊。”领舞大妈善意地提醒过尼子猫。

动物园很大，生活着来自地球各地的五千头动物和一万多尾鱼。道路两边灯光昏暗，大树在风中摇动着叶子。林西夕走在不良君身边，稍微有点儿不安。他带领大妈们跳舞的时候还十分活跃，进园后却一言不发，侧脸看起来非常严肃，甚至带着威严。

路过夜行动物馆的时候，一只巴西夜猴用尖厉嘹亮的长啸打破寂静，又用柔和的嗓音短促地唤了三声。尼子猫推开夜猴馆的门，走了进去。

几十双亮晶晶的大眼睛共同打量着林西夕和尼子猫，红棕色的瞳孔带着与生俱来的天真。它们温柔又热切地呼唤着，林西夕忍不住模仿它们的叫声回应。

“你知道自己在说什么吗？”尼子猫很高兴。

“切，你知道？”

“自由！自由！”

林西夕将信将疑地看着尼子猫。他站定身体，用同样的“句子”回应了猴群，还加了些长长短短的尾音，夜猴们顿时炸开了锅，上蹿下跳，踩得笼子“咯吱”作响。闹腾一阵后，所有夜猴齐齐停下，盯着尼子猫，眼睛里充满期待。

林西夕傻掉了。不良君好像真的不只会说法语！

尼子猫得意地望了她一眼：“走，跟本座去‘狮虎山’。”

“我们好像答应了领舞大妈，有危险动物的地方都不去……”

“没什么比本座更危险。”

林西夕“呵呵”一笑，却发现尼子猫看起来竟然一脸落寞。

在沉默中走了五分钟，“狮虎山”映入眼帘。钢筋水泥砌成的围池里，四五只大猫背靠微亮的灰色山岩站起身来，眼睛闪着光，定定地望着尼子猫。

林西夕不敢走得太近，远远地看着。

“林西夕，你喜欢什么动物？”尼子猫突然问。

“兔子。”

“猛兽，喜欢不？”

“狼还行。”

“老虎怎么样？”尼子猫忽然捉住了林西夕的手。林西夕心里一颤，想抽回手来，可是尼子猫捉得紧紧的：“林西夕，闭上眼睛。”

“不闭！”

“那你别害怕。”尼子猫目光灼灼，“来，放轻松……”他抬起林西夕的手，放在自己的耳朵上。圆圆的，摸起来毛茸茸的。在微暗的灯光下，林西夕看见尼子猫那很酷的短发上顶着一对老虎耳朵，上面还围着半圈小小的银色耳廓！事出突然，她的大脑一片空白，手自动地揪了揪。

“好样的！”尼子猫高兴地拍着她的肩，“你不怕我！”

林西夕咬着牙。

“其实，只变耳朵很麻烦，变全身就比较简单。”尼子猫往后退了退，化为一只三米多长的斑斓猛虎，皮毛在暗夜里泛着淡淡的金光，瞳孔如熔化的金子般闪闪发亮。

林西夕“嗷”的一声惨叫，下巴差点儿脱臼。狮虎山里的大猫们冲着夜空齐吼起来，威声震天。

猛虎抖了抖毛，瞬间又变回尼子猫：“怎么样，帅不帅？”

“尼尼尼尼子猫！”

“对啊！结结结结巴。跟你说过本座是虎王了嘛。”

“你怎么……”

林西夕未说完，尼子猫大喊一声：“我再变！”又变回了斑斓猛虎，他身后的大猫们又兴奋地吼叫起来，好像国王巡视时鸣响的礼炮。林西夕的下巴又一下子掉了下来。

老虎用毛茸茸的爪子按住林西夕头顶：“你这表情好搞笑——我再变！哎呦！”

林西夕“乓乓”地猛敲尼子猫的脑袋：“变变变，变猪头啊你！”

“疼！”

“你真的不是人？”

“我怎么觉得你在骂我？我经历了很神奇的一夜，醒来就这样了。林西夕，你会不会觉得我是怪物？”

“有一点儿。”

听了林西夕的诚实回答，尼子猫神情灰暗：“但是我回不去了。我跟你不一样，也跟所有人不一样了。我怕被人知道了关起来，拿去做实验。老实说，我有点儿不知所措，不知道自己是谁，也不知道未来会怎样。”

狮虎山上的大猫们不再出声。周围很安静，一只蛐蛐在草丛里轻声鸣唱。

林西夕忽然意识到，尼子猫面对的是跟“人类身份”告别的大事件。他独自遭遇这样的变故，内心一定非常烦恼。她慢慢镇定下来：“你是傻瓜吗？你是尼子猫。你变成老虎也好，老鼠也好，你就是你。”

尼子猫抬起头。

“幸好你没变成僵尸，不然我还真不知道拿你怎么办。”

尼子猫定定地看着林西夕。她说出了不得了的话。“尼子猫还是尼子猫。你就是你。”对啊。我就是我，我最本质的东西，从来都没有变过。

心里的乱麻被解开了，一阵微风吹了进去，把郁积的烦愁一扫而空。尼子猫一把揽过林西夕：“你这家伙偶尔也会说两句好话。”

“‘朋友’就是这个意思嘛。”林西夕嗅着尼子猫的肩膀。

“喂，你闻什么呢？”尼子猫的耳朵红了。

“闻你有没有老虎味儿。”

“有没有？”尼子猫有点紧张。

“只有烟味。”十秒钟后，她觉得有点儿不对劲，把尼子猫的手扳开，“保持距离。”

“你得爱护动物，老虎我觉得身上好冷。”尼子猫若无其事地把林西夕的脑袋往自己的胸口按了按。她的头发好软。

“不良君，你口袋里有什么东西……”林西夕揉着手臂。

“哦哦！差点儿忘了正事。”尼子猫掏出偷的一整圈钥匙，“是打响解放战争的时刻了。本座答应了给夜猴‘自由’，它们已经把消息传出去了。”

“What?!”林西夕脑海中闪过一大波动物在夜色笼罩的帝都二环路上自由奔跑的场景，“Now?”

“当然不是现在。广场舞大妈看见我俩进来了，所以不能选今晚。”从技术上说，尼子猫当然可以选今晚，解放所有动物，去“北方之地”一避了之。但他不想把林西夕牵扯进来。她是“好学生”，他知道她想进燕京大学。

尼子猫忽然警觉地矮了半身，望向动物园大门的方向：“值班室老头儿发现钥匙丢了。”

“你怎么知……”未等林西夕说完，刺耳的警报声骤然拉响。

尼子猫二话不说，拽着林西夕就往动物园后门的方向猛跑。他的速度非常快，林西夕觉得自己如同被一阵强风牵引着向前飞行，两只脚几乎离开了地面。一路经过大大小小的动物笼舍，袋鼠们齐刷刷地蹦到笼边，河马在星光下张嘴微笑，从睡梦中惊醒的琉璃金刚鹦鹉拍打着双翅，大声嚷嚷：“嘎——你好！”

经过山魈馆的时候，尼子猫猛地停住脚步，林西夕差点儿撞到他的背上。风中传来脚步声，几个保安正急忙赶来。

尼子猫弯下腰，把手掌按在青石地面上，“啪”的一拍。三四枝绿色的藤蔓从石头缝隙中迅速钻出，越长越高，眨眼间就高过地面半米，形成一个拱门的形状。他将“门”两侧的叶子牵在一起，“门”里发出炫目的金光，一只高大的蓝脸山魈出现在门的后面。

“虎王陛下。”山魈长老向尼子猫深深鞠了一躬，好奇地盯着林西夕看。

“在那边！”保安们往这边紧追过来，脚步声立即逼近。

“快！”尼子猫把钥匙圈丢给山魈，山魈和界门便瞬间消失了。一群蝙蝠从空中俯冲下来，撞在保安们的脸上，不远处的公象发出叫喊，往保安们身上又喷水又扔瓜皮。尼子猫拉住林西夕，继续狂奔。

“邪门了！”领头的保安小哥擦了一把汗，向骑着绿色小电动车匆匆赶来的张大爷喊，“动物好像在搞暴动！”

“找到没？”张大爷顾不上歇一口气，“贼找到了没？”

“只看到‘啪’的一下金灿灿的。”保安小哥满脸困惑，“跟在地上放了个焰火似的，然后有个影子跑到湖那边去了……”他的目光落在绿色小电动车上，眼睛一亮，“老爷子，车借我用用！还有你的麻醉枪！”

林西夕觉得鞋底都快着火了。穿过鹿苑，他们的眼前猛然出现一片黑压压的水面，是围着动物园西北角的大湖，足有四五百米宽，五十多米深，对岸是一人高的草丛和茂密的防护林，外面就是公路和居民区。身后传来电动车马达声，追兵居然升级了装备，越追越近了。

“游过去！”尼子猫当机立断。

“我不会游泳……”

“上来！”尼子猫变成斑斓猛虎，放低前半身，尾巴有力地一扫，“快！”

林西夕慌慌张张地爬上去，尼子猫向河中纵身一跃，眨眼就蹿出几十米远。

林西夕把手放在老虎身上。他的体温比她的高出一两度，背上的鬃毛很扎手，耳朵后面的绒毛却非常柔软。

“哎哎哎，摸一下两百块钱。”

“嘿嘿，我也是摸过老虎的人了！我重不重？”

“学霸还担心这个？”尼子猫觉得好笑，抬头向对岸猛划。眼看草丛越来越近，这种距离不过是小菜一碟……

“砰”！身后传来一声枪响。

保安小哥扣下了麻醉枪的扳机。他看见一只大猫背着什么东西，试图渡河进入居民区，当即开枪。他不知道林西夕伏在大猫背上，对付大动物的麻醉枪对她而言可能致死。

之后发生的事令林西夕和保安小哥都大吃一惊。

围绕林西夕的身体，刹那间筑起一道冰雪之墙，麻醉弹浅浅地突破了坚冰的表层，瞬间被冻在里面，随后整面墙化为雪片，纷纷扬扬地洒向河面，了无痕迹。林西夕感到身体周围的寒意猛的消散，湿热的暑气扑面而来，意识到是黑岩泽璃留下的防御瞬湖自动启动，保护了她。

尼子猫觉得自腰以下的部位都被极地的寒风咬了一口，还以为自己被麻醉枪打中，奋力一跃，强行跳上对岸。

保安小哥跳进河里，一只手高举麻醉枪，一只手拼命游。

“哥们儿挺敬业。”尼子猫回头望望，变回人类模样，拉着林西夕一头钻进高高的杂草，三步两步冲进防护林，向街灯照亮的公路奔去。眼看自由就在眼前，他忽然停下来：“不行。满大街都是摄像头，我们会被拍到。不如……假装我们从一开始就在这里。”

林西夕瞬间明白，点了点头。

“你装成我的女朋友，我们在约会。”

“为什么在这儿约会？”这里是片斜斜的土坡，站着不摔跤都有点儿难，蚊子多得可以吃人。

“因为我们要抓萤火虫。”尼子猫“啪”地拍了一下手。

从河堤的草丛中，一点、两点……萤火虫们出现了，飘飘忽忽地飞到林西夕的面前，停在她的掌心，像一捧剔透的黄宝石。

林西夕出神地看着。萤光在她的眼睛里燃着火焰，照亮她几乎没有瑕疵的白皙肌肤，这样的美丽让尼子猫心中一动。

保安小哥满脸是水地爬上了岸，迎面撞见尼子猫和林西夕，喘着粗气问：“有没有看到一只狮子或者老虎？”

“没看见！”尼子猫满脸不耐烦——就是这孙子用麻醉枪打我！

“坏了！”保安小哥懊恼地跺脚，“出大事了！”他注意到尼子猫浑身是水，“真没看见？你们在干什么？”

“兄弟，”尼子猫的笑容有点儿可怕，“如果你半夜带女朋友出来，你想干什么？”

林西夕咳了一声，让保安小哥看她手中的萤火虫。要捉这么多，至少要花一整晚。保安匆匆点头，向公路方向跑去。

尼子猫暗暗松了一口气。动物园监视器的线路早就被老鼠家族啃断了，所以不用担心被监控。从渡河到现在过了十分钟，山魈应该复刻好笼舍钥匙并且送回到老头儿的值班室里了。

林西夕小心翼翼地拢着萤火虫：“带回家可以吗？”

尼子猫侧耳倾听：“它们说，寿命只剩三天，想知道你家那边有没有小湖和草丛，能不能找到老婆。”

林西夕遗憾地松开手，萤火虫悠悠地起飞，慢慢地散落入草丛，如同黑夜中的繁星。两人慢慢地走上公路，绕回去找尼子猫的摩托车。

“不良君，如果动物们被放出去，是没办法生存的。你不想看狐狸翻垃圾，狼被人当作流浪狗打死吧？”

“我要接他们去‘北方之地’。”

“‘北方之地’……”林西夕觉得这个名字有点耳熟，“你会带所有动物走吗？”

尼子猫摇了摇头。他望着前方，呼啸而过的车拖曳着红色的尾灯光河。“有些家族在动物园出生，在动物园长大，这里才是他们的家。”

“可是……如果动物失踪，值班室爷爷和保安都可能丢掉工作，我们是不是有点儿过分？”

“把幼崽从窝里抓出来，让北极熊夏天舔冰块度日，这些就不过分？”尼子猫叹了一口气，“是做人还是做老虎，我总要选一边。”

林西夕抬头望着尼子猫，明白他随着身份的改变，肩负起了自己无法想象的责任，虽然他看起来只是个十七岁的少年。

“中心之地”。

黑岩庄园的大管家用托盘端着一只断了腿的水晶香槟杯，从门廊间匆匆穿过，遇到了绯狐。那杯子是黑岩家族最早被册封为“王的剑”时，为王的盛大宴会特别打造的，选料来自稀有的“虹之晶”，质地极其坚硬，净度也非常高，一套仅有三只——初代“王的剑”曾执此杯，向王和王后宣誓效忠。

绯狐拿起断杯，迎着光线欣赏它的耀眼光芒：“真稀奇，泽璃也会摔破东西？不对，这不是摔断的。怎么回事？”

“事务长昨晚读书时，他的本能防御瞬湖突然远程启动了，应该是林西夕小姐那边出事了……事务长一紧张就把手里的杯子捏断了。”

“哦？所以他飞身去救他的小妹妹了？”

“没有。”

“他居然沉得住气？”

“似乎……”大管家欲言又止，“林西夕小姐正和另外一位男子在一起……”

绯狐微微一笑：“泽璃呢？”

“事务长一夜没睡，一直在处理集团的事务。”

绯狐放回杯子。泽璃果然不太善于隐藏自己的心事。

第十二章

最近又最远的距离

Hello and Goodbye

原谅我，
只能以这样的方式来看你。

The woods are lovely, dark, and deep,
But I have promises to keep,
And miles to go before I sleep,
And miles to go before I sleep.

Robert Frost, "Stopping by Woods on a Snowy Evening"

那树林很可爱，它幽暗又深沉，
但我还有约定在身，
安睡前还要行长长的路程，
安睡前还要行长长的路程。

弗罗斯特《在雪夜的树林边停留》

尼子猫偷刻动物园钥匙的第二天，晚上十一点。

他哼着小曲推开自家家门，发现老爸尼震正一脸严肃地坐在沙发上，旁边还有一位穿着警察制服的中年男人，心里冷汗直流。尼子猫镇定地打了个招呼，转身就要上楼，却被尼震威严地命令道："过来！"

尼子猫缩起肩膀走到沙发边上，一脸无辜地望着两个大人。

"我姓赵，是你爸爸的朋友，"赵警官慈眉善目，长着一张端正的国字脸和一对大鼻孔，"我们很重视你受伤的案子……"

"哦哦。"尼子猫"啪啪"地拍着胸口，"伤好了。"

尼震瞪起眼睛："臭小子，逃出医院的事一会儿再跟你算账！"

赵警官很欣赏尼子猫的硬朗做派："小伙子，我带了录像来，可能发现你受伤的线索，需要你帮忙指认。"他示意尼子猫坐好，按下电脑播放键。

录像右下角的日期是几天前的夜晚。画面中有座没竣工的小别墅，四周都是树，月光皎洁，在地面投下清晰的黑影。一个身影从画面一角迅速闪过，跃入小别墅黑洞洞的窗户，乍看像条非常大的狗，背上还伏着什么，赵警官按下暂停键——

一位长发女子伏在大狗背上，身体被一件衣服松松地盖住，只露出洁白修长的大腿。

简直像是恐怖片。尼子猫斜眼看了看赵警官，不知道他葫芦里卖的什么药。

录像继续进行，尼子猫倒吸一口冷气。他看见自己施施然走进镜头，推门进了黑灯瞎火的小别墅，扭动腰肢的样子简直可以用“仪态万方”来形容。

“长得挺像我，走路真恶心。”

尼震瞪着尼子猫，尼子猫连忙摆手：“不是我！我啥都不知道！”

“这是在西山拍到的。”赵警官解释着，“有工人看到山顶有闪光，还听到狼嚎，山里留下很多脚印，好像很多人凭空出现，又凭空消失了。”

“外星人事件吧。”尼子猫耸了耸肩。他不知道墨岚曾经借用他的身体，也不知道趴在狼背上的是林西夕。墨岚那夜对林西夕使用了幻术，让她看着尼子猫，却以为自己看到了墨岚。

“没关系。如果你回想起任何情况，请立即通知我们。”赵警官和颜悦色，很快就告辞了。

尼子猫松了一口气。刚回到自己房间，还没开灯，他忽然被人捂住嘴，反剪双手按在墙上。

尼子猫心里一惊，迅速一缩身体，一个背摔就把对方扔在床上，抄起墙边的网球拍就往对方身上招呼。球拍“唰”地撕裂空气，眼看就要一击制胜，对方却灵巧地反手攥住了拍柄，双方不相上下，进入僵持状态。

“今晚居然是虎王陛下本人当家，”对方从床上坐起身，“在下还想跟沸鳞墨岚叙叙旧呢。”

“你谁啊？”尼子猫警惕地盯着他。黑暗中，一个俊秀的男人坐在床上，银色长发如丝绸般闪着微光，湖蓝色的眼睛漂亮得让尼子猫一愣。

“请原谅在下的无理冲撞。在下不小心给陛下的胸口开了个洞，陛下已经不记得了吗？”

尼子猫心里“咯噔”一下。

“在下今晚是来见沸鳞墨岚的。女人，出来吧。”

“什么意思？”

绯狐望着尼子猫的眼睛，一点也不像是在开玩笑：“沸鳞墨岚，黑岩家的傻瓜总是想着自我毁灭，这让我很为难呢。所以，我需要销毁‘光’或者‘黯’之瞬湖的方法。你是沸鳞炎渊的助手，深入参与了瞬湖研究，对不对？我需要你把发现解释给我听。请好好配合，否则我不保证你和你的‘宿主’陛下安全。”

尼子猫挠了挠下巴。这人是怎么把中文说得让人听不懂的？

“虎王陛下，既然您尚不知情，在下就送条情报，换取您对在下的宽宥吧——名为‘沸鳞墨岚’的灵魂碎片正寄宿在陛下体内。如果您能说服她帮在下破译沸鳞炎渊的发现，在下感激不尽。”绯狐夸张地行了个礼，打开一扇界门，身影瞬间消失。

尼子猫愣住了。这人居然是从平行世界来的，知道我的身份，还提到了“沸鳞”墨岚和瞬湖……尼子猫冲下楼去，在老爸尼震的怒吼声中发动摩托车，直奔墨岚小馆。半小时后，他终于发现，在墨岚小馆本该出现的地方，只有一片空地。

不久后，新学期开学。

高二（1）班的班主任无比遗憾地宣布年级第一名黑岩泽璃“已转学”，男生们暗自高兴，后援粉丝团的女生们哭红了眼睛，四处打听黑岩泽璃的去向，却一无所获。林西夕安稳地生活着，上课，升旗，小测验，大扫除，似乎一切都步入了正轨。

尼子猫表面平静，心里却有些不安。万一那个银发男人的话有点儿道理呢？尼子猫仔细回忆了莫名受伤的事，觉得自己的身体的确可能在某些时候，被其他“东西”控制过。墨岚的忽然消失，让这个诡异的假设更加可信。

于是，不良少年们发现老大变得有点儿怪，比如他经过镜子的时候会不经意地把脸转开，再忽然把脸转回来，好像希望抓到什么别人；再比如一起游泳的时候，向来坦荡不羁的老大居然独自躲往更衣室的角落，闭着眼睛换衣服。

“老大，您是不是……对我们有意见？”少年们很担心。

“本座这是在保护你们的隐私！”

少年们更担心了。

尼子猫跑去找林西夕商量：“你亲眼见过墨岚的，对吧？”

林西夕点点头，尼子猫心里的石头多少落了地。

沸鳞墨岚静静地潜伏在他体内，在没把尼子猫磨炼成她想要的样子之前，她不会轻易暴露自己。

几周后的周一。李老师走上讲台，目光犀利地扫视全场：“同学们，七天后是什么日子？”

“十·一！”同学们紧张起来，莫不是要弄假期补习班吧？

“学校组织国庆合唱比赛，我们班抽中的曲目是《黄河》。”

“噢。”大家听了都微微放心，也很泄气。从小学开始，每年都要唱一回，不是《黄河》就是《让宇宙充满爱》，实在有点儿审美疲劳。

“尽管我不舍得让你们用晚自习时间来排练……”李老师话音未落，同学们打起了精神，“但学校只留了一周排练，我思来想去，认为这种增加班级凝聚力的活动是值得的。”

同学们用力地点头，李老师在心中暗笑。全班气氛一片和谐时，尼子猫撇了撇嘴："无聊。"

李老师手中攥着一支粉笔，脸上保持着微笑："你觉得如何才能让合唱比赛不无聊呢？"

"不唱。"

李老师把粉笔一捏三段："我还很期待你的演出，你不是全班唱歌最好的男生吗？"

"还好。"尼子猫心想，"小李子为什么忽然夸我？"

"我希望你能带领我们高二（2）班，在合唱比赛中取得好成绩。你是很有威信的学生领袖，这种事应该不难吧？"

"不难，"尼子猫想了想，"如果我们唱RAP的话。"

李老师的粉笔头直接化成了粉笔灰。

"我向来民主，"李老师大度地拍了拍变得粉白的手，"你不介意全班投票吧？'正常唱法'和'RAP唱法'二选一，哪种唱法得票多我们就唱哪种。全体都要投票，不能弃权。林西夕，你来计票。"

林西夕硬着头皮走到黑板前面。同学们面面相觑。一边是班主任，一边是不良老大，得罪谁都前景不妙。

"你们随便投，我不看，也不会问。"尼子猫起身就往教室外面走。见此情景，李老师也大度地背过身去。

林西夕开始组织举手投票。全班共有六十一人，一定可以分出多数和少数。

"……二十七，二十八，二十九。算上尼子猫，共三十名同学支持唱RAP。……也有三十名同学支持普通唱法。"咦，人数不对？

"林西夕，你还没投！"有同学好心提醒。

糟糕，我大意了！林西夕尴尬地站在讲台上，全班的视线"唰"地集中在她身上。李老师就算没回头，也肯定明白发生了什么情况。李老师一直都很喜爱林西夕，天天夸她，恨不得让她身兼学习委员、班长和团支书三职，此刻李老师对林西夕寄予厚望。尼子猫悠闲地坐在教室外，看着天上的浮云，丝毫不知道教室里发生了什么，也不想知道。林西夕意识到自己正面临信任危机，不管选哪边，都意味着辜负。

手中的粉笔在黑板上轻轻地磕着。林西夕犹豫再三，还是在尼子猫那边加了一笔。

李老师转过身来，目光如刀："RAP啊？ RAP好啊！老师支持你们搞创新。林西夕！"

"到！"

“由你主唱，把《黄河》RAP起来。你有没有信心……”李老师加重语气，“让我们班赢？”

“不太有……”这是实话。

班里爆发出一阵笑声。林西夕作为遥不可及的学霸，一直是父母口中那个可恶的“别人家的小孩”，这次好像忽然变得可以亲近了。

放学后，赢得选票的尼子猫负起责任，组织排练。

“全员听着，”尼子猫翻身跳上桌子，“管他黄河不黄河，这次的主题是‘闪瞎你的眼’。首先，RAP领唱起头，让那帮老头子评委心脏病一把，RAP和声跟上，唱high全场时普通唱法杀入，弄点儿对比，然后街舞男组来段劲爆的，街舞女组再以挑战者身份把他们比下去，最后用普通唱法‘主旋律’一下，把混搭风贯彻到底。懂？”

全员一脸茫然。

“不要紧。”尼子猫摆摆手，把全班分成十组，在每组里指派了小组长，分头排练：

第一和第二组：两个声部的rap和声，12人
第三和第四组：两个声部的普通唱法，16人
第五组：街舞男生，6人
第六组：街舞女生，6人
第七组：钢琴、架子鼓、吉他等乐器，8人
第八组：服装和化妆，4人
第九组：盒饭和饮料，2人
第十组：校内宣传和经费募集，5人

尼子猫耐心地把表演设想复述了一遍。一旦有了分组和职责，排练工作步入正轨，练唱的练唱，跳舞的跳舞，负责宣传的开始造势，俨然军容严整，随时可战。

“不良君，”林西夕小声提醒尼子猫，“我呢？我没在分组里。”

“小李子不是安排好了么，我俩是第零组，RAP的领唱。”

“这也行？我没听过RAP。”

“来，跟着本座念：yo！”

“又！”

“不是‘又’，是‘yo’，check this out：风在吼yo——马在叫yo——跟我念。”

“风在吼 yo!”林西夕学着尼子猫的样子，两个拇指伸开、食指向下，其他指头收拢，向着想象中的评委席，比了一对镜像的“7”。

尼子猫在学校排练时，他的老爸尼震正坐在帝都英才国际学校校长朱振礼的家中。帝都英才是申请美国本科成功率最高的学校，尼震希望儿子转进英才，两年后直接进哈佛、耶鲁、斯坦福，省得与千军万马的正规军共挤高考独木桥。

“我家尼子猫很有语言天赋，英语和法语说得跟汉语一样好。”尼震满脸自豪，“数学靠自学就能考得不错。”他把几个有“H”标识的橘色包装袋和一张没有密码的黑色信用卡不经意地放在朱校长客厅的茶几边，递过尼子猫的简历。那是尼震请专业团队打磨的简历，只展现尼子猫最出彩、最独特的地方。

朱振礼今年四十六岁，身着颇有学者风范的中山装，肚子微微发福，目光犀利。他已经习惯了接待尼震这样的学生家长，欣赏他们脸上又自信、又谄媚的神色。

“街舞大赛冠军，钢琴十级，自组乐队……尼子猫同学相当优秀啊！尼总，不瞒您说，帝都英才的招生名额非常紧张，犬子入学时都挺费劲的。”

“朱校长真是公私分明，令郎要入学，还不是您一句话的事？”尼震陪着笑，“我前两天慕名参观了英才，果然是超一流的名校，唯一的小小遗憾是运动场似乎有点儿小。我那个小公司刚好准备在英才隔壁建个体育馆，不如就推倒围墙……”

“尼总这么支持教育事业，朱某深感钦佩。”朱振礼顿时兴致高昂，“犬子要是有尼子猫同学这么优秀，我也就不用那么费劲了。”他提高了音量，对着客厅尽头的房门喊，“朱远帆，出来向你尼震叔叔问好！”

一个瘦瘦的少年探出半边身子看了看，很不情愿地走了过来。

“看看你未来的学弟，”朱振礼把尼子猫的简历拍在儿子朱远帆面前，“好好跟人家学习，不要天天在外面打架。”

朱远帆随随便便地瞄了一眼，愣住了。他认出了照片里的尼子猫，正是几个月前在学校天台上把他揍得找不着北的邻校不良老大。

“事务长，爱丽丝兔子国的四叶草骑士求见。”

黑岩泽璃从办公桌前抬起头，猜不出兔子国的老朋友突然拜访的原因。

随着“噗噜噜”的声响，浅咖啡色的大兔子旋转着耳朵飞了进来，脖子上的米色领结像一对翅膀。它昂首落在一本摊开的书上，迅速打量四周，发现大狼麓麟不在，暗暗放心："黑岩阁下，林西夕小姐在周一的法语测验里错了两个时态填空。周二体育课测验投实心球，林西夕小姐超过及格线一厘米。周三晚上，林西夕小姐作为领唱，第一次成功地说唱了全段《黄河》，进展喜人。"

"等一下。"黑岩泽璃迷惑地望着四叶草。

"等一下后，林西夕小姐带着同桌男生尼子猫吃了章鱼烧，尼子猫回请她吃了巧克力圣代。"

黑岩泽璃面无表情地听着，心里有点儿上火。对他而言，章鱼烧是几乎"神圣"的秘密回忆。

"周四中午，林西夕小姐……"

"请暂停，您说这些的原因是……"

兔子骑士骄傲地挺起胸膛："黑岩阁下要的情报，我们都仔仔细细地收集齐了。"

"我要的情报？"

"绯狐阁下聘请了爱丽丝兔子国精英中的精英，说您想知道林西夕小姐每天的情况，'细节越丰富越好'。"

黑岩泽璃苦恼地揉了揉脸。绯狐这家伙不知道在想什么。

"绯狐阁下说，如果您'多关注一下林西夕小姐的幸福，也许会更珍惜自己的生命'。六月雨国王陛下特别感动，令我们全力配合。——林西夕小姐后天会面对全校表演说唱，她非常紧张，昨天回家后对着镜子把头发梳起又放下，换了三款不同的发饰。"

黑岩泽璃哭笑不得："谢谢，我知道了。"

"随时为您效劳。"四叶草整了整米色的领结，踮着脚尖旋转起来，像一只飞翔的毛松果般飞到了门外。

黑岩泽璃继续埋头工作。过了一会儿，他往靠椅里一躺，仰望着天花板。

一个字也看不进去啊。

国庆歌咏比赛当天。

比赛开场时间是上午十点，按照尼子猫的安排，全员都要在早上八点半穿着演出服到教室化妆。然而，过了九点，林西夕还没露面，电话也一直关机，尼子猫有点儿着急。

"你们自己练一遍，鼓手记得第二段不要进早了，本座很快回来。"尼子猫拿起摩托车头盔，大步走出教室。

此刻，林西夕家门外，黑岩泽璃坐在车里，静静地等着。林西夕的卧室窗帘紧闭，阳光照亮了窗棂。

“四叶草骑士，请查看情况。”

“收到。”耳机里传来窸窸窣窣的声音，十几秒后，四叶草汇报：“林西夕小姐睡过头了，我来制造点儿噪音。”

黑岩泽璃弯起了嘴角。

“林西夕小姐已经醒来。林西夕小姐着急滑倒了！林西夕小姐奋力起身，目前正去洗脸。林西夕小姐准备换衣服……”

“别看，回来！”

扬声器里切进另一个声音：“泽璃，你好像玩得很开心嘛。”绯狐“黑”进了黑岩泽璃的车内系统。

“我记得给你留了不少工作啊。”

“别这么无情嘛，我可是专门来看你伪装成计程车司机，等在小妹妹家门口的。”

黑岩泽璃望了望后视镜。本来只有两个座位的黑色座驾被幻术改造成帝都计程车的样子，车内的“运营证”和“服务监督电话”一应俱全。为了不被林西夕认出来，黑岩泽璃还把自己的容貌改成了七十多岁、满脸皱纹的老人家，一头银色乱发活像爱因斯坦。

“帝都的计程车司机没有这么老的吧？”绯狐笑着，黑岩泽璃的脸微微一红。

“黑岩阁下。”四叶草出声提醒。

林西夕从楼道大堂里冲了出来。她穿着民国时代的女生服，白色中袖上衣，深蓝的及膝裙，黑色的小皮鞋，长长的发辫上系着银色锻带，像一头在时间缝隙中迷路的小鹿，一头扎进了现代的水泥森林。她一看到黑岩泽璃的“计程车”就双眼发亮，边跑边挥手，生怕他开走了。

“很可爱哦。”绯狐评论着，黑岩泽璃已经充耳不闻了。虽然只有一个多月没见到她，他却觉得过了好几年。

林西夕拉开车门，一头扎进副驾驶位：“师傅，去富丘高中！”林西夕瞄了黑岩泽璃一眼，看他颤巍巍地发动引擎，不免有点儿担心，但来不及挑三拣四了：“可不可以麻烦您一会儿开快些？”

“系好安全带。”

林西夕刚刚照做，就听见飞机起飞般的引擎轰鸣，随着惊人的推背力，车已经如低吼的野兽般冲了出去。她用双手捂住胸口，看车子贴着地面灵活挪移，眼看就要撞上前方的车尾，却轻巧地从旁边的狭小缝隙中超车而过，好像一只鹰翱翔于山峰与山谷间。这感觉似曾相识……

“师傅爷爷，您年轻时是开赛车的吧？”

黑岩泽璃用苍老的含糊声音应着："小姑娘，不害怕吧？"

耳机里，绯狐笑得很大声。

"小姑娘，周日还有事这么着急？"

"十点有比赛，我昨晚紧张到失眠，结果睡过头了……我们会不会迟到？"

"别担心，爷爷知道一条完全不堵车的路。"

"喂，"绯狐提醒，"你们前面三公里处有交通事故，主路路段全红，辅路也堵死了。"

"小姑娘啊，爷爷知道的路，完全不堵车。"黑岩泽璃又重复了一遍，特意强调了"完全不"三个字。

绯狐不满地"哼"了一声。

一眨眼的工夫，车速明显慢了下来。前面的车排起长队，刹车灯一水儿亮着红色。交警的摩托车匆匆赶往前方，拖车在路肩上缓慢前移，大声按着喇叭。林西夕焦急地捏紧裙角——

咦？车身晃动起来。窗外的景物开始变化，计程车缓缓地离开了地面。头顶传来螺旋桨的声音，计程车上升到近千米的高度后笔直前进——他们被军用直升飞机吊起来了。

"别怕，"司机爷爷颤巍巍地递过一瓶矿泉水，"你很安全。"

"您、您是……？"林西夕双手冰凉地放在膝盖上，后背挺得笔直，瞬间脑补了司机师傅是特工、被军方通缉的重案犯、变态富商的可能。

"我中了福利彩票的大奖。"

"哦！"林西夕立即放下心来，"帝都民间果然卧虎藏龙！这样的事也能让我碰上！"

黑岩泽璃在心里叹了一口气。林西夕这么好骗，实在让人担心。

"泽璃，服务你还满意吧？自己约会还要支使我。"耳机那头，绯狐正"唰唰"地拆着什么，"你房间里有个礼物盒。"

"不要动！"

"居然是条订制的裙子……既然准备了，为什么不送给她？"

"司机爷爷，为什么'不要动'？"

"咳咳。坐好，马上要降落了。"

"计程车"的四轮平稳落地，引擎轰鸣声再起，离弦的箭继续飞驰。离目的地还有三公里的路程，以目前的车速，再过几十秒就到了。黑岩泽璃切断了与绯狐的通讯，沉默地望向前方。穿过两个路口，拐过一个转角，就是林西夕的学校。

他曾和她一起"上学"的学校。

黑岩泽璃打开车顶的天窗，让秋天的风吹进来。

原谅我，只能以这样的方式来看你。

林西夕安静地望着车窗外如水般流动的风景。这样的车速，这样激烈又安全的驾驶方式，都让她想起一个人。她想起在傍晚的地铁站边钻进他的车，想起跟他一起听那首《星屑》，想起那些悠扬又感伤的歌词，想起在星空下，他紧紧地抱着她说："我回来了，小呆。"虽然赌气说再也不见他，可还是会想念他。偶尔，想念一下。他现在在做什么？他也会偶尔……想起我吗？

车外传来轰鸣声，一道黑色闪电逆车流呼啸而过。

林西夕猛地回过神来，冲着车后窗喊："尼子猫！"

尼子猫的摩托车后座上挂着绘了骷髅图案的黑色头盔，正风驰电掣地向林西夕家的方向奔去。

"尼子猫！"林西夕把半个脑袋探出车窗，用力大喊。

黑岩泽璃淡淡地问："他也要参加比赛？"

"师傅爷爷，可不可以麻烦您停一下……"林西夕满脸焦急。

没有停车的必要。不良君一个急刹车，摩托车几乎怒吼着用后轮直立起来，他猛地一扳车头，掉转方向飞驰回来。到达与林西夕的车窗平行的位置时，不良君一脸高兴："本座正要去……"

话音未落，黑岩泽璃踩下油门，瞬间甩下尼子猫一个车身的距离。尼子猫一愣，发狠加速追来。在他的人生经验里，能跑赢他的车还不存在。

十秒后，黑岩泽璃的车在学校门前急停。尼子猫几乎同时赶到，发现开车的居然是个老人家，大为惊奇。

林西夕向黑岩泽璃道了谢，匆匆钻出车门。

"小姑娘，"黑岩泽璃叫住她，"你过得开心吗？"

林西夕回过头去："嗯！开心。多谢您！"

黑岩泽璃微笑着点点头："再见了。"

"林西夕，"尼子猫拍拍摩托车后座，"化妆组就等你了。"

"好的！"

"你今天还挺漂亮嘛。"

"不良君偶尔也会说两句好听的话。"

……

"泽璃，你真不进去？"耳机里，绯狐有一搭没一搭地说着，"难得都送她到门口了。"

黑岩泽璃没有回应。

“小妹妹的合唱比赛开始了，你真不想看？——今天稀金价格大跌，我用你的账号随便买一点儿进来咯。”

黑岩泽璃继续沉默着。

“哟，出场了出场了，挺轰动嘛……我帮你匿名送了束花，法国空运来的白色鸢尾，不用谢。”

两小时后。黑岩泽璃抬起头，看见尼子猫骑着摩托车冲出校门，不久后，林西夕捧着白色的鸢尾花束走了出来。他第一次看见她化妆的样子，看见她的红色唇彩和依然孩子气的眼神。他目送她走过学校的转角，经过书店门前，消失在地铁站的入口。

“绯狐，结束四叶草骑士的汇报任务。”

“你终于说话啦？”绯狐懒懒地打了个哈欠。

黑岩泽璃发动引擎，向着与地铁站相反的方向驰去。

午后的阳光下，“计程车”的幻术渐渐褪去，漆黑的猛兽现出身形。它低吼着在高速路上飞奔，路面的落叶被透明的气流卷起，疯狂地旋转着。

几秒后，黑岩泽璃的“车”冲进一扇金色的界门后消失，仿佛从来没有来过这个世界。

第十三章

罗生门

A Glimpse of the Adult World

只有小孩才会这么“黑白分明”，
觉得有些东西好，
有些东西坏，
有些事自己想做就可以做，
不想做就可以不做。

We wear the mask that grins and lies,
It hides our cheeks and shades our eyes.

Paul Lawrence Dunbar, "We Wear the Mask"

我们戴着微笑和说谎的面具，
遮住脸颊，把眼睛藏在阴影里。

邓巴《我们戴着面具》

在尼子猫参加合唱比赛的时候，一帮头发染着各种颜色的少年骑着摩托找到了他的家。他们学着日本黑道电影里的样子，穿着拉风的长外套，用彩线刺着"夜露死苦""喧嗶上等"的字样，一路前呼后拥，杀气腾腾。

真到了尼子猫家门口，他们却犹豫起来。

面前是一幢独门独院的小别墅，门口种着银杏，院里开着天堂鸟，看起来跟尼子猫那个嚣张跋扈的邻校老大没有半点儿联系。

领头的少年跳下摩托车，从口袋里掏出揉成一团的尼子猫简历，对了对地址，冷冷一笑，按响了门铃。

应门的阿姨吴嫂一伸头，立即缩了回去，慌张地喊起宿醉未消的尼震。

尼震认出领头的少年是帝都英才校长的儿子朱远帆，赶紧打起精神出门迎接："稀客稀客，请进请进。"

十几个少年气势汹汹地鱼贯而入，朱远帆在客厅的真皮沙发正中落座，少年们分立两侧站好，客厅里顿时气氛肃杀。吴嫂抖着手给他们沏了茶。

"尼叔叔，我是来给您儿子送前程的。"朱远帆客客气气地递过一枚白色信封，落款是"帝都英才国际学校招生办"。

"是录取通知书吧？朱校长实在太客气了，还麻烦远帆你亲自送来。"尼震满脸堆笑，摸到信封里有个硬核，小心翼翼地撕开封口。

是颗牙齿。牙根断了一半，残留的血迹已经发黄。

朱远帆向尼震探身，张开嘴，豁着一颗下门牙："我要不要告诉我爸？"

尼震顿时明白尼子猫惹事了，脸色一沉，马上又恢复了笑容："我家臭小子不懂事，看我不揍死他！你的医药费，叔叔全包了！"

"您说话算数？"

"当然！看你什么时间方便，叔叔带你补颗牙，去最好的医院，找最好的专家。"

朱远帆摇摇头："我问的是您说'揍死他'的事，算不算数？"

尼震一愣："算数算数。臭小子不知道野到哪里去了，等他回来……"

朱远帆把两只胳膊往沙发背上一架："我们一起等他。"

"吴嫂，你今天放假。"尼震支走吓得六神无主的阿姨，瞄了一眼手表。刚过上午十一点。以尼子猫的风格，不到半夜不会回家，尼震有足够的时间跟这帮小毛孩周旋。

尼子猫捧着合唱比赛的奖杯，脸上满不在乎，心里多少有些得意。他正准备去打会儿街机，发现手机上有好几个吴嫂的未接来电，还有一条短信："千万别回家，也别给你爸打电话。"尼子猫皱起眉头，决定立即回家。

家门外杂乱地停着十几辆改装摩托车。浮夸的拉花、加粗的排气管，无不默默地诉说着它们主人的不良少年身份。

尼子猫大步踏进家门，一进门却有些困惑：客厅里架着台摄像机，尼震陪着自己的手下败将朱远帆喝茶。朱远帆很有派头地抬了抬手，少年们秩序井然地从客厅里撤进院子，只剩下操作摄像机的少年默默站在屋角。

"尼叔叔，您该兑现诺言了。"朱远帆真诚地看着尼震，"请动手吧！"

"好商量。"尼震收起满脸笑容，瞪着眼睛呵斥尼子猫，"还不快点向你的学长道歉！"

"什么学长？"尼子猫打心底不喜欢朱远帆，"你从哪儿来的，趁早给我回哪儿去，再敢出现在本座面前，见一次打一次。"

"尼叔叔，"朱远帆文雅地喝了一口茶，"学弟似乎有暴力倾向。"

"我没管好，对不起啊！"尼震小心地给朱远帆斟满茶，起身走向尼子猫，抬手就往他后脑勺上招呼，"你怎么不讲礼貌？我是这么教育你的吗？"

尼子猫愣住了。

"尼叔叔，您说的可是'揍死'他啊，怎么，摸一巴掌就完了吗？"

尼震立即扬起手，窗外围观的不良少年们一阵哄笑，摄像机默默地记录着。

尼子猫明白是怎么回事了。朱远帆不擅长打架，但很擅长制造舆论，只要尼子猫挨打的视频被公之于众，配上各种弹幕，尼子猫从此在各个社团面前就抬不起头来了。对于社团老大而言，威严就是生命。

尼子猫抓过屋角的摄像机，举起来就往地上砸。

“你敢！”尼震怒喝着抢过摄像机，拳头雨点般落在尼子猫的身上，打得又快又狠。

刹那间，一个念头闪过尼子猫的脑海：也许我真不是他亲生的。

尼子猫怔怔地看着尼震主动架好摄像机，调好摄像角度，走过来准备继续打骂自己。

朱远帆坐在沙发里满意地观赏着，不良少年们也纷纷拿出手机拍照，像群围着猎物狂欢的野狗。

尼子猫冷笑着，身体自己动了起来。他随手抓起挂在墙上的一只青花瓷碟，对准朱远帆就扔了过去。在瓷碟到达之前，尼子猫已经飞身跃起，一只手摁住朱远帆的头，一弯胳膊，从后面锁住他的脖子，另一只手接过飞至的瓷碟，“啪”地扣在朱远帆脸上，顿时鼻血四溅。尼子猫拎着朱远帆的衣领，把他提了起来，冷冷地扫视了一圈窗外的少年。你们不是爱看热闹嘛，这样够不够热闹？

朱远帆捂着脸，挣扎着去够放在茶几上的一张纸。那是盖了公章的尼子猫的录取通知书。尼震一个箭步冲过来，把通知书抢在手中。

“没用，”朱远帆咧开流血的嘴笑了笑，“我会把录像原原本本地交给我爸。想进帝都英才，你们做梦去吧！”

“别别别！有事好商量！”尼震拿起滚烫的茶壶，“哗”地浇在尼子猫的胳膊上，“臭小子，把远帆放下来！快点，我叫你放手！”

胳膊剧痛之时，尼子猫觉得浑身的血都凉了。

打架也好，斗气也好，都很无聊。陪这帮人在这里浪费时间，实在没什么意思。

他默默地松开朱远帆的衣领，一言不发地转身出门。连摔门的心情都没有。都是徒劳，都是背叛，都是无聊至极的事。他穿过围观的人群，跨上自己的摩托车，第一次发现它的裸露金属骨架和骷髅图案也都很无聊。什么争夺地盘，什么发泄不了的青春，什么一呼百应的激情，说白了都是掩盖寂寞的自欺欺人。

现在他终于看清了，他一直觉得寂寞，是因为没找到可以回去的地方。

尼子猫发动引擎，呼啸着穿过帝都的街道。两臂和肩膀一片青紫，烫伤的地方起了一大片水泡。没关系，它们还不算疼。

交通灯绿了又红，公交车满了又空。

这城市到处都是人，尼子猫找了又找，却找不到一张亲切的脸孔。

林西夕一到学校就惊住了。

高二（2）班的外墙贴满了大海报，里面的尼子猫正被尼震暴打，标题是一行英文："Is He Your Leader（他是你们的领袖吗）?"

"好像还有视频……"围观者议论纷纷。趁班主任和校长还没发现，尼子猫的几个兄弟赶紧过来清理。

林西夕拨通了尼子猫的手机："你爸好凶！"

对方沉默了两秒："我就是他爸。"

林西夕的手一抖。

"你找我家臭小子？"尼震似乎并不介意。

"……是的，尼叔叔。"

"他一夜没回家，没去找你吗？"

"……当然没有，尼叔叔。"

"你要是看到他，麻烦给我报个平安。多谢啊，林西夕同学。"

照这情况，不良君恐怕是被打出家门了……林西夕揭下墙上的照片。

"还是我们来吧！"身边的几个同学悄悄地说，"老大吩咐兄弟们保护你，否则邻社的可能会对你不利。"

"别见外，"林西夕把照片撕得粉碎，"我也是他的兄弟。"

在那之后，尼子猫连着两天都没露面，林西夕很替他担心。人与人之间的联系很脆弱，尼子猫没带手机，她就找不到他了。毫无头绪时，一条新闻映入眼帘："大量动物神秘失踪，动物园谜雾重重"。林西夕的心里一亮。

次日早晨，尼震在校门口等着林西夕。与医院里那位几近崩溃的父亲不同，也与照片中那个凶神恶煞的"制裁者"不同，尼震穿着剪裁得体的西装，看起来从容又平和。"林西夕同学，"尼震递过一张黑色银行卡，"麻烦你交给尼子猫，密码是他生日。"

林西夕疑惑地看着尼震。

"他没带钱包。这卡你也可以刷，不用客气。"尼震匆匆走向在街边等他的专车，走了几步后又回头，"见到臭小子后，请给我报个平安。"

林西夕怔怔地拿着银行卡。尼叔叔，如果您这么担心尼子猫，为什么还要当众打他呢？

尼震的车还没开远，林西夕收到一条匿名信息，标题又是："Is He Your

Leader?”里面有个尼震的视频链接——

> 我是尼子猫的父亲。尼子猫缺乏自控力，也难以对他人负责，所以绝对不适合当任何社团的领袖。如果他曾经冒犯哪位，请告诉我，我一定揍他，并带他去府上道歉。”尼震谦逊地说完，换了严厉的口气，“臭小子，少在那胡混，立即给我回家！”

这段视频被发到学校区域内的所有手机，后面还有很长。林西夕黑着脸看完，走进学校，看见满操场的纸飞机，是邻校的不良团体“Shake It（撼动）”的招新简章，背面印着尼震视频的链接。林西夕愤怒地把纸飞机揉成一团，直到“Shake It”皱得只能看清“Sh... It”，才满意地笑了笑。

她给尼震发了条短信：“尼叔叔，我们可不可以聊一下？”

当天晚上九点半。宽敞的茶室里，林西夕和尼震相对而坐。

灰砖地面被潺潺流水分成块块方格，如同象棋的棋盘，锦鲤和金鱼戏于水间。精致的木隔门外，淡淡的古筝声悠悠传来。除却茶室正中的紫檀茶台，屋内再无其他摆设，宛如大片留白的水墨山水画，更显意境空阔。

尼震选了这间茶社。此刻，他刚从公司宴席中退场，身上还带着微微的酒气。

林西夕握着小小的冰裂纹功夫茶杯，低头盯着杯底的玉蝉浮雕。她整整一天都在想该如何措辞，见到尼震后又不知如何开口。

紫砂壶里泡着上等铁观音，袅袅白雾缠绕着升腾而起。尼震打破沉默：“臭小子去上课了没？”

林西夕摇摇头。

“我数落他的那段视频，全校都看到了吧？”尼震得意地问。

“您为什么要这样做？”林西夕觉得在心里压抑了十几个小时的火“噌”地蹿起来了。

“难得你这么关心臭小子。来，喝茶喝茶。”尼震笑了起来。

他笑的样子跟尼子猫有点儿像，林西夕因此更加生气：“尼叔叔，尼子猫根本不像您说的那样。”

“是吗？臭小子有一大堆臭毛病。”

“他很有威信，他已经长大了。虽然您是长辈，您不该诋毁他。”

“谢谢你这么喜欢他。李老师说你的成绩是年级数一数二的，听叔叔一声劝，不要因为臭小子耽误学习。”

“您误会了，”林西夕咬牙，“尼子猫是我的好哥们儿。”

“那就好。”尼震给林西夕斟满茶，“尝尝，第二遍茶才有点儿味道。”

“我不喝。”林西夕从书包里掏出纸飞机，“邻校的学生来散传单，造谣诬陷他。叔叔，在您眼中，我们都还不成熟，但我们也有名声要维护。”

“臭小子的帮派有没有因此散伙？要是还没散伙，我就再发几个声明。”

“请您不要这样做。”林西夕一字一顿地说，马上就要压不住怒火。

“你觉得我说什么好呢？”尼震抚摩着下巴，“说他‘胆小怕事，随便出卖兄弟’怎样？要不，我就说他‘从不反省，也没有远见’吧？”

“尼叔叔，”林西夕站起来，双手撑着茶台，“尼子猫住院的时候，我看到您难过得饭都吃不下。他不回家的时候，您还托我给他银行卡。我觉得您是个好爸爸，可是我错了。您根本不了解他，更不尊重他。谢谢您抽空见我。”林西夕把黑色银行卡“啪”地拍在茶台上，拿起书包就往门外走。

“别急啊。”尼震不慌不忙地给自己斟了一杯茶，“你约我出来，是想说服我吧？现在走了就没机会了，林西夕同学。”

林西夕不甘心地站住了。

尼震笑了笑：“如果我告诉你，我曾经跟臭小子一样呢？我其实比他厉害，还混过黑道。”

林西夕愣住了。

“这些话，本来不想跟你说。既然你这么在乎臭小子，叔叔就告诉你。”尼震倒掉林西夕杯中的茶，“真正的好茶，第三遍才是精华。叔叔占用你十分钟，请坐。你觉得我多大年龄？”

这个问题把林西夕问懵了。

尼震坦率地看着她：“三十四岁。我十七岁就生了尼子猫，你可不知道给他上户口有多难。”

林西夕惊讶地张大嘴巴。

“十几岁的小男孩在想什么，你以为我不清楚？头脑发热，不知轻重，不管是打架还是谈恋爱，全都豁出命去，之后又不知道如何负责。”尼震毫不留情地说着，“我带着一帮混混打架的时候，比臭小子还早好几年，被黑道大哥看上了，就做了小弟。你以为我会服管？我把排行老二到老五的人全都揍翻，我还琢磨着坐上老大的位子。可是黑道哪是那么好混的？我揍人还可以，让我去动刀子，还真下不了手。完不成老大交给的任务，被打得死去活来的情况也不在少数。”

“那……那您为什么十七岁就生了尼子猫？”

“我有个要好的女朋友，是邻居家的小孩，我们一起长大，文艺点儿说，就是‘青梅竹马’。她的成绩和你一样好，长得也漂亮。她劝我不要打架，我从来都不听，后来她有了我的孩子。”

林西夕的头“嗡”的大了。

“我俩当时都傻眼了，后来决定留下臭小子。我退出黑道，开始做生意。”

林西夕震惊地点了点头。不良君的爸妈看来都比不良君要棘手得多。

“尼叔叔，黑道是说退……就能退的吗？”

尼震伸出右手，林西夕这才发现，他的小拇指缺了一个指节。

“我跟臭小子说这伤是撞车留下的，你可要替我保密啊。喝茶喝茶。”

“尼叔叔，后来呢？”

“我和尼子猫的妈妈改了身份证，领了证，搬了家。她头脑聪明，考上了大学，走了研究路线。我就只能慢慢攒起本钱，等地产开始火的时候，开了自己的公司。我决不允许臭小子走我的老路，不管是当众揍他，还是群发视频骂他，都希望他离坏小子们越远越好。”

“我懂了……”

“那么，林西夕同学，你觉得我下一个视频说点什么好呢？”

“尼叔叔，恕我直言，尼子猫比您当年强。他是打架，可我知道的好几次都是为了弱者出头。”他还是虎王，在短短一个暑假里成长很多……但这件事可不能说出去。“尼叔叔，请您相信尼子猫会选好自己的道路。”

“你知道发这些传单的人是谁吗？”

“是帝都英才的社团。”

“是帝都英才朱校长的公子朱远帆。我打算把臭小子送到英才，将来出国念书，否则我怕他没有好前程。臭小子把朱远帆打了，现在朱远帆要报复，我当然要让他报复得够爽，再拍一百个恶心作秀的视频我也配合。”

林西夕不作声。

“是不是觉得我很可怕？”

林西夕严肃地点了点头。

“臭小子大概就是喜欢你这一点，很直接。”尼震笑了笑，“居然为他打抱不平，跑来找我谈判。我希望给他一点教训，我在黑道没学到别的，就学到了‘别结梁子’，因为你永远都猜不到自己会落到什么人手里。十分钟到了，叔叔不耽误你了。”

尼震结了账，陪林西夕在路边等计程车。

“尼叔叔，”林西夕犹豫了一下，“如果尼子猫知道您当年的‘事迹’，也许……”

“那些事怎么好意思跟臭小子讲！”

“那叔叔少喝点儿酒也是好的。”

“所以说，你们都还是小孩啊！”

林西夕不解地歪头。

“只有小孩才会这么‘黑白分明’，觉得有些东西好，有些东西坏，有些事自己想做就可以做，不想做就可以不做——酒呢，可是个很坏的好东西。”

“为什么？”

“因为麻烦事分成两种，一种不喝酒就没办法解决，还有一种不喝酒就没办法忘记。”

林西夕似懂非懂地听着。

尼震叫到一辆出租车，预付了车费，“林西夕同学，委屈你坐出租车回家。要是我送你回去，你爸妈肯定会担心。以后到了晚上，什么‘叔叔’约你喝茶，你都千万别答应。”

林西夕透过车窗，对尼震挥手告别。

医院里的父亲，摄像机里的父亲，校门口的父亲，茶室里的父亲。林西夕在心中拼着尼震的模样，却发现成年人的世界非常复杂，自己每次都只能看到一个小小的侧面。如果尼震不告诉她，她永远都猜不到尼震背后的故事。

出租车缓缓驶离，林西夕回过头，望着分别时的街角。尼震站在夜色中，衣装得体，表情模糊，像一个谜。

“北方之地”，夜幕降临。

山魈长老满脸笑容：“臣下这边，狒狒家族也平安转移了。”

“做得好。”尼子猫的双瞳燃着金色，藤蔓缠绕的界门缓缓打开。一群羚羊轻盈地跳跃进门，领头羊向他扬起短尾致敬，带着族群迅速消失在“北方之地”的夜色中。晚风隐隐地吹来鬣狗的笑声。

“即使在这个世界，也有被吃掉的危险啊！”尼子猫感慨着，“动物园里，应该就剩下象、河马、鳄鱼、兀鹫和貘了吧？”

“还有豪猪。陛下，有句话，老臣不知当说不当说。”

“你怎么跟电视剧里的人一样？‘当说不当说’，反正最后都要说。”

“咳咳。陛下最近对‘北方之地’的事用心了，先王一定很欣慰。”

尼子猫的神色黯淡了一下。他把自己的白天黑夜都排得满满的，因为忙的时候，比较容易忘掉臭老爹带来的那些不愉快。“本座去睡觉了。”

“虎王陛下，您的族类本是夜行动物……”

“本座是人类，人类！”

很快，尼子猫就在森林宫殿里睡着了。

墨岚睁开了尼子猫的眼睛。

从被绯狐发现以来，她就悄无声息地潜藏着。她并不担心绯狐折磨尼子猫到濒死状态以逼她现身，因为只要尼子猫意识清醒，虎族的瞬湖就有强大的身体修复力，尼子猫也绝对不会任由绯狐摆布。她担心的是尼子猫无法同时打败黑岩泽璃和绯狐。仇敌不死，墨岚便无法获得强大的瞬湖，沸鳞大人的复活便遥遥无期，每念及此，墨岚夜不能寐。

第二轮月亮升起的时候，墨岚召唤了山魈长老：“你说过，我的前世曾经带领‘北方之地’起义，反抗‘中心之地’的统治？”

“是的，陛下的英姿，至今刻在‘北方之地’诸民的心中。”山魈长老无比怀念地说。他上了年纪，蓝色的皱鼻梁在月光下显得特别苍老。

“请告诉我，我是怎么做到的？”

山魈长老目光犀利地望了“尼子猫”一眼。虎王陛下今晚的说话方式判若两人，格外谦和。

“陛下，此事要从‘王的剑’黑岩泽璃辞去‘中心之地’的将军之职说起。几位继任者皆无法令‘战姬’夜繁姬满意，被频繁撤换，军心动摇。夜繁姬变本加厉地征兵，民间反对王室的声音越来越大。黑岩泽璃因亲人之死与王室公开决裂后，王室的威望被进一步削弱。此时，陛下您已经历过一次轮回，再次成为虎王，并已成年了。平行世界的殖民地狼烟四起，陛下您把握住机会，从荧光湖底出发，沿着‘世界之树’的树根……”

“荧光湖底有‘世界之树’的树根？”墨岚打断山魈，“不是只有‘光’和‘黯’之瞬湖才能通往‘世界之树’吗？”

“‘世界之树’的核心部分只有‘光’与‘黯’可以到达。然而，巨树纵贯所有平行世界，每个世界里都有它的一部分，有时是一片树叶，有时是一条树根，掩藏在自然万物之间，很难被发觉。因为‘世界之树’是整体，所有平行世界也因此相连，即便是名为‘融之境’的灵魂存放地，也在‘世界之树’的庞大体系之内。在‘北方之地’，荧光湖底有一个泉眼，它是‘世界之树’根系的一个末梢。”

听到“融之境”，墨岚一阵难过——沸鳞炎渊的灵魂在那里。

山魈长老继续说道：“陛下当年动员了沿途的所有殖民地，率领联军迫使‘中心之地’的王退位。您树立了崇高的威望，为众多平行世界带回了自由及和平。但您最后并未统治‘中心之地’。”

“为什么？”

“您嫌麻烦。”山魈长老咂咂嘴，“您回到‘北方之地’，过着悠闲自由的日子，在去世前把王国交给臣下，说这次轮回要‘尝试做人类’。”

“山魈长老，”墨岚用尼子猫的声音威严地问，“我现在的战力与当年相比如何？”

“这……陛下可以召见‘锤炼者’赑元。他活了几千年，为历代虎王指导体术，一定可以回答您的问题。”

山魈长老引路，墨岚来到荧光湖边。夜风微凉，满池湖水在苍蓝的月光下闪着微光。墨岚举目四望，没见到任何猛兽，只有一只巨大的陆龟趴在圆石上，背壳高耸，龟甲上满覆白色星状斑纹，小象般粗壮的腿上披着坚硬的鳞片，如同身穿铠甲。

“虎王陛下，这位是‘北方之地’的‘锤炼者’，陆龟赑元。赑元阁下……”山魈长老趴在陆龟耳边，大喊：“赑元阁下……虎王陛下来看你了！”

赑元老得眼睛都瞎了，眼窝处只剩下两个黑洞。他打着呼噜，张开大嘴，睡得口角流涎。待墨岚等得有些不耐烦了，陆龟才缓缓闭上了尖利的嘴，慢慢地抬起头：“来了三个啊……一头虎，一头山魈，还有一个女人。”

墨岚心里一惊。

“虎王陛下，赑元阁下上了年纪，五感和这里，”山魈指指脑袋，“都不行了。”

“你先回去，我有事单独问他。”墨岚屏退了山魈，用尼子猫的身体抱起沉重的陆龟，几番跳跃后来到无人的山顶，单膝跪地，“请指教。”

“真丢虎王的脸。”陆龟赑元用黑洞洞的眼眶“盯”着墨岚，“你要什么，女人？”

“请帮助虎王子猫恢复鼎盛时期的能力。”

“这不像你的最终目的。”赑元的声音暗哑粗粝，“你的灵魂散发着愤怒和不甘心的苦味。”

“太聪明的东西往往活不了你这么久。”墨岚把赑元往悬崖边轻轻一推。

凛冽的山风呼呼地吹着，陆龟的背甲卡在大石间，摇摇欲坠。他向着那黑暗的虚空，陶醉地吸了吸鼻子：“死亡的香味。”

“你不怕死。”

“因为生和死没有分别啊。”活过千年的老陆龟如是说。

“有分别——死的仇人让我快乐，活的仇人却让我愤恨。”

“所以你是为了复仇？我喜欢实话。”赑元低沉地笑了笑，“我可以帮你。虎王强大之时……就是你的死期。”

这天晚上，整座森林的动物都没怎么睡着。

赑元让墨岚在云杉的树梢放了一个废弃的雀窝，雀窝里满满地垒起圆形的小石头，她必须用尼子猫的身体一口气把云杉平稳地举过头顶，一颗石头都不能掉出来："没有对巨大力量的精细把控，你很难赢得了黑岩家的小子们。"

墨岚把云杉树举起又放下，折腾了整整一夜，再累也咬牙坚持着。

"很难"也不要紧，只要不是"没可能"。我只要连赢两次，就足够了。

第二天早上，尼子猫一觉醒来，觉得像是做了一夜苦力。环绕他的藤蔓床改变了形状，高大的森林宫殿顶端宛如圆形花苞缓缓绽放，原本黑暗的大殿内顿时洒满阳光。

"虎王陛下，"山魈长老的蓝脸从门外闪现，"赑元说您对力量的精确把握已经恢复到鼎盛时期的两成了！恭喜陛下！赑元建议您今日去蚂蟥山。"

"'必圆'是谁？"

"是虎族专属的'锤炼者'啊，虎王陛下。"山魈长老有些诧异，"此地向西的第七座山是蚂蟥家族的居住地，您曾在鼎盛时期，穿越一万步的蚂蟥密集区而不被吸血。"

"什么'曾在'鼎盛时期，本座的鼎盛时期当然是现在，今天就走两万步给你们看看。"尼子猫坐起身，惊觉腰疼得快断了，"唔，蚂蟥山稍微缓一缓。"

"锻炼不可一日荒废。"门外传来粗如砂砾的声音，"您可以改去'雷霆之谷'。"

尼子猫和山魈长老一齐望向门边。十几秒之后，披着鳞片铠甲的陆龟赑元终于爬了进来："虎王陛下，您的洞察力全是'洞'，从来不'察'。"

尼子猫额上冒出一根青筋。这谁啊？

"山魈，"尼子猫无视陆龟，撑起身体往宫殿外走，"本座带来的泡面呢？泡起来泡起来！"

陆龟赑元缓缓地说："虎王陛下，您必须去雷霆之谷。一即是二，二即是一，阴阳混合，日夜不分，您必须洞察真相。"

尼子猫攀上雷霆之谷的崖壁。身体累得快散架了，但赑元的话让他不能不在意。

雷霆之谷四面环山，最高峰名为"瞰"。尼子猫攀到一半，劲风骤起，刹那间云气聚集，天色如墨。尼子猫抬起头，看见一道黑色闪电劈中了顶峰的老松树，树焦干折，霎时大半棵树连着断裂的山岩冲着他直砸下来。

"我去！"尼子猫瞬间变成老虎，在打滑的碎石间斜斜跳跃。树枝与断石从身边"轰隆"滚过，碎石崩了他一脸，尼子猫拍着胸口，连说："好险"。

雷暴愈演愈烈。举目四望，漫天电流如群蛇乱舞，树木的手指被狂风纷纷折断。尼子猫向上蹿，被密集的雨滴打得浑身生疼，匆匆钻进一个狭小的山洞。

洞外风雨如晦，洞里阴寒潮湿。尼子猫望着骤然变成一片茫茫白色的天地，身上又疼又冷。朦胧间，一个女声在他的耳边浅吟低唱：

别忙　别忙
且让我活过今夏
我还没见过那　金秋麦芒

别忙　别忙
且把这杯盏斟上
用这微温的酒　埋藏时光

脸上似乎被什么打湿了，尼子猫一个激灵。摸摸脸颊，冰凉的都是被风刮进来的雨水，咸得像眼泪一般。洞中越来越冷，尼子猫索性继续攀爬。在他登上雷霆之谷的山顶“瞰”的瞬间，风雨骤歇，拨云见日。

即便在“北方之地”逗留过多日，尼子猫也不曾见过如此美妙的景色。

湛蓝的天空中挂着层层相套的三重彩虹，在水云间缓缓飘动变幻。放眼望去，山峦和森林在雨水的洗礼后绿得耀眼，无数细小的水流汇成清澈的溪，聚为咆哮的河，绕山而过，奔赴远方。在那遥远的山中，雪豹们望着冻湖映出的流云，在冰雪线上也嗅到了风里的花香。

尼子猫枕着双臂躺在“瞰”之峰顶，满面笑容。

一只苍鹰拍打着双翅降落在他身边的岩石上。

“兄弟，真是漂亮。”尼子猫陶醉地眯着眼睛。

“虎王陛下，山魈长老要臣下协助您。”

“咳咳。”尼子猫坐起身，想起他是来练“洞察力”的。

“虎王陛下，您看，自此向东的第二座山顶，最高的那棵树下有什么？”

“一只黑熊，它开始爬树了……树梢有蜂蜜。”

“是的，”苍鹰恭敬地说，“第五根树枝的外侧有一个马蜂窝。”

别忙　别忙
且让我活过今夏

尼子猫皱起眉头。那首歌又在耳边萦绕了。

“虎王陛下，请您抬头，在第三圈彩虹边，您看到什么？”

“一只乌雕……不，是一只金雕，它看上了山脚下的兔子。喂，你有没有听到有女人在唱歌？”

“臣下只听见风的声音。”苍鹰展开翅膀，“请原谅，‘锤炼者’赑元也许弄错了，臣下没什么能协助陛下的——您的目力以虎族而言，已经是最高等了。不过，您身上有种奇特的气味，就像等待降生的双生子一样。”苍鹰振翅飞远，变成云端的一个褐色的点。

尼子猫细细地琢磨着苍鹰的话。他咽了咽口水，慢慢地把脸移到山岩凹处平如镜面的积水之上，集中精神。

别忙　别忙
且把这杯盏斟上

歌声再次响起。

尼子猫看见自己的脸上，叠着一个淡淡的重影——三道彩虹之中，蓝天之下，他看见了墨岚的脸，禁不住大叫一声。虽然多少有些心理准备，可是直接看见还是太刺激了。他倒立在山巅，用手掌撑着身体，像是要把什么从体内倒出来：“墨岚！出来！”

下一个瞬间，尼子猫看见墨岚安静地坐在自己对面，长长的黑发盖住膝盖，嘴唇樱红，手指抚着细细的草叶：“真可惜，藏不住了。”

尼子猫二话不说，拔脚就跑。

墨岚如影相随：“我陪你很久了，为什么现在才感到害怕呢？你‘看到’的我，林西夕‘看到’的我，还有‘墨岚小馆’，全都是你们的幻觉。只可惜这里的雨水很特别，让我的幻术失效了。”

尼子猫头也不回地往山下奔去。

“我在你体内，”墨岚把头移到尼子猫胸前，身体则完全消失了，“这样是不是容易接受一点儿？”

“走开！”尼子猫惊慌地拍打自己。

墨岚叹了一口气，挡在尼子猫前行的路上，楚楚可怜地看着他：“我只是寄生在你身体里的另一个灵魂，不会害你的。”

“就待在那儿！”尼子猫指着墨岚，转头又往山顶上跑，“别跟着我。”

“我们是一体的，你去哪儿，我就去哪儿。”墨岚哭了起来，大颗眼泪从长长的睫毛下滚落，有种梨花带雨的娇媚。

“……大姐，该哭的好像是我吧？”

“我需要你的力量。我可以告诉你真相。我是人造人。”

“啥？”

“我出生在一个透明的玻璃筒里，每天都透过缓缓上升的水泡看着外面的世界。那时，我的‘世界’很小，它是个装满金属仪器的房间，房间里只有大片大片的黑暗。”

尼子猫定定地看着墨岚。她好像没开玩笑。

“我整天对着黑暗出神。离我不远的地方，立着五个空空的玻璃筒，我给它们起了名字，试着和它们交谈。这样的生活让我厌倦，直到有一天，房间的门开了——寂静打破，光芒流溢，我的神降临了我的世界。我看着他脱下宽大的长外套，换上剪裁合体的研究服，用深红如血的双眸扫视整个房间，停在我的身上。我看着他绷紧的嘴角和纤长的手指，看着他唤来一个女人，打开她的颅骨，仔仔细细地重构她的大脑，把她放入玻璃筒中，灌满溶液。那一刻，我知道她和我一样，也曾是这玻璃筒中的‘果实’。女人在溶液中迅速愈合了伤口，她恭敬地唤我的神‘父亲’，跟在他的身后走出房间。

我的世界回到一片黑暗，但我再也无法平静下来。我盯着手术台，担心自己也会被打开、修改、缝合……

然而，我也期待他们回来，我不想再一个人了。我盯着黑暗中的房门，从未如此焦躁不安过。

就这样，日复一日地等待着。

直到有一天，光明回归。透明的溶液渐渐降到脚踝，我的神摘取了我。

我又兴奋又害怕。失去了液体的浮力，我的双腿甚至不能很好地站在地上。我的神抱起我，轻轻地放上手术台。

‘你将成为我的助手。’他说。这是第一次有人对我说话。

手术并没有我想象的疼。我得到了一位王室成员的瞬湖碎片，继承了她的记忆，开启了自己的生活。我拥有了崭新的身份，我是‘沸鳞墨岚’。为此，我万分感激。”墨岚抬起脸，用湿润的眼睛望着尼子猫，“所以，当我的神要求我和你共享人生时，我不会拒绝。这是我的荣耀，我的灵魂属于他，即使被植入一棵树，一朵花，我也心甘情愿。”

尼子猫听傻了：“你的神是谁？”

“沸鳞炎渊大人。他被黑岩泽璃杀害了……黑岩也是你们虎族的灭门仇人。少年，我恳求你帮我除掉黑岩泽璃，取回本属于沸鳞大人的瞬湖，让我的神复活。”

第十四章

停止的风

My Power, My Pain

吾以吾骨，承自然之平衡
吾以吾名，开凡世之太平
吾以吾誓，捍百川之约定
吾以吾命，化万千之性命

One short sleepe past, wee wake eternally,
And death shall be no more; death, thou shalt die.

John Donne, "Death Be Not Proud"

短暂的睡眠之后，我们永远地醒来，
再也没有死亡；死亡，你自己应该死亡。

邓恩《死亡，别骄傲》

尼子猫从“北方之地”回来时，已经是他愤而出走的第六天了。他趁尼震不在家，翻窗溜回自己的房间，拿了几件干净衣服。房门上贴着帝都英才的《录取通知书》和尼震留的字条：

回来后立刻去新学校报到！

尼子猫撕下《录取通知书》。当众暴打自己的臭老爹居然在默默地替自己考虑未来，这让尼子猫多少感到安慰，然而这种不经商量的安排和强制命令的口吻，又让他感到屈辱。尼子猫找到手机，看到兄弟们转来的尼震视频，登时气炸了。他铁青着脸，把衣服和游戏机塞进背包，大步走出房门，决定从此自立，独自生活。

“少年，”墨岚幽幽地冒出来，“你没带钱。”

尼子猫懒得说话。他骑着摩托车立在街头，举首四顾。南边的工地上，混凝土搅拌车进出繁忙，工人们脖子上搭着旧毛巾，手中捧着盒饭。东边是饭店街，客人们在门口翻阅菜单，领位的女孩忙着发号。

“怎么，准备打工？墨岚小馆还缺人手哦。”

“墨岚小馆根本不存在。”

“它可以存在。我们能弄到很多钱，只要用幻术……”

“本座自己会挣。”

“靠帮人代练游戏角色吗？”墨岚揶揄地说。

“代练挣钱太慢。我需要每天晚上工作两三个小时，就挣够吃饭、上学和租房的钱。”

“哦？事先声明，奇怪的事我可不做。”

“由不得你。”尼子猫下了决心，跨上摩托车，向帝都著名的酒吧区驶去。

酒吧区处于紫禁城的北端。这里有个大湖，春赏柳色，夏观白荷，秋品清风，冬看飞雪。从七百多年前的元代起，湖岸边就满布酒肆、歌楼和旅舍，是个以声色闻名的玩乐之地。尼子猫停下摩托车，走进周六下午的酒吧区。

秋后的蝉在高高的槐树上嘶叫，拉人力车的现代脚夫坐在卖香烟的小摊边打牌，面包车忙碌地进进出出，把一箱箱啤酒、威士忌和可乐卸在酒吧门口。尼子猫把双手插在牛仔裤后兜里，一家一家地看过去：“埃菲尔之鸽”“Sex & the City（欲望都市）”“新宿六丁目”“糖糖”，酒吧风格各异，争奇斗艳。

“少年，你有点儿紧张？”

“胡说。”

墨岚嘻嘻一笑，没有拆穿他。

尼子猫晃悠了几圈，选中后街一家名为“TIGER（虎）”的酒吧，鼓起勇气掀起门帘。

这是一家很小的店，光线昏暗，五六平方米见方的小舞台上竖着银色麦克风，摆着一溜架子鼓，墙上挂着木吉他和贝斯，没有钢琴。舞台下面是二十平方米见方的客人区，有四组虎皮纹的软沙发和七八张原木矮桌。时间尚早，酒吧里只有三个客人。

“身份证。”店老板从酒柜边冒出来，朝尼子猫一伸手。他胖得脖子和脸一样宽，一颗大光头在淡紫色的射灯下闪闪发光。

“没带。”

“那我们只有可乐。”老板对尼子猫挤挤眼，打开冷饮柜。

“我没钱，”尼子猫问，“你们缺歌手吗？”

客人们抬起头来。

老板转过身，上下打量着尼子猫。这家店虽小，但因为位于帝都最出名的酒吧区，每天都有人进店毛遂自荐，不乏参加过“中国好嗓音”电视选秀的。眼前的这位少年，长相虽然不错，但此地牛人辈出，想要出位实在很难。

老板一口回绝。

“你家店的位置有点儿偏，”尼子猫用客观的语气评论着，“‘新宿六丁目’和‘Sex & the City’都离酒吧区的出口很近，方便客人打车，‘糖糖’的位置可以看荷花，‘埃菲尔之鸽’旁边就是古迹银锭桥。他们的店面比你的大，生意肯定都比你的好。”

客人们饶有兴趣地看着尼子猫。老板的光头上冒出一层恼火的油汗，脸上有点儿挂不住。尼子猫说得没错，老板也心知肚明，所以“TIGER”的酒比其他家都便宜。

“小子，你是哪个学校的？学商的啊？”

“好歌手能解决你的烦恼。”尼子猫把双手插进裤兜，“请让我试一试。”

“你跑销售倒挺适合。”老板往酒吧台上一靠。

“让他试试呗。”一个客人起哄，对着尼子猫举起啤酒杯。

“试试呗！”另外两位客人也兴致盎然。

老板想了想，用下巴指了指舞台。他反正没损失。

尼子猫从容不迫地走上舞台，摘下墙上的木吉他：“灯光调暗点儿。”

“事儿挺多啊！”老板嘲笑着配合。

尼子猫拨动了吉他琴弦。

音符流淌出来的时候，房间里忽然安静下来。一个客人正百无聊赖地晃着酒杯里的冰块，此刻也轻轻地把玻璃杯放回桌面。

尼子猫边弹边唱，正是他写给林西夕的那首《火线》：

有件事叫单恋
假装忽视假装毫无感觉
独自在战场上冲锋
勇敢强大和狡猾的敌人
只能在假想中斩首杀灭

有件事叫单恋
奋力哭笑奋力抛洒热血
自己笑自己是傻子
喜剧悲剧和童话的结局
不过是想象力的大枯竭

蝉声已停，秋日的微风从半开的后窗吹进来，啤酒在玻璃杯里缓缓地呼吸，细小的泡沫无声破灭。吉他的古典弦音拂过墙上廉价的油画和桌角的淡淡污渍，一寸一寸冲洗着房梁上的烟尘和客人们的心弦。在这个充满成人气息的小酒吧里，校园的感觉忽然降临了。

五六个过路客悄悄地推门进来。尼子猫一唱完，客人们便大声鼓掌，吹着口哨喝彩。尼子猫放下木吉他，转头看着老板。

老板收回伸得长长的下巴，摸了摸光头：“不赖。”

尼子猫微微一笑。

“但是我们不缺男歌手。”老板递给尼子猫一张名片，开了一瓶可乐送他，“下个月你可以再打电话过来问问……”

客人们有些失望，但这件事不是他们能决定的。

“没什么，我再换一家。”尼子猫把手揣进口袋，转身就要出门。

“等等。”墨岚叫住尼子猫，“问他们缺不缺女歌手。”

尼子猫愣住了。

“告诉他们，你可以唱女声——只要你肯暂时把身体交给我。”

这也行？尼子猫无法想象墨岚小馆那个骄傲又冷淡的老板娘会主动帮自己。

“少年，我不想跟你露宿街头。当然，我可以等你睡着后，跑到林西夕家……”

“老板！”尼子猫气沉丹田，“你们缺不缺女歌手？”

大家都吓了一跳。尼子猫大步走上舞台，拿起麦克风一站，一脸“爱咋咋地”的样子。

五秒，十秒，半分钟过去了，酒吧里鸦雀无声，尼子猫一个音都没发出来。当客人们怀疑被耍的时候，墨岚开了口。

她没有用乐器，她唱的歌，这个平行世界的人都没有听过。

狐狸酒

仲春下午的阳光
染金游鱼的鳞裳
顾盼生辉的少年呀
骑在高高的马上

麒麟筋做的弓弦
绷成将满的月亮
草丛深处的小狐狸
藏不住心跳慌慌

英俊高傲的少年呀
别忙　别忙
且让我活过今夏
我还没见过那　金秋麦芒

俯瞰众生的诸神呀
祈愿　祈愿
赐我以造化的酒
我心甘情愿把　此生奉上

这首“别忙，别忙”的歌，尼子猫心想，正是我在雷霆之谷听到的那一支。墨岚启动尼子猫的唇，唱出珠落玉盘般清脆哀婉的女声，这让尼子猫觉得不可思议。看看在座的客人，全都张大了嘴，先是被震惊，然后被迷住了。门口的客人越聚越多，老板忘了起身去招呼。

满载心愿的微风
抚过少女的脸庞
火红色的小狐狸呀
换上火红的裙装
颜如桃花
肌如霜

弓儿收起箭雪藏
马儿步履也迷惘
你可曾见过我的狐
少年俯身低语问
狐儿低眉
眼波漾

别忙　别忙
且把这杯盏斟上
用这微温的酒
埋藏时光

忘记狐的模样

白云翻涌苍鹰翔
蝶逝若雨寒蝉唱
你可愿去往我的城
少年微笑耳边语
瞳色如夜声如糖

别忙　别忙
再把这杯盏斟上
饮这微凉的酒
美景共赏
管他人间沧桑

忘记家乡　忘记异乡
忘记此方　忘记彼方

举杯共饮　狐狸的酒
静听岁月　星河流淌

举杯共饮　永延梦乡
坐赏寂灭　天圆地方

墨岚抬起头，一束微光打在她的脸上。恍惚间，客人们觉得看见了倾世的女子，皓齿红唇，蛇腰烟目，艳若桃李，冷若冰霜。

店老板咽了咽口水。人才，这绝对是人才。钱，绝对能挣钱！

墨岚唱完，场内一片静寂。半晌，掌声雷动，叫好声不绝于耳，客人们激动得差点把房顶掀了。

“可惜啊，可惜。”老板还是摇着光头。客人们仇恨地看着他。

“可惜你是男的，”老板狠狠地搂过尼子猫的肩膀，“不然我巴不得娶了你！”

尼子猫身手敏捷地蹿到一边：“所以 OK 了？”

酒吧里爆发出一阵欢呼。

从“TIGER”出来的时候，尼子猫已经有合约在手，心情很好地哼起《狐狸酒》。墨岚唱过一遍以后，他大致记住了。

“这支曲子，是沸鳞大人最爱听的。”墨岚用幻觉实现了具象化，并肩走在尼子猫身边。

“那种人也听歌？”

“沸鳞大人有一张老唱片，印着盛开的海棠花。”墨岚幽幽地说，“那是一首清唱的歌，是在歌者不知情时录下的。在歌曲的结尾，唱歌的女人忽然停下，羞涩地说：‘夫君，你回来啦。’”

“是沸鳞的老婆？”

“是的。”墨岚神情黯然，“她后来离开了沸鳞大人，可她永远是沸鳞大人心里最美的海棠。”

“喂，”尼子猫看了墨岚一眼，“你好像有点儿不爽啊。”

“我没有资格。我不过是沸鳞大人的狗罢了。”

“不要侮辱狗，”尼子猫嘴上开着玩笑，多少能体会墨岚的心情，“后来呢？”

“有一天，沸鳞大人忽然要我到他的卧室去。”

尼子猫闭上了嘴。

“我当时很紧张，心里打着鼓，关上身后的门。”

尼子猫一声不吭地等待后面的描述。

“少年，你的心跳得很快呢。”

“没有的事！”

墨岚微微一笑：“沸鳞大人对我说：‘斟酒吧。’我斟上清酒，看着他一饮而尽，再把酒杯斟满。我们默默地对坐了一会儿，沸鳞大人说：‘唱给我听。’

‘唱什么？’

‘《狐狸酒》。’

我的心狂跳起来。我躲在他的房门外听唱片的事，不知什么时候已经暴露了。我觉得嗓子发干，手心出汗，不知道我的神要如何惩罚我。

沸鳞大人把他的酒杯递给我：‘喝了它。’

酒很辣。少年，我与沸鳞大人共饮一杯，算不算吻过他了呢？”

尼子猫被问得措手不及。

“我模仿浅云夫人的嗓音，见到了沸鳞大人的笑容。”墨岚怀念地笑着，“但我知道，我只是颗棋子，沸鳞大人随时可以使用，也随时可以丢弃，这是棋子的本分。”

尼子猫叹了口气：“你的事弄得我挺难过，但你打算挑战黑岩家的权力者，还要复活一个死人，这想法有点不切实际。”

“不切实际？那么又是谁离家出走，打算只身传送全地球的动物，就算每天去酒吧唱歌，也不拿家里一分钱？”

“这叫骨气！”

“我也有我的骨气。”墨岚用手抚着尼子猫的脸，身影渐渐消失，“你要证明自己‘值得依赖’，而我没那么奢侈，我要的，仅仅是证明自己‘值得存在’，为沸鳞大人而存在。”

墨岚的身影消失后，尼子猫的手机忽然响了。

“不良君！”林西夕在听筒里兴奋地说，“你把动物园都偷空啦！”

“是自愿搬迁。”尼子猫顿时心情好转，“你怎么知道我回来了？”

“尼叔叔说你的衣服和手机都不见了，肯定是回过家了。你在哪？我有东西给你。”

“酒吧区。”尼子猫说完就后悔了，“本座来找你吧！”

“不用，等着我！”

尼子猫伸过头，对着摩托车后视镜照了照，拔了车钥匙，坐在湖边耐心等待。半小时后，等林西夕找到他的时候，不良君正仰面靠在游人椅上，睡得香甜，毫不设防。此时太阳还未落山，小贩们摆摊卖着荧光手环和手机壳，空气里飘起一股混合着酒精、冰淇淋和香水的味道。

林西夕等了一会儿，尼子猫还是没醒。她拿出尼震托付的黑色银行卡，轻轻地塞进尼子猫手心，忽然被他捉住了手指。

“可恶，装睡啊你！”

尼子猫不吭声，翻了个身。

“你老是不来上课，李老师已经怒发冲冠了。还有，《银色之魂》这周出大结局。”

尼子猫哼了哼，拱了拱，把头枕在林西夕的腿上。好香……

额头上被“啪”地狠打了一下，不良君“哎呦”一声睁开眼睛。

“好大的蚊子！”林西夕拍着手，指指银行卡，“尼叔叔给的，密码是你生日。”

“不需要。还给他。”

“你自己搞定。”林西夕靠在椅背上，望着被阳光染成一片红色的湖面，“尼叔叔跟你还蛮像的，他说他也爱吃醋熘土豆丝。”

“你跟他乱说了什么？”

“没有啦。尼叔叔很担心你。”林西夕笑了笑，“他还说会努力把你老妈追回来。”

尼子猫不屑地“哼”了一声。臭老爹要是真担心我，就不该录那种视频，要是真喜欢老妈，就不该在吵架后对她说那些绝情的话，在老妈走的时候，拦都不拦。

林西夕拿起黑色银行卡看了看："好像说这种卡没有额度限制，可以刷卡买直升机！"

"有什么用？又不是本座自己挣的。"尼子猫把银行卡拗来拗去，掰成两半，随手扔进垃圾桶。

"喂……"

尼子猫揉揉鼻子，从裤兜里掏出两支棒棒糖："我去面试，老板没给工资，给了两颗糖。"

"都化了……"

"上来。"尼子猫拍拍摩托车后座，"谁要臭老爹的钱？我自己会挣钱养家。小妞，以后你跟着本座，包你吃香的喝辣的。"

"兄弟，你真像土匪。"

"抱住本座的腰，"尼子猫回头正色道，"交通安全最重要。"

"没可能。"

天空中的云影投在被风吹皱的湖心，变成油画般的碎影。

尼子猫骑着摩托车，多日来阴霾笼罩的心情逐渐变得明亮。虽然臭老爹只是送了张银行卡，完全没有道歉的意思，可他居然打算把老妈追回来，这让尼子猫多少有些高兴。

临近午夜时分，尼子猫在宾馆里呼呼大睡，墨岚用他的身体坐在镜子前，睁开他的眼睛，打量着他。

尼子猫本来只是她用来实现愿望的道具。不知从何时起，他成了她的"交谈对象"，她把自己的心愿和执念全都告诉了他，即使他不理解也不要紧，即使他时刻惦记着把她赶走也不要紧。在这个世界上，她实在没有别的人可以一诉衷肠。

这种微妙的关系……能勉强算是"朋友"的一种吗？

定在零点的闹钟忽然震响，尼子猫打着哈欠醒来，发现自己坐在镜子前，吓得不轻。墨岚变成一只黑猫站在一边，乐趣满满地观察他的表情。

尼子猫二话不说，扣好皮带，披上外套，拿起摩托车钥匙。今夜月黑风高，打响最后的战役的时刻到了。

老鼠家族找到了动物园的总电源开关，在三十秒内把它啃坏，整个动物园陷入黑暗，尼子猫打开了通往“北方之地”的界门。

夜猴帮着数大象和河马，山魈忙着撤离鳄鱼：“请各位注意秩序，尽量爬行，不要翻滚。”

“兀鹫和貘也进去了吧？”尼子猫探头往界门里看了看，“Good！都到齐了。”

“还有豪猪。”

“对对对。”尼子猫挥了挥手，“豪猪过来！”

一群小小的黑影“啪嗒啪嗒”地冲了过来。

“虎王陛下，小心——”领头的豪猪远远地发出警告，尼子猫看到了值班室张大爷的身影。

“别动！”张大爷举起麻醉枪，“好小子，终于逮着你了——妈呀！”张大爷吓得大喊一声。

刚才的贼不见了，眼前立着一只斑斓猛虎。

“啊啊啊啊！”张大爷下意识地扣动扳机，尼子猫应声而倒。

豪猪们试图把尼子猫拱进界门，但张大爷“砰砰”地乱开枪，它们只好慌慌张张地自己先躲进去。山魈长老见势不妙，立即关闭界门。

张大爷喘着粗气。老眼昏花间，一大波动物随着一道亮光消失了，简直不可思议。张大爷蹲下身，心疼地抱住尼子猫的老虎脑袋，喃喃地念叨：“最后一只了……最后一只了……”

张大爷在动物园工作了一辈子，却在退休前看丢了几乎所有动物。他连着几夜睡不着，来回巡视着越来越空的动物园，可是努力还是失败了，现在偌大的动物园里，只剩下这最后一只老虎了。

张大爷越想越伤心。

怀里的老虎忽然动了动，张大爷大叫一声，拿麻醉枪哆哆嗦嗦地顶着尼子猫的头。

“您别害怕，”墨岚开了口，“我不会伤害您。”

张大爷觉得脑袋里一团糨糊，鼻涕和眼泪都混在一起。

“动物们都没有丢。他们只是去了我的王国，一个更好的地方。”墨岚用尼子猫的声音解释着，“您看。”

张大爷惊呆了。

在他面前，绿色的森林缓缓显现，空气透明得可以看到高天深处的苍鹰。山峰积着皑皑白雪，深蓝的湖泊宛如大地的眼睛，密密的野花长到一人多高，阵风从绿色藤蔓的界门中吹出来，花香沁人心脾。动物们站在界门之后，眼睛亮亮地望着张大爷。张大爷放下麻醉枪，哭得像个孩子。

墨岚用毛茸茸的虎爪轻轻地摸了摸他的头。在老虎的面前，人类的身体那么脆弱。

界门缓缓关闭，周围静得出奇。

张大爷坐在地上，怔怔地望着漆黑一片的空笼子。

尼子猫醒来时，已是次日正午。

有一种手指长短的软东西正下雨般掉在头顶。尼子猫定了定神，看见黑色的蚂蟥从树叶上纷纷飞下，全都张着粉色的吸盘准备饱饮他的血。尼子猫顿时睡意全无，撒腿狂跑。

“你醒啦。”墨岚淡淡地说，“我本打算迅速解决，可惜麻醉剂让我们的身体很不灵活。”

“墨岚！”尼子猫一路踏破山岩，用四散崩裂的碎石形成身体周围的防护壁，一时沙石乱飞，其间万千蚂蟥蜷曲蠕动，“拜托你收敛一点！我死都不知道是怎么死的！”

“我们没时间了，黑岩正在买断沸鳞的资产，我无法坐视沸鳞大人的帝国落于仇人之手。少年，我迫切需要你变强，为沸鳞大人复仇。”

“墨岚波娃同志，”尼子猫边跑边抹掉身上的血，“您看看那周围，阳光多么明媚，生活多么美好！为什么要纠结于一个死掉的大叔呢？为什么还要把无辜的尼子猫同志牵连其中呢？”

“你别无选择，只有达成了我的心愿，你才会有新的开始。陆龟赑元告诉我，你无法恢复鼎盛时期的能力，是因为你还没有获取属于虎王的最特别的力量。每一任虎王都必须与森林订立契约，让‘转移生命’的能力觉醒，当森林子民濒临死亡时，你可以把自己的一部分生命力转移给它们。你的轮回会因此加速，但最终以新的生命姿态回归，变得更为强大。”

“本座不需要这些听起来不靠谱的怪能力。”

“那你就尽量别睡着咯。”

到了当晚，尼子猫强撑着眼皮到凌晨四点，还是不小心睡过去了。

墨岚立即起身，从藤蔓宫殿中走了出来，踏上通往虎族圣地荧光湖的路。她用老虎的巨爪踩在凝结着晨露的草叶上，惊起一片萤火虫。山魈长老默默地跟在她身后。

“山魈，你其实知道我的存在吧？”墨岚用女声问。

“是的。”

“从什么时候开始？”

“从你不以‘本座’自称时。赑元催促虎王陛下去雷霆之谷时，我更加肯定了自己的猜测。不过既然陛下未对我们提起，臣下自然无须多虑。”

“赑元第一次见我时就发现了，它没告诉你？”

“赑元不喜欢我。对它而言，我的生命太短，它不喜欢与刚认识的生命道永别。”

一弯新月升上山顶，猫头鹰“呜——呜——”地啼叫。荧光湖闪着深蓝的光，仿佛混进了大海的颜色。虎后辰溪以虎之姿态静立于湖心，双目紧闭，纹丝不动，如一尊浮于水面的白色雕像。

陆龟赑元趴在岸边的大圆石上，警告墨岚：“只有虎族可以踏足此地。”

“虎王第一次入湖的时候，我就在他体内，安然无恙。”

“虎王陛下已经洞悉你的存在，你已与他灵魂分离。亵渎圣地须以生命偿罪。”

“我等不起，你们的虎王又不配合，我只能冒险。”墨岚踏入冰冷的湖水。

虎后辰溪猛然睁开双眼。她的双瞳灿烂如金，火红色从尾梢向头部蔓延，黑色的“王”字在额头上格外醒目。

水流迅速向湖心聚集，靠近堤岸的湖底裸露出来，蓝色泥土中零零星星地插着误闯入湖的动物白骨。湖中心越来越亮，一个巨大的水泡涌出湖面，不断扩大、升高——在它破裂成滚烫雨水的瞬间，墨岚变了脸色。整个湖变成了一个骇人的黑色旋涡，万吨蓝水疯狂地旋转，急速挤入湖底那个不足半米直径的小小泉眼，瞬间把她卷入湍急的水流。在令人目眩的旋转中，墨岚发现自己不知何时已经脱离了尼子猫的身体，化为黑猫形态，毫无反抗之力地陷入旋涡中心。

梦境中，尼子猫觉得自己睡在篝火边，跳跃的火焰已经烧到他的衣角，墨岚的声音焦急地说：“少年，快醒醒……”

虎后张开血盆大口对着墨岚怒吼。她瞪着金色的瞳仁，红黑相间的皮毛亮得刺目。墨岚浑身透湿，却在虎后的目光中瞬间着火了！

尼子猫呛了一口水，猛然惊醒。他用虎尾劈断水流，奋力一跃跳出旋涡，惊魂未定地站在退潮后的蓝色湖底。整个荧光湖变成了蓝色的火海，他看见一只小小的黑猫在火焰中心痛苦地抽动痉挛，一时不明白发生了什么事。

“我的儿子，荧光湖为你分离出夜繁姬的瞬湖，给了她肉体，净化了她。”虎后冷冷地说。

“墨岚！”尼子猫瞬间明白了，纵身跳入燃烧的旋涡，一把将黑猫抓出来，用爪子扑打她身上的火焰，“她不是夜繁姬，不要杀她！”

“不必为仇敌的死亡难过。她让‘北方之地’生灵涂炭，荧光湖的裁决是公正的。”

小小的黑猫在尼子猫的手中痉挛着，化为一团焦炭。尼子猫望着它，浑身发抖："她只是人造人，她满脑子想着复仇，说谎话，干傻事，烦得要命，但她不该死。"手中的重量越来越轻，火焰渐渐熄灭。尼子猫直直地盯着烧成焦炭的黑猫，震惊大过悲伤。他每天都想着摆脱墨岚，重获自由，可他没想到会是以这样的方式，死亡来得太快，连说"再见"的时间都没有。

"我的儿子，如果你的心这么说，你可以决定生命的走向。"虎后辰溪目光灼灼地望着尼子猫，"跟我起誓。"

尼子猫呆呆地站着，听而不闻。

"虎王陛下……"岸边，山魈长老压低声音喊，"虎后答应您了啊……"

尼子猫猛地明白了。他抬起头，目光沉稳下来："我起誓。"

虎后辰溪以威严的声音道："山岳赐吾猛虎之姿。"

山岳赐吾猛虎之姿
风雨予吾大能之材
星光之下，皆为吾土
呼吸万物，皆为吾臣
三千江水，八方世界，凝于沧海一粟
六道轮回，一念生熄，铸此一腔红血
吾以吾骨，承自然之平衡
吾以吾名，开凡世之太平
吾以吾誓，捍百川之约定
吾以吾命，化万千之性命

尼子猫说完最后一句誓言的瞬间，荧光湖中的火焰全部熄灭。一湖滚水都已退入泉眼，只剩下最后一滴蓝色水珠悠悠地挂在泉眼边的白色鹅卵石上，闪着微微的光。

"愿'世界之树'的泉水化为你的血液。"虎后辰溪用爪尖轻轻地拾起蓝色水珠，递到尼子猫的面前，"屈下你高贵的膝，'北方之地'的王。"

尼子猫看见小小的水珠在虎后辰溪的掌心腾挪旋转，变化着形状，逐渐涨成满满的一捧。他仰起头，将那灼热的泉水一饮而尽。痛觉冲击脑髓，迟来的悲伤更甚。

"少年，你流泪了，墨岚何其有幸。"朦胧中，一个声音轻轻地说。

"墨岚？"尼子猫睁大眼睛，"该死的，你在哪儿？"

"在你手中啊。"

尼子猫低下头，小心翼翼地剥开掌心的黑炭，吹去黑猫体表碎裂的焦皮。一尾红鳞的鱼渐渐现出身形，稍稍有些细长的眼睛，银色的嘴唇。鱼儿在尼子猫手心摆了摆尾，一跃跳入荧光湖底的泉眼。

尼子猫大惊，怕墨岚又被燃烧殆尽。

随着"汩汩"的声响，莹蓝色的湖水重新从泉眼喷涌而出，水位迅速上涨，很快便重新漾为波光粼粼的大湖。

鱼儿浮上水面，向虎后辰溪道："谢谢您，让墨岚能够偿还夜繁姬的债，让我的存在有了意义。也谢谢您相信虎王子猫，让虎王给了我生命。"

尼子猫傻傻地看着红色的鱼儿："我什么都没做……"

"只要怀着愿望就能转移生命了，这么简单的办法不是最适合你吗？"鱼儿调皮地眨了眨眼睛，轻快地一摆尾，"再见了，少年。"

"你去哪儿？"

"去找黑岩泽璃复仇……骗你的。一条鱼能做什么呢？"墨岚扎进荧光湖，只露出火红的背鳍，"这眼泉连着生命之树，我要由此出发，去往'融之境'。那里是灵魂的存放地，我一定可以再次见到沸鳞大人。"

尼子猫点了点头，看着水中的鱼。她变得好小，生命真是不可思议。

"你自由了，少年。为什么不开心呢？"

"开心。"尼子猫咬着牙，"本座开心得要飞上天了。"

"你会记得我吗？"

"废话。"

"你喜欢我？"

"喂，你明明知道不是……"

墨岚微微一笑，转身游远："别忘了跟她表白哦。"

天边已有微微的亮色，墨岚的身影消失在荧光湖底。从此地去往"融之境"的路程很远，她要游过"世界之树"的巨大根系，那根本就是个迷宫。墨岚和尼子猫都明白，去往"融之境"的最近道路是死亡。他们都不想说破。

尼子猫站在湖中，对着夜晚消失前的最后一颗星，唱起了《狐狸酒》。就用这曲墨岚和沸鳞炎渊都最喜欢的歌，送她最后一程吧。

远远地似乎传来了和声。也许是山谷回音，也许是墨岚的歌声。又有什么分别呢？

别忙　别忙
再把这杯盏斟上

饮这微凉的酒
美景共赏
管他人间沧桑

忘记家乡　忘记异乡
忘记此方　忘记彼方

举杯共饮　狐狸的酒
静听岁月　星河流淌

举杯共饮　永延梦乡
坐赏寂灭　天圆地方

第十五章

北地之星

Northern Land’s Stars

“你不知道的事还多着呢。”
他有一对陌生的金色双瞳，
漂亮又威严。

O my Luve's like a red, red rose
That's newly sprung in June

Robert Burns, "A Red, Red Rose"

哦，我的爱像朵红红的，红红的玫瑰
初绽在六月时光

彭斯《红红的，红红的玫瑰》

晚上十点，气压很低，阴云密布，很快就要下雨。

尼子猫刚从“TIGER”酒吧出来就给林西夕发消息。现在他不仅要做男声主唱，还要当贝斯手，总算说服了失望的酒吧老板，保住了兼职。

“学霸，在家？”

“李老师布置了三套卷子，今晚必须做完 T_T”

尼子猫在街边买了枝玫瑰花，掏出随身的小刀，细致地去掉了枝上的刺，来回欣赏了两遍，意气风发地跳上摩托车。因为墨岚临别时的那句话，他决心正式对林西夕表白。

到达她家楼下时已是雷声大作，闪电在乌云间穿梭，潮湿的水汽浸在风里。尼子猫把玫瑰花梗咬在嘴里，一个虎跃抓住了楼房外侧的消防梯，贴着墙向上爬。血液正在上涌，心跳不断加速，身体充满力量，尼子猫觉得自己爬上月球也绝无问题。豆大的雨点噼里啪啦地掉下来，他甩掉发梢的水，心里一遍遍地预演——

到了十九楼，我就直接卸了玻璃窗，单手翻进去，把她按在墙上，温柔地说：“女人，想不想跟我走？”

不对，我应该态度强硬一点。

不对不对，第一件事应该是捂住她的嘴，问：“你爸在不在家？”

一道惊雷炸在头顶，尼子猫的手一软，差点儿摔下去。楼上紧接着发出一声爆响，一堆碎玻璃劈头盖脸地砸下来。尼子猫大惊，一下子蹿到十几米外的平行梯上，抬头一看，林西夕家的窗户破了个大洞，书本和卷子被强风刮出来，在灯光和大雨中纷纷飘落。

尼子猫心说“不好”，“噌噌”地爬至林西夕窗外，只见学霸歪倒在地，身边围着一道旋转的风雪之墙，屋里一片狼藉。林西夕看见浑身是水的尼子猫，吓得大叫一声。

“有没有受伤？”尼子猫咬着玫瑰冲过去，“什么炸了？”

“我被雷声吓到，防御瞬湖自动启动了……”

“啥瞬湖还有这功能？等等，你有瞬湖？”

“哥哥给的。”林西夕惊魂未定，“你怎么在这儿？”

“咳咳！”尼子猫脸一红，递过玫瑰花，鼓起勇气：“女人……”

林西夕看着尼子猫手里的玫瑰花枝。花瓣全被打落了，只剩下一根深绿色的光杆儿，“这是啥？”

尼子猫默默地收回手，把花梗对折了塞进牛仔裤的后兜：“没啥。你哥是谁？”

“黑岩泽璃。”林西夕把黑岩家的往事简要地讲了一遍。

“What!”尼子猫的眼睛瞪得很大，“虎族的仇人是我未来的大舅子？”

“……什么仇人大舅子？”

“黑岩泽璃抢走了‘北方之地’的宝贝虎眼石，听说可以用来打开什么‘乐土’，里面满地都是幸福。不过，本座今天来是为了……我其实……”

被爆炸声惊吓到的邻居“哐哐”地猛敲林西夕家门，把尼子猫的表白堵在了嗓子眼儿。等林西夕应了门回来，尼子猫满脸通红，兀自恼火，踢着地上徐徐融化的冰雪。

“作业全湿了……”林西夕叹了一口气。

“墙上这么大一个洞，你今晚怎么办？”

“正好有借口不写作业，多飞出去两张卷子更好。”

“学霸性格大变，怕是要地震。”尼子猫沉默片刻，再次鼓起勇气：“本座有话要告诉你。给我听好了……”

他的手机忽然响了：“你爹粗（出）事咧，”电话里的陌生男人操着浓重的方言，“送切（去）医院咧，你赶紧拿上三万块钱……”尼子猫狠狠地掐断电话。

林西夕同情地看着他煎熬的样子：“不良君，我懂了。其实你直说就好。我答应你。”

“真的？”尼子猫大喜。

“我去帮你找我哥，把虎眼石要回来。”

“不是……”

林西夕毅然拍了拍手:“爱丽丝兔子国伟大的六月雨国王陛下哟,坚信和平与爱的英明君主哟,请聆听我的恳求。”

一阵金光闪过,四叶草兔子骑士从界门里旋转着飞了出来,优雅地降落在电饭煲的盖上:“林西夕小姐,您有什么需要?哦,虎王陛下也大驾光临了。”它摘下高高的帽子行了个礼,“请原谅我的失礼。”

尼子猫没想到自己这么有名。

林西夕诚恳地拜托四叶草:“麻烦您带我们去见黑岩泽璃。”

“请允许我介绍一下外事访问流程。首先,由虎王陛下的外交官联系‘中心之地’的领事馆,领事馆授权黑岩集团发出外事邀请函,然后由虎王陛下的外交官回函接受邀请。接下来,双方的安保和后勤部门……”

“请问需要多久?”

“一切顺利的话,十六个地球周。”

林西夕打开冰箱,翻出一棵大白菜,洗得干干净净地递到四叶草面前:“能加快吗?”

四叶草接过白菜,礼节性地咬了一口:“‘中心之地’的核心地带设立了十七道安保关卡,没有外交批函很难通过。而且,黑岩的事务长有九处不同的居所,既有‘空中的巴别院’,也有‘海底的澜之痕’,不先互相确定一下访问日期和地点,即使贵为虎王陛下,也很可能见不到人。当然也有别的办法,只是……”

尼子猫转身打开冰箱,找到一根萝卜。

“不不,我不是这个意思。”四叶草摆手,“只是我不确定二位是否想走兔子王国的地下通道。”它从地上捡起一支笔和一张纸,用毛手“唰唰”地画起来,“我可以安排二位坐树根管车,沿着‘世界之树’的地下根系,用两天时间穿过现在的平行世界。第三天早上我们会到达这里。”它画了两排尖利的兽牙,“花一天一夜绕过石猫的捕猎地,从彩虹岩浆的渡口开始坐船,到达热穴居者之国……第七天到达这里……第十五天,二位将抵达‘中心之地’的核心地带,但必须雇两只海豚,游到海底的澜之痕外沿,向黑岩集团申请访问。”

尼子猫和林西夕都听傻了。

“喂,”尼子猫捣了捣林西夕,“你既然是黑岩的人,想回个家,难道不是分分钟的事?”

“哥哥他……不太想见我。”

“什么情况?”

林西夕的手机也响了起来,尼子猫不耐烦地咂了咂嘴。

是尼震的助理小杨打来的:“子猫少爷在您那里吗?”他焦急万分,“请二位速来市医院。尼总从脚手架上摔下来，被工人送到医院抢救去了。”

林西夕跟着尼子猫跳下摩托车，狂奔至医院手术室。

“签字！”医生拦下尼子猫，递过《病危通知书》，“你不来，你爸死活不让打麻醉。”

尼震脸色发青地躺在担架床上，衣服上的血水混着雨水，顺着轮子往地上流。他艰难地转动眼睛：“臭小子，慢死了……”

“……臭老爹。”

尼子猫拿着《病危通知书》，手有点儿抖。

“利索点！”尼震一字一停地说，“小姑娘看着呢。”

尼子猫咬牙签了字。

“推进去！”医生一声令下，尼震的身影在手术室的门后消失，“手术中”的红灯照亮了医院走廊。

杨助理焦急地转来转去：“尼总说帝都英才的运动馆要亲自把关，谁知道他今晚会去看工地！雨这么大，尼总还喝了酒……”

“谢谢你们送我父亲来医院，”尼子猫向守在医院里的工人和杨助理郑重地鞠了一躬，“麻烦大家先回去休息。”他摆着手，强行让所有人都回家了。

林西夕再次召唤出四叶草骑士：“请问，能不能找到疗伤的瞬湖？”

兔子骑士为难地说：“疗伤的瞬湖其实是众多特殊瞬湖共鸣才会产生的效果，我可以立即请示六月雨国王，但国王陛下正在外出度假……”

“来不及了。”尼子猫摇头。

四叶草一脸遗憾地消失了，医院走廊复归寂静。

“别担心，臭老爹命硬得很。”尼子猫叼着一根没点着的香烟，坐在走廊椅子上。他动用了老虎的全部听觉，倾听着手术室里的声音。他知道医生何时剪开血管，何时用钳子和手指按住动脉，棉球何时“滋滋”地吸饱血液，又何时被丢入医用垃圾桶。

长夜漫漫，尼子猫从未如此焦急，也从未如此耐心过。

天快亮的时候，他听见电击心脏的声音。他丢掉香烟，站起身来，推开手术室的门。医生疲惫又愤怒地赶他出去，但尼子猫却不由分说地扛起尼震，转身便走。

等医生和护士们追出手术室，走廊上已空无一人。

尼震做了个梦。

他梦见尼子猫还是四五岁的小男孩，自己和妻子一人一边，牵着儿子，全家一起去逛动物园。

进入夜行馆以后，灯光忽然全部熄灭，尼子猫松开了尼震的手。

“臭小子！”尼震在黑暗中有点儿尴尬地喊着，却得不到儿子的回应，也听不见妻子的声音。

他摸着墙寻找出口。墙湿漉漉的，又黏又腥。刚才还挤攘吵闹的人群，瞬间全都不见了。有什么东西悄悄地攀上他的后背，伸出舌头舔着他的后颈，尼震的心中顿时充满恐惧，两条腿却如同灌了铅，根本迈不开脚步。

那个东西用黏湿的毛发缠住了他的脖子。尼震想把它扯开，手却滑来滑去地使不上力气。尖利的牙齿切进了他的头皮，他感到钻心的疼痛——

“爸爸。”小子猫的声音透过黑暗，清晰地传来，“爸爸，我在这里。”一双小手抓住了尼震的衣角，把他拉往一边。像一阵轻烟，脖颈和头顶的恶感瞬间消散。

尼震紧紧地握住儿子的手，看见白得耀眼的一片光明。

出口，出口就在前面。

尼震缓缓睁开眼睛，看见一只斑斓猛虎正用爪子搭着自己的胸口，对自己“呼呼”地吹气。

“叔叔醒了！”一旁的林西夕兴奋地喊了起来。

山魈长老在尼震额头敷上一片沾水的树叶：“欢迎来到‘北方之地’。”

青草茵茵，古树参天，天上的星光像凉爽的雨一样洒落全身。

“我在做梦吗……”尼震喃喃地问。

猛虎缓缓变成了尼子猫：“你不知道的事还多着呢。”他有一对陌生的金色双瞳，漂亮又威严。

“嘿。”尼震闭上眼睛，“我肯定在做梦。”

在这个梦境里，孩子们忽然长成了可靠的大人。

“臭小子。”尼震的嘴角边挂起一丝笑意。

第十六章

光之镇魂歌

The Last Light

也许正因为他是永生的，
我们才必须上演一幕幕新鲜的悲喜剧，
让他漫长的生命多一点变化的乐趣。

One equal temper of heroic hearts,
Made weak by time and fate, but strong in will
To strive, to seek, to find, and not to yield.

Alfred, Lord Tennyson, "Ulysses"

英雄之心不曾改变，
尽管被时光和命运消磨，依然意志坚定，
去奋争，去求索，去发现，不屈服。

丁尼生《尤利西斯》

黑岩集团的高管会一直开到半夜。

“沸鳞 IV 期收购完毕，恒天事务所已经入场，正在合并报表。”

“271–8493–55–70 星球发现地下原住民，开采计划搁置。”

“稀金价格波动剧烈，我们怀疑有财团在幕后操盘，已经介入调查。”

“两千三百家黑岩福利院医疗设备升级，产生一万多名冗员，其安置计划……”

绯狐坐在椭圆形的大会议室里，听取高管层汇报工作，不时给出指示。如果爱慕他的女子看到这样的情景，一定会大为惊讶——那双湖蓝色的眼睛里没有一丝轻佻。黑岩集团已经掌握了大量稀有的瞬湖，对绯狐而言，值得猎取的猎物几乎绝迹了。

“绯狐大人，您的晚膳已经备好多时了。”大管家悄然走入，轻声提醒，“诸位管理者的晚膳也已经备好多时了。”

绯狐挥了挥手，各位高管离场休息。

“泽璃还没回来？”

“事务长刚打开了第五个平行世界的瞬湖。事务长这次共带了十个新瞬湖，都是从沸鳞并购的。”

“难得他对检视战利品这么有热情。”

“绯狐大人，”大管家的态度恭敬无比，“事务长托我向您转达……夜繁姬已死，请您不要再……再打扰虎王尼子猫。”

绯狐相当惊讶：“泽璃知道尼子猫是虎王，也知道墨岚就是夜繁姬？”

“您对林西夕小姐……那次，事务长后来在未建成的民房里找到了受重伤的林西夕小姐。麓麟嗅出尼子猫的气味，西夕小姐醒后却说只见过墨岚。我立即展开了调查，发现墨岚操纵了虎王的身体，还对西夕小姐施了幻术。我本想也向您汇报，但事务长说不必惊动您。”

“为什么？”

“事务长想了解本届虎王的能力如何，能否发现并驱逐体内的夜繁姬。事务长说，如果事情失控，他会立即介入。”

“难怪泽璃会把本能防御的瞬湖留给林西夕，他还真是考虑得滴水不漏。”

大管家钦佩地点了点头：“现在夜繁姬自取灭亡，想必虎王和事务长都可以松一口气。”

“没那么简单。现在没人知道怎么毁掉‘光’之瞬湖了。”

黑岩泽璃进入了第五个平行世界。

举目四望，地表千沟万壑，像沉睡着的老人的脸。热风贴着地面吹过，扬起一片沙土。在戈壁的正中，一座工厂高耸入云，机器声震耳欲聋，绿色的地心原液被从地下几千米的地方压进强化金属管，抽送到工厂的核心处理区，经过提纯、添加后急速冷却为固态的燃料块，再通过界门送到“中心之地”和各个平行世界去——沸鳞炎渊把整个星球变成了一个巨型燃料供给地。

这样的景色，黑岩泽璃已经是第五次看见了。沸鳞旗下的所有工厂都像是被“复刻”出来的——布局构造一模一样，生产机械一模一样，几千名员工的长相一模一样，就连每个细小物品的摆放位置也都分毫不差。

黑岩泽璃联系了绯狐：“我需要沸鳞旗下所有资源工厂的开工和建成日期。”

“这种小事也找我？”绯狐的声音懒洋洋的，“奇怪，七千五百家工厂都开工和建成于同一天，曜历 32734 年夏月 19 日。”

“即便沸鳞富可敌国，也做不到这样的事。”黑岩泽璃皱眉，“这更像是‘神迹’。”

“沸鳞的记录里提到梦魔师曾协助他。假设建造工厂是梦魔师所为，那么他就不仅可以控制时间流向，而且具有在一天内从无到有，筑城造国的力量。”绯狐来了兴趣，“梦魔师会不会就是那个‘禁忌之词’？”

在“中心之地”，“禁忌之词”即“造物主”。在最古老的文字里，人们热情地歌颂象征“不死”的火鸟，象征“不败”的狮神托斯卡，象征“文明”的书神拉帕，却没有任何关于创世的传说。如果好奇心强的孩子们问起这个问题，母亲们会立即警告他们不要触犯禁忌，因为深究世界缘起的人会被梦魔师扔进“空”之门，既无过去，亦无来生，直接消失于虚无。

“如果梦魔师就是造物主，”绯狐觉得自己的猜想有不合理之处，“他为什么要跟黑岩西舞定下‘成年之约’，又为什么要做出‘光’和‘黯’，跟我们这些无能短命之辈玩游戏呢？”

“也许正因为他是永生的，我们才必须上演一幕幕新鲜的悲喜剧，让他漫长的生命多一点变化的乐趣。绯狐，猜测无益，我必须找到梦魔师。自杀也罢，毁掉‘光’之瞬湖也罢，都不是解决问题的关键。只要梦魔师还在，他永远可以造出新的‘光’和‘黯’，找到新的受害者。”

“你可只有一条命。”

“梦魔师也不是没有弱点。”

“什么？”

“名为‘坎特伯里’的平行世界里有‘书之神’拉帕留下的古老颂诗，里面有一句是对梦魔师的描写：‘不饮不食以保持神体纯净，神体纯净是一切大能的源泉’。若颂诗所言属实，一颗普通的糖果就能让梦魔师彻底失能——我读的时候觉得很荒唐，现在却很想试一试。”

“哥哥大人真是博学多闻。你连本能防御都没了，还是不要这么有想象力比较好。”绯狐耸耸肩，“我去开会了，你的高管们现在都只能指望我，黑岩的事务长大人。”

黑岩泽璃独自打开“光”的界门，来到“世界之树”脚下。

“世界之树”长在一片悬崖的尽头，树干粗得十几个人也无法合抱。它的树冠藏在云朵深处，阳光丝丝缕缕地透过树叶的间隙投洒下来，如同金色的巨大竖琴。没有人知道“世界之树”的年龄，它比所有的平行世界都更古老。

“世界之树”的根部有一个极小极深的树洞，幽净清冷的泉水从洞中涌出，在树冠下的草地野花间蜿蜒了一会儿，跌落下悬崖。悬崖之下是一望无际的海，静得没有一丝波澜，却也没有任何倒影，就像一整块凝固的水晶。透过静海，黑岩泽璃看到其下几千里几万里的地方，看到另外一半悠远的宇宙。那里也有无数个平行世界，也有日升月移，草木枯荣，文明崛起又衰落。那是“世界之树”的树根以下的地方，也是“光”之瞬湖的双生子——“黯”之瞬湖可以到达的地方。

黑岩泽璃拿出“光”之瞬湖，把它放进树洞的清泉中。“世界之树”仿佛忽然有了脉搏，树皮“扑扑”地裂开，微温的树液滴在黑岩泽璃的指尖，和凉爽的泉水一起在他的掌心“突突”地跳动。整棵“世界之树”变得透明起来，几秒钟后，它消失了。悬崖、草地和水晶一般的静海，一切都消失了。

花香隐没，山风隐没，大自然的所有气息隐没。

阳光变得稀薄，最后也消失了。

无边黑夜缓缓降临，黑岩泽璃举目四望，眼前完全换了天地。

他站在一片茫茫的白色大地上，脚踩雪白的盐砂，头顶是奇特的星空。天幕的颜色从蓝色到黑色层层过渡，数万只白色飞鸟浮于半空，拍动着透明的羽翅，组成层层叠叠的圆，幻化成不同的形状，有时像巨象，有时像教堂，有时像少女的笑颜。天幕之下别无他物，只有一个小小的南瓜屋，质地如海盐般晶莹，白色表面镶嵌着金色的藤蔓花纹，由内而外发出融融的光。

这样的景色，还是第一次出现在“人”的面前。

黑岩泽璃走近南瓜屋，金色大门轰然开启。室内的空间远比外面看起来要大得多，简直是个恢宏敞阔的剧院。一进大门，光线顿时变得幽暗，走道两边挂着层层深红色的绸缎帷幔，蓝色的微光穿透帷幔的间隙，隐隐地照亮黑色的地毯。往剧院的深处走，最幽暗的地方是个舞台，黑岩泽璃看见舞台正中坐着一个身影，没有灯光映照，却兀自光辉夺目。他有长及地面的金色头发和翡翠般璀璨的绿色眼眸，唇角挂着淡淡的微笑。

他是梦魔师。

梦魔师把手中的“光”之瞬湖丢还给黑岩泽璃：“你离世界的真相越来越近了，值得夸奖。”

“光”之瞬湖在黑岩泽璃手中化成灰烬，从指间溜过，洒在地上，没了踪迹。黑岩泽璃的手中顿时风雪环绕。

“哎呀，对神明起杀意可是很需要胆量呢。”

梦魔师的语气让黑岩泽璃觉得耳熟——这种淡淡的轻佻，与绯狐如出一辙。一把红色座椅从幽暗中悄然降临在黑岩泽璃身后。“请坐。”梦魔师话音未落，黑岩泽璃已经被看不见的巨大压力强行摁在红色座椅中。在他的面前，舞台的帷幕拉开，屏幕上出现了影像，他看到了自己和黑岩西舞小时候的事。

“哥，让我看看。”黑岩西舞踮起脚尖，把温暖的小手放在黑岩泽璃的脸颊上，闭起眼睛，“明天你要和兽人战斗？”

“瞒不过你。我能赢吗？”

西舞稍稍犹豫了一下，笑靥如夏花：“能。”她紧紧地抱了抱黑岩泽璃，转身跑远。

西舞钻过黑岩庄园的后花园，溜出大门，穿过白色的碎石小路，跑进市镇，踏入死囚格斗所。她小小的双足如白鸽般翻飞，轻捷地踩在粗糙潮湿的地牢石阶上，洁白的裙边擦过生锈的牢笼。

西舞来到兽人的牢笼前，低头央求道：“明天，求您不要伤害哥哥……”

兽人狞笑着伸出爪子，揪住她的黑色长发，瞬间就拧断了她的脖子。

“我在兽人动手之前就救了西舞，”黑岩泽璃看着梦魔师，“这是伪造的影像。”

“它货真价实，虽然并不是你所经历的历史。”梦魔师眯着双眼，享受地观察着黑岩泽璃的反应，“别着急嘛。”

晚风吹拂，萤火点点，黑岩泽璃抱着林西夕走在雨后的草原上。

“轩哥哥，我一直、一直都最喜欢你。”

“证明给我看？”黑岩泽璃俯下脸去。

林西夕闭上双眼，满面通红。

黑岩泽璃静静地看着这从未发生的事。屏幕上的影像继续变幻，他看到自己在一幕中迎娶了夜繁姬，在另一幕里被她砍了头；他看到“光”与“黯”的争斗在父辈时代就终止了，因为沸鳞炎渊病死的时候，黑岩彻还活着；他看到自己带着西舞成功进入了名为“止”的平行世界，西舞不曾死去，林西夕也不曾出生。

黑岩泽璃忽然明白了——如果这些都是真实的“历史”，那么自己仅仅经历了所有“可能性”里的一个分支。“因”和“果”是一棵大树，他每分每秒都站在新的树杈上，每分每秒都在作出选择，走向新的终点。

“如果‘历史’的结局有无数种，‘我’也有无数个吗？”黑岩泽璃问。

“很遗憾，虽然结局有很多种，你却是唯一的。每个人都是唯一的。所以你们即使身处人海，依然会感到孤独。”梦魔师盯着黑岩泽璃的脸，“难得你会感到迷惑，这让我多少有了点乐趣。”

黑岩泽璃笑笑：“我经常迷惑。”

“跟其他人比起来，你很清楚自己在做什么。你活得像个没有欲望的修行者，不说谎，不抱怨，不贪求——你很特别。”

“谢谢夸奖，我不过是个寡淡无趣的人。现在‘光’之瞬湖被毁了，我就可以回去继续过寡淡无趣的日子。唯一让我担心的是，梦魔师，你似乎很享受玩弄我们的命运。”

“被你发现了。”

“我希望你改变。”

“改变？我可以制造出无数的‘光’和‘黯’，可以让林西夕成为圣女，也可以让她沦为妓女，可以让虎王发疯，让绯狐成为囚徒，让你在乎的一切都变样。如果这是我要做的‘改变’——你能怎么办呢，黑岩泽璃？”

“阻止你。”

梦魔师大笑起来：“我是万能的。”黑岩泽璃的手中现出冰剑，冰剑又化成了水。“你看，”梦魔师说，“只要我下令，你的瞬湖和瞬湖赋予你的‘凝水成冰’的异能，都会消失。我随时可以杀你。”

“你知道我现在在想什么吗？”

“在想什么？”

黑岩泽璃微微一笑。梦魔师旋即明白，也笑了起来：“我的确无法揣测你的想法。你很聪明。”

“所以你并不是万能的。”

“我欣赏你，黑岩泽璃。可惜在这个结局里，林西夕没有选择你。你不是她的王子，你没有主角的光环，你会像杂鱼一样死掉。”梦魔师丝毫没有移动身体，但一道黑色光芒已经插进黑岩泽璃的胸口，刺穿了他的心脏。

绯狐的会议室里，高管们正在讨论集团战略，忽然全部定格了。绯狐的手中出现了一把金光闪烁的钥匙。他吃惊地看着它：它毫无征兆，凭空而来。

金色长发的男人出现在绯狐面前：“我是梦魔师。”

“久闻大名。”绯狐心中疑惑，面不改色，“被您盯上的人都没有好结果——请问您找我为何？”

“你将代替我，成为至高的存在。你将成为新的梦魔师。”

“劳驾您专程来说笑话……”

“你一直作为我的替身存在，”梦魔师匆匆打断绯狐，“你生来就有极大的瞬湖天赋，甚至拥有可以与任何瞬湖共鸣的‘隐之泉’。我需要你现在就替代我。听好，你将可以——

逆转时间流向。

从虚无中造出海洋山川。

命令枯骨复生。

播撒瘟疫和死亡。

从此刻起，你将丢弃‘人类’的平庸与无能。

但你必须牢记三件事：

你必须保持神体纯净，从此不饮不食。

你必须找到下一位替身，以确保即使你出现不测，世界的秩序也永得维系。

你必须……

梦魔师话未说完，突然化为无数金色的光点消散。

绯狐困惑地端详着手中的钥匙。这是黑岩泽璃的“光”之瞬湖。他站起身，打开了“光”的世界。

大地颤抖，飞鸟如白色的石雨般从空中坠落。远远望去，悬崖上的世界之树断成两半，树心喷出岩浆，染得夜空一片血色，天顶似乎有片白色的海滩，中心的南瓜小屋时隐时现。多个世界重叠起来，时空错乱，绯狐心中涌起强烈的不祥感，快步走向“世界之树”。不久后，他看见……

在“世界之树”下，黑岩泽璃背靠粗大的树干坐着，胸前被开了个大洞。他睁着眼睛，紧紧地抱着梦魔师金色的头颅。梦魔师金色的长发披散在草地上，镶嵌着染血的白色花瓣。大狼麓麟死在他们身边，利齿深深地陷入泥土，即使在生命的最后一刻，它也在与主人并肩战斗。

绯狐的脑中一片空白。

这怎么可能？

绯狐拖着双脚走近。

真的是他。真的是黑岩泽璃。黑岩泽璃的手攥成拳头，强硬地塞入梦魔师的口中。

绯狐颤抖着撬开梦魔师的嘴唇，看见他被迫吃下了一张小小的纸条，上面有沾着血的四个字：

新年快乐。

泽璃，你就用这么脆弱的东西，杀死了这个世界的统治者吗？

绯狐抱着黑岩泽璃冰冷的身体，坐在“世界之树”下，放声恸哭。

第十七章 浮生如梦

A Dream of a Lifetime

那些笑和泪，

才是我活过的证据。

Was it a vision, or a waking dream?
Fled is that music: —Do I wake or sleep?

John Keats, "Ode to a Nightingale"

是幻觉，还是白日梦境？
乐声消逸：——我在做梦，抑或清醒？

济慈《夜莺颂》

"北方之地"，荧光湖喷出灼热的岩浆，森林里燃起熊熊大火。尼子猫把重伤初愈的尼震和林西夕一同扶上强壮的角马："快跑！"

"怎么回事？"即便离地一米多远，林西夕也能感到地面越来越热了。青草被烫得发枯，野兔和土拨鼠的洞口冒出了浓烟和火焰。

尼子猫化身猛虎，带着所有动物向与荧光湖相反的方向奔逃。

"荧光湖连着'世界之树'，一定是'世界之树'出事了，"山魈长老骑在一只羚羊的背上，"不知道其他的平行世界……"话音未落，他便被从天而降的火石击中，"啪"地掉下羊背。

"山魈！"尼子猫急速转身，把山魈长老从乱蹄中救起。回头一看，环绕"北方之地"的山峰都已冒出浓烟，烧得通红的石块被气浪喷入高高的天空后砸往地面，动物们成片成片地被击中倒下。林西夕坐在角马臀部，护着尼震，身边萦绕着风雪之墙，清秀的脸上满是镇定神色。

尼子猫向她竖了个大拇指，大喊一声："全体转向！跟着我！"

大部队急速避开石块密集掉落的地区，顺着宽宽的大河狂奔，冲向前方没有火山的山谷。一匹斑马见同伴纷纷被砸死，想自寻生路，咬牙逆向而行，左冲右撞，顿时把奔逃的阵型挤得七零八落。尼子猫冲过去，用虎尾狠狠地抽打它的屁股，斑马急了眼，吐着白沫尥蹶子。林西夕的角马赶过来帮忙，却在河岸边被一阵呼啸而来的火石雨直接击中。风雪之墙瞬间扩大了防御范围，消失了——就在此刻，防御瞬湖真正的主人黑岩泽璃，死在了梦魔师的手中。

尼子猫看着林西夕，惊恐地睁大了双眼。她扑在尼震身上，火石狠狠地砸着她的头和后背，一块，两块……她终于松开了手，歪倒下来，“啪”地跌进河里，一下子就被急流冲得没了影子。

“林西夕！”尼子猫大吼一声，跟着跃进了大河。

林西夕第一次踏足这个地方。

脚下是一片静若水晶的大海，没有一丝波澜。她能看到水下很深、很深的地方，看到另一半的宇宙。在那遥远的彼方，有无数个她不曾了解的平行世界和未曾听闻的文明，她看见陌生的城市，陌生的森林，陌生的星空。

也能看见他。黑岩泽璃，她的哥哥。

他站在静海的那一端，远远的，远远的。在他身后，“世界之树”喷着岩浆，大地熊熊地燃烧，他的胸口全是血。她看见梦魔师正在切割他的生命，她听不见他的声音。

但她能读懂他的心。

轩哥哥，为什么我离你那么远？为什么我和你，会站在这世界的两端？

小呆，因为我是“光”，而你是“黯”。

“小姑娘。”陌生的声音呼唤着。

一个男人的脸从模糊变得清晰，他长得有点儿像……卖章鱼烧的大叔。

大叔拆掉了插进林西夕头颅的一根金属线，林西夕顿时觉得从脖颈到脊柱过电般地疼，大叔接着拆掉了插进她静脉的营养点滴。

林西夕茫然四顾。轩哥哥和“世界之树”呢？尼子猫和“北方之地”呢？为什么周围的世界又变了模样？

周围躺满身插管线的人，有很小的孩子，也有年迈的老人。他们深沉地呼吸着，脸上挂着幸福平静的笑容。这间屋子很大，墙上挂着一排排白色的木牌，写着“梦之套餐Ⅰ：万元直达”之类的字，让人费解。

林西夕下了床，腿软得像是一辈子没有走过路。她扶着墙，蹭到窗边，顿时被窗外的景象惊呆了：黑雨瓢泼，生锈的汽车胡乱地停在路边，没了玻璃的车窗流着铁红色的泪。倒伏的旧油桶被狂风卷起，砸在裸露变形的楼房骨架上，未及掉落，便又被风撅住，吹得没了踪影。

“还是在梦里好吧？”大叔咂着嘴。

“这里是哪个平行世界？”

“这是‘现实’，不是平行世界。平行世界根本不存在。”

“什么？”林西夕无法理解。她顶着风打开玻璃窗，黑雨“哗”地灌进来，打在脸上有股浓浓的煤烟味，“请问……”

大叔递过一本破了边的《常见问题说明》：“小姑娘，读读吧。”

军方实验失控，引发各敌对国的连锁反应，63%的地球大陆遭遇毁灭性打击。针对大城市的摧毁性密集爆破引发了绵延多年的频繁地震和海啸。

地球人口锐减至45%，平均寿命大幅下降，0.1%的人类逃往火星殖民地，其余人留在地球，苟且偷生。

心灵止痛药被发明。梦疗法出现，风靡全球避难所。人们在梦疗室里选择不同的梦境，自由扮演不同的角色，实现生活中无法达成的愿望。

林西夕攥紧手中的说明册：“不可能！”

“这么快就理解了状况……不简单。有什么不可能？你的人生就是一场梦，你只是很不幸地提前醒了。对不起，不能退钱。”

“不可能！”

大叔同情地笑了笑：“每个醒来的人都这么说。但你仔细想想，你遇到的那些有异能又出色的人类，哪一位有可能真的存在？”

“不对，梦不可能有逻辑……在我的记忆里，事情都有因果次序，所以绝对不可能是梦！”

“你的梦境很合理，是因为很多人点选了与你一样的梦境系统，你们共同编织着完整的梦境。”店老板指着房间里睡着的老老少少，“就像他们一样，在地球上的其他地方，几十亿人选择在梦境里生活，共同创造‘想要的世界’。我呢，也会在不同的梦境里客串个小人物，确保一切进展顺利。”

“我不相信。除非你能带我在这个世界里见到我认识的人，让我看到他正躺在床上做梦，我才会承认这个世界是现实。”

“你认识的人散落在各个梦疗室里，你根本认不出他们，因为他们的实际模样和你在梦里见到的不同。换句话说，你只认识他们扮演的角色——他们幻想成为的角色。”大叔从靠墙的木柜里拿出一瓶焗豆罐头，递给林西夕，“没有章鱼烧，你要不就凑合着吃点？”

听到“章鱼烧”三个字，林西夕咬紧嘴唇，心如刀割。

大叔同情地拍了拍她的肩膀：“小姑娘，有一件事大概可以给你安慰。我查过梦疗室的客户名单，发现‘黑岩泽璃’并无其人。换句话说，他并不是谁在梦境中扮演的角色，而是根据你的愿望，被你创造出来的。他只存在于你的大脑里。所以，虽然他死了，你也别太难过——他反正本来就不存在。”

“哥哥存在！”

大叔为难地挠了挠头：“我可没骗你。不过，就是那么一个本来不存在的‘人’，成了整个梦境的关键。黑岩泽璃的出现让梦境系统变得不稳定了。梦境的逻辑主宰——你们称它为‘梦魔师’——发现黑岩泽璃开始探究世界的真相，而且他既不会被收买，又很难被威慑，因此决定‘清除’他。可是黑岩泽璃同时也发现了梦魔师的漏洞，给梦魔师植入了杂质，瞬间就给梦境系统造成了毁灭性的冲击。结果，不光是你提前醒过来了，就连我这种跑龙套的小角色也被弄醒了。”

林西夕低着头，沉默不语。

如果他说的是真的，我过去的生活全都变成了水中泡影。

那些幸福，那些艰辛，那些忘不了的回忆，那些付出的真心，全部都被一笔勾销。

这就是现实？这些金属线、营养液，这些陌生的脸，这颗没有未来的星球，这就是现实？

门外传来“哗哗”的暴雨声中，还有低低的小狗的呜咽。“嚓嚓嚓”，有谁的爪子正在挠门。

“小姑娘，如果你还有钱，可以重新选一遍这个梦境。我不知道你还能不能重新梦见黑岩泽璃……如果他被你再次创造出来了，请你安抚他，让他满足于平静的生活，停下探索世界边界的尝试。”

林西夕没有回应。她走到门边，顶着狂风推开房门。一只小狗哆哆嗦嗦地站在门外，灰色的绒毛湿湿的，尖尖的鼻子滴着黑色的雨水。它一见到林西夕，就“呜呜”地往她的脚边钻。林西夕默默地望着它黑亮的眼睛。这对像黑豆一样的眼睛……让她想起黑岩泽璃送给她的那只兔子。

大叔有点着急：“快进来！海上地震了，下一场海啸很快就会来。虽说这座房子被强化处理过，但你要是开着门，我们都得送命。”

林西夕抱起小狗，把它放进温暖的屋里，摸了摸它的头。

“小姑娘，我们没有给狗的余粮，就算你付钱也不行。哎，你做什么？别犯傻！”

林西夕把小狗往自己的床上一放，转身出了门，独自走进倾盆而落的雨中。

灰色的天，污水横流的地面，黑色的大海。一座灯塔立于岸边，流着黑色的泪。它也许曾是最耀眼的火炬，在如墨的夜晚光芒万丈，给海上的旅人带去慰藉。

天际传来隆隆的声响，远远地，一道泛白的水墙正急速向岸边推进，节节升高。

林西夕仰起脸。

究竟什么是梦境，什么才是现实呢？庄周梦见了蝴蝶，却忘了问它，做人与做蝴蝶，哪一边比较快乐。

回想过去，站在人海中时，我总觉得怅然若失。仰望星空之时，我总会想念某个人，即使他素未谋面。就算我努力地生活，回应他人的期待，就算我获得了小小的成就，我却永远都踮着脚尖，偷偷地、偷偷地向往着另一种生活。

那么……

即使我身处现实，我的心也在做梦，即使我身在此处，我的心也在远方。

这场黑色的雨，这否定一切过往的“现实世界”，谁又能说它不是另一场梦境？谁又能说它不是我编造的借口？

我看见哥哥死去，却什么也做不了。

我猜到自己的身体里藏着名为“黯”的瞬湖，从梦魔师给我黑色钥匙的那一天起就猜到了，但我不敢确认，我害怕被发现，我害怕被追杀，我害怕因为与众不同而孤独终老。

所以我才会做这样的梦——否定一切的梦，诋毁一切的梦。我正躲在这个梦里，躲避所有残酷的事实。

看啊，那高高的海浪吞没了灯塔，它的怒吼比雷鸣更可怕。

看啊，那咸咸的海水已经奔涌到眼前，马上就要吞没我。我多么怀念火鸟的故事，怀念轩哥哥和不良君，怀念过往的一切。

就让我向着大海的方向张开双臂，闭上眼睛，轻轻地说一句：“梦，醒来吧！”

让我回去，回到那个有温暖，也有心酸的世界。它是另一个梦境也好，是另一场游戏也罢，都不重要。因为那些笑和泪，才是我活过的证据。

嘴里和鼻子里呛满河水，眼前什么都看不见，林西夕在水中奋力挣扎。

我在哪里？是在陷入海底的地铁中吗？还是在某个下着黑雨的废城，被海啸的浪潮吞没了呢？

有人抓住了我。肩膀好疼……是轩哥哥来救我了吗？

“林西夕！”

不，并不是哥哥的声音。他已经不在了。

尼子猫变成老虎，在湍急的水流中追上了林西夕，带着她奋力往河边游。到了岸上，他把林西夕驮在背上，来来回回地跑，颠出了她腹中的水。

林西夕摸着老虎的脸：“你真的存在吗？”

“坏了，学霸被淹傻了！这才两分钟的工夫！”

林西夕浑身透湿地躺在地上。太好了。那个残酷的梦……结束了。

她微微转动脑袋，看见动物们静静地站在岸上，望着自己。草地间遍布刚熄灭的火石，浓烟缓缓散去。河面吹来微风，地表的温度逐渐下降，空气重新变得凉爽。一只鹰在高空盘旋了两圈，宣告荧光湖已经恢复正常。

“不良君，我有个秘密要告诉你。”林西夕坐起身来，“我拥有名为‘黯’的瞬湖。”

银色的界门轰然开启。

林西夕深深地吸了一口气，邀请尼子猫一起走进“黯”的世界。

脚下的静海如水晶般清澈。林西夕俯下身，望穿深深的海水，望向那遥远的“光”的世界。她看见天空湛蓝，“世界之树”枝繁叶茂，绿色的树冠直冲云霄，不禁愣住了。

“那就是‘世界之树’？刚才山魈还猜它出事了呢。”尼子猫很高兴。

“不良君，我掉进河里以后，遇到了一个人。”

“沙和尚？”

林西夕把章鱼烧大叔和“梦疗室”的事告诉了尼子猫。

“是你的幻觉吧？”

“大叔知道我的过去，说得有理有据的，不像是幻觉。”

“他是你幻想出来的，当然会知道你的事，因为‘他’就是你的大脑嘛！我要是梦见一只鬼，那鬼肯定也叫得出我的名字。”

“不过，怎么证明我和你现在才是身处现实呢？”

“疼吧？”尼子猫指着林西夕肩膀上的尖牙印。

“疼。”

“本座咬的，”尼子猫满脸得意，“第一时间就抓住你了。说来还真是巧，你哥有‘光’，你就有‘黯’。别藏着了，黑岩家还有什么好东西，统统给本座拿出来！喂，你怎么哭了？”

林西夕低着头，看着自己的手。虽然“光”的世界恢复了原样，黑岩泽璃的防御瞬湖却彻底感觉不到了。

“世界之树”下，空空的没有一个人影。

微风吹拂着长长的青草，阳光静静地洒落。

第十八章

终点与起点

Brave New World

生命与星辰交相辉映，
宇宙唱着歌。

So long as men can breathe, or eyes can see,
So long lives this, and this gives life to thee.

William Shakespeare, "Sonnet 18"

只要人类尚有呼吸，尚能看见，
这首诗就会存在，而你将随之永生。

莎士比亚《十四行诗·第十八首》

林西夕的父母很快搬去了新的城市。在林西夕的诚挚恳求下，他们同意让她独自留在帝都，在同一所学校读完了高中。

尼子猫转学去了隔壁的帝都英才国际学校。因为尼震再三叮嘱"不许威胁朱远帆的老大地位"，尼子猫便做了帝都英才的学生会长，依然让尼震头疼不已。

一年半后，林西夕的高三毕业典礼。

在举办过国庆合唱比赛的大礼堂里，校长深情地做了演讲，毕业生代表林西夕随后致辞。她走上讲台，看着一张张或陌生或熟悉的脸。从今而后，大家各奔东西，有些人这辈子也不会再见了，想想就有些感慨。

"光阴荏苒，日月如梭……"林西夕念着发言稿，听见礼堂外传来摩托车引擎的轰鸣，抿嘴一笑。

礼堂大门开了一条缝，不良君"唰"地闪进来，猫着腰，悄无声息地溜进最后一排，一坐好就恢复了大大咧咧的样子。林西夕致辞刚结束，班主任李老师就跑上讲台，抓过麦克风："高三（2）班的，毕业典礼结束后给我回教室，一个都不许跑！"

同学们面面相觑。毕业在即，李老师虎威犹在。

半小时后，大家都乖乖地坐在了教室里。夏日的风吹起蓝色窗帘，同学们默默地望着刻着小抄的桌面，贴着校训的墙壁，还有黑板上总也擦不净的粉笔痕和天花板上的木质风扇。虽然刚在这里度过地狱般的高考倒计时 100 天，可是真要离开时，又很舍不得。

十五岁到十八岁，很漫长，也很短暂。

李老师昂首阔步走上讲台。她看见赶走林西夕的新同桌、坐在老位置上的尼子猫，又好气又好笑地瞪了他一眼。

“为了让你们有个终生难忘的毕业典礼，我决定今天考试。”

同学们都傻了。

“我不监考，你们可以互相帮助，做完就可以回家。”

林西夕拿过卷子，发现全是填空题。

高中三年，你最难忘的事是________________

“小李子真肉麻。”尼子猫抱怨着，却填得比哪次考试都认真。

林西夕没想好写什么，难忘的事太多了……

她猛地摇了摇头，我不可以难过，我一定要快乐。

高中三年，你暗恋过________________

李老师居然出这种题！林西夕赶紧捂住卷子。

“让本座看看嘛，”尼子猫偏偏这时候凑过来，“小李子让我们互相帮助。”

“不要。”

“切。”尼子猫转脸看着窗外，嘴里哼着小曲，把卷子露出一大片。答案处画了个“←”。

林西夕从书包里拿出一本淡蓝色的《毕业留言册》，递给尼子猫：“帮我写。”

“我去，这么原始。”

“给我写！”

尼子猫“嘿嘿”一笑，转手就把淡蓝的本子传了出去。

它在不同人的笔下流转着，傍晚时分才回到林西夕的手中。一百多页的“珍重”是写给林西夕的，也是大家写给自己的——留下一句话和一个日期，证明自己曾在此时，曾在此地，曾经存在。

林西夕慢慢地翻着。

在本子的正中，夹着一截干枯的玫瑰花梗。所有的刺都被仔仔细细地削掉了，呈现出光秃秃的美感。她小心翼翼地把它拿出来，放在鼻尖闻了闻，有淡淡的烟味。

她捏着玫瑰花梗，继续读着同学们的留言，翻到封底时，忽然愣住了。眼泪一涌而出，嘴角边却扬起了笑容。

那里写着简简单单的一句话：

小呆，恭喜毕业。

“中心之地”的夜晚，月色如水。

大狼麓麟坐在黑岩庄园的阳台上，用尖尖的鼻吻指着圆圆的月亮，陶醉地低嚎着。

“累死我了，”绯狐走进门来，“明天还是你去吧，维法会那帮老头子，一个比一个啰唆。”

“你最近工作很努力。”

“还不是因为你天天往云墅跑？明明黑岩就有一堆麻烦事等你解决——”

“沸鳞炎渊的事有了眉目。我想立即去‘融之境’，确认沸鳞的真相。”

“哪有那么多真相啦……”

“绯狐，我其实死过一次吧？‘世界之树’也一并毁掉了。”

“没有的事。”

黑岩泽璃摇了摇头：“梦魔师一定也还存在，因为只有他才能如此迅速地恢复世界的秩序。但是，他想杀掉我……我却复生了，身上也没有伤口，你不觉得奇怪么？”

“想太多会变秃哦。”绯狐递过“北方之地”的邀请函，“尼子猫要求黑岩归还虎眼石，随信寄了一把匕首来，大概是挑衅。”

“尼子猫也差不多该进入‘伊利亚的乐土’了。”

“小老虎成年了。”绯狐“嘻嘻”一笑，“他恢复了鼎盛时期的力量，正着急找你决斗呢！”

“我很期待。回信接受邀请吧。”

“你接受女人们的邀请也这么痛快就好了。居然假扮成校长亲自主持小妹妹的毕业典礼，你可真行。”

第二轮月亮升了起来。黑岩泽璃打开通往“融之境”的界门，大狼麓麟兴奋地一跃而起，绿宝石般的眼睛流光闪烁。

“我也去。”绯狐叹了口气，“你为什么想弄清沸鳞的事？”

“兔子国发现了一些情报，恐怕我们不该杀沸鳞。”

“这么在意的话，就让他复活好啦。”

“你学会复刻生命了？”

“秘密。”绯狐狡黠地挤了挤眼睛，“泽璃，听说坎特伯里的图书馆着了火，拉帕留下的颂诗和记载梦魔师神迹的书都被烧光了，我们要不要绕个路去看看情况？”

白色的飞行器悄然出现，载着黑岩泽璃和绯狐飞入夜空。

它飞过波光粼粼的海洋，飞出吐纳呼吸的星球，飞越脉搏跳动的平行世界。黑岩泽璃望着舷窗外，星光从他的眼中流过。

宇宙宽广。

它包容着诞生与毁灭，包容着时间与空间，也包容着人心深处最细微的情感。它包容着不完美，也包容着通向完美的无限可能。

生命与星辰交相辉映，宇宙唱着歌。

恒星的光芒投入舷窗，将绯狐的银色长发染成淡淡的金色，他湖蓝色的眼眸也如绿翡翠般深邃璀璨。他想起前一任梦魔师的告诫：“你必须找到下一位替身，以确保即使你出现不测，世界的秩序也永得维系。”

绯狐禁不住微微一笑：我已经找到继任者了。

明天是什么样子呢？明年是什么样子呢？

十年后，百年后，万年后，又会是什么样子呢？

答案根本不重要。

因为……

每一秒钟，你我都有幸与全部世界的全部生命一起度过。

（结局 II 剧终）

后记

光年森林的出口

Words for You

谢谢你读完。

这个故事在构想的时候本是游戏之作。我偏爱着某些久远的传说，某些让人热血沸腾又泪流满面的动画，某些在我们长大后依然暖心的游戏。可是，写着写着，我梦见了尼子猫、沸鳞炎渊和樱……我意识到，这个故事里的每个人都是真实存在的。我不过是一支笔，试图用自己漏油的笔尖，描画他们在不同时空中的生命轨迹。

我想把这个故事送给每个独自前行的人——每个乖巧或者叛逆，但是都曾寂寞地幻想有另外一个世界的人，每个活在无比现实的当下，却又深切地感到不完美和不甘心，有所期待、试图改变的人。

于是整个故事变成了一座舞台。我们坐在观众席，看着舞台上的人们大声宣告情感，又羞怯地掩埋种种隐秘的渴望。

那何尝不像我们自己？

渐渐地……座位下长出青草，舞台上的身影逐渐模糊。你听，白蚁正啃噬那高高的梁柱，沙沙作响。墙壁坍塌，屋顶消融，夜空显现，微风吹拂。我们牵手坐在星河之下，远离尘嚣，倾听彼此的歌声。

告诉我你的愿望。

如果可以回到过去，如果可以拥有瞬湖，如果可以活过千年的时光——

你的愿望会改变吗？

我的不会哦。

如果这些文字曾经带给你一点点的温暖，我就非常开心了。

如果也曾让你伤心难过，真的很对不起。

就让这个故事留在我们的心中，绵延生长下去吧。只要敢于相信，所有的终点都会成为新的起点，所有的悲伤都会成为将来拥抱着、微笑着回忆起的话题。

最亲爱的人，在未来的转角，终有一天，遇见。

天空路
2011 年夏—2014 年冬
写于加州 · 北京 · 香港

图书在版编目（CIP）数据

谜的国：光年森林 / 天空路 著. —北京：东方出版社，2015.1
ISBN 978-7-5060-7983-9

Ⅰ. ①谜…　Ⅱ. ①天…　Ⅲ. ①长篇小说—中国—当代　Ⅳ. ① I247.5

中国版本图书馆 CIP 数据核字（2015）第 022938 号

谜的国：光年森林
（MI DE GUO: GUANGNIAN SENLIN）

作　　者：天空路
产品经理：刘晓立
责任编辑：王莉莉　刘晓立
出　　版：东方出版社
发　　行：人民东方出版传媒有限公司
地　　址：北京市东城区朝阳门内大街 166 号
邮政编码：100706
印　　刷：三河市金泰源印务有限公司
版　　次：2015 年 4 月第 1 版
印　　次：2015 年 4 月第 1 次印刷
印　　数：1—8000 册
开　　本：710 毫米 × 1000 毫米　1/16
印　　张：18.5
字　　数：350 千字
书　　号：ISBN 978-7-5060-7983-9
定　　价：33.00 元
发行电话：（010）64258117　64258115　64258112